명문당

수호전평설

水滸傳 評說

진기환 지음

명문당

수호전 관련지도

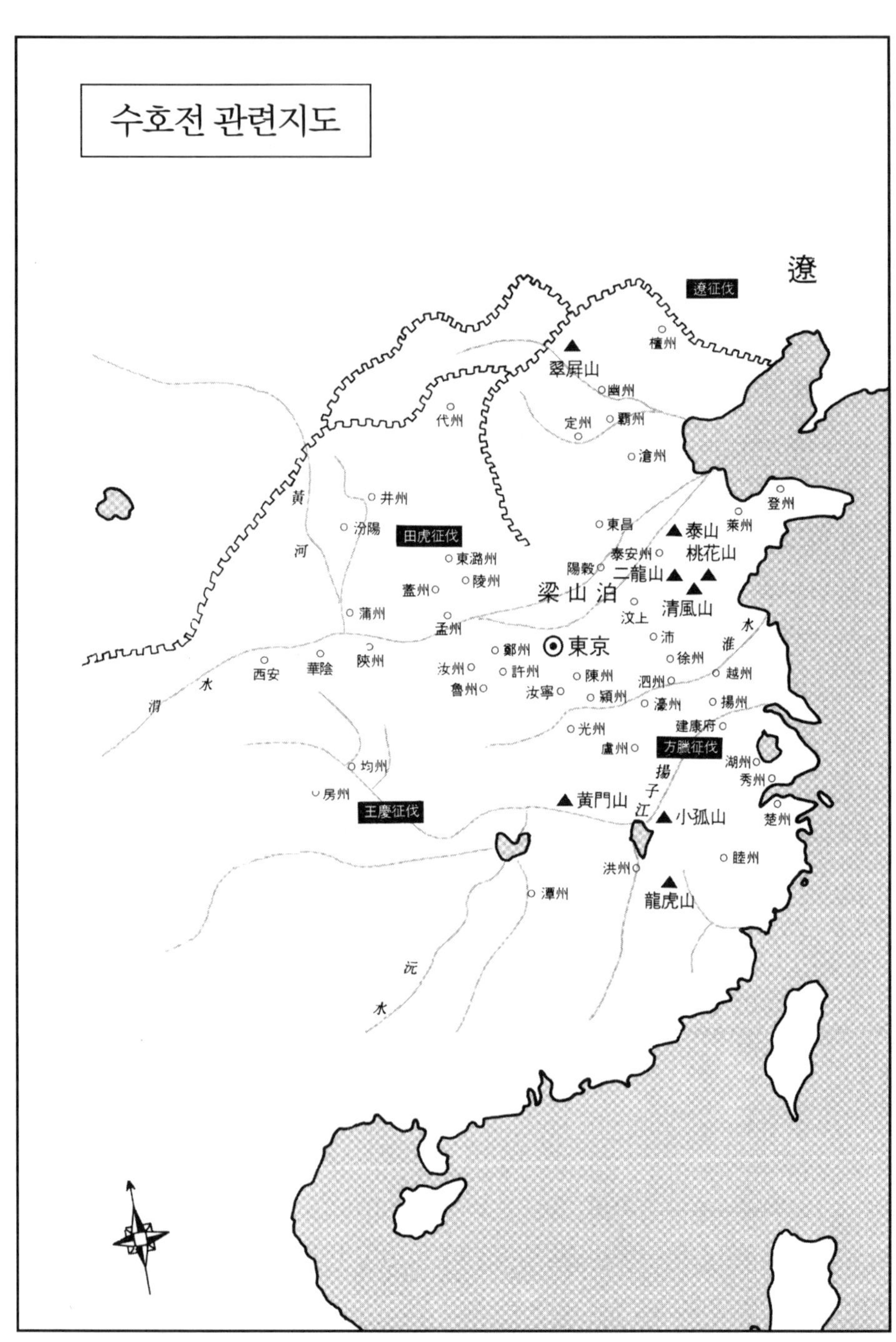
遼
遼征伐
檀州
翠屏山
幽州
代州
定州
霸州
滄州
黃河
井州
登州
汾陽
東昌
萊州
田虎征伐
泰山
桃花山
東潞州
泰安州
陽穀
二龍山
陵州
蓋州
梁山泊
清風山
蒲州
汶上
孟州
沛
水
鄆州
東京
徐州
越州
西安
華陰
陝州
汝州
許州
陳州
淮
揚州
魯州
汝寧
潁州
泗州
濠州
光州
建康府
均州
盧州
方臘征伐
湖州
房州
揚子江
秀州
王慶征伐
黃門山
小孤山
楚州
洪州
睦州
潭州
龍虎山
沅
水

물(水)은 제마음대로 흐르고
머무르며 얽매이기를 싫어한다.

노자는 물을 최고의 선(上善若水)이라고 했다. 물〔水〕은 가장 쉽게 제어할 수 있는 것처럼 보이지만 사실은 땅과 하늘 어디에도 묶이지 않는다.

호(滸)는 물 건너 먼 저쪽의 땅이다. 아득한 거기는 언제나 마음으로 그리는 곳이기에, 수호(水滸)는 통치자의 땅이 아닌, 지상의 규범을 벗어날 수 있는 자유로운 별천지이다. 고향에서 밀려난 사나이나 먹고 살아가는 일이 너무 힘들어 지친 사람들은 어떤 권력의 힘도 미치지 않는 새로운 세상을 마음속에 그렸다.

보잘 것 없지만 질긴 풀뿌리와도 같은 사람들, 가난을 달고 살면서 핍박받던 사람들은 하도 서러워서 저항하다가 범죄자가 되었다. 때문에 끼리끼리 살 수 있으며 충성과 복종을 강요당하지 않고 서로가 서로를 지켜주는 의리가 있는 땅으로 모여들었으니 그곳이 바로 양산박이었다. 양산박이 그들의 터전이었고 세상이었는데 그들의 이야기를 왜 『수호전』이라고 했는가?

온갖 냇물이 큰 호수로 들어오듯 사나이들은 양산에 모여들었다. 그때에 그런 자연적 지형이 존재했었다는 그 자체가 축복이었다. 땅에서 보면 물과 갈대가 지켜주는 건너편 저쪽의 땅—수호는 그들에게 오유향(烏有鄕 utopia)이었다. 양산박의 사나이들은 수호에서의 이상세계를 마음으로 그렸고 또 그렇게 살았다. 때문에 그들의 이야기는 『수호전』이 되었다.

그러나 통치자의 힘이 미치지 않는 그 수호의 세계에 들어갔다는 자체가 죄가 되는 세상이었다. 그들이 살려고 못된 관리나 횡포한 부호에게 맞섰던 생각이나 행동은 모두 불충(不忠)이었다. 때문에 그들의 이야기는 지배자의 입장에서 보면 '읽어서는 안 되는 글'이었다.

하지만 그들은 하늘과 땅 어디에도 얽매이지 않은, 꿈에서나 그릴 수 있는 세상에서 살았고, 마음속으로 하고 싶던 일을 했기에, 그들의 이야기는 곧 '있을 수도 있는 이야기'라서 재미있었다. 그들의 이야기를 읽다보면 무엇이 선이고 왜 악인가를 다시 생각하게 된다. 그리고 읽는 사람에게 대리 만족을 주었다. 때문에 그들의 이야기는 '읽지 않을 수 없는 책'이 되었다.

양산박 주변의 물길이 8백 리라고 했다. 지금 물 건너 그들의 세계는 사라졌다. 그곳에 살면서 이야기를 만들던 그들이 먼저 떠나갔다. 강물은 옛 그대로 흘러야 되고 범람은 계속 되풀이 되어야 하는가? 세월이 피고 지니 그곳에서 자라던 갈대도 죽어갔다.

이제 그 '물 건너 저쪽의 땅'은 없지만 그들의 이야기는 사라지지 않았다. 그들의 이야기는 세월이 지나면서 더 넓게 퍼져 나갔다.

필자는 그들 이야기를 읽고 또 읽으면서 자꾸 그 세계에 빠져 들어갔다. 그런데 필자가 궁금해 하던 것들은 다 읽은 다음에도 더 큰 의문으로 남았다. 그러기에 이런저런 사실(史實)과 해석이 필요하다고 생각했고, 그들에 대하여 시각을 달리하면 사람도 달라지고 주인공들에게 더 가까이 다가갈 수 있다고 생각하였다. 이런 점에서 필자의 생각을 옮겨 정리한 것이 바로 이 책『수호전 평설(水滸傳 評說)』이다.

왜 그곳에서 그들의 이야기가 만들어졌을까? 그때에는 왜 그럴 수밖에 없었을까? 그때 그들을 핍박했던 사람들은 누구였는가? 그들은 마음속에 무슨 생각을 했었나? 그리고 그들은 모여서 어떤 삶을 살았고 어떻게 꾸려나가다가 왜 실패했는가를 따져 보았다. 이런 여러 가지 질문에 대한 내 생각을 모은 것이 「제1부 양산박을 조감하다」가 되었다. 그리고 이야기의 주요한 몫을 차지하던 한 사람 한 사람의 이야기를 필자 나름대로 분석하며 평가한 것이 「제2부 양산박 인물평론」이 되었다.

필자의 생각이 우물 바닥에 앉아 대롱으로 하늘을 바라보는 것은 아닌지 걱정이 된다. 그 넓은 수호의 세계, 그 많은 영웅호한(英雄好漢)의 생각이나 행동을 내 좁은 소견으로 어찌 다 보았다고 말할 수 있겠는가? 그렇지만 아직 우리나라에 이런 글이 없기에 용기를 내었을 뿐이다.

『수호전』을 사랑하시는 모든 분들과 이야기를 나누고 싶고, 좋은 가르침이 있으리라는 바람에서 이 글을 썼지만 걱정과 두려움이 많다는 필자의 솔직한 고백을 여기에 남긴다.

2010년 11월 30일

진 기 환

수호전 평설

차 례

제1부 조감하다

제2부 양산박 인물평론

제 1 부
양산박을 조감하다

1. 소설 『수호전』의 가치

명(明)나라의 통속 소설가인 풍몽룡(馮夢龍)은 『수호전(水滸傳)』을 『삼국연의(三國演義)』, 『서유기(西遊記)』, 『금병매(金瓶梅)』와 함께 '중국의 사대기서(四大奇書)' 라 처음 지칭하면서 『수호전』에 대하여 '나쁜 생각과 심술(心術)을 불러일으킬 수 있기에 기이하지만 해로운 책' 이라고 평가했다. 우리나라에서는 보통 『수호지(水滸志)』라고 통용되지만 『수호전』이 바른 명칭이다.

■ 제5 재자서

그리고 명나라 말 청나라 초의 문학비평가인 김성탄(金聖嘆)은 『수호전』을 '중국의 6재자서(才子書)' 의 하나로 꼽았다. 김성탄이 꼽은 육재자서는 '장자(莊子), 이소(離騷), 사기(史記), 두보(杜甫)의 율시(律詩), 수호전, 서상기(西廂記)'를 지칭하는데 특히 수호전은

‘다섯 번째 재자서’라는 뜻으로 ‘제5 재자서(第五 才子書)’라는 별칭으로 불렀다.

김성탄은 ‘수호전을 읽지 않으면 천하의 기(奇)를 알지 못 한다’라고 극찬했는데 이런 평가는 약간의 과장이 있기에 ‘천하’라는 범위를 ‘고대소설’로 좁힌다면 사실과 거의 부합한다고 생각된다. 하여튼 『수호전』은 읽으면 읽을수록 빠져들게 만드는 흡인력이 있는데, 아마 이런 점에서 『수호전』의 ‘기이(奇異)’를 생각할 수 있을 것이다.

일반적으로 『수호전』은 등장인물들이 많을(108 두령) 뿐만 아니라, 등장인물마다 특이한 경력과 개성을 가지고 있으며 그들이 엮어내는 이야기도 기이하다. 뿐만 아니라 『수호전』의 주제나 구성과 표현 또한 다른 어느 소설보다도 특이한 부분이 많이 있다.

사실 소설이든 시(詩)이든 문학작품은 읽는 사람에 따라 감흥과 느낌이 다르고 그에 따른 해석도 제각각이다. 말하자면 보는 각도에 따라 얼마든지 달라질 수 있지만, 소설 『수호전』은 다음과 같은 특성을 가지고 있다고 생각한다.

■ 『수호전』의 주제

『수호전』은 ‘관리(위정자)의 핍박에 대한 백성들의 반항(官逼民反)’이라는 주제를 다루고 있다. 전제군주 체제에서 국가나 사회, 백성에 관한 모든 일은 관(官)과 분리해 생각할 수 없다. 백성 위에 군림하는 관리, 그 관리들의 부패와 횡포에 백성들의 목숨과 생활이 달려 있다.

　몰락한 백성들이 도적(寇)이 되고, 그들 중 우세한 자는 산을 차지하고 무리를 지어 또 다른 백성들을 괴롭히게 된다. 국정이 문란하고 치안이 제대로 유지되지 않으면 어느 시대에나 산적이나 초적(草賊)들은 다 있게 마련이었다. 그러나 『수호전』의 그 무리들은 양산박(梁山泊)을 차지하고 하늘을 대신하여 바른 도를 펴겠다며 ‘체천행도(替天行道)’라는 정치적 구호를 내세웠고, 이를 실천하려 했던 집단이었다.

　보통 산적들은 일반 백성들의 생활에 폐해를 끼치는 존재이다. 그러나 양산박을 점유한 도둑(盜)은 ‘체천행도’의 구호 아래 관군에 항거하며 포악한 관리들을 제거하여 백성들이 편안히 살도록 도와주었다. 뿐만 아니라 포악하고도 악랄한 부자의 재산을 빼앗아 가난한 사람들을 구제하였기에 그 도둑들은 일반인들의 환영을 받았다.

　나라의 관리나 관군은 양산박을 점유한 그 패거리를 도적떼로 생각하고 토벌하려 했지만, 일반 백성들과 양산의 사나이들은 오히려 위정자, 관리들을 도적으로 생각했다. 그렇다면 과연 누가 도적이란 말인가?

　대명부(大名府)의 양중서는 해마다 백성들을 수탈했고, 그렇게 모은 십만 관의 생일 선물을 수도 개봉부(開封府)의 장인 채(蔡)태사에게 보낸다. 그 생일선물을 중간에서 가로챈 도둑들이 진짜 도둑인가? 아니면 양중서가 도적인가? 『수호전』은 ‘자신의 것이 아닌 것을 취하는 관리는 도(盜)이고, 다른 쪽에 넘치는 재물을 훔치는 도적은 공(公)’이라는 기준을 제시하고 있다.

『수호전』에 등장하는 웬만한 산에는 산적이 우글거렸고 조정에는 조정의 대신들이, 지방 관청의 관리들도 또 그들 나름으로 모두 도둑질을 일삼았다. 그런 상황에서 선량한 민초들 백성들은 어떻게 되겠는가? 임충(林冲)과 노달(魯達)과 무송(武松)이 갈 길은 양산박밖에 없었다.

『수호전』은 사회 혼란기를 배경으로 하는 보통의 소설과는 달리 '관핍민반'의 주제를 다룬 특별한 소설이다.

■ 진짜 사나이의 모습은?

『수호전』은 일반 백성들이 갈구하는 영웅은 어떠해야 하며 또 누가 진짜 영웅인가를 보여주는 소설로서 특기할 만하다.

사실, 어느 시대에든 영웅은 있었다. 그러나 난세에 출현하는 영웅은 일반 백성들의 특별한 칭송을 받는다. 중국 유사 이래로 영웅이라면 곧 제왕이나 장상(將相)이었고, 역사란 그런 제후 장상에 관한 기록이었다. 『삼국연의』는 정사(正史)와 꼭 부합하지는 않지만 정사를 바탕으로 제왕과 장상들의 활약상을 그렸다. 그러나 『수호전』은 영웅을 보는 안목을 달리했다.

양산박에 모인 그들은 황제나 장상의 후손도 아니었으며 부호나 고급관리가 아닌 사냥꾼, 어부, 지방의 하급관리이거나 일반 농민만도 못한 삶을 영위하던 잡동사니와 같던 하층 인물들이었고, 바로 그들이 사내다운 사내로 등장하고 그들의 행위가 곧 영웅의 행동이 되었다.

시내암(施耐庵)은 중국인들이 생각하는 마치 고정관념과 같던 통념을 깨면서 황제와 조정을 비열한 짓을 하는 사악한 존재로 그렸고, 초야 호걸들의 영웅적 행동을 찬양했다. 사실『수호전』의 내용이 민간에서 회자되고 책으로 이루어지던 시대에는 조정을 비웃거나 헐뜯는 기의(譏議)나, 윗사람에게 대어드는 범상(犯上), 또는 제왕이나 성현(聖賢)을 모독하는 일은 엄격히 금지되던 시대였다.

이런 시대에『수호전』과 같은 소설이 출현했다는 사실은 기적이랄 수밖에 없다. 양산박에 모여들었던 사람들이 모두 영웅이거나 모두 영웅적 행동을 하지는 않았지만『수호전』은 그들을 관리들이나 부호의 횡포에 항거하며 선량한 사람들의 생활안정을 도와주는 영웅들의 이야기로 묘사하였다.

■ 사회악을 징벌하는 의지

『수호전』은 중국의 낡은 전제 체제 유지를 위해 백성들을 억압하던 올가미나 함정을 여지없이 폭로하고 항거하는 소설로서 특기할 가치가 있다.

사실 사회의 암적 존재는 어느 시대나 존재했다. 선량한 관리들 위에 군림하는 권신이나 간신배들, 횡포를 일삼는 탐관오리들, 지방 세력가와 결탁하여 백성들을 괴롭혔던 악패(惡覇)들이 모두 암적 존재였다. 그리고 이런 부류의 비열한 악행을 폭로하는 소설이나 그런 세력에 대한 저항 또한 어느 시대에나 존재했고 여러 가지 형태의 이야기로 전해져 왔다.

그러나 『수호전』은 양산박에 모인 사람들을 주체로 아무 거리낌도 없이, 국가 조직에 대한 집단적 저항을 영웅적으로 서술했다는 점에서 특이한 소설이다.

『수호전』의 영웅들은 '하늘에 쳐 놓은 올가미를 파괴한 뒤 호수가로 돌아오고(撞破天羅歸水滸), 땅에 깐 그물도 찢어버리고 양산에 모여들어(掀開地網上梁山)' 여태껏 볼 수 없었던 대집단을 형성하였다.

양산박에 모여드는 그들은 이미 전제정치의 암흑세상에서 겪을 만한 온갖 쓰라림을 다 겪은 사람들이었기에 그들 조직은 강한 응집력을 갖고 있었고 그들의 저항은 조직적이었다. 거대한 반항집단의 형성과정과 관군을 격파하는 역량을 반항자의 입장에서 서술했기에 『수호전』은 다른 소설보다 특이하다.

사실 농민들 입장에서 의적(義賊)이라 할지라도 통치자의 입장에서 보면 대역무도(大逆無道)한 집단이다. 양산박의 집단이 내세운 정치적 구호이며 자신들의 행위를 합리화하려는 구호 '체천행도(替天行道)' 역시 송나라 조정에서 보면 '하늘까지 닿는 큰 죄(彌天大罪)'이다.

양산박에 이주했거나 양산박에 동조하는 농민들의 행동은 전제정권의 폭정에 항거하는 기의(起義)라고 볼 수 있다. 후한 말, 황건적의 반란은 못살게 된 농민들의 항거였으나 이들의 기의는 『삼국지』에서 조조나 다른 제후 세력들의 진압으로 좌절한다.

그러나 『수호전』에서는 양산박의 집결된 힘으로 관군에 항거하며 승리를 거듭한다. 물론 나중에 초안(招安)이라는 형식을 통해 좌절하고 실패하지만 『수호전』에서는 농민봉기의 성격을 띤 양산박의 활동을 매우 긍정적인 입장에서 서술했다. 이 또한 『수호전』

이 갖는 기이함이라고 말할 수 있다.

■ 비극적인 결말

『수호전』은 고대소설에 대한 우리의 일반적 통념과 다른 결말을 보여주고 있는데, 이는 고대소설로서는 상당히 특이한 마무리이다.

양산박 집단은 역사적 사실로 존재했다. 송강(宋江)은 양산 두령으로 있으면서 처음부터 초안(招安)을 희망했고 그쪽으로 유도해 결국 초안을 받아들였다. 초안이란 '무마하여 복종시키다' 는 뜻이니, 초안을 받아들인다는 것은 '사면을 받아 지배자에게 복종하다' 는 뜻이다.

양산박 집단의 초안에 대해서 '양산박의 도적 500여 명이 송나라에 투항했고, 호부시랑 채거후에 의해 잔혹하게 죽임을 당했다' 는 기록〔洪邁의 夷堅乙志〕이 있다. 그러나 『대송선화유사(大宋宣和遺史)』라는 책에는 '송강이 투항 이후 '방랍(方臘)'의 반란을 진압하는 공을 세워 절도사(節度使)에 임명되었다.' 고 기록하고 있다.

그러나 『수호전』의 결론은 이와 다르다. 송강은 구천현녀(九天玄女)라는 신의 뜻에 따라 초안을 받아들인다. 그리하여 양산 대군은 북으로 송나라를 괴롭히던 요(遼)를 정벌하고, 남으로는 '방랍(方臘)의 반란' 을 진압한다. 말하자면 외적 격퇴와 내부 반란 진압이라는 큰 공을 세운 것이다.

지극히 당연한 생각이지만, 관군에 저항했던 대집단이 이렇듯 황제에게 충성하는 집단으로 변했다는 것은 그들의 목숨을 국가에 바쳤다는 뜻이다. 소설 속에서는 '방랍의 반란'을 진압하는 과정에서 108두령의 7~80%가 희생을 당한다. 그렇다면 살아 귀환한 무리들에게는 당연히 큰 보상과 벼슬이 내려져야 했겠지만 조정의 권신들은 부두목 노준의(盧俊義)에게 황제가 하사한 음식이라면서 수은을 넣은 음식을 먹여 죽게 했다. 또 독약이 든 어주(御酒)를 송강에게 내렸고, 그 술을 마신 송강과 이규는 그대로 죽어갔다.

　양산에 모여 저항했다가 초안을 희망했고, 초안을 수용하고 왕조에게 충성했지만 결국 양산의 영웅호한은 승리의 길이 아닌 죽음의 대로를 스스로 열심히 찾아 힘껏 달려간 셈이다. 작가의 주관에 따라 설정된 결말이지만 결국 양산 두령 송강이 갈구한 초안의 길은 죽음의 길이었다. 『수호전』의 이러한 결말은 우리에게 여러 가지 생각을 갖게 한다.

■ 문학사적 가치

　『수호전』은 중국 소설의 역사에서 특기할 만한 가치가 있다. 고대 중국문학은 처음에 시(詩)를 중심으로 발달했다. 시나 사(詞)의 성행 이후, 지괴(志怪)나 전기(傳奇) 또는 설화(說話) 등으로 발전하여 원(元)·명(明) 시대에 방대한 장회(章回)소설이 출현하게 된다. 이는 마치 한 개인이 유·소년 시절을 지내고 청·장년기를 맞이한 것과도 유사하다.

　사마천의 『사기(史記)』는 52만여 자의 방대한 저술이다. 소설 『삼국지』가 대략 60여 만 자라고 하는데, 『수호전』은 80만 자가 넘는, 마치 대하(大河)와 같은 120회 장회소설이다.

『수호전』과 같은 대작이 시내암(施耐庵) 한 사람의 순수한 창작만은 아니다. 시내암은 그동안 민간에 전승되어 온, 마치 작은 지류와 같은 전기나 설화를 모아 하나의 강물로 흐르게 하였다. 이 과정에서 시내암은 뛰어난 창작 능력으로 별개의 이야기들을 서로 얽어매었고, 인물들의 형상을 창작하면서, 등장인물들이 연출해 내는 수없이 많은 사건의 긴장도를 높여 『수호전』을 완성하였던 것이다.

물론 중국 소설사에서 소설 『홍루몽』의 가치와 의의를 빼놓을 수 없지만, 하층민의 캐릭터를 영웅으로 승화시킨 시내암의 창조력에게 감탄을 금할 수 없다. 이렇듯 저명하고 뛰어난 걸작 『수호전』이 금서(禁書)로 묶이기도 했지만 금서였기에 더욱더 생명력을 가지고 전승되어 왔을 것이다. 이 점에서 『삼국지』와는 또 다르다고 할 수 있다.

『수호전』은 영웅들을 찬미하는 내용만은 절대 아니다. 『홍루몽』의 비극처럼 『수호전』에도 많은 비극이 들어있다. 임충(林冲)의 기구한 운명은 말할 것도 없거니와, 조개(晁蓋), 송강(宋江), 노달, 무송, 이규 등 양산 주요 인물이나 양산박 최초 두령 왕륜(王倫)의 비극까지 『수호전』의 무대는 비극적인 삶이 많이 펼쳐져 있다.

이런 점에서 『수호전』은 중국의 사회와 중국인의 인생 비극을 엮은 대하소설인 동시에 기(奇)의 극(極)에 이른 소설이라 할 수 있다.

■ 수호전의 기본틀

『수호전』의 전반부, 곧 70회까지는 108두령이 양산박에 모여드는 과정을 서술하고 있는데, 이는 마치 서로 이어진 쇠사슬과도 같다. 왜냐하면 등장인물들이 한꺼번에 등장하는 것이 아니고 또 여러 인물이 한꺼번에 등장할 어떤 계기나 구도가 짜여 있지 않다.

앞서 등장한 인물의 이야기가 전개되다가 그 과정에서 만나는 사람의 이야기가 이어지면서 먼저 나왔던 인물은 이야기 밖으로 밀려나게 된다. 이야기가 계속 이어져 108두령이 다 모인 뒤에는 그들 전체가 한꺼번에 움직이고 활동하는 후반부 이야기가 전개되고 결말에 이르지만, 사실 후반부는 전반부만큼의 긴장감이 없고 이야기 자체가 무척 지루하게 전개된다.

또한 108두령들이 모여드는 과정이나 동기가 모두 다르지만 그들이 집결하는 데에는 의리라는 명분과 또 사나이끼리 마음이 통했기 때문이라는 공통점이 있었다.

예를 들면 노지심의 이야기는 그 자체만으로도 충분히 짜임새가 있고 재미있는 이야기이다. 그가 처음부터 양산이라는 조직을 알고 있었던 것도 아니고 의리를 따르는 호걸이라는 캐릭터로 등장한 것은 아니었다. 오히려 이야기 전개과정에서 자연스럽게 그렇게 되었다는 설정이 오히려 독자들에게 와 닿는다. 그렇다 하더라도 양산이라는 중심체에는 송강의 의리와 사나이다운 인품이라는 핵심이 분명히 존재하여 양산을 찾아오는 모두를 포용했다.

하지만 이 소설이 성공한 주된 이유는 작가의 뛰어난 구성 능력에 힘입은 바가 크다. 개개인의 이야기를 하나의 큰 흐름 속에 포함시키면서도 조금도 어색하지 않은 것은 다양하면서도 합리적인 인과관계, 곧 하나의 맥락을 작가가 만들어 냈기 때문이라고 생각한다. 이런 흐름과 큰 뼈대는 전체적인 윤곽과 틀을 짜면서 작가의 머릿속에서 구상되었을 것이다. 바로 이런 멋진 짜임새가 있기에 이 작품은 독자들의 흥미를 유발한다.

　이 소설에 등장하는 사나이나 여인들은 모두 자기 나름대로의 인물 전형을 보여주고 있다. 노지심이나 무송과 이규 모두 소설의 짜임새 있는 이야기 전개에서 주요한 역할을 담당하고 또 그들 나름대로의 확실한 캐릭터로 존재한다. 비록 주인공은 아니라도 송강이 죽인 염파석이나 서문경과 간통하는 반금련, 그들 사이를 중매하는 왕노파까지도 소설의 캐릭터로 완벽하다는 느낌을 받는다. 그리고 이들 한 사람 한 사람의 살아온 이야기는 단편적이지만 그것을 하나의 유기적 짜임새로 만들어 놓은 것이 바로 소설의 전반부이다.

　이처럼 108두령들이 나름대로 개성과 특성을 가지고 능력을 발휘하면서 양산박의 이야기 전개에 참여하는데, 그 108두령의 최대 공통점은 그들이 범죄자라는 점이다. 범죄자들이 그들 범죄내용을 변명하면 듣는 사람은 같이 공감하며 의기투합하고 새로운 행동을 보여주면서 양산박이라는 대집단이 형성되어 간다.

　물론 이 과정에서 소설의 주제가 조금씩 그러나 확실하게 드러난다. 등장하는 여러 인물들이 죄를 짓도록 만든 주체는 바로 나라의 권력자와 지방 관아의 탐관오리들이며 등장인물 자신은 반발하지 않을 수 없었다는 '관핍민반(官逼民反)'이 큰 주제이다.

　이어 '이대로 끝까지 존속하거나 끝날 수는 없다' 는 생각에서

양산박의 미래를 생각하여 새로이 등장하는 이슈가 송강의 초안
(招安)이다. 양산박이라는 범죄자들의 집단이 체천행도(替天行道)
의 깃발 아래 혁명을 통해 세상을 바꾸는 주체가 되는 식으로 발전
방향을 잡은 것이 아니라 결국 송나라에 충성을 다하겠다는 노선
을 선택한 것이다.

우여곡절 끝에 초안이 이루어지고, 이를 전환점으로 송나라의
걱정거리였던 악의 집단은 선한 충군(忠群)으로 바뀐다. 황제를 둘
러싼 그 권력은 조금도 안 바뀌었는데, 그들을 축출하겠다던 집단
이 이제 그들의 지시를 받는 군사로 전환이 되었다.

물론 송강이나 양산 지도부의 생각은 천자(天子)인 황제의 초안
을 받아들이는 것이었지만 양산 집단의 그 저항정신은 맥이 빠지
게 된다. 곧 선악이 뒤집어지는 전환점이 바로 초안이었다. 이런
가치관의 역전은 작자의 의도였겠지만 독자들에게는 적지 않은 실
망과 아쉬움을 주었다고 볼 수 있다.

그리고 거란족을 정벌하는 것은 당시 민족의 소망을 반영한 구성
이라고 볼 수 있다. 그러나 방랍의 반란 토벌에 나선 양산군은 힘없
이 쓰러진다. 전사하고 병들어 죽고……, 소설의 결말 부분이니 어
차피 마무리를 해야 하지만 양산 사나이들의 이러한 죽음에는 작
자의 생각이 다시 한 번 전환하고 있음을 알 수 있다. 이는 아마도
비극적인 결말을 통하여 독자들에게 아쉬움을 남겨줘야 한다는 작
가의 뜻이 담겨져 있는 것 같다. 마치 달이 차면 기우는 것처럼!

2. 시대적 배경 : 북송시대

서기 907년에 당(唐)을 멸망시킨 사람은 절도사였던 주전충(朱全忠)이었다. 주전충은 후량(後梁)을 건국하였지만 이후 50여 년간 화북지방에서는 후량·후당(後唐)·후진(後晉)·후한(後漢)·후주(後周)의 다섯 나라가 차례로 일어서고 망하는데 이 시대를 오대(五代)라고 한다. 이 기간에 양자강을 중심으로 남쪽에서는 10개 국가가 일어나고 없어지니, 이 모두를 통틀어 5대10국(五代十國)이라고 한다.

▓ 북송의 정치 상황

당나라 멸망 이후 50여 년 간의 혼란을 수습한 사람은 후주의 절도사였던 조광윤(趙匡胤)이다. 송나라 태조 조광윤(재위 960~976)에 이어 그의 동생 조광의(趙匡義. 太宗, 재위 976~997)는 전 중국을 통일하고 경제적 번영을 이룩한다. 송나라의 수도인 동경 개봉부(東京 開封府)는 행정과 군사, 경제와 문화의 중심지로 번영을 누렸다.

송나라는 중앙집권적 군주독재제도를 확립하고 극도의 문치주의 정책에 의거 군사력은 매우 허약했다. 이와는 상대적으로 북쪽에는 거란족의 요(遼)가 만리장성 이남의 연운 16주를 차지하고 송나라에 군사적 압력을 가해 왔다.

송은 군사적 열세 속에서 요나라와 평화를 유지하기 위하여 해마다 엄청난 양의 세폐(歲幣)를 요나라에 주어야만 했다. 이는 송나라의 재정 궁핍을 초래했고 결국 신종(神宗 1067~1085) 때 왕안석(王安石 1021~1086)의 부국강병을 위한 신법을 채택 실시한다. 그러나 1085년에 신법을 추진했던 신종(神宗)이 병사하고, 나이 어린 철종(哲宗)이 즉위한다. 철종의 모후인 선인태후는 섭정을 하면서 사마광(司馬光)과 구법당을 대거 등용하지만 곧 친정을 하게 된 철종은 구법당 인사들을 추방하고 신법에 의한 정치를 했다.

철종이 죽은 뒤, 휘종(徽宗 재위 1100~1125)이 즉위하고 한때 상(尙)태후가 섭정을 하자 구법당을 일부 등용했지만 상태후가 죽은 후 휘종은 철저하게 신법을 따르는 정책을 폈다. 그러면서 구법당 인사들을 추방하며, 구법당 인사 300여 명의 이름을 새긴 원우당적비(元祐黨籍碑)를 곳곳에 세워 철저한 탄압을 가했다.

왕안석의 신법 정책으로 한때 국가 재정이 충실해졌었지만, 휘종의 사치와 향락, 대규모의 토목공사와 화석강(花石綱)의 착취와 수탈 속에 휘종의 신법 정책은 왕안석의 부국강병의 정신을 잃고 오히려 백성들을 수탈하는 도구가 됨으로써 농민들의 불만은 계속 쌓여 이후 정치 상황은 수습이 어려울 정도로 나빠졌다.

송나라를 멸망으로 이끈 황제는 휘종이었는데, 휘종은 우둔한 황제도 또 폭군도 아니었다. 그는 정치에 무관심했고 사치와 향락으로 국력을 탕진했다. 휘종의 재위기간에 만주에서 여진족의 아구타(阿骨打)가 금(金)나라를 건국하고(1115년) 요나라와 싸워 이기자 송나라는 금나라와 연합하여 요를 치겠다는 약속을 한다. 이 과정에서 금나라는 요나라를 대파하나 무력한 송나라는 지금의 베이징 지방도 금나라의 도움을 받아 겨우 함락시킨다.

이어 송이 금과의 여러 약속을 지키지 않자 금이 송을 공격한다. 금의 공격에 놀란 휘종은 황제 자리를 아들(欽宗, 흠종)에게 물려주고 강남으로 도주한다(1126). 흠종은 연호를 정강(靖康)으로 바꾸고 금과 대결 중에 잠시 화평을 유지하자 휘종은 다시 동경으로 돌아온다.

그러나 곧바로 금이 다시 공격해오고, 흠종은 저항했지만 1127년 동경 개봉부가 함락되고 휘종과 흠종 부자를 포함하여 비빈과 왕족, 대신들 3,000여 명이 금나라에 끌려간다. 이에 송은 완전히 멸망하는데 이를 '정강의 변(靖康之變)'이라 한다. 휘종은 도망을 안 가도 될 때는 미리 도망쳤다가 다시 돌아와 도망도 못가고 포로로 끌려가 죽었다.

'정강지변'의 혼란 속에 휘종의 아들인 조구(趙構)가 양자강 남쪽으로 내려가 송(宋)나라를 재건하니, 이가 고종(高宗 1127~1162)이다. 송나라 태조 조광윤의 건국에서 정강의 변으로 멸망할 때까지를 '북송(北宋 960~1127)'이라하고 고종의 재건 이후 1279년 몽고족의 원(元)나라 세조에게 멸망하는 송나라를 '남송(南宋)'이라고 한다.

■ 북송의 경제적 번영

당나라 말기에서 오대(五代)를 지나는 동안 중국 사회는 크게 변질되어 당대의 문벌귀족이 몰락하고 향촌을 중심으로 신흥 지주계급이 대두하는데 이들을 형세호(形勢戶)라고 한다. 이들 형세호는 대지주였기에 부유한 경제력을 바탕으로 또 송대의 문치주의 정책에 힘입어 과거 시험을 통해 관료 계층으로 등장하여 상류 지배층을 형성하게 된다.

이들 형세호 외에도 일반 자연농민과 도시 상공인들의 경제적 활동도 크게 늘어났다. 농촌에서는 경작지가 크게 증가하고 이모작의 보급, 농기구의 개량들을 통해 농업생산력이 비약적으로 증가하였다. 북송대에는 방직과 제지, 도자기, 인쇄, 조선 등 다방면에서 수공업의 발전을 가져왔다.

송대의 인쇄술(活字), 지남침(指南針), 화약(火藥)의 발명은 한대(漢代)의 종이와 함께 중국의 4대발명이라 일컬어지는데 송대의 이러한 발명은 산업의 각 분야가 골고루 발전했다는 증거라고 할 수 있다.

농업 분야에서 잉여농산물의 상품화, 수공업과 외국무역의 발달, 국내 소비시장의 확대, 화폐경제의 신속한 보급 등은 상업의 발달의 주요 원인이었다.

이러한 경제적 발달은 곧 도시의 발달을 가져왔다. 본래 중국의 도시는 흙 담장을 둘러친 방(坊)으로 구획되어 있었고 그 안의 일정지역인 시(市)에서만 상업 활동이 이루어졌었다. 그러나 송대에는 이러한 시의 개념이 바뀌면서 자유로운 시장과 다수의 점포들이 도시 안에 생겨났고 활발한 상업 활동이 이루어졌다.

이러한 도시의 발달은 당나라 시대에 비하여 엄청난 변화를 이룩했다. 당나라 시대에는 10만 호 이상의 도시가 10여 곳에 불과했지만 북송대에는 40여 곳으로 늘어났다는 통계가 있다.

송대에는 동경 개봉부, 북경 대명부, 서경 하남부, 남경 응천부의 4부가 대표적인 도시였다. 수도 동경은 변수(汴水)라는 황하의 지류를 끼고 북송 제1의 정치, 경제, 문화의 도시였다. 동경 개봉부에는 20만 호가 거주했는데 밤낮으로 상업 활동을 할 수 있었다. 그리하여 상인들의 동업조합인 행(行)이 160여 개나 있었고 6,400호가 여기에 가입했었다고 한다. 당시 동경의 번화한 모습은 궁정화가 장택단(張擇端)의 '청명상하도(淸明上河圖)'에 집약되어 있다고 말할 수 있다.

또한 송대에 수도와 지방 거점도시의 발달은 서민문화의 발달을 가져왔다. 그간 발전을 계속해온 중국의 문화는 송나라에 이르러 집대성되었다고 말하는 학자도 있다.

이러한 문화의 발달과 집대성을 국방력이 뒷받침을 해주지 못했기에 송나라는 문화적으로 훨씬 저급한 거란의 요나라와 탕구트족의 서하(西夏)에게 해마다 막대한 양의 세폐를 보내면서 평화와 번영을 유지했다. 결국 경제력으로 산 평화는 북송의 멸망으로 결론이 지어졌다.

또한 극도의 문치주의와 관료제는 무능과 부패, 당쟁으로 연결

되었다. 중앙의 황제와 주요 권신들의 부패와 타락은 자연적으로 지방관들의 수탈로 이어지고 여기에 항거하는 농민들의 저항의식은 지방 반란으로 연결된다. 그리하여 북송 말기에 방랍의 난이 양자강 남쪽 목주(睦州)에서 일어났고 산동의 도적 송강은 회수와 황하 하류지역을 휩쓸고 다녔다.

이는 소설 『수호전』의 한 구성 요소가 되었지만 이런 반란은 곧 자주 국방력의 쇠퇴와 건전한 가치관 도덕의식이 없었기 때문이라고 진단할 수 있다.

3. 휘종과 화석강

북송의 멸망 과정에서는 8대 황제 휘종(재위 1101~1025)에 대한 이야기를 빼놓을 수 없다. 어느 왕조건 망국의 군주는 있기 마련인데 북송의 멸망의 주역은 바로 휘종이었다.

휘종 황제는 잔인한 살육을 감행하는 폭군이 아니었고 멍청하고 우둔하지도 않았다. 그렇다고 무리한 대외 원정을 했던 것도 아니고 다만 사치와 낭비로 국고를 탕진하고 정치에 전혀 관심이 없었으며 오직 향락에만 주력하였다. 말하자면 낭비에 의한 국고 탕진과 국력 소모로 나라를 패망에 이르게 한 황제였다.

■ 예술가의 자질

『수호전』에 도군황제(道君皇帝)로 등장하는 휘종(본명 조길趙佶)은 신종(神宗)의 아들로 1082년에 태어났다. 어릴 때부터 황궁 안에서 자랐기에 사치와 안락한 생활이 몸에 배었고 경박하고 방탕한 언행을 제재할 사람이 없었다.

조길은 어려서부터 말타기와 공차기 등을 특히 좋아했는데, 기이한 꽃이나 새와 괴석(怪石)에 관심이 많았다. 또한 감성이 풍부한 사람으로 시(詩) · 서(書) · 화(畵)에 두루 조예가 깊었지만 특히 글씨와 그림에 천부적 소질을 타고났다. 휘종이 고안한 독특한 글씨체인 '수금체(瘦金體)'는 해서체의 변형이긴 하지만 날카로우면서도 가늘고 길며 우아하여 학체(鶴體)라고도 불린다. 당시 휘종의 글씨는 거의 신품(神品)이라 불릴 정도였다고 한다.

휘종은 정치는 몇몇의 신하에게 맡기고 서화나 골동품에 심취하였다. 황제의 이러한 정서에 맞장구를 치고 응대하며 신임을 얻어 권력을 잡았던 대표적 인물이 바로 채경(蔡京)이었다.

채경은 뛰어난 서예가였다. 채경은 특히 행서(行書)에 능했는데

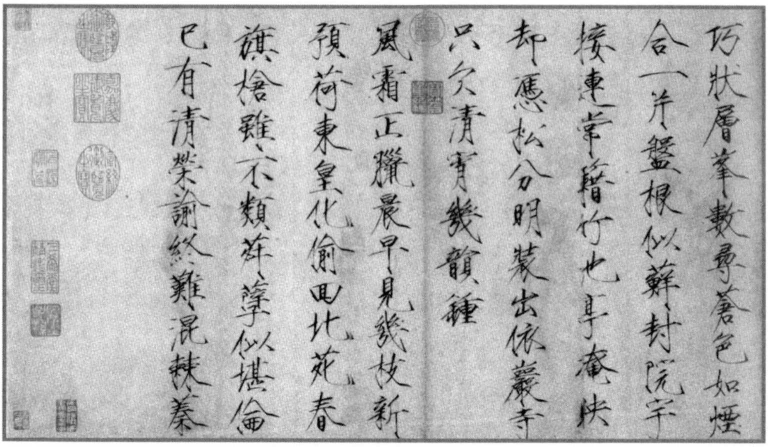

휘종의 글씨 '수금체'

그의 글씨는 '호방한 기운이 넘치며 침착하면서도 상쾌한 느낌'이었다고 한다. 채경의 글씨는 북송의 유명한 시인이며 문장가인 소식(蘇軾, 東坡), 시인 황정견(黃庭堅, 字 魯直), 미불(米芾, 字 元章)과 함께 '북송4대가(北宋四大家)'에 꼽힐 정도의 명필이었다.

조선 말기 을사오적(乙巳五賊)의 우두머리인 이완용(李完用)도 그 시대에 유명한 명필이었으니, 채경과 이완용은 비록 시대는 다르지만 서로 간신이면서 명필이라는 점에서 일맥상통한다.

휘종의 신임을 얻은 채경은 황제의 향락을 계속 부채질했다. 휘종은 종교적으로는 도교(道敎)의 광신자로 황제에게 아첨하는 도사들의 말을 잘 들었다. 휘종은 수도 개봉(開封)의 동북방이 낮으니 이곳을 높이면 아들을 많이 얻을 수 있다는 도사의 말을 믿어 수악(壽岳)이라는 인공산을 만들고 궁궐과 정원을 대대적으로 조성하였다.

그리고 채경(蔡京)의 추천을 받은 주면(朱勔)을 소주에 파견하여 응봉국(應奉局)을 설치하고 서호(西湖)의 태호석(太湖石)이나 안휘 숙주(宿州)의 수석을 비롯하여 기이한 화초와 수목을 대대적으로 수집하여 수도 개봉까지 운반케 하였다.

■ 화석강

휘종황제는 재상 채경(蔡京)과 환관 동관(童貫)을 절대적으로 신임했는데 당시 사람들은 채경을 시아버지 재상(公相), 동관을 시어머니 재상(媼相)이라고 불렀다. 채경은 젊어서는 구법당에 속했었지만 휘종의 신임을 얻으면서 철저하게 구법당을 탄압했으며, 휘종의 도교 숭배와 풍류와 예술에 맞장구를 칠 수 있는 능력을 갖고 있었던 기회주의자였다.

채경과 동관은 강남지역의 기화이초와 아름다운 돌, 곧 화석(花石)의 착취에 주력하였고 그 화석으로 황제의 오락과 수명장수와 황실 번영을 기원하는 만수산(萬壽山)을 꾸몄다. 그 화석을 운반할 때 10척의 배를 1강(綱)이라 하였기에 이를 화석강(花石綱)이라 불렀다.

강(綱)이란 그 이전부터 존재했었다. 강은 특별한 물자의 장거리 운송조직과 그 운용을 지칭한다. 화석강 이전에 상인들이 자발적으로 조직하여 운용한 소금 운송조직인 염강(鹽綱)이나, 차를 운반하는 다강(茶綱)이 있었다. 양산박에 108영웅이 모여드는 단초가 되었던 양중서가 보낸 생신강(生辰綱)도 같은 의미이다.

처음에는 화석강의 수탈이 그리 심하지도 않았고 지역도 항주 일대에 한정되었지만 점차 그 대상과 지역이 넓어지고 수탈의 정도가 심해졌다. 각 지방의 지방관들은 먹이를 노리는 맹수처럼 기이한 수목과 수석을 수집했는데 조금이라도 기이한 것이 있으면 응봉국의 건달들이 들이닥쳐 황가(皇家)라고 쓴 딱지만 붙이면 탐나는 물건은 그대로 빼앗을 수 있었고, 큰 나무나 큰 돌을 운반할 때 일반 백성의 집을 허무는 일이 다반사였다고 한다. 때문에 일반 백성들의 원성은 극에 달했다. 사서의 기록에 의하면 화석강의 착취와 수탈은 20여년이나 계속되었다고 한다.

당시 백성들은 '통을 부숴버리고(打破筒) 요리를 쏟아버리면(潑

了茶) 곧 인간들에게 좋은 세상이 되리라(便是人間好世界)’라는 노래를 불렀는데, 여기서 통(筒 tǒng)은 동관(童貫 tóng guàn)을, 요리(菜 cài)는 채경(蔡京 càijīng)을 뜻했다고 한다.

이에 피폐한 백성들의 민심이 흉흉해지고 불만이 커져, 마침내 선화 2년(1120년)에 방랍(方臘)이 반란을 일으켰다. 방랍은 주면을 주살하겠다고 농민들을 선동하자, 10일 만에 10만여 명의 농민들이 가담하였다고 한다. 방랍은 연호를 영락(永樂)이라 개칭하고, 독립적인 국가수립을 지향하여 항주, 목주 등을 공격하였다.

송나라는 방랍의 난을 진압하는데 엄청난 군사력과 국력을 탕진하였다. 당시 방랍의 반란군 10만을 제압하기 위해 요나라 군대에 대응하기 위해 준비하였던 15만의 병력을 동원했으며, 진압 과정에서 죽인 백성이 300만여 명에 달하였을 정도였다.

『수호전』에는 이 화석강에 대해 언급한 부분이 세 곳이다.

12회에 양지(楊志)는 양산박 두령 왕륜(王倫)에게 자신이 태호석을 운반하다가 황하에서 돌풍을 만나 배가 가라앉았고 그때문에 도망하였다고 자신의 경력을 소개하고 있다. 그리고 44회에서 맹강(孟康)은 화석강을 운반하는 배를 만드는데 심하게 재촉하는 제조관을 죽이고 도주하였다고 하였다. 그리고 109회에서 주면 등이 화석강을 심하게 징발하여 많은 백성들이 이에 불만을 갖고 있다는 내용이 있다.

▣ 생신강

소설에서 어떤 소재를 선택하여 어떻게 구성하는가는 그야말로 작자의 권한이다. 『수호전』은 휘종 재위기간을 시대적 배경으로 하면서도 화석강을 빼고 생신강을 소재로 하였다.

이 생신강(生辰綱)을 탈취하는 사건을 당시의 학정에 반항하는, 관핍민반(官逼民反)의 상징 사건으로 삼았다. 그리하여 생신강을 탈취하기 위한 7인의 모임은 양산 대의(梁山大義)의 서막이 되었다. 그리고 조개를 비롯하여 이 사건과 관련되는 인물들이 뒷날 양산 무력의 핵심인물이 되니 이 사건은 양산 사업의 초석이 되었다고 말할 수 있다.

화석강이나 생신강 모두 백성에 대한 수탈의 상징이고 민중의 반항을 이끌어낸 사건이지만 그 성격이 조금은 다르다.

화석강은 황제의 사욕에 따른 행위이지만 황제의 명령이고 국가적 사업이라는 구호를 내세우고 공개적으로 진행된 수탈이다. 그러나 생신강은 양중서의 개인적인 수탈이고 그 행위의 결과를 공개적으로 내세울 수 없다는 특징이 있다. 또 이런 수탈행위는 결과적으로 황제에 대한 불충이다. 말하자면 생신강이 관리들의 부패와 수탈을 더 강렬하게 상징할 수 있으므로 그에 맞서는 세력에 대한 독자들의 공감대 형성이 자연스러울 뿐만 아니라 작품의 주제를 선명하게 표출시키는데도 적합하였을 것이다.

그리고 관핍민반에서 관(官)의 구체적인 주체가 누구인가? 백성들 바로 위에 존재하는 지방관일 수도 있고 지방관의 그늘 아래 먹고 살면서 백성과 늘 접촉하는 하급 아전일 수도 있다. 지방관 중에서도 양중서와 같이 조정에 연결된 거물일 수도 있고 태사 채경이나 태위 고구와 같은 조정 중신일 수도 있다. 아니면 국가의 통치조직이나 모든 관청을 포괄적으로 의미할 수도 있다.

그러나 실제로 관핍민반의 근원을 따져 올라가면 황제에게 귀착한다. 황제가 현명하고 정사에 부지런하며 백성들을 위한 정치를 편다면 관리들의 부패나 착취는 훨씬 적을 것이다. 무능하고 타락한 통치자 시절에 민란이 많이 일어나는 것은 동서고금이 마찬가지이며 그 근본 책임은 통치자가 져야 한다.

하여튼 고구나 양중서와 같은 탐관의 무리들은 임충이나 양지 등을 양산으로 내몰았다. 그리고 그런 무리들이 관핍의 주동인물로 전면에 나서면서 휘종 황제의 사치와 방종, 나라의 살림을 거덜내는 대토목공사, 백성들에 대한 가혹한 수탈행위 등이 가려지게 되었다.

휘종 재위 기간 중에 화석강이나 방랍의 난, 그리고 송강(宋江) 무리의 봉기, 금나라와 연합한 요나라 정벌이 있었고 결국 1126~1127년의 ‘정강의 변(靖康之變)’으로 나라는 망했다.

이처럼 『수호전』의 작자가 화석강이 아닌 생신강을 주제로 삼았기에 황제의 죄악은 잠시 독자의 생각 뒤쪽으로 숨었고, 황제는 민반(民反)의 타깃에서 옆으로 비켜 설 수 있게 되었다.

■ 역사적 관점에서의 방랍의 반란

방랍의 반란은 화석강의 부담이 집중된 강남일대에서 억압받던 농민들이 봉건적 중앙 권력에 반항하여 일으킨 의거라고 극히 일반적인 정의를 내릴 수 있다. 방랍의 난은 1120년 10월에 발생하여 1121년 4월에 진압될 때까지 불과 6개월 정도 지속되었지만 북송의 지배체제에 큰 타격을 주었다.

『수호전』에는 방랍이 태어난 목주(睦州)는 그 이전에도 진석진(陳碩眞)이라는 여자가 모반하며 황제를 칭한 곳이라고 한다. 방랍은 골짜기 물에 비친 자신의 모습이 천자의 의관을 갖춘 형상이어서 자신감과 기대감을 갖고 기회를 보아왔다고 하였다. 방랍은 농민이었지만 상당한 재산을 가진 지주였고 조직적인 반란이었기에 역사상의 실제 도적 송강보다 풍부한 사료가 있다.

사서(史書)의 기록에 의하면, 방랍은 지금의 절강성 서부 청계현(淸溪縣)의 큰 집안 출신으로 넓은 옻나무 숲이 있어 수입도 많았다. 그러나 관의 각종 수탈과 부역 동원에 방랍은 증오심을 갖고 있었다.

방랍이 반란을 일으키자 주변 농민들이 합세하여 불과 며칠 만에 그 세력이 10만을 넘었다고 한다. 그만큼 국가 권력과 그 착취에 대한 민중의 불만이 팽배해 있었다는 뜻이다. 물론 여기에는 종교적 비밀결사나 소금과 차의 밀매 세력과도 연결이 있다고 하였다.

반란은 1120년 10월 방원동에서 거병하여 11월에 청계현을 점령하고 이어 목주와 흡주를 점거한 뒤, 12월 말경에 강남의 중심도시인 항주(杭州)를 점령하며 크게 기세를 올렸다. 반란군의 점령지역은 순식간에 6주 52개 현으로 늘어났지만 더 이상 전국적인 확산은 불가능했다.

방랍은 자신을 성공(聖公)이라 칭하고, 연호를 영락(永樂)이라 했
으니 이는 곧 송 왕조에 대한 공식적인 반란이었다.

송나라는 숙적 요나라에 대항하기 위하여 신흥 여진의 금과 동
맹을 맺고 군사행동을 개시하려고 군사를 수도에 집결시키고 있었
는데 방랍의 난이 일어나자 곧 이들 군사 15만 이상을 진압에 투입
한다.

환관인 동관은 대군을 거느리고 1121년 1월 윤주(潤州)에 도착하
였다. 사실 방랍의 반란군은 농민들을 끌어 모은 오합지졸로 정규
관군들이 공격해 오자 제대로 싸워 보지도 못하고 무너진다. 관군
은 2월에 항주를 탈환하고 3월에 목주, 4월에 무주를 되찾은 뒤 4
월 23일 방랍을 생포했다.

방랍의 반란이 일어난 뒤, 1121년 3월 화석강을 일시 폐지했다
가 윤 5월에 다시 시행했다는 기록을 보면 북송 정권에서는 아직
도 정신을 못 차렸다고 보아야 한다.

소설에 묘사된 송강과 방랍의 싸움은 완전히 가공된 것이지만
역사상 실존 인물 2명이 등장한다. 1명은 방랍의 추밀사 여사낭(呂
師囊)으로 송강과 처음으로 싸워 패배하는 인물로 설정되었다. 실
제 이 사람은 방랍을 따라 기병하여 태주(台州)를 공격하다가 격퇴
당하였다. 또 한 사람은 마법으로 송강을 괴롭히는 정마군(鄭魔君)
인데 이 사람은 동관의 부장에 패해 생포되었다. 마군은 곧 마왕으
로 마신을 섬기는 비밀 결사의 우두머리라고 한다.

방랍의 난에 휩쓸린 지역은 완전히 황폐해졌다. 이는 반란군에
의한 폐해보다는 관군의 횡포에 의한 폐해였다고 하는데 실제로
동관은 반란지역에서 300만여 명을 죽였다고 한다. 결국 송나라에

서 가장 번영하고 풍요로웠던 지역이 가장 황폐한 지역으로 전락
했다. 그리고 동관의 관군은 마치 어마어마한 공을 세운 듯 개선했
다. 그러나 곧이어 북방 요나라와의 전투에 동원되지만, 이번에는
제대로 싸우지도 못하고 패한다.

4. 나라를 망친 원흉들

양산(梁山) 영웅들의 사명은 '하늘을 대신하여 정도를 실천하기' 곧 체천행도(替天行道)이며, 그 구체적 행동은 제폭구민(除暴救民)이다. 여기서 제폭의 대상 곧 제거해야 할 포악의 주체는 누구인가? 『수호전』의 작가는 송나라의 정치를 망친 원흉으로 고구(高俅), 채경(蔡京), 동관(童貫), 양전(楊戩)의 4적신(賊臣)을 꼽았다. 이 중 동관과 양전은 환관이었다.

■ 고구 : 부랑자의 벼락출세

본래 지고무상(至高無上)의 황제가 좀 어리석거나 무도하다하여 제거의 대상이라고 생각하지는 않는다. 그렇다면 제거해야 할 포악의 주인공은 누구인가?

먼저 당시 북경 대명부(北京 大名府, 오늘날의 북경이 아님)의 유수

(留守)인 양세걸(楊世傑)은 소설에서 양중서(楊中書)로 통칭하는데, 이 사람은 장인 채태사(蔡太師, 蔡京)의 생신 선물로 10만 관어치의 금은이나 보물을 모아 동경 개봉부(東京 開封府)의 장인에게 보낸다.

이 양중서처럼 백성의 재물을 강탈하는 탐관오리를 제거해야 할 포악의 주체로 꼽을 수 있지만 국가에 해악을 끼치는 최고의 원흉이라고 지칭하기는 좀 부족하다. 양중서의 장인인 채경(蔡京)도 있지 않은가? 그렇다면 조정의 보다 높은 지위의 권력자 중에서 골라야 할 것이다.

이 중에서 화국앙민(禍國殃民)의 주인공으로 등장하면서 가장 미움을 받는 인물은 고구이다. 위의 4적신 중에 채경은 거의 드러나지 않고 환관인 동관은 주로 70회 이후에 등장하며 환관 양전에 대해서는 별 내용도 없다.

그런데 실제 사서(史書)에 고구에 대한 기록은 없다. 아예 기록할 만한 가치가 없는 소인이라고 생각할 수도 있다. 고구는 소설의 처음부터 등장하면서 왕진(王進)과 임충(林冲)을 핍박한 인물이다. 송나라의 군정(軍政)의 대권을 장악한 그는 후일 대군을 동원하여 양산박을 공격했다가 생포되었지만 송강과 전체 두령의 인사와 환대를 받았다.

뒷날 여진족 금(金)나라의 군사가 남하한다는 보고를 받은 휘종이 황제 자리를 태자(흠종(欽宗))에게 물려주고 허둥지둥 강남으로 달아날 때(1126년) 고구도 휘종을 수행하여 강남으로 따라갔다. 흠종이 굴욕적인 화해를 맺은 뒤, 금나라 군사를 돌려보내자 휘종은 개봉부로 환궁했다. 환궁 직후 고구는 병으로 죽는다. 송나라의 군정 책임자로 무능했으면서도 권력과 부귀와 천수를 다하고 죽었으니, 고구 자신이야 행복했지만 일반 독자들에게는 미움의 대상이었다.

고구의 경력은 역사 기록이 거의 없어 자세히 알 수 없다. 하지만 고구는 황제의 최측근에서 군사 대권을 장악했고, 동관은 밖에서 대군을 지휘하여 전쟁을 수행했다. 북송의 마지막 20년은 이 두 사람이 군정의 책임자였고 그 결과는 속이 텅 빈 껍질만의 군대였다.

수도 개봉부에 상주하는 금군(禁軍)은 본디 15만 규모였지만 고구가 개인적 사역에 동원하거나 봉급을 유용하기 위해 인원을 줄였기에 마지막에는 3만 정도였다고 한다. 군적에 있는 인원과 실제 인원의 차이가 곧 고구의 수입이었다.

환관으로 금군을 지휘한 동관(童貫) 역시 마찬가지였다. 동관은 전쟁의 패배를 중앙에 제대로 보고하지 않았다. 전사한 숫자는 도망자로 보고되었기에 유족들에게는 아무런 보상도 없었다고 한다. 동관은 부족한 병력을 보충한다고 보고했지만 전혀 보충하지 않았다. 그리하여 정규군의 5분의 1정도 병력을 유지했다고 하니 이렇게 썩은 군대가 위기상황에서 무슨 힘을 쓰겠는가? 금나라의 일격에 북송이 무너진 것은 당연한 결과였다고 한다.

고구는 국가와 백성에게 재앙의 주연으로 등장할 만한 조건을 처음부터 완전하게 갖추고 있었다. 우선, 그 바탕이 무뢰한이며 건달이었던 그가 송나라의 군사권을 장악한 태위(太尉)에 올랐으니 이는 단적으로 조정의 부패와 무능을 반증한다.

다음으로 무뢰한이었던 고구와 방탕한 황족의 만남은 곧바로 건달 태위와 국가를 패망으로 몰고 간 황제라는 극히 자연스러운 연결 관계로 발전한다.

마지막으로는 공식적인 사서(史書)에 고구 개인의 전기가 없기에 픽션의 등장인물로 가장 적합했을 것이다. 사서에 기록이 있는 채경이나 동관들은 양산박과 관련이 있는 픽션을 만들기가 그만큼 어려웠다는 의미가 된다.

고구는 단왕(端王, 죽은 神宗의 아들이며 당시 황제 哲宗의 동생, 즉 위하기 전의 휘종)의 저택에 심부름을 갔다가 운이 트이게 된다. 단왕은 음주가무에 소질을 갖고 즐겼으며 바둑, 서예, 그림에 두루 재능을 갖고 있었다.

특히 단왕은 축구를 좋아했다. 단왕이 축구를 하는 모습을 보며 기다리던 고구에게 공이 날아왔고, 고구는 원앙괴(鴛鴦拐)라는 멋진 동작으로 킥하면서 패스했다. 그 공을 찬 솜씨에 놀란 단왕이 다가와 말한다.

"너는 본래 공을 찰 줄 아는구나(你原來會踢氣毬)! 네 이름이 무엇인가(你喚做甚麼)?"

이 순간, 파락호의 아들로 태어나 술과 도박 그리고 계집질로 밑바닥 인생을 살던 건달은 일시에 승천하게 된다. 고구는 그 현장에서 단왕과 함께 공을 찼으며, 단왕이 만류하여 하룻밤을 지냈고, 단왕의 수행원이 되어 단왕과 같이 매일 놀았다.

두 달이 못 되어, 단왕이 황제(휘종)로 즉위하면서 단왕의 축구

파트너였던 고구는 자신의 팔자를 고친다. 휘종은 자신이 부리던 하인과 여인들을 모두 황궁으로 데리고 들어갔다. 이런 사람들을 수룡인(隨龍人)이라고 한다. 고구는 수룡인에서 군사관련 직책을 받았고 곧바로 전수부(殿帥府)의 도지휘사 곧 태위가 되어 조정의 군정(軍政)대권을 장악하고 이와 연관하여 나라의 운명도 바뀌게 된다.

본래 고구는 음주가무와 창 쓰기와 봉술을 조금 익혔고, 씨름과 공차기를 좋아했지만 시서(詩書)와 사부(詞賦)는 대충 알았을 뿐이었다. 고구는 출세하면서 본 이름 구(毬)에서 모(毛)를 빼고 인변(亻)을 보태 구(俅)라 했지만, 인간이면 알아야 할 인의예지(仁義禮智)와 신행충량(信行忠良)에 대해서는 모르는 사람이었다.

이런 고구를 중용하는 휘종도 어찌 보면 신분이 다를 뿐, 결국 한 통속의 나쁜 부류 곧 일구지학(一丘之貉, 한 언덕에 사는 담비)이었다. 휘종은 깊숙한 황궁에서 주색에 푹 빠져 백성들에 대한 생각은 조금도 없었다. 휘종은 삼궁육원(三宮六院)의 비빈으로도 음욕을 다 채울 수 없었던지 황궁 밖 기관(妓館)으로 당시의 명기 이사사(李師師)를 찾아다녔다.

중국의 어느 왕조든 황음(荒淫)을 일삼던 황제는 많았지만 도군(道君)황제라는 별칭까지 얻은 휘종은 좀 특별했다. 그는 궁궐에서 이사사의 집에까지 전용 지하도를 파게 하여 왕래했다. 송강과 연청(燕靑)도 이사사의 집에 들려 이런 사실을 확인한다(소설 72회). 이를 보면 휘종은 황제이기 전에 건달이었고 그런 건달황제가 건달 고구를 높이 등용하는 것은 자연스러운 일이었다.

그러나 『수호전』에는 고구의 죄악을 구체적으로 말하지 않고 다만 세 가지 사건만 열거하고 있다. 그 하나는 태위로 부임하는 첫 날 금군교두(禁軍敎頭) 왕진(王進)을 핍박하여 결국은 내쫓았다. 다음으로 양아들 고아내(高衙內)가 임충의 아내를 탐하자 그 패악을 훈계하기는커녕 임충을 모함에 빠뜨려 한 가정을 파탄냈다. 그리고 무예가 뛰어난 노달(盧達)과 양지(楊志) 등을 박해하여 결국 양산박으로 내몰았다.

■ 채경의 전횡

채경(蔡京 1047~1126)은 생신강 탈취 사건의 단서를 제공한 북경 대명부의 양중서의 장인이다. 실제 사서에서도 채경은 신하 중 북송 멸망에 가장 큰 책임을 져야 할 사람으로 꼽힌다.

채경은 중앙에서 한림학사로 근무하다가 휘종이 즉위한 이후 구법당 계열로 밀려 지방관으로 내려갔다. 환관 동관(童貫)은 휘종의 뜻을 받들어 항주(杭州) 방면으로 서화와 골동품을 구하러 갔다가, 글씨를 잘 쓰고 학식이 풍부하면서 서화에 뛰어난 감식안을 가진 채경을 만나게 된다. 채경과 동관은 곧 콤비를 이루었는데 그 당시 동관은 47세, 채경은 54세였다고 한다.

채경과 동관은 휘종의 절대적인 신임을 받았고 채경은 1102년에 수석 대신의 반열로 급상승했다. 채경은 이후 20여 년간 북송의 정치를 거의 주무르다시피 했다. 채경은 최고의 문신으로 동관 같은 환관이 정치에 관여하는 것을 싫어했지만 동관에 대한 황제의 신임은 절대적이었기에 채경도 어찌 할 수 없었다고 한다.

채경은 사마광 계열 구법당 인사들의 후손까지 정계에서 밀어낸 뒤, 국정의 전권을 장악했지만 두 번이나 파면을 당하고 다시 등용 되기도 했다. 그러나 채경은 파면되어 물러날 때에도 자신을 변명 하지 않고 오히려 자신의 부주의를 사죄하며 용서를 빌었다. 이는 황제에게 연민의 정을 남겨 놓는 효과가 있었 고 때문에 상황이 바뀌면 다시 고위직에 복 귀할 수 있었다고 한다.

　사실 송대의 강력한 황제권 아래에서 재상 반열의 대신들이라 할지라도 자신 의 경륜이나 포부를 펴기보다는 황제의 뜻에 영합하며 자신의 지위를 보전 하는 것이 가장 효과적이었다. 채경 은 휘종의 뛰어난 예술 감각과 그 취향에 맞출 수 있는 충분한 자질도 겸비하고 있었다. 23세에 과거에 합 격할 정도이니 틀림없는 수재인데다가 그는 글씨도 뛰어났다.

　『수호전』 39회에는 당시 소동파(蘇東坡, 蘇軾), 황노직(黃魯直, 黃庭堅), 미원장(米元章, 미불 米芾), 채경(蔡京) 등 4인의 글씨체를 '송조 4절(宋朝四絶)'이라 부른다는 군사(軍師) 오용(吳用)의 설명이 나온다. 그리고 오용은 강주(江州) 감옥에 갇혀 있는 송강을 구하려고 소양(蕭讓)을 불러 채태사(蔡京)의 가서(家書)를 위조하지만 위조임이 들통나서 송강(宋江)은 더 큰 위험에 처하게 된다.

채경은 휘종의 사치 생활의 큰 몫을 차지하였다. 우선 화석강을 책임지는 주면(朱勔)을 추천한 장본인이었고 주면은 최고로 악랄하게 착취를 감행했다.

화석강이 문제가 되었을 때, 채경은 황제의 취미는 참으로 순수하고 천진한 도락이며 아무 쓸모도 없는 돌을 가져다가 감상하며 즐기니 백성들에게 아무 폐해도 주지 않는다는 논리를 펴서 황제를 안심시켰다. 그러나 실제로는 이 화석강의 착취가 강남의 민심을 이반케 하고 실제로 방랍 반란(1120년)의 직접 원인이기도 하였다.

채경의 전횡에 따라 정치적 병폐도 겹겹이 쌓였고 채경 또한 고령으로 늙어갔다. 휘종의 사치와 방종도 늘어 국가 재정은 거덜이 났고 채경은 여러 명예직을 갖고 있으면서 그런 자리의 녹봉까지 받았지만 그 자신의 사치 생활을 충족할 수 없었다고 한다.

결국 아주 자연스럽게 아래 사람으로부터 각종 예물을 받아 충당했는데 북경 대명부에서 유수로 재직하는 사위 양중서가 보내는 생신강 10만 관이 바로 그 증거였다.

1126년, 여진족 금(金)나라의 위협에 떨던 휘종은 아들 흠종에게 제위를 물려주고 강남으로 피신한다. 흠종은 금나라의 요구를 들어 굴욕적인 화평을 맺은 뒤 상황 휘종을 수도로 다시 돌아오게 한 뒤, 휘종의 주변에 있던 대신들을 하나씩 제거한다. 채경과 그 아들은 호북(湖北)으로 유배를 갔다가 다시 호남으로 유배지가 변경되었다. 채경은 담주(潭州)에서 병으로 죽었는데, 적어도 사형을 당하지 않았다는 자체만으로도 대단한 행운이라 할 수 있다.

■ 동관 : 군사 대권을 장악한 환관

중국과 우리나라에서 역사적으로 환관(宦官)제도가 있었지만 일본은 이런 제도가 없었다. 일본에서는 이것이 동양의 역사보다는 서양과 유사한 점이 많은 증거라면서 일종의 우월감으로 자랑을 하는 사람도 있다고 한다.

사실 남자를 거세한다는 사실은 정말 비인간적 처사이다. 그 거세당한 사람의 불행은 차라리 사형당하는 것보다 더 치욕적이었다. 중국 전한 무제에 의해 궁형(宮刑)을 당한 사마천의 심사가 어떠했을까? 사마천의 편지글 「보임소경서(報任少卿書)」를 읽으면서 눈물을 흘리지 않을 수 없다.

중국에서는 고대부터 청(淸)나라 말년 — 20세기 초까지도 환관제도가 있었다. 환관을 거느리는 것은 황제만의 특권이었다. 때문에 감히 이를 폐지하자고 주장하는 사람이 없었다. 그러고 보면 환관은 강력한 황제권의 상징이기도 했다.

중국사에서 환관은 본래 황궁의 일부에 거주하면서 황궁 안에서만 일했다. 이런 상황에서도 환관의 폐해는 실로 엄청났다. 나중에 환관은 황제를 대신하여 특정의 사명을 띠고 지방에 파견되기도 했다. 그러니 환관의 폐해가 지방으로 확산이 되는 것은 당연했다.

역사적으로 진(秦)나라의 환관 재상 조고(趙高)는 진시황 사후에 이세(二世) 황제를 옹립하고 전권을 독단하여 진나라 멸망의 주범이 되었다. 역사상 환관의 폐해가 심했던 시기는 고대에서는 후한(後漢) 시대였는데, 십상시(十常侍)의 우두머리인 장양(張讓)은 소설 『삼국연의』의 서막부분을 장식하고 있으며 촉한의 황호(黃皓)는 유

비가 죽은 뒤, 후주의 총애를 받으면서 그의 무능정치에 한 몫을
하였다.

당(唐)나라에서도 환관의 폐해가 심각했으니 현종 재위 시절에
환관 고력사(高力士)가 현종과 양귀비의 총애를 믿고 전횡을 휘둘
렀다. 근세에 명(明)나라 성조 영락제 때의 환관 정화(鄭和)는 삼보
태감(三寶太監)으로 동남아는 물론 인도양 저편까지 항해하며 탐험
을 하여 그 명성을 떨쳤다. 또 명나라 희종(熹宗) 때의 환관 대내총
관태감 위충현(魏忠賢) 역시 뇌물을 받고 정사를 자기 뜻에 따라 임
의적으로 처리하였고, 동림당(東林黨) 인사들을 많이 죽였다.

소설에서 채경(蔡京)의 이름은 일찍부터 등장하지만 동관(童貫)
은 후반부에 등장한다. 고구와 채경, 동관과 양전(楊戩)은 네 명의
간신(四奸)으로 비난의 대상이 되는데, 이중 동관과 양전은 환관이
며 그중에 동관은 소설 속에서 큰 역할을 한다. 즉 도군황제 휘종
은 동관을 대원수로 삼아 각처에서 마음대로 군마를 징발하여 양
산의 적구(賊寇)들을 소탕하라는 특명을 내린다.(소설 75회 말)

사실 동관은 다른 환관과 달리 무공으로 출세하겠다는 특별한
야망을 가지고 있었다. 역사 기록에 의하면 동관은 환관이었지만
신체가 건강하고 풍채가 매우 장대했다고 한다. 동관은 휘종에게
아주 유능하고 쓸모 있는 환관이었다. 골동품 수집도 잘했고 군사
방면에도 재능을 보였으며 궁중에 인공산을 만드는 대공사의 감독
도 잘해서 휘종의 마음을 흡족하게 했다.

방랍의 난이 일어났을 때, 조정에서는 동관을 총사령관으로 하

는 원정군을 그대로 남하시켰다. 휘종은 동관에게 '강남의 일체를 그대에게 맡기니 필요하면 천자의 이름을 사용해도 상관없다' 는 말까지 했다고 한다. 방랍에 대한 군사 작전은 100여 일 만에 순조롭게 끝이 났고 동관은 득의만만하게 자신의 공을 중앙에 보고했다.

이후 동관은 금나라와의 협정대로 요나라의 원정에 나섰지만 아무런 공을 세울 수도 없었다. 결국 금나라의 도움으로 연운 16주를 회복하고 자신의 공적처럼 중앙에 보고했지만, 금나라에서는 엄청난 보상을 요구했다. 결국 이런저런 사유로 밀려났다가 다시 등용되어 금나라에 대항하라고 파견되었지만 도저히 금나라 군사를 막을 상황이 아니었다.

금나라 군사들의 도전 상황이 속속 보고되자 겁에 질린 휘종은 태자를 수도에 남겨 즉위케 하여 뒷일을 부탁한 뒤 자신은 양자강 남쪽으로 도망을 쳤다. 여기에는 채경과 고구가 뒤를 따랐고 동관도 정예부대인 승첩군(勝捷軍) 3,000명을 데리고 수행했다.

이에 새로 즉위한 태자 곧 흠종(欽宗 1100~1161. 재위는 1126~1127)은 휘종 때의 신하들을 제거하면서 금군(金軍)에 저항했다. 그러나 금나라 군사가 수도 개봉을 공격하자 송나라는 금은과 비단 등 막대한 세폐(歲幣)를 제공하고 중산(中山), 하간(河間), 태원(太原) 등을 할양하였으며 금나라 황제를 백부(伯父 큰아버지)로 호칭하는 등 굴욕적인 화평조약을 체결하고 일단 돌려보낸다.

일단 금나라가 철수하자 휘종은 수도로 돌아온다. 한편 흠종은 패전의 책임을 묻는 형식으로 채경을 귀양 보냈다. 채경은 이미 80세 고령으로 귀양지에 도착하자마자 악성 종기로 죽었다. 한편 동관은 현직에서 해임된 뒤, 해남도로 유배를 가는 도중에 사형에 처해졌다. 소설 속에서 끝없이 악행을 일삼은 동관에 대해서는 소설보다 역사적 사실이 더 재미가 있다.

그러나 이후 북송이 금나라와의 약속을 이행하지 않고 금나라 내부의 교란을 획책하자, 금나라의 2차 공격에 개봉은 함락되고 휘종과 흠종 부자와 황실 사람과 고관 등 3,000여 명이 포로로 잡혀가면서(정강의 변) 북송은 일단 멸망한다.

5. 관리들의 생리와 병폐

북송(北宋)의 북경 대명부(北京 大名府)는 지금의 베이징이 아닌 하북성 대명시 부근이다. 송나라는 카이펑(開封)이 수도였는데 동경(東京)이라 칭하면서 서경, 남경, 북경을 차례로 설치하였다. 북경 대명부는 국가의 주요 거점도시 중 하나였다. 송나라는 태종 때, 전국을 15로(路)로 나누고 지방관으로 막강한 권한을 가진 전운사(轉運使)를 파견하였다.

■ 지방관의 전횡

북경 대명부의 유수(留守) 양세걸(楊世傑)은 장인인 채경(蔡京)의 생일을 맞이하여 선물을 보낼 계획을 세운다. 사위가 장인에게 생일 선물을 보내는 것은 지극히 당연한 일이지만, 그것이 금은보화로 그 가치가 10만 관(貫)에 해당한다니 너무 심했다고 할 수 있다.

그 당시 일만 관의 재산을 가졌으면 부가옹(富家翁) 소리를 들었다는 사실 하나만으로도 그 도가 지나쳐도 너무 지나쳤다.

그런데 문제는 그 전 해에도 십만 관의 예물을 보냈으나 중간에서 누군가에게 탈취당했는데 아직까지도 그 범인의 윤곽도 파악치 못하고 있었다. 때문에 금년에 보내는 생일 선물을 더욱 특별한 것이라 할 수 있다.

선물의 규모는 주는 사람과 받는 사람 양쪽의 입장에 따라 규모가 다를 것이다. 사위가 높은 지방관이 아니고 국자감의 박사나 조교였다면 아마 일만 관 선물도 사실상 불가능하다. 청나라 때의 소설 『유림외사(儒林外史)』에 나오는 늙고 가난한 서생 범진(范進)은 과거에 급제하여 출세길로 들어선다. 그의 장인은 백정이었다. 때문에 범진은 장인의 생신에 생일 선물을 할 생각도 안했다.

문제는 양중서가 고급 지방관이고, 그의 장인이 중앙정부의 최고 실력자인 태사(太師)이기에 선물 규모가 달라져야 한다는 데 있다. 단옷날 밤 양중서 부부가 가연(家宴)을 베풀며 대화를 나눈다.

채부인 : 당신이 출세 이후, 오늘날 이 자리에서 국가의 중임을 맡은 공명과 부귀가 어디에서 왔는가는 아시지요 ?

양중서 : 나 양세걸도 어려서부터 독서하며 나름대로 『경사(經史)』를 읽어 알고 있거늘, 초목이 아닌 다음에 사람이 어찌 태산(泰山, 장인)의 은혜를 모르겠소? 이끌어주신 그 은혜에 감격하고 있소!

채부인 : 장부께서 친정 부친의 은덕을 안다면 어찌 어른 생신을 모른단 말입니까?

양중서 : 내가 어찌 알지 못하겠소. 장인어른은 유월 보름날이 생신이요. 내가 이미 사람을 시켜 십만 관의 금은보화를 준비하였고 동경으로 보내 생신을 축하할 것이오….

옛말에 '조정에 아는 사람 있으니 벼슬하기 좋다'고 하였다. 그것도 일인지하(一人之下) 만인지상(萬人之上)의 태사이기에 양중서에게 장인 생신 선물 준비는 그 어느 업무보다도 중요했을 것이다. 양중서가 준비하는 생신 예물은 사위가 보내는 예절이 아니라 내일을 위한 새로운 투자라 아니할 수 없다. 그 투자는 일만 배의 이득을 창출하는, '일본만리(一本萬利)'의 역할을 하고도 남을 시드머니(종자돈)일 것이다.

여기서 옛날 중국 관계(官界)의 비리를 한번 정리할 필요가 있다.

그 첫째로는 연줄을 찾아 아부하기를 꼽아야 한다. 관직의 세계는 상사와의 연결에 목숨을 걸어야 한다. 양곡(陽穀)의 지현(知縣)은 장인이 조정의 태사가 아닌데도 엄청난 재물을 모아 무송을 시켜 동경으로 보낸다. 무송은 자신을 알아주는 지현의 심부름이기에 아무런 군말 없이 임무를 성공적으로 마치고 돌아온다.

『금병매(金甁梅)』에서 서문경(西門慶)은 해마다 조정의 재상인 채경에게 생일 선물을 보내어 양아들로 인정을 받으면서 천 호(千戶)의 관직을 얻는다.

그리고 지방관이면 재물을 긁어모아 상관에게 바치면서 연줄을 만들어야 승진할 수 있고 요직에 진출할 수 있다. 시골 마을길을 돌면서 백성들의 살림을 걱정하는 것은 승진에 아무런 도움이 되지 않는다. 상관에게 재물을 많이 보내는 사람이야말로 상관이 좋아하는 사람이며 유능한 관리이다. 왜냐하면 승진을 시켜주는 권한은 상관이 쥐고 있지 백성의 손에 있는 것이 아니었다.

다음으로 고대의 중국 관리들은 긁어먹는 병이 있었다.

하급 관리가 입술 두 개와 손바닥 두 개만으로는 상사와 끈을 댈 수 없다. 상관의 생일을 맞아 입으로만 '만수무강 하십시오!' 하는 것보다는 조그만 예물을 하나 보내는 것이 훨씬 더 낫다.

양중서가 거둔 금은보화 10만 관은 양중서가 다 거두어들인 것인가 아니면 아랫사람이 바친 것인가? 소설에서는 이에 대한 언급이 없다. 그렇지만 작자는 독자들 누구라도 다 아는 일이라고 생각했을 것이다. 양중서가 금을 캐는 광산주가 아니고, 구슬을 가다듬는 기술자도 아닌데 금은보화는 하늘에서 쏟아졌는가? 아니다. 그것들은 모두 백성의 피와 땀이다. 관리들은 그것들을 쥐어짜기 위하여 온갖 억지와 탈법을 자행해야만 했다.

적발귀(赤髮鬼) 유당(劉唐)은 양중서가 생신강을 보낸다는 정보를 가지고 조개를 찾아와 말한다.

"제 생각으로도 이는 옳지 못한 재물인데 이것을 좀 우리가 갖는다 해서 무슨 잘못이 있겠습니까? 좋은 방법을 찾아 중간에 가로챈다면 하늘이야 알겠지만 죄가 되지는 않을 것입니다."

중국 관리들의 세계에서 승진은 곧 부자가 되는 지름길이었다. 관직을 높이고 봉록도 많아지지만 그것만으로는 부자가 될 수 없다. 관직을 높이고 부자가 되기 위해서는 수중의 권세를 최대한 이용하여 백성들의 고혈을 짜내면 간단히 해결된다. 그래서 '부자 한 집에, 일만 집에서 곡소리 난다(一家發財萬家哭)' 는 말이 생겼을 것이다.

셋째로 엉큼하고 흉악한 심보를 꼽아야 한다. 관리 노릇을 하면서 심보가 검지 않다면 돈을 모을 수가 없다. 검은 심보를 바탕으로 도둑질을 하는 관리가 되어야 한다. 머리에는 관모를, 몸에는 관복을 걸쳤지만 관아의 안팎에서 하는 짓은 도둑질이나 다름없었다.

백성들이 자식을 바꿔 잡아먹는 상황이 눈에 보이지만 본 것이 아니고, 울음소리가 온 들에 메아리쳐도 못들은 척해야 한다. 금고 속에 쌓이는 금은의 다소에만 마음을 쓰고 옳고 그른 것은 물을 필요가 없다.

포송령(蒲松齡)의 『요재지이(聊齋志異)』에 나오는 석방평(席方平)은 지옥으로 염라대왕을 찾아가 아버지를 대신해 원통함을 하소연했지만 염라대왕까지도 돈을 밝혀 돈이 없는 석방평은 죽도록 매만 맞고 나온다는 이야기가 있다. 이는 비록 청나라 때의 이야기이지만 『수호전』의 무대에서도 역시 마찬가지였다.

고대 중국 관리들의 세계에서 이 세 가지 병은 수천 년을 이어온 고질병이었다.

■ 지방 관아의 서리

서리(胥吏)는 중앙과 지방의 모든 관청의 말단에서 일하는 사람이다.

과거 우리나라에서는 지방의 향리(鄕吏)는 특별히 아전(衙前)이라 불렀는데 본디 농민보다 하위 신분이었다. '사농일치(士農一致)'의 대원칙에서 농민은 과거 응시에 아무런 법적 제약이 없었지만 아전은 응시 자격조차 없었다. 농민이 과거에 응시할 수 있는 현실적 여건이 되느냐는 별개의 문제였지만 적어도 신분상 그런 제약은 없었다.

서리들은 국가기관의 최말단에서 그들만의 세계를 구축하고 백성들과 접촉한다. 백성들이 국가 기관에 접속하려면 어떤 형태이든 서리의 손을 거쳐야만 했다. 때문에 서리들은 백성 위에 군림할 수 있었고 지방관에 대한 견제와 이용 방법도 나름대로 알고 있었다.

『수호전』에는 많은 서리들이 등장한다. 소설을 읽다보면 서리가 얼마나 국가 권력의 말을 듣지 않고 자기 나름대로 살아갔는가를 알 수 있다. 이 소설은 어쩌면 서리들 세계의 실상을 기록한 다큐멘터리라고 할 수도 있다.

송나라 때 지방행정 조직의 제일 작은 단위는 현(縣)이었다. 북송 전성기의 인구를 1억 명 내외로 추산할 수 있고 전국에 약 1,300개의 크고 작은 현이 있었다. 그렇다면 현에는 산술 평균적으로 7만 내지 8만 정도의 주민이 거주했다고 말할 수 있다. 이는 우리나라의 군(郡) 단위에 해당한다.

이 현에는 중앙에서 행정 책임자인 지현(知縣), 부관인 현승(縣丞), 치안 유지를 담당하는 현위(縣尉) 등이 파견된다. 그리고 지현 아래에는 중앙의 6부를 모방하여 이 · 호 · 예 · 병 · 형 · 공방의 6방으로 나누고 서리(胥吏)들이 소속되어 제반 행정 실무를 담당한다. 그리고 각 방 서리들의 우두머리를 압사(押司)라고 불렀다.

송강(宋江)은 운성현의 형방(刑房)을 담당하는 압사였다. 서리들의 세계에서도 한 단계 위의 직명으로 호칭하는 것이 관례였다고 하는데 송강이 형방 최고였는지는 소설만으로는 알 수가 없다. 하여튼 송강은 조개가 죄인이며 체포하라는 내용의 공문을 제일 먼저 접수하여 내용을 알았기에 동계촌으로 달려가 조개에게 먼저 통보하여 피신케 하고 지현에게 공문을 올린다.

송강의 압사 직위는 나름대로 부수입이 생길 수 있는 자리였다. 물론 운성현 송가촌의 대지주의 아들이기도 했지만 농사일은 동생 송청에게 맡기고 있었다. 의식주가 궁하지 않은 송강이 현에서 압사로 근무하는 것은 적당한 부수입 말고도 나름대로 여러 가지 의도가 있었을 것이다. 다시 말해 권력자의 주변에서 적당히 맴돌면서 자신의 이익과 위신을 확보할 필요가 있었다는 의미이다.

주민 7~8만 명이 거주하는 현이라면 그곳의 농민들 사이에 크고 작은 민사사건이나 범죄 사안은 당연히 발생하고 그럴 때마다 관련 비용은 소송 당사자로부터 걷었다. 그런 수입들을 모아 살아가는 서리들로서는 적극적으로 부수입을 챙길 수밖에 없는 구조였다. 송강이 염파석 모녀를 도와주며 딴 살림을 차릴 수 있었던 것은 그만한 부수입이 있었기 때문일 것이다.

송강이 강주로 귀양을 갔을 때 강주의 양원 압뢰인 대종(戴宗)은 새로 들어온 죄수를 찾아와 노골적으로 상례전(상납)을 요구한다. 그 옳고 그름을 떠나서 그것은 당시의 관례였다. 죄수는 헛기침만 하여도 죄가 되며, 죄가 있든없든 죄수 하나쯤 두들겨 패는 것은 파리 한 마리 잡는 것과 똑같다고 대종은 말했다.

송강과 대종의 관계는 송강과 오용의 관계가 알려지면서 역전이 된다. 덕분에 송강은 강주에서 편하게 생활할 수 있었다. 경치 좋은 물가 술집에 앉아 술을 마시기도 했으며 혼자 술에 취해 자신의 심사를 풀어 '반시(反詩)'를 쓰기도 했다. 이 모든 것이 강주 감옥의 아래 위 서리들에게 인정(뇌물)을 베푼 결과였고 대종이라는 든든한 후원자가 있었기 때문에 가능했다.

썩어빠진 것은 중앙의 고급관리나 지방관뿐이 아니었다. 공식적으로 급여가 없는 서리들이 먹고 살려면 백성들 위에 군림해야만 했다. 소설에서 지방관은 대개 백성들을 착취하고 억압하지만 서리들은 그래도 인정을 베푸는 사례가 나온다. 그것은 그만큼 서민과 밀접한 관계였다는 뜻이면서 공식적인 문무 관리한테는 서리들도 피 압박의 존재였다는 의미일 것이다.

6. 핍박받는 민초들의 저항

『수호전』의 또 다른 이름은 『영웅보(英雄譜)』인데, 아마 108명 두령을 영웅으로 미화한 제목이라고 볼 수 있다. 이들이 양산박에 모여드는 이유나 과정은 각자 성격에 따라 다른데 작자는 심혈을 기울여 그럴만한 사연들을 잘 안배했다. 108두령이 양산박에 모여든 사유는 다음과 같이 크게 다섯으로 나누어 볼 수 있다.

① 관(官)의 핍박을 받아 양산박에 모인 사람들.
② 범죄를 저질렀거나 죄가 무서워 피난한 사람들.
③ 명성이나 의리를 사모하여 모인 사람들.
④ 교전에서 패하여 투항한 장수들.
⑤ 계략을 써서 양산박으로 유인한 사람들.

▣ 소설의 시작

『수호전』의 첫 회는 홍(洪)태위가 잘못하여 요사한 마귀들을 달아나게 했다는 이야기로 시작된다. 이는 아마도 중국의 천명(天命) 사상에 관련한 신비한 이야기를 끌어다가 양산박의 108두령이 마귀의 환생일지 모른다는 이미지를 심어주는 역할을 한다. 그러나 이는 그저 길고 긴 이야기의 시작일 뿐이다. 이런 역할을 하는 서두의 이야기를 '설자(楔子)'라고 한다.

이런 이야기는 송 왕조의 천하가 본래 태평무사했지만 홍태위 같은 벼슬아치가 진인(眞人)의 권고를 무시하고 복마전의 108마군을 풀어주었고, 또 전횡을 일삼아 결국은 천하를 혼란에 빠뜨리게 했다는 소설의 큰 뜻을 작자가 강조한 것이라고 볼 수 있다.

복마전에서 달아난 108마군(魔君)은 요괴이며 중생을 위협하는 마귀이기도 하지만 관리들의 핍박에 반항하는 마군(魔軍)일 수도 있고, 정

복마전의 108마군이 세상에 나오다

(正)으로서 사(邪)를 제압하는 마군일 수도 있다.

중국 속담에 '도가 한 자 높아지면, 마는 한 길이 높아진다(道高一尺 魔高一丈)'는 속담이 있다. 이 속담은 여러 가지 의미로 해석할 수 있지만, 결국 하나의 선이 있으면 그 선보다 더 단수가 높은 악이 만들어진다는 뜻으로 해석할 수 있다. 곧 나라에서 백성을 이렇게 탄압한다면 백성들은 그보다 더 강하게 저항한다는 의미로 해석할 수도 있다.

『수호전』의 본 이야기는 제2회부터 시작한다. 제2회의 처음 시작은 위에서 말한 고구의 이야기로 시작된다. 『수호전』의 작자가 108두령의 그 누구를 먼저 소개하지 않고 고구(高俅, 고태위)의 횡포로 이야기를 시작한 것은 무슨 뜻인가?

아마도, 작자는 반란이나 혼란은 하층부에서 시작되는 것이 아니다. 그 원인은 윗머리부터 시작한다. 부랑아 같은 황제에 건달 태위, 그 황제에 그런 태위가 있어 혼란이 시작된 것이다. 곧 국가의 혼란이나 붕괴는 상부에서부터 시작된다는 작가의 강력한 메시지를 전달하려는 의도였을 것이다.

■ 관핍민반(官逼民反)

소설의 108두령 중 가장 주목받아야 할 인물은 맨 처음으로 양산박(梁山泊)에 들어간 무리들이다. 이들은 임충과 무송 등 12인으로 최종 108두령의 9분의 1에 불과하다. 이들이 양산박으로 피신한 데에는 관의 핍박을 받았기에 민중은 반항한다는 곧 관핍민반(官

逼民反)을 바탕으로 깔고 있다.

실제 중국어 사전에서 '핍상양산(逼上梁山)'이란 말은 '핍박을 받아 부득이 반항하다.' '어쩔 수 없어 그렇게 하다.' 라는 뜻을 가지고 있다.

그러나 과연 『수호전』의 주요 인물에게 관에서 어떤 핍박을 가했는가를 따져보면 꼭 그렇지도 않다. 조개와 오용 등이 생신강을 탈취한 것은 과연 관의 핍박 때문인가? 송강이 조개를 도망치게 정보를 제공한 것은 관군의 핍박 때문인가? 또 노달(盧達)이 백정 정도(鄭屠, 진관서)를 죽인 것은 관의 핍박을 받았기 때문인가?

사실 이런 질문으로 개개인의 전후 사정과 사건들의 인과관계를 따져보면 관핍민반이라는 대전제에 상당부분 의문이 간다. 그렇지만 『수호전』은 분명히 관핍민반이라는 기본 설정에서 벗어나지 않는 장편의 소설이다. 그럴 만한 이유를 다음과 같이 분석할 수 있다.

첫째, 『수호전』 개개인의 전기는 대개 핍박과 반항의 두 단어를 중심으로 엮어졌으며, 『수호전』의 전반부는 대개 개개인의 사정과 사건들을 설명하는 부분이라고 볼 수 있다. 고구(高俅)가 벼락출세를 하면서 교두 왕진이 노모를 모시고 수도 개봉부를 떠난다. 이어 노달, 임충, 양지, 조개, 오용, 송강, 무송, 양웅, 석수, 뇌횡, 해진, 해보 등의 이야기가 계속된다. 이들의 출신 바탕이나 기본 사상, 먹고 사는 이야기가 서로 다르지만 공통점이 있다면 핍박을 받고 양산으로 모여든다는 점이다.

그러나 이들도 처음에는 산적이나 강도가 되는 것을 원치 않았다. 임충은 억울하게 귀양을 가면서도 자신의 억울함이 언젠가는 풀릴 것이라는 믿음을 갖고 있었다. 그러나 임충은 두 번 세 번 계속 핍박을 받게 되자 양산에 오르지 않을 수 없었다. 송강과 양지는 양산박에 들어가 산채 구경을 한 다음에도 양산에 머물기를 거부하며 하산하지만 종국에는 관과의 마찰 때문에 양산에 들어올 수밖에 없었다.

『수호전』 전반부는 복잡하게 얽힌 흥미진진한 이야기가 계속되며, 그것은 『수호전』의 핵심 내용이라 할 만하다. 그리고 그 많은 이야기의 공통점은 관핍민반이라는 주제를 벗어나지 않는다.

둘째, 관의 핍박은 고구가 임충을 핍박하는 식의 직접적 핍박만이 전부는 아니다.

그때나 지금이나 사회는 복잡하고 모순은 한 줄로 이루어지는 것이 아니며 관리들의 횡포란 것은 백양백태라고 할 수 있다. 음험한 관리들이 생각해 내는 기발한 아이디어를 감히 어느 백성이 예상할 수 있겠는가?

금군교두 임충은 무예로 먹고 사는 사람이다. 그가 비싼 돈을 주고 보검을 산 뒤 이리저리 만지면서 감상하는 것은 당연한 일이다. 그러나 그 보검이 임충 손에 들어온 자체가 음모라는 것을 임충이 어떻게 짐작할 수 있겠는가? 고구가 자기의 칼과 비교해보자면서 임충을 불렀을 때, 하인의 안내를 받아 백호당 앞에 서 있는 순간, '아차!' 했지만 이미 함정에 빠진 뒤였다. 고구가 판 함정은 그 정도로 교묘했기에 임충은 당할 수밖에 없었다.

그 외 장 도감(都監)이 무송을 음해하는 것이나 모태공(毛太公)이해진(解珍)과 해보(解寶)를, 유고(劉高)가 송강(宋江)을 함정에 밀어넣는 온갖 수법들이 모두 제 각각이었다. 당시 벼슬아치들은 자신의 직무에는 무능했지만 사람들을 모해하는 능력은 매우 우수했다.

그리고 한 가지 결코 간과할 수 없는 것은, 관리들이 직접 얼굴을 드러내놓지는 않지만 그들의 아랫것들이 저지르는 해악도 결국은 관리들의 해악이라고 봐야 한다.

정도는 도축하여 고기나 파는 사람이었지만 경락상공(經略相公)과 밀착되어 있었기에 진관서(鎭關西)라는 별호와 함께 정대관인(鄭大官人)으로 행세하면서 양가의 부녀자들을 농락하고 큰돈도 벌었다. 결국 노달은 정관서를 때려 죽였고 그 알량한 자리를 버리고 도망해야만 했다.

또 기녀 백수영(白秀英)은 신임 지현(知縣)과 왕래가 있었기에 여러 사람 앞에서 뇌횡(雷橫) 모자(母子)에게 모욕을 주었다. 일개 기녀가 도두(都頭)를 무시하고 깔본 짓거리는 벼슬아치의 강아지가 사람들을 마구 무는 것과 똑같은 이치이다. 결국 의분을 참지 못한 뇌횡에게 맞아 죽었지만, 이때문에 뇌횡은 양산으로 향할 수밖에 없었다.(소설 51회)

노달과 뇌횡은 관부의 직접적인 핍박을 받지는 않았다지만 결국 그 배경의 실체는 관부의 핍박이라고 보아야 한다.

셋째, 열악한 경제나 사회 환경으로 백성들이 살 수 없게 되었다면 그 또한 일종의 핍박이다.

제주(濟州) 양산박 부근 석갈촌의 완씨(阮氏) 형제들은 어부였다.

오용은 찢어진 두건을 쓰고, 낡은 옷에 맨 발로 어망을 말리고 있는 완소이(阮小二)에게 열대여섯 근 정도의 큰 잉어를 잡아달라고 말을 건넨다. 그러나 그들은 지금 고기를 잡을 수 없다. 양산박을 차지한 떼강도 때문인데 그들은 관군조차 두려워하지 않는다고 하였다. 관군이 떼강도를 공격하러 마을에 들어오면 마을 사람들이 그들에게 출정 여비를 걷어줘야 한다. 관군은 백성들이 키우는 돼지 오리 닭을 모조리 잡아먹는 등 행패가 심하기에 백성들은 놀라 똥오줌을 질질 싸며 감히 쳐다보지도 못한다고 하였다.

양산의 떼강도들은 하늘이나 땅, 관군도 두려워하지 않으며, 금은을 똑같이 나누고, 큰 동이로 술을 마시고, 큰 덩어리 고기를 뜯어 먹으며 통쾌하게 생활한다. 차라리 자신들도 어부의 본업을 버리고 그들을 따라가고 싶다고 하였다. 그렇다면 양산의 떼강도보다 관군을 더 두려워하는 어민들을 핍박한 사람은 누구인가?

이런 상황에 처한 완씨 삼형제가 의롭지 못한 재물인 생신강을 탈취하는 범행에 동참하고 뒷날 양산박에 들어간 것이 삼형제들의 잘못이라고 단정할 수 있는가? 그들은 죄를 범했고 형벌을 피하려 양산으로 도주했다. 이는 완씨 형제들이 특정한 관리의 핍박을 받지는 않았다 하더라도 당시 정치현실의 간접적인 피해 곧 다른 형태의 핍박을 받은 엄연한 사실인 것이다.

사실, 서술하는 과정에서 핍박에 중점을 둘 것인가, 아니면 반항에 중점을 두는가는 작가의 마음에 달린 일이다. 『수호전』의 전반부에는 각양각색의 핍박이 열거된다. 임충이 당한 핍박, 무송이나 양지가 당한 핍박도 스타일이 다르다. 물론 그 중간에 노달과 같은 반항 위주의 특이한 주인공도 등장한다. 『수호전』은 54회에서 시

진의 입산으로 두령들의 핍박과 입산과정에 대한 설명을 대략 끝
이 난다. 이어 55회에서 '고태위가 삼로의 대병을 동원하다(高太尉
大興三路兵)'를 분기점으로 양산군과 관군의 대결 상황으로 전개된
다.

넷째, 교전(交戰)의 결과 패전했기에 양산에 들어온 두령들이나
노준의(盧俊義) 같이 중간에 양산박 측의 계략이나 유인에 의하여
합세한 사람들, 또는 스스로 대의명분을 내세워 양산에 들어온 사
람들은 아무런 핍박을 받지 않았다고 생각할 수 있다.

그러나 관의 핍박이 양산 두령들의 취의(就義)와 집결을 초래했
다는 점에서 이들도 예외일 수는 없다. 조정에서는 양산의 무리가
나라의 화근이라 생각했고 대군을 동원하고 관군의 지휘관으로 동
원되었다. 이들 지휘관은 자기 나름대로 자신의 역량을 증명하여
공훈을 세우려 했지만 결국은 정반대의 결과를 초래했다. 지휘관
에게 패전의 책임은 무겁다. 양산 대군의 능력에 못 미치는 관군의
실력, 그때문에 짊어지게 된 패전의 책임, 결국 패장이 취할 수 있
는 길은 하나이고 그 또한 또 다른 형태의 핍박이라 아니할 수 없
다.

그리고 양산 집단의 대의명분이나 송강의 의리를 숭상해 모인
두령들도 결국은 관핍의 결과에서 오는 부산물이라 생각할 수 있
다. 애당초 핍박이 없었으면 양산 세력이 형성되지 않았을 것이니
까!

끝으로, 양산 두령들이 모여드는 과정에 대한 『수호전』의 묘사,

예를 들어 임충이 시진의 도움을 받고, 눈 내리는 밤에 양산을 찾아가는 그 정경은 아주 비장하다. 이어 주귀(朱貴)의 주점에서 양산을 찾아가는 임충의 모습에서 앞으로 무엇인가 큰 변화를 예감할 수 있다.(제11회 林沖雪夜上梁山)

양산의 무리들은 축가장(祝家莊)을 치고, 대명부(大名府)를 공격하고, 동관(童貫)과 싸워 두 번 이기고, 고구의 원정을 세 번씩이나 꺾고 고구를 사로잡는 등 승리를 거듭한다. 이는 그동안 핍박받은 민초들의 승리와 함께 새로운 세상, 새로운 시대가 눈앞에 펼쳐질 것 같은 예상을 갖게 한다.

그러나 양산의 총두령인 송강의 생각은 달랐다. 마치 조향장치인 운전대를 잡은 기사의 마음에 따라 방향을 바꾸듯 승용차는 엉뚱한 곳에서 회전을 한다. 즉 조정의 초안(招安)을 받아들이는 과정이 전개된다.

초안은 그동안 양산의 두령들이 모여드는 과정의 이론적 바탕 곧 관핍민반과는 반대 논조이다. 그간 양산 밖의 환경은 하나도 변하지 않았다. 정의가 실현될 수 있는 개선책도 시행된 적이 없다. 양산박에서도 황제에게 아무런 대안을 제시하지 않았다. 그런 상황에서 황제에게 용서를 구하고 황제의 부름을 받아 양산군은 관군으로 전환했다.

그리하여 거란족의 요나라를 원정하고 방랍(方臘) — 그 역시 양산 두령과 같이 핍박받는 민중의 지도자였는데 — 의 반란을 진압한다. 그러면서 양산의 두령들은 사라져 갔다.

『수호전』의 후반부는, 송강의 초안 주장이 나오면서, 이야기는

활력이 사라진다. 초안을 받아들이기 — 분명 관핍민반과는 정반
대 주장이며 이전과는 완전히 다른 변주곡이다.

초안을 받아들일 수밖에 없는 그 한계를 지금의 우리 독자들은
이해할 수 있다. 그것은 바로 송강 이하 당시 108두령의 현실적 한
계였다. 그들은 새로운 시대정신을 창조할 만한 능력이 없었다. 그
것은 곧 기본적으로 『수호전』의 작자가 새 시대를 열어야 한다는
시대지향적 의식이 없었다는 뜻이기도 하다. 그러하니, 초안은 관
핍민반의 예정된 변주곡이며, 그래서 독자에게 무한한 아쉬움만을
남겨줄 뿐이다.

7. 양산박에 대한 심층 분석

양산박은 일정 지역 안에서 생활이 이루어지는 공동체이면서 동시에 두령과 졸개들의 결사체였다고 말할 수 있다. 108두령으로 불리는 양산박 사나이들은 그들 모두가 관철해야 할 조직의 공동 목표가 있었고 그 목표달성을 위해 조직체를 운영했다.

양산박이라는 지리적 이름으로 불렸던 그 집단은 유맹(流氓)의 무리로서, 경제적 공동체 곧 원시 공산주의적 소비 생활을 했으며 의리(義理)를 최우선으로 생각하는 특이한 집단이었다.

■ 유맹의 집단

중국어의 유맹(流氓 liúmáng)이라는 단어를 사전에서 찾아보면 '건달', '부랑자'라는 의미인데 여기에 '불량배'나 '무뢰한'이라는 뜻이 첨가된다. 그런데 유맹은 한 개인을 지칭하기도 하지만 그보다는 집단이나 다수를 지칭하는 경우가 더 많다.

예를 들어 '유맹무산자(流氓無産者)'는 '부랑(浮浪, 떠돌이)자, 노동자 계급'을 지칭하며, 일정 지역에서의 정착생활이 아닌 이동과 유랑의 성격이 더 강한 무리를 의미한다.

과거 봉건 왕조시대 중국은 농업 국가였지만 그 생산력이나 경작기술의 진보는 아주 더뎠다. 농업 생산은 늘지 않는데 인구가 늘면 1인당 경작면적이 줄어든다. 여기에 천재지변이나 전쟁 또는 폭정으로 세금과 수탈이 행해지면 부역이나 세금을 감당하지 못한다.

그럴 때일수록 개인의 부채는 늘어나게 되고 결국 영세 농민들이 우선적으로 토지에서 떨어져 나간다. 이렇게 하여 토지나 가옥을 버리고 외지에 떠돌아다니는 다수의 농민들을 유맹(流氓)이라고 하였다. 따라서 유맹민들을 경제적 능력에서 보면 최저 빈민계층이면서 사회적 불안요소였다.

과거 중국의 유맹은 로마제국의 빈민과는 또 다른 성격이 있다. 로마 시대의 빈민은 시민 중에서 단지 경제적 능력이 없는 사람이지만 유사시 군대로 동원되고 전쟁에도 참여하였기에 정치적 발언권이 있었다.

그러나 과거 중국의 유맹은 정치적으로 아무런 권리도 없고 경제적 생산 활동에 기여하는 것보다 사회적으로 부정적 역할이 많은 계층이었다. 이런 점에서 본다면 현대의 노동자 계급과도 크게 달랐다. 노동자 계층은 생산경제의 핵심이고 이들의 파업은 곧 정치적 사회적으로 큰 영향을 끼친다. 그러나 중국의 유맹은 생산 활동에서 노동을 담당하지도 않았기에 유맹들이 없다하여 경제가 마비되지는 않았다. 오히려 유맹의 존재가 사회적 경제적으로 부담이 될 뿐이었다.

유맹은 일종의 과잉인구이다. 때문에 유맹들이 모두 없어졌다하여도 경제, 사회적으로는 아무런 문제가 없다. 이들은 없는 것이 오히려 더 나은 존재라고도 할 수 있다.

유맹들에게 빈곤은 일상이었다. 이런 점에서 이들의 숫자가 수만에서 수십만으로 늘어난다면 국가의 재앙이 된다. 정치가 혼미할 때, 수해나 한발이 계속될 때, 유맹들은 난을 일으켰다. 그러나 어느 시대나 이런 민란은 있었다.

중국 역사를 볼 때, 중국민족이 아닌 북방 유목민이 세운 국가가 중국을 지배한 시대가 있었다. 이런 나라들을 정복왕조(征服王朝)라고 한다. 예를 들면 여진족이 세운 금(金)나라와 몽고족의 원(元)나라 그리고 만주족(여진족)의 청(淸)나라가 대표적인 예이다.

이런 정복왕조를 제외할 경우, 중국인에 의하여 건국되고 통치된 통일왕조로 한(漢)과 수(隋)와 당(唐), 송(宋), 그리고 명(明)나라가 있다. 여기서 특별하게 한 고조(高祖) 유방(劉邦)과 명 태조(太祖) 주원장(朱元璋)을 주목해야 한다.

당 태조(太祖) 이연(李淵)과 태종(太宗) 이세민(李世民) 부자는 그 출신 성분을 따진다면 대지주로 호족(豪族)이었다. 말하자면 정치적 세력을 가진 경제적 최상류층이었다. 그러나 한 고조 유방과 명 태조 주원장은 전형적인 유맹 출신이었다.

전한(前漢, 西漢)과 후한(後漢, 東漢)은 단명으로 끝난 진(秦)을 뒤 이어 중국 고대 문화의 완성을 이룩했고, 명나라는 몽고족 원(元)의 지배에서 벗어나 중국문화의 융성을 가져왔다는 중요한 의미와 역사성을 지니고 있다. 이 두 나라가 중국사에서 차지하는 역사성을 볼 때, 유맹에서 출발하여 황제까지 이른 두 건국자의 성공과 건국은 특히 주목할 만하다.

유방과 주원장은 처음부터 가진 것이 없었다. 때문에 잃을 것도 없거니와 굳이 끔찍하게 아끼고 보살펴야 할 가족이나 가정도 없었다. 처음부터 경제적으로 어려웠기에 생활의 안락함을 추구하지도 않았고 죽음이 두렵지도 않았다. 때문에 모험에 나설 수 있었고, 수없이 많은 역경을 겪었지만 결국 더 이상 오를 수 없는 최고의 자리를 차지했다.

유방과 주원장은 물려받은 경제력이나 후원자가 없었지만, 유맹들과 집단을 이룬 뒤 강호(江湖)를 휘저으며 돌아다녔다. 대지주나 호족들은 혼란한 사회가, 또 안정된 생활을 맛 본 농민들은 죽음이 두려웠지만 유맹들은 혼란한 시기였기에 그들끼리 뭉칠 수 있었고 얻고 싶은 것을 얻을 수 있었다.

중국사에서 유맹들은 각각의 시대에 중요한 역할을 다 했다. 떠돌이 유민들이 뭉치면 늘 도적떼가 된다. 물론 이들은 가장 약하고 저항 능력이 없는 농민들의 경제와 가정을 파괴한다. 그런 지역에 대하여 조정에서는 감세와 부역을 면제시켜 준다. 이는 곧 국가 재정을 어렵게 만들고, 관리들을 더욱 부패하게 만들며 수탈을 일삼게 된다. 그러면 그에 따른 농민들의 불평불만이 팽배해지면서 결국 조직적인 반란으로 이어진다. 그리고 이런 반란의 뒤에 새 왕조의 개창이 이어지면서 역사는 발전한다.

진(秦) 말기 '진승(陳勝)·오광(吳廣)의 난', 전한 말기의 '적미(赤眉)의 난', 그리고 진(晉)이나 수(隋) 왕조에서도 각종 반란은 계속되었다. 당나라 시대 '황소(黃巢)의 난' 역시 이런 공식이 그대로 적용된다.

북송 말엽에 '화석강'에 대한 농민들의 불평불만과 저항, 과중한 세금과 부역에 대한 반발로 유맹이 늘어났고 이들을 선동하여 방랍(方臘)이 난을 일으켰다. '방랍의 난'은 양자강 하류지역에서 일어난 농민들의 난으로 6주 52개의 현이 난에 휘말렸고 유맹과 농민 300만이 죽었다고 한다.

역사상 송강은 일정지역을 점거하지는 않았지만 황하의 중·하류 지역을 중심으로 각지를 횡행하며 도적질을 일삼았으니 이들 또한 유맹의 일부였다.

그렇다면 이제 양산박을 대표하는 사람들은 누구였는가? 최초로 양산에 둥지를 튼 왕륜(王倫)은, 다음에 따로 논하겠지만, 과거 시험에 낙방한 서생(書生) 당시의 호칭으로 수재(秀才)였다. 그가 경제적으로 여유가 있었으면 과거에 계속 응시했을 것이지만 경제적 여건이 안 되니 양산에 들어가 산적이 되었다.

그 다음에 집단으로 양산에 올라간 사람들은 어떤 사람이었는가? 조개(晁蓋)는 제주 운성현 동계촌의 지주였지만 결혼도 하지 않은 채, '오직 천하의 호한들과 알고 교제하기를 좋아하는(專愛結識天下好漢)' 그리하여 소위 의리(義理)를 내세우는 사람들이 좋아할 만한 사람이었다.

그리고 오용(吳用) 또한 자신의 능력에 자부심을 갖고 있지만 정상 코스로 성공할 수 없기에 불평을 꾹꾹 참으면서 서당에서 학동들을 가르치는 훈장이었다. 공손승은 떠돌이 도사(雲遊道人)였고, 적발귀 유당(劉唐)은 직업도 없으면서 어디서든 사고 한번 크게 치고 싶었던 떠돌이었다.

그리고 완씨(阮氏) 삼형제는 양산박 주변에서 고기잡이로 근근이 입에 풀칠이나 하는 어부였으며 백승(白勝)은 처음부터 마을에서 손가락질 받는 부랑자였다.

이런 사람들이 주체가 되어서 만들어간 공동체에 결국 어떤 사람들이 모여들고 환영을 받았겠는가? 결론적으로 양산박은 유맹들의 집합체였다. 여기에는 산속에 숨어 있다가 지나가는 사람의 앞길을 막고 도적질을 하는 산적, 남을 속이고 물건을 훔치고 심지어는 사람을 죽여 그 고기를 파는 살인마들이 모여들었다.

양산박 사나이들이 겪은 역경이나 억울함 그리고 의리는 다음의 이야기이다. 물론 소수의 점잖은 사람들이나 지식인도 있었지만 양산박 다수의 두령들과 그 졸개들은 그 근본이 유맹이었다. 우리말로는 사회의 낙오자이며 건달들이었다.

■ 양산박의 경제생활

경제란 인간의 기초적 욕구인 의·식·주를 해결할 수 있는 물질을 생산하고 분배하며 소비하는 과정이다. 경제는 사회 구성원들로 하여금 생산에 적극 참여하도록 또 참여할 수 있도록 유도하는 역할을 한다. 그리고 '누가 무엇을 왜 갖는가?' 라는 물음에 대한 대답은 곧 분배와 소비의 과정이다.

이런 경제생활에서 '복을 같이 누리고 고통을 같이 겪는다(有福同享 有苦同受).'는 말은 얼마나 듣기 좋은가? 이 말은 양산박의 사나이들이 늘 하는 말이었다. 그리고 '큰 저울로는 고기를 나누고(大秤分魚肉) 작은 저울로는 보배를 나누어 갖는다(小秤分珠寶)'면 얼마나 공평한가? 그리고 큰 사발로 술을 따라 서로 권하고, 고기를 크게 썰어 모두가 같이 먹는 생활은 얼마나 즐거운가?

이는 바로 양산박의 생활이었다. 그러나 실제는 어떠했을까? 아마 그 생활에 왜 고생이 없었겠는가? 구운 통돼지 고기를 뜯어 먹는 산적 졸개를 보아도 매일 밤 얻어맞는 졸개를 보지 못하고, 여름날에 나무 그늘에서 부채질 하는 스님을 보고 한가한 생활이 부럽겠지만 스님이 새벽 3시에 기상하는 줄을 어이 알겠는가?

양산박은 하나의 의기로 결합한 결사(結社)와도 같은 조직이었다. 중국인들은 이런 조직을 방(幇, 帮) 또는 방회(幇會)라고 한다. 방은 같은 목적으로 또는 같은 출신(예, 本幇, 客幇, 綢緞幇, 같은 상인 결사)들이 모여 만든 조직이며 때로는 비밀결사(靑幇, 洪幇)로 조직원들에게는 그야말로 의리집단이면서 동시에 생존을 위한 결사였다. 이러한 방회에 한번 가입하면 중간 탈퇴는 의롭지 못한 행동으로 간주되었기에 이탈이나 탈퇴가 허용되지 않았다. 그래서 방회는 정치적 견해를 달리하면 새로 가입하거나 탈퇴가 허용되는 정당과는 차원이 다른 집단이었다.

상층 호족들은 광대한 토지를 소유하고 소작인들 위에 군림했고 관리들은 관직 그 자체가 최고의 자본이며 수입원이었다. 그러나 하층민은 핍박을 받아야 했고 수탈의 대상이었기에 최소한의 수탈 방지를 위해서라도 결속해야만 했다. 그래서 방회를 만들고 가입하고 운영하는 사람들은 모두 하층민들이었다.

하층민들은 그들의 경제에서 생산수단, 곧 토지나 자본이 없었기에 그들의 경제는 공산주의에 가까웠다. 그들의 공산주의는 생산에서의 공산주의가 아닌 소비 경제상의 공산주의였다. 당시 공업이라야 모두 수공업의 단계에 있었기에 생산의 공산주의는 적용이 불가능했다. 농업에서도 토지 소유의 정도가 크게 차이가 나기에 집단농장 같은 것은 생각도 할 수 없었다.

사실 양산박은 본질적으로 전투적인 집단이었기에 생산경제의 주체가 될 수 없었다. 양산박은 그들이 필요로 하는 재화(財貨)를 생산하질 않았다. 양산박의 졸개들은 땀을 흘리는 생산자가 아니라 피를 흘려 남의 생산품을 뺏어야 하는 존재였다.

다시 말해 양산박에서는 자체 생산 능력이 없기에 '의리를 중하게 여기면서 재물을 가볍게 보는 신념', 곧 장의소재(仗義疏財)가 최고의 미덕이었다. 동시에 '부자의 것을 뺏어 가난한 자를 구제하는 행동', 곧 겁부제빈(劫富濟貧)은 당연한 생산방식이면서 분배 법칙이었다.

양산박에서는 양산박의 장기 발전을 위하여 또 항구적 존립을 위하여 생산수단을 마련한다든지 생산형식을 바꾸겠다는 생각을 하질 못했다. '겁부제빈'은 유맹계급에게 최고의 도덕이었다. 동시에 보통 농민들도 이를 천리(天理)에 합당한 것으로 생각했다. 이는 아마도 당시 부자들의 재산 축적과정이 강압적으로 헌신을 요구하면서 동시에 거의 강탈에 가까웠기 때문일 것이다.

양산박의 사나이들은 자신의 약탈행위를 정당화하는 행동을 병행했다. 곧 부자나 관청을 습격한 뒤 그 재물과 식량의 일부를 일반 백성들에게 분배하고 다수를 양산박으로 수송했다. 양산의 사나이들은 자신의 약탈과 분배를 곧 '하늘을 대신하여 정도를 실천하기' 곧 체천행도(替天行道)라는 구호로 포장했다.

양산의 사나이들은 자신들의 약탈행위가 곧 생산을 저해하거나 유통을 방해하기에, 그 때문에 일반 농민들이 고통을 받는다는 사실을 인식할 수 없었다. 다만 뺏어온 물건 곧 '불의의 재물(不義之財)'은 공평히 나누는 행위, 곧 공산주의적 소비 또한 체천행도의 일부로 생각했다.

옛 사람들 하류 유맹은 물론 상류층에서도 '장의소재' 야말로 최고의 도덕이며 그렇게 하는 과정에서 많은 벗과 사귀었고(結交朋友) 동시에 자신의 권력기반을 더욱 단단히 할 수 있었다.

■ 윤리의식

윤리의식은 생활 방식에 따라 결정된다.

우리나라 국민들은 국회의원이 청렴성과 윤리의식이 가장 낮은 집단이라고 평가하며, 조사대상 25개 직업군 중 청렴성과 윤리의식이 높다는 답변이 가장 많은 직업군은 교사와 그 다음으로 종교인이라는 조사 결과가 신문에 발표된 적이 있었다. 말하자면 국회의원과 교사들은 그만큼 생활 방식에서 차이가 있다는 뜻이다.

인류학자들에 의하면 어떤 유목민들이 갓 태어난 영아를 살해하거나 노인을 내다 버리는 것을 부도덕한 행위라고 생각하지 않는다고 한다. 이는 그들의 유목생활에서 유아와 노인은 생산 활동과 이동생활에 부담이 되기 때문이다. 다시 말해 윤리 관념은 생활 방식에 따라 다르고, 생활 방식은 계급에 따라 다르다.

대지주나 부자 상인 집에 태어난 아기는 노비나 보모의 보호를 받으며 성장하고 또 사부의 교육과 가르침을 받는다. 그렇게 자란 아들은 부모나 조상의 재산을 물려받고 안락한 생활을 할 수 있다. 그들의 안락한 생활은 부모나 조부모로부터 물려받은 것이다. 때문에 그들에게는 부모나 조상을 위하는 효(孝)가 매우 중요한 윤리의식으로 자리잡는다. 그래서 '효도는 온갖 행실의 기본(孝爲百行之本)'이었다.

동시에 실제로 그들 조부모나 부모가 많은 재산을 후손에게 물려줄 수 있었던 것은 국가 권력의 보호가 있었기에 가능하다. 때문에 효와 함께 충(忠)이 강조되고 교육된다. 다시 말해 충효는 고관이나 대지주 대상인 계급에게 아주 유용하면서도 절대적인 윤리의식이다.

그렇다면 하층 유맹 계급에서는 어떠한가?

이 계층의 어린 아이는 겨우 어미의 젖을 얻어먹을 수만 있어도 다행이었다. 부모는 어린 자식에게 보호를 베풀 경제적 여유나 애정을 표시할 시간조차 없었다. 이 계층에서는 '제 먹을 것은 제가 갖고 태어나는 것'으로 인식되었다. 사실 닭이나 강아지는 일정 기간이 지나면 제 스스로 먹을 것을 찾을 수 있지만 사람들은 그러하지 못했다. 때문에 10살 이전의 어린 아이는 양육하는 부모의 입장에서 보면 틀림없는 부담이었다.

그러다가 10여 세가 되면 나름대로 부모의 일을 돕거나 제 먹을 것을 찾아다녀야 한다. 때문에 또래끼리 같이 놀면서, 물고기도 잡아야 하고, 산에서 초근목피(草根木皮)를 찾아 헤매면서 또래끼리 행동하게 된다. 따라서 이 계층에서는 또래 곧 붕우(朋友)는 생활의 수단이면서 위안이며 도움이었다.

이런 계층의 아이가 성장하여 각지를 떠돌아다닐 때, 부모에 대한 효도보다 또래 곧 동료 간의 약속이나 보호와 같은 의리가 더 우선이었다. 이들의 세계에서는 의를 지키고 그 의리 있는 행동을 더 넓게 확산시키는 것이 곧 인(仁)이었다.

이들 계층에서는 의리의 수호자로 누구의 명성이 더 높은가 또 얼마나 많은 지인(知人)을 갖고 있는가가 곧 자산이었다. 소설에 등장하는 송강이나 조개는 의리의 수호자로 그 명성이 있었고, 많은 사람들이 '호보의 송강'이라는 이름 하나를 듣고 양산박으로 모여들었다.

『수호전』에서 제일 먼저 등장하는 주인공은 왕진(王進)이다.

그는 무예의 진정한 고수였지만 노모를 극진히 모시는 효자였다. 때문에 왕진은 양산박에 들어가지 않았다. 왕진은 고구(高俅)라는 위정자에게 핍박을 받아 자리에서 쫓겨나가는 상징적 인물로 소설 속에서의 역할이 끝난다. 어쩌면 진정한 효자는 양산박의 세계, 유맹들의 집단에서는 어울릴 수 없기에 왕진은 그냥 사라졌을 것이다.

송강은 비록 '효행과 의리의 피부가 검은 셋째(孝義黑三郞)'이라는 별명으로 불리긴 했지만 압사 노릇을 한다는 핑계로 동생 송청에게 아버지 봉양을 맡기고 떠돌아다녔다. 사실 소설을 읽으면서 송강이 효자라는 생각이 전혀 들지 않는 것은 송강의 특별한 효행이 없기 때문일 것이다.

이규(李逵)는 송강이 아버지를 양산박으로 모셔와 단란하게 지내는 것을 보고 고향집으로 노모를 모시러 간다. 그러나 노모를 모시던 형 이달(李達)과 불화 때문에 노모를 업고 몰래 고향 마을을 빠져 나왔지만 기령(沂嶺)의 고갯마루에서 호랑이에게 어머니를 잃고 만다. 이규는 노모를 죽인 한 쌍의 호랑이와 새끼들을 죽이긴 하지만 노모가 호랑이한테 물려 죽는 그 자체가 엄청난 비극이었다.

이규가 양산박으로 돌아와 노모가 호랑이에게 물려 죽은 이야기와 기수현 도두(都頭)였던 청안호(靑眼虎) 이운(李雲)과 소면호(笑面虎) 주부(朱富) 등과 함께 온 과정을 송강 이하 여러 두령들에게 설명했다. 이규의 그 비극적인 이야기를 들은 양산의 사나이들은 이규의 불행과 효심을 위로하지 않고 모두 큰소리로 웃었다.

조개와 송강 두 사람도 웃으면서 말했다.

"자네가 호랑이 네 마리를 죽였지만 오늘 우리 산채에는 살아 있는 두 호랑이가 들어왔으니 당연히 축하할 일이야!"

이에 모든 사나이들이 즐거워하며 소와 양을 잡아 새로 들어온 두령을 축하하는 잔치를 벌였다.(44회)

이처럼 양산의 두령들 특히 조개와 송강도 이규와 모친의 불행은 별로 안중에 없었다. 이는 부모에 대한 효도보다는 집단 곧 무리들 사이의 의리가 훨씬 중요하다는 윤리의식의 표출이었다. 아마도 이규가 신중치 못하여 동료를 죽게 했다면 크게 비난 받았을 것이지만 이규가 다녀오면서 두 사나이를 데리고 들어왔기에 오직 그것만이 경사였을 뿐이었다.

양산박 두령들의 의리란 것은 상대방에 대한 인정과 베풂에 대한 감사의 뜻이고, 오로지 상호간에 변함없는 신뢰라고 말할 수 있다.

노지심이 채소밭에서 선장(禪杖)을 휘두르는 것을 보고 임충이 감탄한다. 말하자면 노지심과 임충은 그 순간에 상대방의 실력을 파악하고 인정했기에 지기(知己)가 되었다. 때문에 임충이 역경에 처해 창주로 귀양길에 올랐을 때 노지심은 임충을 지켜 주려고 그 뒤를 몰래 따라갔다. 그리하여 야저림(野豬林)에서 동초와 설패가 임충을 나무에 묶어놓고 죽이려 할 때 노지심의 선장이 날라왔다.

노지심은 자기가 마음을 준 지기인 임충을 어떤 역경에서든 지켜주는 것이 바로 의리였다. 그들 소위 무림에서는, 아니면 먼 곳으로 장사를 하러 다니는 사람들에게는, 또는 밑바닥 삶을 사는 그들에게는 의리가 곧 생명이었다.

'지사는 지기를 위하여 죽을 수 있다(士爲知己者死).'

협객의 세계에서는 의리를 지키려고 또 지기(知己)를 위해 자신의 목숨을 내주는 것은 지극히 당연한 일이었다.

전국시대(戰國時代)에 연(燕)나라 태자 단(丹)을 위해 진시황(秦始皇)을 죽이려 했던 형가(荊軻)는 자신의 일이 성공하든 실패하든 자신은 죽을 수밖에 없다는 것을 알고 있었다. 그런데도 자신을 인정해 주는 사람을 위해 기꺼이 승낙하고 길을 떠났다. 형가는 협객과 의리의 대명사였고 양산박의 사나이들은 의리를 저버리는 행동을 하지 않았다.

8. 양산박의 성립 과정

명·청대(明·淸代)의 지배계층에게 『수호전』의 광범위한 유포
는 사실상 두려움 그 자체였다. 때문에 금서(禁書)가 되었지만 그
렇기에 더 강한 생명력으로 전파되며 후대에 전승되었는지도 모른
다. 왕륜(王倫)은 과거시험에 낙방하고 양산 수채에 들어갔고, 주
통(周通)은 도화산(桃花山)을 차지하고 왕처럼 행세했다. 위정자에
게 주통 같은 무리는 두려운 존재가 아니었다.

■ 산적과 양산박의 차이

『수호전』에는 많은 산적이 등장한다.

이들은 대개 농민들이었지만 착취와 탄압에 항거하여 산 하나를
차지하여 어느 정도 세력을 형성한 뒤, 산 아래를 지나는 사람들의
재물을 털어 생계를 이어갔다. 이런 세력을 의적으로 미화한다면,

이보다 작은 세력이지만 농민봉기 — 곧 농민들이 지주나 관리의 횡포에 반대하여 낫과 괭이를 들고 일어났다면 기의(起義)라고 불러야 하는가? 그러나 산적은 어디까지나 산적이고 약탈은 약탈이다. 중국사에는 왕조에 대항하는 봉기는 모두 기의라고 한다. 산적과 양산박은 곧 약탈과 기의의 구분이다.

소설에는 각지의 이런 산적들이 양산으로 모여든다. 그리고 조개를 지도자로 하는 강력한 조직체를 형성하니 양산이라는 대집단 곧 농민들의 대봉기라고 양산박의 의의를 부여할 수도 있다.

이런 이론은 어찌 보면 옳은 것 같지만 사실은 아닐 수도 있다. 아마 양산의 졸개들 중에는 산적이었기에 다시 양민으로 되돌아갈 수가 없어 양산이라는 울타리 안에서 생을 유지하려 했던 무리들도 많이 있었을 것이다.

도화산의 소패왕 주통은 한 무리 졸개들을 거느리고 산속에 살면서 행인의 재물을 약탈하고 민간 부녀자를 겁탈해 데리고 사는 행태를 계속하다가 노지심을 만나 제대로 당한다. 양산에서 6, 7백 명의 졸개를 거느린 왕륜 또한 주통과 다르지 않았다.

이들의 주목표는 자신의 생존을 위하여 자신보다 약한 자의 재물을 노렸을 뿐이다. 그러면서 큰 사발로 술을 마시며 고기를 큼직큼직하게 썰어 씹었고 빼앗은 재물을 똑같이 나누면서 호탕한 사나이들이라고 큰소리로 떠들었을 뿐이다. 당시에 소화산, 이룡산, 청풍산의 산적 또한 비슷했다. 그렇다면 이런 행위에 어떤 사회적 의미를 부여할 수 있겠는가?

양산박에 사회적 일탈자(逸脫者)들이 모여들면서 그 자신들은

‘이 시대와 사회가 나로 하여금 죄를 짓도록 만들었다’고 생각했을 것이다. 부패하고 무능한 관리들이 죄를 짓도록 만들었고 윤리적으로 타락한 사회가 민초들의 분노를 불러일으켰다고 자신들을 합리화시켰을 것이다.

그리고 죄를 짓지 않고도 양산박에 합류하는 사람들은 부패한 관료들을 미워하는 정의감에서 또 사회의 기존 질서나 틀에 대한 실망에서 자유로운 신세계를 그렸을 것이다.

이들은 양산에 모여든 다음에 개인적인 분노가 아닌 집단의 의지를 통해 죄를 저지르지만 그에 대한 죄의식은 없었다. 자신들의 행동은 부패한 조정과 지방 관리들에 항거하는 정의라고 생각했을 것이다.

이제 집단이 된 그들의 선과 악에 대한 구별이나 인식은 한 개인으로 행동할 때와 달라졌다.

하여튼 양산박은 단순한 산적 패거리에서 점차 변신을 거듭한다. 임충은 내부 분란을 일으켜 왕륜을 내쫓고 조개 일당을 맞이했다. 이는 일종의 하극상(下剋上)이며 손님이 주인을 내쫓은 격이지만 조개가 두령이 된 이후 양산박은 위에서 말한 산적의 무리와는 의미를 달리했다.

우선, 양산의 조개는 그 이전처럼 지나가는 상인이나 농민의 재물에 대한 약탈행위를 금지시키면서 탐관오리나 횡포한 토호나 부호들의 재산만을 턴다는 원칙을 천명했다.

둘째, 기분대로 민중 소요를 일으키지 않았고 그럴 만한 합리적 이유가 있을 경우에 관부에 항거하였다. 그럴 경우 선량한 관리나 일반 백성을 다치지 않게 했으며 공격 개시 전에 통보하거나 성을 빼앗은 뒤에는 창고를 열어 가난한 백성들을 위한 진휼(賑恤) 곧 식량을 무상 분배했다.

셋째, 일반 산적들의 무질서한 패거리 집단이 아닌 합리적 조직체를 만들었다. 양산박은 상하간의 위계질서가 확실했고, 명령 체계의 정비와 병과(兵科) 분할이나 업무 분장(分掌)을 통해 운영체계를 갖춘 조직으로 발전하였다. 그리하여 양산박은 국가조직에 대항할 정도의 항구적이며 의거의 중심이 될 만한 거대 집단으로 발전하였다.

양산박이 뒷날 송강을 영입하면서 6개의 관문과 8개의 성채를 갖추고 병과를 분리한 것은 큰 진전이라 할 수 있다. 그리하여 상세한 업무 분장, 함선과 무기 제조, 수군 훈련과 무예 조련, 정보 수집을 위한 조직까지도 갖추었고 보고 체계와 연락망을 정비했다. 또한 공정한 상벌을 행하면서 회계와 기록 담당자까지 배정하는 수준 높은 조직체를 완비하였다.

양산박의 서열과 임무가 정해진 이후의 활동에 대하여 소설에서는 다음과 같이 결론을 내리고 있다.

원래 양산박의 두령들은 특별한 일이 없을 때면 마음대로 하산도 하였는데, 어떤 때는 인마를 거느리거나 때로는 몇몇 두령들끼리 내려가기도 했다. 그러다가 길에서 객상들의 무리를 만나더라도 그냥 보내기도 했다. 그러나 임지로 가는 관리들을 만나면 그 짐을 뒤져 한 푼도 남기지 않고 털었으며 빼앗은 물건들은 모두 산채 창고로 보내어 공용으로 쓰도록 했고 소소한 물건들은 공평히 나누기도 했다. 혹 백 리나 2, 3백 리 떨어진 곳이라도 많은 곡식과 돈을 쌓아두고 백성들을 해치는 부자가 있다면 바로 무리들을 거느리고 가서 양산으로 운반케 하였는데 감히 막아서는 자가 없었다.

또 선량한 백성들을 무시하거나 약탈하는 졸부나 소인이 있다면 원근을 막론하고 달려가 그 재산을 모조리 털어 양산으로 가져갔다. 크고 작은 이런 일들이 어찌 백 번이나 천 번뿐이었겠는가? 이러한 일에 아무도 막아 나서는 자가 없었고, 감히 맞서 따지려 들지도 못했기에 드러나지 않은 일이야 더 이야기 할 것이 없었다. (71회)

소설 속의 이러한 서술은 양산 집단이 약자의 편에 서서 정의로운 역할을 수행하는 집단이었으며 일반 백성의 환영과 칭송을 받았다는 뜻으로 해석할 수 있다. 물론 탐관오리의 입장에서 보면 이들은 분명 도둑의 무리이고 나라의 우환거리였음에 틀림없다.

한참 양산의 기세가 상승 무드를 탈 때, 이룡산과 도화산 그리고 청풍산 등 삼산(三山)의 사나이들이 청주(靑州)를 공략하고 양산으로 향한다. 그중에서 공량(孔亮)은 마음속으로 감탄한다.

'양산박이 크게 흥성한다고는 들었었지만 이렇게 큰일을 하는 줄은 미처 생각지 못했다.'

허다한 곡절을 겪고 다시 양산에 들어오게 된 양지(楊志) 또한 감탄하지 않을 수 없었다.

"금일 다행히 여러 의사(義士)들을 뵙고 산채의 장관을 보니 정말 천하에 제일가는 쾌사입니다."

이런 감탄은 양산의 규모와 세력과 질서에 대한 솔직한 느낌이면서 찬사였다. 이는 여태까지 보아왔던 산적의 무리나 모습과는 그야말로 하늘과 땅만큼의 차이였다. 물론 양산도 왕륜이 두령이 었을 때까지는 한낱 산패거리들에 불과했다. 그러나 이제 발전과 성장을 거듭한 양산, 그리고 양산 전성기의 모습과 사업이 비록 소설이기는 하지만 이런 수준에 올랐다는 것은 그만큼 당시 작가와 독자 곧 민중의 의식이 많이 진보하고 깨였다는 반증이라 할 수 있다.

■ 체천행도에서 순천호국으로

성질이 급한 이규가 양산의 정의를 상징하는 깃발 — 살구색의 체천행도(替天行道)의 깃발을 찢어버린 것은 하나의 해프닝이었다. 그때 이규는 도끼를 휘두르면서 송강을 눈앞에 두고도 거침없이 말을 쏟아낸다.

"나는 그동안 당신을 진짜사나이로 생각했었는데, 당신이 그런 짓을 했다니 정말 짐승만도 못 해!"

"당신은 꿈지럭거리지 말고, 빨리 유씨 노인에게 딸을 돌려보내고 할 말 있으면 해봐! 만약 돌려보내지 않는다면 내가 아침에 당신을 죽이든 아니면 저녁 때 죽여 버릴 거야!"(73회)

결국, 모든 것이 밝혀진 뒤 이규는 송강 앞에 나가 용서를 빈다. 이 사건을 통해 양산의 총두령으로서 송강의 너그럽고 활달한 성품과 이규의 강직한 성격이 양산두령들에게 확실하게 각인된다.

그보다는 체천행도의 깃발이 곧 양산의 상징이면서 양산 존립의

사상적 바탕이라는 사실이 강
조된다. 곧 체천행도는 정의의
깃발이며 제폭안민(除暴安民)의
상징이라는 것을 무식한 이규
이지만 확실하게 알고 있다는
뜻이며, 송강을 포함한 그 누구
도 이 깃발의 대의를 거스를 수
없다는 절대적인 규범을 이규
는 행동으로 보여준 사건이었
다.

　양산 충의당(忠義堂) 앞에 힘
차게 펄럭이는 그 살구색의 깃
발은 양산의 두령들에게 나름
대로 그 의미를 교육시키는 효
과가 있었을 것이다. 그러나 송강

체천행도의 깃발을 찍어내는 이규

이 생각하는 체천행도의 뜻과 이규가 생각하는 의미가 과연 일치
했는가에 대해서는 깊이 생각해 보아야 한다.

　양산박에서 내세운 체천행도의 구체적인 표상은 무엇인가? 그것
은 아마 간신이나 탐관, 토호의 횡포에 맞서면서 이들을 제거하며
빈곤한 하층민을 보호하는 일일 것이다. 그러나 이 체천행도가 충
의와 연결되고 충의는 초안과 연결되자 체천행도는 변질이 된다.
이러한 변화는 송강의 일시적인 변화가 아닌 송강의 사상적 바탕
에서 겪게 되는 모순이라고 말할 수 있다.

송강이 양산에 들어가 군사적 실권을 장악한 리더가 된 직후에 송강은 부친을 모시러 고향으로 향한다. 그러나 관군에 쫓기게 된 송강은 환도촌의 구천현녀(九天玄女)의 사당에 숨는다. 관군이 현녀묘를 수색하자, 현녀는 신통술을 발휘하여 일진광풍과 모래와 자갈을 뿌리며 사당을 칠흑 같은 어둠으로 덮어 버린다. 관군이 놀라 물러난 뒤, 현녀는 두 명의 푸른 옷을 입은 선녀를 보내 송강을 청한다. 현녀는 송강을 만나 도(道), 법(法), 술(術)에 관한 천서(天書) 3권을 주면서 부탁한다.

"송 성주!(星主, 별의 정기를 받은 사람. 송강은 천괴성(天魁星)의 성주) 그대에게 천서 세 권을 보내니, 그대는 오로지 충성과 의리를 바탕으로 하늘을 대신하여 도를 실천토록 하시오. 그리고 보국안민(輔國安民)의 신하로 거사귀정(去邪歸正)하시오. 그리고 이 세 권의 천서를 잘 숙독하여 공을 이룬 뒤에 태워 버리도록 하시오."

이후 송강은 현녀의 계시대로 실천한다. 송강이 초안을 받아들이고 요나라를 원정하고, 남쪽으로 방랍의 반란 평정에 나선 것도 송강의

⬆ 구천현녀의 사당에 숨은 송강

체천행도였다. 마지막으로 '내가 죽은 뒤 반란을 일으키고 양산의 체천행도를 허물까 걱정이 되어' 자기가 마시고 남은 독주(毒酒)를 이규에게 권한 것도 송강의 체천행도의 표현이었다.

중국 고대에서는 모든 것을 하늘의 뜻으로 돌렸다. 개인의 길흉화복도 하늘의 뜻으로 받아들였으니 왕조의 교체는 당연히 하늘의 뜻 곧 천명(天命)을 받은 것이며, 그런 왕조의 황제는 천자(天子)이기에 황제의 통치행위는 당연히 하늘의 뜻이었다.

그러니 누가 감히 하늘의 뜻에 맞설 수 있는가? 그러나 황제의 독단적이고 자의적(恣意的)인 통치는 정치 사회적 혼란을 불러왔고 그런 상황에서는 체천행도의 구호를 내세우며 조정에 반항하는 세력이 존재할 수밖에 없었다. 양산 대군의 기의(起義)에는 이러한 체천행도의 본질을 내포하고 있으며 그 내용은 다음과 같이 나누어 생각할 수 있다.

첫째, 당시 송 왕조의 도군황제(道君皇帝)의 우매와 무도함, 그 아래 권신이나 간신들이 나라와 백성들에 끼치는 간악한 행위는 이미 하늘의 뜻으로 치국한다는 명분을 잃었다. 때문에 양산 대군의 체천행도는 조정을 대신하여 정도를 집행해야 한다는 대의명분을 지니고 있다고 볼 수 있다.

둘째, 체천행도의 사명을 다하려면 타락한 전제 왕권의 타파가 선행되어야만 한다. 이규의 '동경까지 쳐들어가 그 좆같은 자리를 뺏어버리자!' 는 말대로 하늘의 뜻을 저버린 왕조를 뒤엎어야 한다.

셋째, 체천행도의 출발은 위민(爲民)이지 위군(爲君)의 뜻은 아니다. 위민의 가장 좋은 실천방법은 제폭구민이며 겁부제빈(劫富濟

貧)이었다. 그리고 이런 점에서 양산 대군은 체천행도를 위한 여러 행동을 실천했다는 자긍심이 있었다. 그러하기에 이규는 송강이 부녀자 겁탈한다는 말에 분노할 수밖에 없었다.

그러나 송강의 원하던 그 초안이 성취되었을 때, 양산군은 '체천행도'의 깃발을 들고 행진할 수는 없었다. 다시 말해 '체천행도'는 양산군이 입에 올릴 수도 없는 말이었고 그런 용어 자체가 이제는 반역이었다. 천자인 황제에게 복종하는 길이었기에 '체천(替天)'이란 말 대신에 양산군은 '순천(順天)'과 '호국(護國)'의 깃발을 내걸 수밖에 없었다.

이런 양산군을 황제나 권신들의 입장에서 보면 '체천행도를 내세웠던 반역자들이 투항하여 제 발로 찾아들어오는 행진'이었다.

아마 행진 대열에 선 양산의 두령들에게 순천과 호국의 깃발은 양산에서 실천하려 했던 자신들의 정의가 이제는 어디에도 발붙일 수 없다는 뜻이라는 것을 몰랐을 것이다. 이제는 그 무도한 황제와 자신들을 핍박했던 권신들의 손발이 되어야만 했다. 송강과 양산 대군은 자신들이 가졌던 뜻과 똑같은 생각을 하는 방랍의 무리들을 진압하러 나서야만 했다.

■ 양산박의 변질

양산박의 체천행도는 구호와 실제 상황에서 상당한 차이가 있었다. 입으로는 또 깃발에는, 그리고 송강의 머릿속에는 체천행도의 구호가 선명했지만 그 행동은 상당한 거리가 있었다. 예를 들어 강주의 법장(法場, 사형장)을 습격하여 송강과 대종을 구출할 때의 모습은 이러했다.

'십자 거리 입구 쪽으로 내려가면서 군관과 백성을 불문하고 마구 죽이니 온 땅에 시신이 널렸고 핏물이 도랑을 이루어 흘렀고 밀쳐 넘어지고 엎어진 사람을 이루 다 셀 수 없었다(當下去十字街口, 不問軍官百姓, 殺得屍橫遍野, 血流成渠, 推倒傾翻的, 不計其數.).' (40회)

양산군과 이규의 이러한 살육 행위는 구경나온 백성들에게 분풀이를 하는 모습이었다. 이런 만행으로 어찌 민심을 얻을 수 있겠는가?

심지어 그들과 지리적으로 가까운 축가장을 비롯한 3개 마을에서조차 양산박을 거부하고 대결을 선택할 정도였으니 이래저래 양산박은 일반 농민들에게 호응을 받지 못하는 폭력 집단이었다. 양산군은 이런 포악한 행동이 민심을 얻을 수 없다는 것과 민심은 언제든 쉽게 변한다는 사실을 간과한 셈이다.

명(明)나라 태조 주원장은 겨우 소작으로 생계를 유지하는 집에서, 없어도 좋은 군식구 아들로 태어나 어린 시절을 보낸 뒤, 중노릇을 하다가 홍건적에서 입신했다. 천한 신분에 무식한 주원장이었지만 그는 민심을 얻어야 한다는 점과 민심을 얻는 방법을 잘 알고 있었다.

주원장은 각지로 점령 지역을 넓혀가면서 우선 백성들을 안심시키고 다음으로 세금을 감면해 주면서 '일반 도적들과는 다르다'는 이미지를 심어주었으니 사실 이때문에 천하를 차지할 수 있었다.

탐관오리나 횡포한 토호, 졸부들과의 투쟁에서 양산은 큰 성과를 거두었고 이는 큰 의미를 갖고 있었다. 특히 횡포한 관리와 토호들을 제거한다는 점에서는 일반 백성들의 지지를 받았지만 그런 지지를 자신의 활동 배경으로 만들어가는 덕행을 양산박의 수령들은 생각도 못했고 적극적으로 실행하지도 않았다. 공격 성공과 약탈 뒤에 겨우 일회성으로 그 전리품의 일부를 나누어 주었을 뿐, 결과적으로 인자하고 어질다는 평판을 획득하지는 못했다.

그리고 양산을 포위하고 좁혀오는 관군에 대항하는 그 이후의 양산 세력은 저항을 통해 승리를 거두지만 내부적으로, 또 정치적인 의미에서 변질되기 시작했다. 그리고 그 변질은 곧 양산의 붕괴를 초래했다.

조개가 죽기 이전부터 송강은 관군에 맞서는 자체에 대하여 죄책감을 갖고 있었다.

송강의 기본적 인식은 '어찌 조정과 맞설 수 있나? 탐관오리들 때문에 할 수 없이 저항을 했고 큰 죄를 지었기에 잠시 양산에 의지하여 피난하려는 것뿐이다. 그러므로 오직 조정의 자비로운 사면과 함께 우리를 불러주는 초안을 바랄뿐' 이었다. 송강의 머릿속에는 '전제 황권의 타도' 같은 개념은 아예 생각도 못하는 것이었다.

양산의 '의로운 모임' — 소설에서는 취의(聚義)라는 말이 자주 나온다 — 은 어차피 관부 곧 국가 권력과 충돌할 수밖에 없었다. 양산 사나이들이 볼 때 '의로운 사나이들의 집합체인 자신들의 양산' 은 황제 특히 '국가 권력을 쥐고 있는 황제권의 대리자' 인 권신들의 입장에서는 어차피 타도되어야 할 대상이었다.

결국 대부분의 양산 사나이들이 생각하는 '천하 제일의 호사(好事)' 인 양산 사업은 송강의 정치적 견해에서 볼 때는 '대죄를 짓는 일' 에 불과했다. '지금은 잠시 수채를 빌려 피난하며 초안을 기대하는' 자신들이 조정에 항거한다면 이는 곧 황제에 맞서는 일이며 결코 충성스러울 수 없는 일이었다. 여하튼 송강은 초안을 적극 추진했고 우여곡절 끝에 초안은 성사되었다.

초안(招安)은 '황제의 부름' 이다. 황제는 '최후의 선(善)' 이다. 조정의 권력을 장악한 고구나 채경 같은 대신들이 부패 타락한 것이지, 황제 — 천자(天子)는 썩지 않았다고 생각했다. 천자는 하늘 뜻의 대리인이기에 천도는 언제나 공명정대하다. 그렇게 공명정대한 하늘을 대신하여 황제가 부를 때는 곧 그 이전의 죄나 허물은 다 사면한다는 뜻이었다. 초안은 명예로운 것이었다.

초안 이후에 송강은 자신을 '천병(天兵)', 곧 천자의 충성스러운 병사로 자처했다. 때문에 방랍을 정벌하러 나가서 큰소리로 외쳤다.

"내가 너희들을 모두 다 잡아 죽이기 전에는 맹세코 돌아가지 않으리라!"

송강이 이끄는 양산군에게 잡힌 방랍의 장수들은 시신이 갈기갈기 찢기고 효수되거나 배를 가르고 심장을 꺼내 제물로 바쳐졌다.

그 이전 조정의 권신들에게 도적 또는 반군이라고 불리면서 항거했던 그 양산군이 이제는 똑같이 도적 또는 반군이라고 불리는 사람들과 목숨을 걸고 싸웠다. 양산군과 방랍군의 전투는 한바탕 미치광이들의 발광이었고 잔혹한 살육의 한 마당이었다.

사실 양산군과 반군인 방랍과의 전투 자체가 한 바탕의 희극과도 같았다. 어차피 양산군이나 방랍의 반란군은 황제나 동경의 권력가가 볼 때는 모두가 똑같았다. 전제 권력에 항거하는 같은 입장의 밑바닥 하층민이었다. 초안 이전에는 똑 같은 농민이었고 착취의 대상이었었다.

양산군이나 방랍의 반군이나 어차피 기의(起義)의 깃발을 내걸었었다. 다만 양산군은 황제의 초안을 받았다면서 황제에게 충성을 서약했고 방랍은 스스로 칭왕(稱王)하며 한 지방을 점거하였다. 양산에서 간신들에게 저항하면서 기의의 깃발을 휘둘렀던 양산군이 이제는 간신들을 위하여 또 송 황제의 평안을 위하여 죽을 때까지 온 힘을 다해 싸웠다. 그리하여 방랍군은 잔혹하게 죽어갔고 양산군의 대표인 송강은 충신으로 칭송을 받았다.

고구를 비롯한 간신들은 팔짱을 끼고 평정의 소식을 기다렸다. 이이제이(以夷制夷) ── 충성을 다한다는 양산군이나 방랍군이 모두 제 풀에 쓰러질 것이다. 그러니 이보다 더 좋을 수가 없었다.

이규가 도끼로 탐관오리들을 깨부수고 동경으로 쳐들어가 그 뭣 같은 자리를 뺏어버리자고 소리칠 때, 송강은 이규를 심하게 질책하면서 때로는 목을 치겠다고 소리를 질렀다. 결국 작가에 의해 억압되고 끊어지긴 했으나 이규의 주장은 곧 당시 피압박자의 기본 생각이었다.

양산군은 소설의 전반부에 각지에서 산채를 하나씩 점령한 뒤 대왕이라고 칭하던 무리들과는 본질적으로 달랐다. 양산의 깃발아래 단합하여 탐관오리와 간악한 토호들에게 항거할 때 양산 사업은 성공하는 것처럼 보였다. 그러나 방향타가 돌려지고 초안이 이루어진 뒤, 양산군은 방랍의 기의(起義)를 반군이라 인식하며 반군을 무찌르는 권력자의 충실한 관군으로 변질되었다.

9. 양산박의 몰락 과정

양산 108두령은 모두 제각각 다른 배경을 가지고 여러 사연과 곡절을 겪으면서 양산에 모여들었는데 그 과정이 소설의 가장 재미있는 부분이다. 양산박의 체제가 정비되고 대집단이 된 이후 잠시 전성기를 누렸지만 그 기간은 짧았고, 그 전성기에 이미 몰락의 단서가 보이기 시작한다.

■ 양산군의 체제와 운영

당시 양산의 군사력은 결코 허약하지 않았고 무력 행사에 필요한 인재는 관군보다도 더 우수했다. 양산 대군을 군사적 측면에서 보면 대략 다음과 같은 3단계를 거쳐 발전했다.

양산 대군은 첫 사업으로 양산 주변의 반대세력을 제거하였다. 주변의 악당 패거리들을 제거하였으며 3차례에 걸쳐 축가장(祝家

莊)을 격파했다.

양산 대군은 다음으로 주요 거점 도시나 관청을 공격하였다. 곧 고당주(高唐州)를 공격하였고 대명부(大名府)를 점거하면서 노준의를 빼내기도 했다.

다음으로 양산박을 조여 들어오는 정부 관군과 맞서 싸웠으니 동관(童貫)과 두 차례 싸워 이겼고 고구(高俅)가 거느리고 온 군사를 세 번이나 격파했다.

양산의 무력 규모는 전투를 겪으면서 계속 확대되었다. 초창기 왕륜이 양산 산채의 두목일 때에 그 수하에는 약 4~5백 명의 졸개가 있었다. 그러다가 조개와 오용의 경영 이후 특히 송강의 영도하에 고구를 사로잡을 당시의 병력은 10만 대군으로 크게 증강되었다.

10만이라는 숫자는 통칭 부르기 쉬운 표현이고, 어느 정도 과장이 있다는 것을 감안하더라도 최소 5~6만의 병력은 실제 상주했다고 생각할 수 있다. 요즈음 3, 4개 사단 규모에 해당되는데 이 정도의 병력을 조직적으로 운영한다는 것이 결코 쉬운 일은 아니었을 것이다. 양산 병력이 먹어

△ 양산박의 군사(軍師) 오용(吳用)

대는 군량만 해도 그 당시 공식적인 조세 시스템이 없이 어떻게 조달했는지 소설에서는 설명이 없기에 의문점은 그대로 남는다.

그러나 양산군의 조직은 매우 합리적인 운영 시스템을 갖추고 있었다.

우선 체계적이고 업무 분담이 분명한 지휘체계를 갖추었다. 사령관, 부사령관격인 송강과 노준의를 정점으로 기밀군사(機密軍事)와 군무(軍務)와 전량(錢糧)을 담당하는 참모부를 구성하고 있다.

다음으로 보군, 마군, 수군의 3개 전투 병과별 업무 분담과 지휘체제를 갖추고 있다. 마군 5호장이 있는가 하면 보군두령 10명 휘하에 또 보군장교 17명을 배치하여 상하로 지휘관을 나누었다. 그리고 4곳의 주점은 정보수집과 연락을 위한 파견부대의 의미가 있다.

다음으로 특수병과, 요즈음 말로 기술병과를 두었는데 문서 작성, 상벌(감찰), 고산전량지출납입(考算錢糧支出納入, 경리 회계 담당) 외에도 함선, 무기, 화포제조와 같은 병기담당 두령이 있는가 하면, 성벽축조, 담장수리, 막사 건축 같은 공병 담당도 두었다. 이 외에도 가축도살 전담요원이 있고 배설연연(排設筵宴, 잔치 준비)을 담당하는 두령(송강의 동생 송청(宋淸))과 술과 음료수 담당자까지 능력과 특기에 따른 업무분담을 갖추었다.

이런 조직과 병력 동원 체계는 당시의 관군 조직보다 우수했고 효율의 극대화를 기할 수 있었다. 때문에 동관이 거느리고 온 10만 관군을 이겼고, 고구가 지휘한 13만 대군의 양산 포위 작전을 완전하게 격파하였다.

말하자면 이때가 양산 대군의 전성기였다고 말할 수 있다. 관군

과 양산군의 맞싸움에서 양산군은 일방적으로 승리를 거두었고 송
나라의 최고 권력자이면서 13만 대군의 총지휘관 고구는 장순(張
順)에 의해 생포되어 양산박에 끌려왔다.

관군의 최고지휘관이 생포되었다면 송나라는 사실 끝난 것과 다
름없었다. 그렇다면 양산군은 수도로 단숨에 진격하여 봉건전제
왕조를 뒤엎고 온 천하 모든 사람들을 위한 새나라를 이룩했어야
한다. 적어도 논리상 그런 의견이 제시되고 검토되었어야 한다. 그
런데 양산박은 전혀 그렇지 않았다.

▣ 송강의 굴복

소설 속에서는 정말 이상한 일, 도저히 왜 그래야 했는지 이해할
수 없는 일이 연속적으로 일어났다.

아마도 이는 송강 외에 107두령들 모두도 전혀 예상하지 못한 일
이었고, 생포된 태위 고구조차 몰랐을 것이다. 사실, 생포된 순간
고구 자신도 자신의 목숨이 어찌될지 아마 생각하기도 싫었을 것
이다.

그러나 고구가 끌려오자 송강은 양산의 최고 귀빈으로 고구를
상좌에 앉혔다. 송강은 고구 앞에 나가 고개 숙여 절을 올리며 죽
을죄를 지었다고 스스로 용서를 구했다. 그리고 귀빈을 위하여 소
와 돼지를 잡고 큰 잔치를 준비하라는 명령을 내렸다.

송강은 양산의 주적(主敵)에게 진심에서 우러나오는 최고의 환대
를 베풀면서 삼군의 모든 장수들이 소집하여 고구에게 절을 올리

도록 했다. 양산의 두령과 졸개들은 고구 앞에 꿇어 엎드린 송강을 보았고 양산의 두령 모두는 송강과 똑같은 죄인이 되어 엎드렸다.

"태위께서도 크신 자비를 베푸시고 연민으로 구렁텅이에 빠진 우리들을 구원해 주시기를 갈망하옵니다. 그리하여 저희들로 하여금 다시 하늘의 태양을 바라볼 수 있게 해주소서. 저희들은 각골명심(刻骨銘心)하여 보국할 것을 죽음으로 맹서하옵니다."

이 정도면 사이비 교주 앞에 꿇어 엎드린 사이비 신도들의 맹서와 하나도 다름이 없다. 송강의 이런 행동과 말에 그 누구 하나 심지어 고구한테 그렇게 당한 임충조차 아무 말도 없었다. 그 자리에서 단 한 마디 불평도 터져 나오지 않았다. 그렇다면 양산 두령은 모두 흉포한 사나이일 뿐 자주의식을 가진 어느 누구도 없었단 말인가?

송강의 이러한 행동은 그가 평소에 봉건왕조 곧 황제에 대한 충성심을 갖고 있었기에, 또 황제의 명을 받아 원정을 나온 고구를 곧 황제의 분신(分身)으로 생각했기에 충성심을 보인 것이라고 생각할 수 있다.

또 당시 송나라는 이민족 거란의 위협 앞에 국가적으로 내부의 단결을 위해 양산박의 이익을 위한 뜻을 버리고 황제의 체면을 세워주려 한 것이라고 작가의 의도를 좋은 방향으로만 해석할 수도 있다. 그러나 정말 그럴 생각이었다면 관군이 출동했을 때 아예 전투를 벌이지 말고 그냥 항복했어야 했다.

또 다른 해석 — 일단 양산의 실력을 보여준 다음에 황제의 초안을 끌어내어 양산 무리들의 반국가 행위를 용서받기 위한 기반 조성을 위해 고구 앞에 엎드렸다고 해석할 수도 있다.

다시 말하자면 송강이 생각할 때 양산 세력이 끝까지 반정부군의 주체로 항거하면서 존속할 수는 없다. 그렇다면 언젠가는 국가를 위하여, 아니면 안락한 생활을 할 수 있는 농민으로 돌아가기 위해서라도 초안이라는 특별사면 조치가 필요하다. 그러니 고구 앞에 무릎을 꿇을 수밖에 없었을 것이라고 생각할 수 있다.

하여튼 고구 앞에서 송강과 양산 두령들의 이러한 행태는 고구에게 '양산 도둑들 패거리는 별거 아니다' 라는 의식만을 심어주었을 것이다. 동경 개봉부의 하급관리들이 고구 앞에 꿇어 엎드린 것이나 여기 양산 두령들이나 다른 것이 무엇인가?

차라리 생포된 고구를 손에 쥐고서, 송강은 황제 측과 흥정을 벌리며 담판을 했어야 했다. 양산군의 생존권이나 아니면 황제의 무조건 특별사면 아니면 몸값을 요구하면서 강하게 나갔더라면 오히려 양산 사업의 성취나 의의를 성취했을지도 모를 일이었다.

■ 초안의 반대파는?

고구 앞에 꿇어 엎드린 송강, 다른 두령들에게도 굴복을 강요하는 송강의 행태를 보면서 양산 두령들은 무슨 생각을 했겠는가? 양산의 두령들은 송강이 초안을 구상하고, 말을 꺼내던 그때부터 지금 이 상황까지 왜 초안에 반대하지 않았을까?

송강의 충성심이야 그의 독특한 개성이라고 할 수 있다. 그러나 양산의 최고 CEO로서 송강이 초안을 줄기차게 주장하고 성취한 것은 양산 사업의 의의를 바꾸고 방향을 틀었으며 결국 해체와 소멸의 수순을 밟은 것이다. 문제는 다른 두령들이 왜 송강의 초안에 반대하지 않았느냐는 것이다.

양산에 반(反) 초안파는 없었는가? 반 초안파가 있는데도 송강에 의해 억압되었는가? 반 초안파가 그들의 주장을 펼 수 없는 어떤 약점이 있었는가? 양산내에서 초안의 반대 목소리가 있었지만 하여튼 반 초안파는 아래와 같은 약점을 갖고 있었다.

첫째, 초안에 반대하는 격렬한 행위가 있었지만 초안의 실질적 측면이나 결과를 예상하는 논리가 없었다. 이규의 반대는 돌출 행위로 끝났고 아무런 이론 곧 이성적 성찰이나 전개가 없었다.

둘째, 반 초안파의 주동자가 없었다. 이규의 '동경까지 쳐들어가서 그 좆 같은 자리를 뺏어버리자' 는 격렬한 선동이 있었지만 동조자를 규합하지 못했기에 일회성 허튼소리가 되었을 뿐이다. 또 무송도 초안에 반대했지만 송강의 반문에 아무런 대꾸도 하지 못했다.

그래도 노지심만이 '지금의 조정의 문무 대신이 모두 간사하여 황제의 총명을 가리고 있다. 한번 검은 물이 들면 빨아도 깨끗해지지 않는다. 초안은 이루어질 수 없는 일이니 차라리 우리 모두 해산해 버리자' 하면서 나름대로 반대 이론을 전개하지만 그것만으로는 정말 역부족이었다.

셋째, 군사 오용을 반 초안파로 생각할 수 있지만 그는 조건만 충족이 된다면 초안도 괜찮다고 생각했을 뿐이다. 오용은 초안을 실천할 조건이 아직 성숙하지 않았기에 저들이 우리를 초개(草芥, 지푸라기나 먼지. 하찮은 것)와 같이 본다면서 우리의 매운 맛을 먼

저 보여 주고 그들이 양산을 두려워할 때 초안을 받아들여야 한다
는 생각을 갖고 있었을 뿐, 송강의 초안 자체에 반대하지는 않았
다. 그리고 무엇보다도 오용은 그저 수령 송강의 참모로 송강에게
충성을 다하는 사람이었다.

넷째, 양산군의 두령이 아닌 하층 간부나 졸개들이야 굳이 초안
에 찬성하는 것보다 관가에 항거하는 양산 생활이 나았을 것이다.
그렇지만 그들의 의사를 반영할 수 있는 길은 처음부터 없었다. 그
들은 그냥 따라갈 수밖에 없었을 것이다.

결국 양산 세력을 초안으로 회유한 뒤, 거란의 요나라 원정을 통
해 외적도 막고 내부의 걱정거리인 양산 세력도 꺾을 수 있다는 고
차원적인 정치 논리에 송강은 그냥 당할 수밖에 없었다. 어쩌면 그
것이 송강의 한계였을 것이다.

■ 초안 이후 양산의 사나이들

양산의 두령과 졸개들은 전투에서 이기고 돌아와서는 산채에서
꼭 승리의 잔치를 벌였다. 영웅 호한들이 모두 모여 큰 잔에 술을
가득 부어 마시면서 서로의 공로를 치하하고, 고깃덩어리를 큼직
큼직하게 썰어 먹으면서 서로에게 감사하며 위로했다. 이런 잔치
는 언제나 즐겁고 통쾌했다. 그리고 공정한 논공행상(論功行賞)이
있고, 그 결과에 따라 전리품을 나누어 가졌으니 고생한 보람을 느
끼면서도 행복한 일이었다. 그러나 초안 이후 이런 모습을 다시 볼
수 없었다.

황제가 초안(招安)의 조서를 내리고, 양산에서는 이를 받아들인다. 양산 대군은 곧바로 거란족의 요(遼)나라에 대한 원정에 동원된다. 원정에서 승리하고 돌아오면서 모두가 융중(隆重)한 환영행사를 생각했고 두령들은 높은 벼슬자리에 나갈 수 있으리라는 큰 기대를 갖고 있었다.

그러나 그런 기대는 물거품처럼 사라졌다. 양산의 최고사령관인 송강에게는 황성사(皇城使)라는 희한한 이름의 낮은 관직이, 그리고 노준의에게는 행영단련사(行營團練使)라는 벼슬이 내려졌을 뿐 다른 두령들은 여러 가지 큰 공을 세우고도 아무도 벼슬을 받지 못했으며 심지어는 싸늘한 멸시를 받으며 수도인 동경 개봉부에 들어가지도 못하고 외곽에 머물러야만 했다.

다시 남쪽으로 '방랍(方臘)의 반란'을 평정한 뒤, 돌아오는 과정에서 양산군은 목주(睦州)에서 군공을 치하하고 위로하는 잔치 상을 받았지만 모든 두령과 졸개들은 여전히 침울하기만 했다.

송강이 조정에 들어가 황제를 알현할 때, 송강은 눈물을 흘리면서 말했다.

"우둔하고 재주가 없는 신(臣) 송강은 간과 뇌를 땅에 바르더라도 국가의 큰 은혜에 보답할 수 없습니다. 지난날 저를 포함한 108인이 오대산(五臺山)에 올라 발원할 적에 열 명 중 여덟 꼴로 죽어갈 것을 어찌 생각이나 했겠습니까? 삼가 장수들의 이름을 적어 아뢰오니 하늘과 같으신 자비로 폐하께서 굽어 보살펴 주시길 앙망하옵니다."

그러자 황제는 "나라를 위해 죽은 경의 부하들에게 짐은 무덤에라도 벼슬을 내려 그 공을 잊지 않겠노라"고 대답했다.(119회)

송강이 당당하게 자신들의 공적을 보고하는 자리가 거의 애원에 가까울 정도로 초라하고 무겁기만 하다.

108두령 중 공식적으로 59명이 전사하였다. 10명이 원정 과정에서 병사했으며, 이런 저런 사유로 도중에 고향으로 돌아가기도 했으며 겨우 27명이 살아 공적부에 이름을 올렸다.

108두령 중 여러 전투를 거치면서 비참하게 생을 마친 사람들이 특히 많아 더욱 가슴을 아프게 하였다. 물에서는 어느 누구보다도 용맹했던 수군두령 장순(張順)은 항주를 공격할 때 서호의 연못으로부터 용금문으로 들어가려 했으나 성문에 이미 많은 궁수들이 대기하고 있다가 마구 쏘아대는 화살을 맞고 물속에서 죽어갔다.

본디 유명한 사냥꾼이었던 해진(解珍)은 오룡령 절벽에서 죽었고 해진의 동생 해보(解寶)도 형을 구하려다가 화살에 맞아 비참하게 죽었다. 이외에 쇠뭉치에 맞아 죽고, 날아오는 칼에 맞고, 갑문의 널판 사이에 끼여 죽고, 돌에 맞고, 화포에 맞고 말에 밟혀 죽거나 적에 잡혀 찢겨 죽고 함정에 빠지고 심지어 독사에 물려 죽기도 했다. 설령 살아남았다 하더라도 부상을 입어 불구의 몸이 된 두령도 있으니 개봉부에 개선한 두령들 모두의 가슴속에는 비통하고 참담한 마음뿐이었다.

방랍의 반란군은 완전 소멸되었고 양산 대군도 이제 거의 모든 힘을 상실했다. 전성기에 수도 동경을 공격할 수 있을 정도의 막강한 군사력과 하늘을 찔렀던 사기도 지금은 모두 사라졌다. 그간 몇 번의 국가적 큰 전투에서 양산의 두령들은 목숨을 잃으면서 혁혁한 전공을 세우면서 분전했지만, 결국 운명의 방향타가 잘못 잡혀 있어서 양산 대군은 이제 비참한 종말에 바짝 다가섰다.

■ 양산 사나이들의 최후

그렇다면 양산에 모여들었던 108두령들의 목표는 얼마나 이루어졌는가? 국가 곧 황제에게 충성을 다해야 한다는 미명하에 악전고투를 겪으면서 죽어간 그들이 마음속으로 염원했던 목표는 얼마나 실현이 되었는가?

양산 두령 모두의 한결같은 바람이었던 간신과 탐관오리들을 제거하겠다는 큰 목표는 어찌 되었는가? 결론부터 말하자면 양산 두령들과 개인적 원한 관계가 있었던 낮은 지위의 탐관오리나 일부 토착 세력가들은 제거되기도 했지만 조정을 좌지우지하며 온 나라 백성들 위에 군림하는 여섯 명의 간신적자(奸臣賊子)들은 새끼손가락 하나 다치지 않았다.

송강뿐만 아니라 모든 두령들이 처음부터 황제를 둘러싸고 권력을 휘두르는 권신들을 제거해야 한다는 생각을 하질 못했다. 예를 들어 고구를 생포했을 때, 고구를 처단하여 간신 하나를 제거하면서도 초안을 끌어낼 수 있다는 생각을 못했다. 적어도 고구를 잡고 있으니 다른 간신들을 제거하는 조건을 제시한다거나, 수도로 진공한다는 등 군사행동의 가능성을 보였다면 또 달라졌을지도 모른다. 송강은 너무나 단순하게, 우선 황제의 용서(초안)를 받아야만 떳떳하게 황제에게 충성할 수 있다는 생각뿐이었다.

송강은 임충의 좌절과 그 치욕을 너무 몰랐다. 송강은 궁벽한 농촌지역 조그만 관아의 아전(衙前)이라는 경력으로 중앙정부의 권력구조를 몰라도 너무 몰랐다는 이야기가 나올 수도 있다. 정치적 타협을 통해 조정 권신들이 서로 얽히고설킨 그 뿌리를 뽑는다는 것은 어쩌면 처음부터 불가능했을지도 모른다. 초안이 이루어진 다음에는 송강 이하 모두 다 고구나 권신들의 손아래에 놓여졌다. 송강은 고구를 만나고 싶어도 감히 만나자는 말도 못 꺼내는 그런 위치에 있었다. 양산은 무력집단이었고 그것도 관군을 여지없이 격파했던 우위를 점유하고 있었는데도, 송강은 물론 양산의 두령 어느 누구도 그 우세한 여건을 하나도 활용 못했다.

노지심이 반란의 괴수 방랍을 생포했을 때, 송강은 진심으로 노지심의 공적을 치하했다. 그러면서 송강은 조정에 보고하여 노지심을 환속시키고 벼슬을 수여하여 조상까지 빛나게 하는 것이 어떨까 하는 생각을 했다.

🔼 노지심과 무송

그러나 노지심은 그럴 생각이 조금도 없었다.

"내 마음은 벌써 정해졌습니다. 벼슬 생각 없고 다만 정갈한 곳에서 조용히 살고 싶습니다."

송강은 노지심의 마음을 돌릴 수 없다는 것을 알고, 그렇다면 동경 근처의 큰 절의 주지가 되어 종풍(宗風)을 빛내면서 부모님의 은혜에 보답하는 것이 좋을 것이라고 생각했다. 송강의 머리로는 조정의 권력자들의 생리를 그때까지도 알 수가 없었다. 그저 큰 공을 세웠으니 그에 따른 보상은 당연히 있을 것이라는 단순한 믿음뿐이었다.

그러나 노지심은 달랐다. 노지심의 머릿속은 송강보다는 훨씬 깨끗했기에 앞으로 좋은 꼴 못 볼 거라는 예상을 할 수 있었다.

"모두 필요 없습니다. 아무 것도 소용없습니다!"

노지심은 속세의 그런 자리보다는 차라리 시체 하나를 받는 것이 더 낫다고 했다. 시체야 묻어버리고 나면 그 다음에 더할 일은 없지 않은가!

뒷날 노지심의 예상은 그대로 적중했다. 수도로 돌아간 27명의 양산 두령들 중에서 권력 주변의 세파가 어떻다는 것을 알고 미련을 재빨리 버린 사람들은 다 제 명대로 살았다. 그러나 송강처럼 벼슬자리에 대한 미련을 버리지 못한 사람들은 나중에 간신들의 모함을 받아 하나씩 제거되었다.

송강을 도망가도록 풀어주는 주동

다만 108두령 중 단 한 사람, 처음에 송강을 도망가도록 풀어준 주동(朱소)만은 보정부란 곳의 관군(官軍)으로 공을 세운 뒤, 유광세란 장수를 따라 대금(大金)을 격파한 뒤, 태평군절도사(太平軍節度使)로 출세하였다. 이는 아주 특별한 예외에 속하면서 양산 영웅들의 초라한 종말을 더욱 초라하게 만들었을 뿐이다.

방랍의 반란을 평정한 뒤에 양산군이 느꼈던 그 환멸감의 근본 원인을 어디에서 찾아야 하는가? 아마도 황제 주변의 권신들을 제거하지 못했기에 국정이 제대로 운영되지 못한 것에 그 원인이 있을 것이다. 그런 상황에서 무엇을 더 바라겠는가?

낭자(浪子) 연청(燕靑)은 옛 주인의 은혜를 잊을 수 없기에 특별히 노준의를 찾아뵈면서 벼슬을 반환하고 조용한 곳을 찾아 천수를 누리는 것이 어떻겠느냐고 권했다. 노준의도 송강만큼이나 벼슬에 미련이 남아 금의환향의 꿈에서 깨어나지를 못했다. 때문에 노준의는 연청에게,

"너는 어째서 그런 결과도 없는 이야기를 찾아하느냐?"

고 오히려 반문했다.

연청은 자신이 모시던 주인의 사람됨을 잘 알고 있었기에 더 권하지 않고 웃으면서 말했다.

"어르신께서 잘못 생각하고 계신 것 같습니다. 저는 이만 떠나겠습니다. 당연히 좋은 결과가 있어야지요. 다만 이번 길에 좋은 결과가 없을 것 같아 걱정이 됩니다."

사실 연청이 한 번 더 권한다하여 노준의가 들을 사람도 아니었다. 환난이란 것을 미리 피하지 못한다면 그냥 당해야 한다. 재앙

이 머리 근처에 닥치면 피할 수 없다. 연청의 '말속에 숨은 다른 뜻', 곧 현외지음(弦外之音)의 가느다란 소리를 노준의는 들었어야 했다.

늘 그려오는 이상이 무너지고 아름다운 꿈이 허망하게 깨었을 때, 그 허탈감은 고통이다. 환멸감이 마음을 다 차지했을 때, 몸은 끝 모르는 깊고 깊은 심연(深淵)으로 가라앉는다. 계속 침잠(沈潛)하면서 새로운 각성을 한다. 그 새로운 각성은 후회다. 아마 송강이나 노준의의 마음이 그러했을 것이다.

참고로 소설 119회에서 방랍의 난을 평정하고 동경 개봉부에 개선한 송강과 노준의가 선화 5년 9월 황제에게 올린 표문(表文)에 나타난 양산 108두령의 최후를 종합하면 다음과 같다. 결국 108두령 중 그 4분의 1에 해당하는 27명만이 황제를 뵙고 벼슬을 받았다.

(참고) 양산 108두령의 최후 통계

구　　　분	정장	편장	합계	비　　　　　　고
원정 중 전사(戰死)	14	45	59명	진명(秦明) 外
원정 중 병사(病死)	5	5	10명	임충(林冲), 양지(楊志) 外
육화사 잔류, 출가	3		3명	노지심(魯智深), 무송(武松), 공손승(公孫勝)
은사(恩賜)불원, 은거	2	2	4명	연청(延靑), 이준(李俊) 外
동경잔류, 원정불참	5		5명	안도전(安道全), 황보단(皇甫端) 外
황제 알현 참가	12	15	27명	송강(宋江), 노준의(盧俊義), 주무(朱武) 外
	36	72	108명	

■ 그들은 세상을 바꾸었나?

　양산의 사나이들 중에는 혈기왕성하며 거칠고 사나운 사나이들이 많았다. 그들은 일시적인 울분에 따라 행동을 하는 경우가 많았는데, 쌍도끼를 휘두르는 이규가 가장 전형적이라 할 수 있다. 그가 은천석(殷天錫)을 두들겨 패죽일 때, 이규의 머리속에는 특별한 생각이 없었다.

　가령 '이 사람이 왜 남의 화원을 강점하려 하는가?' 아니면 '고렴은 왜 고당주에서 높은 자리를 차지하고 있는가?' 그리고 '태위 고구는 이런 강탈 사건과 어떤 관련성이 있는가?' 이런 여러 가지 상황을 충분히 고려한 다음에 도끼를 휘두른 것은 아니었다.

　그리고 다른 사람보다도 명석하며 많이 생각하는 무송도 복잡한 세상의 변화와 그에 따른 상황 변화를 읽지 못하고 단순한 호오(好惡)의 감정에 따라 행동했다. 예를 들어 맹주의 뇌성에 도착한 뒤, 다른 죄수들이 말한 살위봉 대신 무송에게는 날마다 술과 고기가 제공되었다. 무송은 시은이 왜 자신에게 특혜를 베풀었는지 깊게 생각하지 않았다. 다만 그런 은혜를 받았기에 그 사람의 편이 되어 장문신을 두들겨 팼을 뿐이었다.

　또 장도감의 인정을 받았을 때, 무송은 진심으로 감격했고 장도감을 신뢰하고 따랐다. 그러면서 자신에게 시운이 트여 출세의 날이 다가오리라는 믿음 속에 장도감을 위해 헌신한다는 뜻을 확실하게 갖고 있었다.

　'도감 어른께서 나를 이처럼 아껴주는데, 안채에 도적이 들었다는데도 내가 가서 구하지 않을 수 없지 않는가!'

무송이 안채 뜰에 들어갔을 때, "도둑놈 잡아라!" 소리와 함께 꽁꽁 묶였다. 무송은 이는 엉뚱한 오해라고 생각하면서 장도감은 자신을 믿을 거라고 생각했지만 그것은 너무 순진한 착각이었다. 무송은 이미 보이지 않는 검은 올가미 속에 빠져들었던 것인데 그런 사실을 꽁꽁 묶인 뒤에야 깨달았던 것이다.

황제의 전제권이 성립되고 유지되는 상황에서 그 아래 층층이 형성된 여러 가지 제도나 직위 그 자체가 바로 일반 백성들을 얽어매어 바짝 조이는 그물이었다. 백성들은 나라의 법이나 그 법을 지켜, 편안

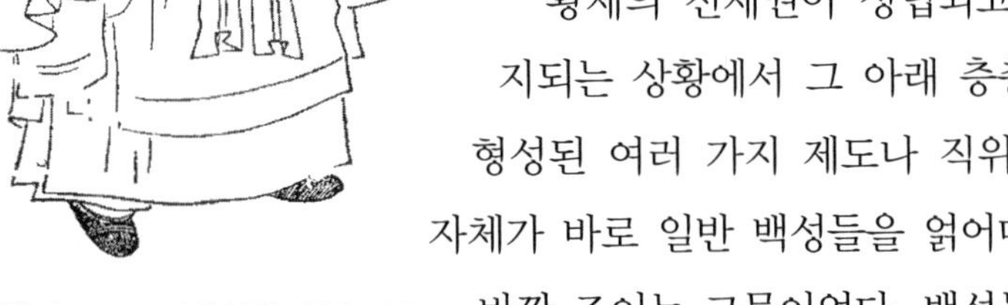

⬆ 행자(行者)로 변신한 무송(武松)

하게 살게 해준다는 관리들의 변덕이나 흑심에 따라 유형무형의 형틀에 갇혀 겨우 목숨을 유지해야만 했다. 하늘과 땅 그 어디에든 백성들을 착취하기 위한 촘촘한 그물이 펼쳐 있었는데 그것을 인식하고 깨뜨리고 찢어버리는 것이 양산 사나이들의 의지였다. 그러나 양산 사나이들이 과연 그런 목표를 달성했는가?

고구(高俅)는 소설 속에서 욕을 먹어야 하는 사람이었다. 그러나 『수호전』에서는 고구의 죄상을 일일이 열거하지 않았다. 대신에 하급 지방관들의 횡포와 하층민들을 얽어매 조여 오는 착취와 억압의 검은 손길을 묘사하여 그런 검은 손의 최상위를 차지한 고구의 역할을 드러내고 있다.

고구는 당시 정권의 최정점에서 도군황제의 신임을 배경으로 아무 거리낌없이 충량(忠良)한 사람들을 모함하고 내쫓고 있었다. 고구의 양아들 고아내가 동경에서 임충의 아내에게 못된 짓을 할 수 있었던 배경은 고구가 황제의 신임 아래 권력의 최정점을 차지하고 있다는 그 자체였다. 또 고렴의 조카 은천석이 시황성의 화원(花園)을 강탈할 수 있는 그 배경에도 고구라는 권세가가 있었다.

고구가 있음에 고아내와 고렴 같은 무리가 횡포를 부리고, 고렴이 있으니 수십 명의 은천석이 행패를 부렸다. 그리고 은천석의 손톱과 갈고리 역할을 하는 수백 명의 졸개들이 백성들의 고혈을 착취할 수 있었다. 그래도 지방에서 큰 화원을 가진 토호인 시황성이나 시진이 그냥 당할 수밖에 없는 상황이라면, 그만도 못한 일반 백성들이 어느 지경으로 착취를 당할지는 그야말로 불문가지라 할 수 있다.

이런 사례를 더 열거하려면 아마 소설의 분량이 엄청나게 늘어나야 할 것이다. 임충은 초료장에서 지난날의 친구였으나 고아내의 앞잡이가 된 육겸을 죽인 뒤, 동경으로 되돌아가 고아내나 고구를 찾아 복수하지 않고 눈 속에서 혈혈단신 양산박을 찾아갔다.

이처럼 양산박은 핍박받은 사람들의 피난처이면서 동시에 그들의 분노를 설욕할 수 있는 힘을 모으는 자력(磁力)의 중심이었다. 양지나 송강 또한 여러 사연을 겪은 뒤 결국 양산에 들어왔고 나머지 사나이들도 나름대로의 곡절을 안고 모여들었으니 이는 여러 냇물이 갖가지 굽이를 이루면서 바다로 모이는 것과도 같았다.

그간 아무 힘도 갖지 못했던 하층 민초들은 점차 탐관오리들에게 직접 항거하는 새로운 모습을 보여주기 시작했다. 고대수(顧大

嫂)는 감옥을 공격하여 해진(解珍)과 해보(解寶) 형제들을 구출한다. 양산의 사나이들이 멀리 강주까지 내려가 사형장에서 관군을 죽이면서 송강과 대종을 구출한다. 그리고 개인적 원한이긴 하지만 송강을 끝까지 모함한 황문병의 근거지인 무위군(無爲軍)을 불태우고 황문병을 잡아 처단한다.

이는 앉아서 당하는 스타일이 아니라 탄압의 주체 세력과 통치 체제에 대한 적극적 저항이었다. 마치 『서유기』의 손오공이 지옥과 용궁과 천궁(天宮)을 뒤죽박죽 만들면서 싸움을 벌인 것과 같은 의미가 있다. 곧 전제 통치권에 대한 항거이다.

양산의 사나이들에게 손오공과 같은 특별한 초능력이 없었다. 양산의 사나이들은 영웅의 기개(氣槪)와 협동작전 능력에 용감했고 때로는 기지를 발휘했다. 예를 들어 무송이나 노지심의 의리나 기개는 관군의 지휘자 그 누구와 비교해도 우수했다고 볼 수 있다. 이런 사나이들의 집합체가 양산이었다.

이러한 양산의 사나이들을 지휘하는 송강의 마음에는 언제나 변함없는 충(忠)이 자리하고 있었다. 송강의 충은 이규의 의(義)와는 또 다른 것이었다. 어쩌면 송강의 충성이나 이규의 의리는 양산 사나이들의 사고와 행동을 제한하는 또 하나의 제약으로 작용했다.

양산의 사나이들이 관군과 싸우고 때로는 전과를 올렸지만 그것은 전체적으로 극히 적은 일부분이었다. 그들은 전제정치의 핵심이며 기본틀을 부정하지 않으면서 전제적인 황제에게 충성을 바치려 했다. 그런 마음으로 유형무형의 온갖 탄압이 이루어지는 틀을 깬다는 것은 처음부터 한계가 있었다. 양산 사업이 끝내 실패로 돌아간 것은 이러한 한계성 때문이었을 것이다.

■ 양산 영웅들의 유한

양산의 사나이들은 의리 때문에 양산에 모였다. 그 의리란 사나이끼리 거래하는 의리가 아니라 정의의 실천자로서 지켜야 의리였다. 곧 약자를 지켜주고 보호하는 의리, 약자를 위해 횡포한 자나 더러운 관리를 제거하고 권력가의 횡포에 맞서 싸우는 의리였다.

때문에 양산박의 두령들은 관군과의 몇 차례의 전투에서 대단한 전과를 올리기도 했지만 비참한 종말을 고해야만 했다. 소설의 종말은 '영웅은 피를 흘릴 뿐 눈물을 흘리지 않는다(英雄流血不流淚)'라는 중국인들의 속담처럼 피를 흘렸다. 그러나 아무리 영웅일지라도 살다보면 왜 눈물을 뿌릴 경우가 없겠는가? 다만 영웅은 눈물을 가벼이 뿌리지 않을 뿐이다(英雄有淚不輕彈).

양산이 한창 강성할 때 108두령들의 꿈이 다 같지는 않았을 것이다. 모든 것을 포기한 임충도 언젠가는 동경의 80만 금군교두로 돌아가는 꿈을 갖고 있었는지도 모른다. 송강은 청사에 길이 남을 충신을 꿈꾸었고, 이규는 도끼를 휘두르는 장군으로서의 꿈이 있었을 것이다. 또 왜각호 왕영은 미인을 품에 안는 꿈을 버리지 않았을 것이다.

특히 표자두 임충의 경우, 그의 인생 역정에서 권력을 장악하고 자신을 파멸로 내몰았던 고구에 대한 미움이 어떠했을까? 임충의 마음에는 금군의 교두로서의 자존심, 고아내의 행패와 그 아비 고구 때문에 사라져버린 단란한 가정, 자결을 택한 아내, 창주(滄州) 주점에서의 비극, 그리고 원점으로 되돌아가면 모든 원인의 제공자이며 발단이었던 고구 — '고구'라는 이름만 들어도 '뼈에 사무치는 원한'이 있었을 것이다.

임충이 왕륜을 제거하고 조개를 양산의 최고 두령으로 추대할 때, 임충은 '황제 측근의 원흉들을 모두 제거하는 것'이 앞으로 양산의 사나이들의 과제이며 양산 사업의 목표라고 분명하게 말했다.

임충은 고렴(高廉 : 高唐州의 知府. 동경 태위 고구의 사촌)과 대결하면서도 고구에 대한 복수로 이를 갈았다. 임충이 고렴과 싸우는 것은 곧 고구와의 싸움이었다.

간악한 권력가들을 제거해야 한다는 임충이 품었던 강렬한 소원은 얼마나 실현이 되었는가? 세월이 흐르면서 그 소원은 전혀 현실화되지 않았다. 결국 양산은 허물어졌고, 몇 차례 전투를 거치면서 사나이들은 하나둘 전사했고 10여 명이 병으로 죽어갔는데 임충도 그중 한 명이었다. 병에 걸려 죽기 전 그의 의식이 남아 있을 때 임충은 무슨 생각을 했을까?

이규는 자신의 어머니를 물어 죽인 호랑이 일가족 네 마리나 죽였지만 이규가 때려잡은 탐관오리는 몇이나 되었는가? 노지심이 왕년에 대장간에서 선장(禪杖)을 주문할 때, '선장으로 험로를 개척하고 계도(戒刀)로는 나쁜 사람을 모두 죽이겠다.'고 했었다. 노지심은 항주 육화사에서 새벽 종소리, 저녁 북소리를 들으면서 또 혼자 선장을 어루만지면서 생각했을 것이다.

'이 세상에 나쁜 사람과 없애야 할 인간이 너무 많아!'

그때 노지심의 마음은 어떠했을까?

완소칠(阮小七)이 방랍을 토벌할 때, 완소칠은 방랍의 깊은 궁궐에서 방랍의 옷과 관, 허리띠 등이 들어있는 상자를 찾아내었다. 그것들을 본 완소칠은 순간 정말 멋있다고 생각하며 '이것이 방랍의 옷인데 내가 한번 입어보아도 괜찮을 거야!' 라고 생각했다.

완소칠은 곧 곤룡포를 입고 푸른 옥대를 띠고, 무우리(無憂履)라는 신발을 신은 뒤, 평천관(平天冠)이라는 왕관을 쓰고 말에 올라탄 뒤 곧 방랍의 흉내를 내며 궁 앞을 내달리며 제왕병에 걸렸던 방랍을 비웃어도 보았다.

뒷날 완소칠은 도통제(都統制)라는 직책을 수여 받았다. 그러나 대장군 왕품(王稟) 등이 '방랍의 옷을 입고 돌아다닌 완소칠은 뒷날 틀림없이 모반할 것' 이라며 계속 무고를 하였다. 결국 완소칠은 서민으로 강등되었다. 이에 완소칠은 오히려 기뻐하며 늙은 모친을 모시고 석갈촌으로 돌아갔다.

석갈촌에서 전처럼 고기를 잡는 완소칠은 무슨 생각을 했을까? 생신강을 탈취하고 하도(何濤)를 생포하고, 초안에 반대하며 어주(御酒)를 바꿔치기 하고, 초안 이후에도 양산박에 대한 미련을 버리지 못하던 완소칠이었다. 두 형은 전사했고, 그나마 그가 살아 늙은 모친을 모시지 않는가! 이 완소칠도 이규나 노지심처럼 탐관오리들을 다 제거하지 못했다고 후회를 했을까? 벼슬살이는 너무 고달프며 할 짓이 아니라 진정 고기잡이 생활이 좋다고 생각했기에 여한은 없을까?

양산 사나이들의 갖가지 서로 다른 유한은 송강의 초안과 직접 또는 간접적으로 연관이 있다. 그러나 양산의 사나이들은 권신과 간신들에게 원한이 있을 뿐 송강을 원망하지는 않았다. 거란의 요나라를 원정하는 과정에서도 양산박으로 돌아가자는 생각이 끊임없이 표출되었지만 초안을 받아들인 송강의 잘못을 탓하지는 않았다.

황제가 내리는 어주(御酒)라고 하사받은 술에 독약 성분이 있는 줄을 알면서도 송강은 이규에게도 술을 권하며 같이 마신다. 그리고 그 독주를 충분히 마셨다고 생각되었을 때 송강은 이규에게 사실을 말해 준다. 그런데도 이규는 송강을 원망하지 않는다. 이규는 의리상 송강과 같이 묻히기를 원했고 그렇게 되었다. 이 부분은 참으로 이해하기 어려운 결말이다.

『수호전』에서는 송강의 초안 그 자체가 잘못된 시작이고 결과라고 말하지 않는다. 그러나 소설의 대미 부분과 실제 묘사에서는 여러 가지 모순이 드러난다. 황제 측근의 권신들은 하나도 달라지지도 않았고 몰락하지도 않았지만, 초안 이후 양산 사나이들의 비참한 결말을 맞이하면서 양산박은 사라진다. 이는 결국 초안이 잘못되었다는 확실한 증거이다. 그 결말이 너무 아쉬우니까 『수호전』의 여러 속편이 계속 창작되는 것 또한 초안에 대한 아쉬움의 표현이라고 생각할 수 있다.

■ 양산박은 유토피아였는가?

영국의 토머스 모어(Thomas More)의 『유토피아 Utopia』는 1516년에 간행되었는데 그 뜻은 '아무 데도 없다'(no where)는 뜻이다.

이를 중국에서는 '오탁방(烏托邦 wutuǒbāng)'이라고 음역(音譯)했다. 이와 비슷한 의미의 중국어는 '오유향(烏有鄉)'이다. 오유(烏有)는 '어떻게 이런 일이 있는가?' 하는 뜻으로 '무(無)', '존재하지 않는다'는 뜻이다.

인간은 이상세계를 원한다. 도연명(陶淵明)의 『도화원기(桃花源記)』에 서술된 그런 이상의 세계에 살기를 원했다. 그렇다면 당시 양산박에 모여든 두령이나 졸개들은 양산을 이상의 세계로 생각했는가? 양산에 모인 사람들이 생각하는 이상의 세계는 어떤 모습이었는가?

우선 양산에 모인 사람들은 간신과 권신, 탐관오리와 횡포한 지주의 핍박을 피해 모여들었기에 그런 사람들이 없는 살기 좋은 곳으로 양산을 생각했을 것이다.

다음으로 양산에서는 사유재산을 인정하면서도 능력에 따라 차등 있게 분배해 주는 분배(分配) 정의가 이루어지는 생활을 꿈꾸었다. 양산박에서는 부부와 가족의 생활도 인정되었다. 그러면서도 그들은 전리품은 공적에 맞춰 차등 있게 또 때로는 똑같이 나누어 가졌다.

셋째, 양산에서는 귀천을 따지지 않는 평등사회를 꿈꾸었다. 온 천하의 모든 사람들이 한 집안 식구처럼 제자신손(帝子神孫)이나 부호장리(富豪將吏)로부터 사냥꾼이나 어부, 백정까지도 모두 나이에 따라 형제라고 부를 수 있는 그런 이상사회를 꿈꾸었다. 실제로 108두령의 서열은 신분과 재산을 초월한 공적에 따른 서열이었다.

양산박에서는 서로 얼굴을 마주하면서 한 마음으로 서로를 아껴 주었다. 비록 얼굴과 출신과 출신지가 달랐어도 충성과 신의의 마음은 모두 같았고, 그런 마음을 가진 사람들은 모두 서로 서로를 위해주는 형제였다. 나눠야 할 재물이라면 같이 나누고 기쁨을 함께 했고 누릴 수 있는 복이 있다면 같이 누린다는 무언의 약속이 지켜졌다.

끝으로 양산에서는 자기 능력에 따라 일을 분담했고 자신의 재능에 따라 하고 싶은 일에 종사하는 기회 균등의 땅이었다. 사람마다 특기가 있고 그 재능에 따라 일이 주어졌다. 화포를 만드는 사람도 술을 빚는 사람도 또 목수나 어부도 모두 자기 소질을 발휘했다. 도둑질에 능한 사람도 그 재능에 따라 임무를 부여받았고 그 책임을 성공적으로 마치었을 때 포상이 주어졌다. 그렇다면 자기 일에 책임을 다 할 수 있는 양산은 그들에게 유토피아였을 것이다.

그러나 그들의 이상세계는 초안이 이루어지면서 결국 이 세상에 존재할 수 없는 세계 곧 오유향으로 판명되었다.

10. 양산박의 생활

중국어에서 '호한(好漢 hǎohàn)'은 다양한 의미를 내포하고 있다. 굳이 가장 적합한 우리말을 찾는다면 아마 '진짜 사나이' 또는 '사내다운 사나이' 정도로 옮겨야 한다.

중국인들에게 남자는 과연 어떤 모습이어야 하는가? 남자는 언제나 여자와 함께 생각되고 비교된다. 특히 외부에서의 활동이 많은 남자이기에 남자는 정정당당하고 떳떳한 행동을 해야 한다. 때문에 '사내 대장부는 뻔뻔한 짓을 하지 않는다(好漢不做混賑事)'라는 속담이 생겼을 것이다.

■ 사나이와 금욕?

그러나 아무리 사나이다운 사나이라도 생활의 기본은 있어야 한다.

‘사내 대장부라도 돈이 없으면 어디에 가든 어려움이 있다(好漢 無錢到處難)’는 말은 당연한 이야기이다. 또 사나이라면 제 앞가림 은 해야 하고 남한테 당할 수는 없다. 그래서 ‘사내 대장부는 눈뜨 고 당하는 손해를 보지 않는다(好漢不吃眼前虧)’라고 했을 것이다. ‘사내 대장부 앞에 어려운 일 없다(好漢面前無難事)’는 속담은 사나 이의 적극적인 용기를 강조한 것이고 ‘사내 대장부는 자기가 한 일에 대한 책임을 진다(好漢做事好漢當)’는 말 역시 사나이는 언제 나 떳떳해야 한다는 기본 바탕을 강조한 속담이다.

특히 ‘좋은 개는 닭을 물지 않고(好狗不咬鷄), 대장부는 아내를 때리지 않는다(好漢不打妻)’는 말은 가정생활에서 지켜야 할 사나 이의 모습을 그리고 있다. 그리고 ‘호한은 여색을 탐하지 않고(好 漢不貪色), 영웅은 재물을 탐하지 않는다(英雄不貪財)’는 말은 여러 가지 의미를 내포하고 있다.

사나이의 패가망신에는 여색과 재물 이 두 가지와 특히 관련이 많다. ‘여색은 사람을 죽이는 칼이며(色是殺人刀)’ 이를 탐하면 틀 림없이 재앙을 만난다고 생각했다. 그래서 재물 앞에 당당한 사나 이 그리고 여인의 미모나 눈물 앞에 당당한 사나이의 모습을 높이 평가했다.

여자 앞에 당당한 사나이 — 그러다 보면 여자를 무시하거나 하 대하는 것이 남자의 당연한 모습처럼 인식이 되었다. 이러한 사회 적 분위기 속에서 서양의 기사(騎士)들처럼 여자를 진심으로 받들 고 지켜주는 모습을 찾아보기가 쉽지 않다.

서양의 기사도에서 여성은 보호받아야 하는 존재를 넘어서서 사나이의 출세와 생사와도 관련이 되는 명예로운 존재였다. 물론 여기에는 일반 평민의 부녀자가 아닌 귀족의 여성이라는 한정이 늘 뒤따랐지만 그래도 여성은 기사가 목숨을 희생하더라도 지켜야 할 존재였다.

양산의 사나이 중에 우선 떠오르는 사나이 가령 무송이나 노지심에게서 서양 중세의 기사와 같은 모습을 찾기는 어려울 것이다. 서양의 기사들처럼 특히 양산의 사나이들은 전투 능력이 우선 중요시했다. 그러다 보니 전투 외에도 생존의 방법으로 약탈이나 살인을 쉽게 자행했다. 서양의 기사도나 문학에서는 이처럼 살인을 자주하는 행태는 찾아보기가 쉽지 않다.

양산의 사나이들은 대부분 인문적 교양을 갖춘 사람이 드물었다. 그러다 보니 양성평등이란 개념은 애당초 존재할 수도 없었다. 양산의 사나이들에게 무예의 연습과 활용이 중요했다. 그러한 사나이에게 다정다감한 여인과의 온유한 생활은 신체단련이나 무예 수련에 방해가 된다는 관념이 일반적이었다. 이는 곧 사나이가 금욕(禁慾)생활을 해야 하는 주요한 이유였다.

양산의 사나이들의 경력과 생활로 추정해보면 20세 이하의 청년도 없거니와 50세 이상의 준노인도 없다는 생각이 든다. 아마 거의 30대를 전후한 나이가 가장 많을 것으로 추정할 수 있다. 그러나 이들 중 양산에서 정식 부부로 일상적인 가정을 꾸리는 경우는 많지 않다. 그렇다면 양산의 사나이들은 철저한 금욕주의자였는가?

가령 송강이 소설에 처음 등장할 때 그의 나이는 '연급삼순(年及三旬)' 곧 30세이었다. 이때 송강은 염파석과의 비정상적인 남녀관계 외에 송강의 애정이나 성생활에 대해서는 언급이나 묘사가 없다. 그렇다면 송강은 완벽한 금욕생활을 했다는 뜻이다.

옥기린 노준의는 처음 31세로 등장하는데 그의 아내 가씨(賈氏)는 25세였다. 노준의가 여색을 돌보지 않자 아내 가씨는 집사 이고(李固)와 불륜을 저질렀고 나중에는 남편을 고발하여 노준의는 온갖 고초를 겪고 양산박에 들어간다.

하여튼 남녀 30세면 정력이 가장 왕성한 시기이기에 '인생 30이면 한창 핀 꽃'(人到三十花正旺)라고 했다. '30대는 늑대와 같다가 40대에는 호랑이와 같다(三十如狼 四十如虎)'라는 속담은 중년 남녀의 성욕은 나이가 들수록 강해진다는 의미이다.

특히 20대의 청상과부는 견디지만, 삼십대 여인은 홀로 지내기가 어렵다(孤孀好做 三十難過). 20세에서는 물결이 안 일다가(二十不浪), 30에는 물결이 일고(三十浪), 40에는 물결이 가장 세게 일어난다(四十正在浪頭上)는 것이 여인의 성욕이다.

남녀에게 성(性)이란 공통 관심사이기에 '20대에는 시간마다(二十更更), 30대에는 매일 밤마다(三十夜夜), 40대에는 5일마다(四十五日), 50대에는 보름에 한 번(五十半月)이라는 부부간 성교 횟수까지 속담으로 만들어 표현하는 중국 사람들이다.

옛날 산채의 두목들은 민간 부녀자들을 약탈해다가 그 욕구를 채웠지만 양산에서는 그러한 부녀자에 대한 강점(强占)을 엄격하게 금했다. 양산 대군이 지방 관아를 원정하고 고약한 부호나 탐관오리를 징벌하는 활동 중에 부녀자들에 대한 욕구를 해소할 수 있는 기회가 당연히 있었을 것이지만 스스로 기의(起義)를 표방하는 그들이었기에 불미스러운 사건은 없었을 것이다.

양산의 두령과 졸개들은 청장년이었지만 특별하게 가족을 거느린 일부를 제외하고서는 장기간에 걸친 금욕생활에 조그만 불만도 표출하지 않았다. 이는 진정한 사나이는 여색을 탐하지 않는다는 사실을 강조하려는 작가의 의도였는지도 모른다.

소설 속에서 오직 왜각호(倭脚虎) 왕영(王英)만이 여색을 탐하는 두령으로 등장하는 것도 이러한 뜻을 돋보이게 하는 의미로 해석할 수 있다. 사실, 지금 우리들의 상식으로 생각해도 양산 사나이들이 여색을 가까이 하지 않은 것은 이해하기 어렵다. 그러나 거기에는 그만한 배경이 있다고 생각해야 한다.

첫째, 양산 사나이들은 정상적인 결혼과 가정을 이루는 것에 대해 반대하지 않았다. 다만 고아내나 서문경, 진관서 같이 권력이나 재물의 힘으로 비정상적인 강점이나 희롱, 능욕하는 행위를 절대로 인정하지 않았다.

그 가장 대표적 인물이 바로 노지심이었다. 노지심이 진관서와 와관사(瓦罐寺)의 최도성(崔道成)을 죽인 것은 부녀자에 대한 악랄한 범죄행위를 징벌한 것이었으며, 소패왕 주통(周通)이 유태공의 딸과 강제 결혼을 못하게 두들겨 팬 것도 같은 뜻이었다.

둘째, 양산의 사나이들이 여색을 가까이 하지 않은 것은 여성을 적대시해서가 아니라 신체단련과 무예수련에 방해가 된다고 생각했기 때문이다. 당시의 보편적인 건강 상식으로 남자의 정기는 건강에 가장 중요하며 그 정기는 남녀 교접을 통해 낭비된다고 생각하였다. 그래서 송강은 '창봉(槍棒) 수련을 좋아했기에 여색에 대해서는 매우 조심하지 않을 수 없었다'고 그 이유를 설명하고 있다. 똑같은 이유로 여색을 좋아하지 않은 노준의였으며, 그 반대로 왕영이 여색을 밝히는 것은 '호한이 할 짓이 아니다(不是好漢勾當)' 라고 했다. 이처럼 여색을 밝히느냐 아니냐는 호한이냐 아니냐를 판단하는 기준이 되기도 했다.

셋째, 양산의 사나이들은 독신주의자처럼 결혼과 가정을 사나이의 족쇄처럼 생각하지는 않았다. 다만 엄격한 가정 윤리와 도덕은 지켜져야 한다는 확실한 신념을 갖고 있었다. 때문에 무송은 형수인 반금련이 집적거리는 짓을 단호히 거절했지만, 장도감이 옥란을 배필로 준다고 할 때는 감격하면서도 자신의 의지로 사양했다.

흑선풍 이규 같은 경우, 남녀의 엄격한 도덕을 지키는 것도 자신이 할 일이라는 의식을 갖고 있었다. 이규는 사류촌(四柳村)에서 귀신을 잡아준다는 이유로 몰래 정분을 나누는 젊은 남녀를 때려죽이기도 했다.

이상의 몇 가지를 종합할 때, 양산의 사나이들은 양산 사업에 헌신하기 위한 방편으로 엄격한 금욕생활을 했다고 평가할 수 있다. '여색을 밝히고 탐한다면 진정한 사나이가 아니다' 라고 말하는 양산 사나이들이었다. '만리장성에 오르지 않았다면 사내 대장부가 아니다(不到長城非好漢)' 라는 모택동(毛澤東)의 말에서 느껴지는 호한(好漢)은 그런 의미에서 옛날과는 많이 다르다고 할 수 있다.

■ 비열한 호색 행위

영웅불호색(英雄不好色)이란 말을 '좋아하지 않는다' 라고 옮기는 것보다 '탐하지 않는다' 라고 번역하는 것이 아마 더 정확할지도 모른다. 사실 여색(미인)을 좋아하지 않는다면 거짓말이다. 다만 자기 본분이나 의리를 망각하면서 여색을 탐할 수는 없는 것이다.

양산박 두령 중 소패왕 주통(周通)과 왜각호 왕영(王英)은 신체가 건장하지도 않았고 특히 무예에 뛰어나지도 못했다. 주통과 왕영에 대한 부정적 평가의 근본 원인은 그들이 너무 여색을 밝힌다는 데 있을 것이다.

양산의 108두령 중 쌍창장(雙槍將) 동평(董平)은 여색을 탐하고 또 자신의 직분에 충실하지도 않았고 벗과의 의리를 지키지도 못했지만 서열 15위의 비교적 높은 자리를 차지했다. 이는 단지 그가 관군의 지휘관으로 무예가 뛰어나고 용감하였기 에 전력(前歷)이 어느 정도 참작되었을 것이다. 그러나 동평은 확실히 저질 이며 비열한 무장이었다.

송강과 노준의는 양산의 총 두령 자리를 서로 양보한다. 결국 송강은 동평부(東平府), 노준의는 동창부(東昌府)를 치 되 먼저 성공하는 사람이 제1 두 령이 되기로 합의한다. 송강이 동 평부를 칠 때, 쌍창을 잘 쓰는 동평 (董平)은 동평부 방위를 책임진 무장이었 다.

송강은 전투를 벌이기 전에 예를 갖추는 뜻으로 또 가능하다면 싸우지 않고 양산으로 끌어들이겠다는 생각에서 동평과 평소 교분이 있는 욱보사(郁保四)와 왕정육(王定六)을 시켜 전서(戰書)를 보낸다. 이에 동평은 친구 욱보사를 죽지 않을 정도로 두들겨 팬 뒤 돌려보낸다.

동평이 양산군과 계속 싸울 뜻이었다면 전서를 가지고 온 옛 친구를 돌려보내면 그 뿐인데 살점이 터지도록 때려서 보낸 것은 지나친 행동이었다. 아마도 이는 동평이 자신의 항거의지를 동평부의 행정을 책임지는 정만리(程萬里) 태수와 동평부의 백성들에게 보여주기 위한 방편이기도 했다.

그런데 정만리 태수에게는 혼인 적령기에 이른 미모의 딸이 있었고 쌍창장 동평은 아직 결혼하지 않은, 세상에 둘째가라면 서럽다 할 풍류 남아였다. 동평은 스스로 '풍류만호후(風流萬戶侯)'라 할 정도였고 정만리에게 누차 딸과의 결혼을 요청했으나 그때까지 허락을 받지 못한 상태였다. 때문에 동평과 정만리 태수의 관계는 매우 좋지 않았었다.

만약 양산군의 공격으로 성이 함락된다면 그 뒤에 어떤 일이 있을지 동평 자신도 알 수 없었다. 그래서 동평은 이를 기회로 혼사를 마무리짓고 싶었다. 물론 태수 쪽에서 보면 군사력을 장악한 자의 협박이었다. 이런 상황에서 태수가 취할 수 있는 길은 미루는 데까지 미루기였다. 태수는 양산군의 위기를 해결한 다음에 다시 의논하자고 했다. 그러나 동평은 이를 분명한 거절의 뜻으로 받아들이면서 매우 불쾌하게 생각했다.

동평은 양산군과 소소한 교전에서 이겼지만 나중에 포로가 된다. 이에 동평은 즉각 투항을 하면서 창을 쥐고 말머리를 돌린다. 동평은 양산 병력을 인솔하고 동평부를 공격하여 미모의 딸을 차지하면서 정만리 태수 일가족을 몰살한다. 결과적으로 동평은 태수의 딸을 차지하려는 생각에서 자신의 지위를 십분 활용한 것이다. 이런 배신행위는 자신의 이익만을 챙기는 심보이며, 공(公)을 끼고 사(私)를 챙기는 비열한 짓이었다.

관군의 장수들은 자신들이 우세할 경우에 양산군에 대한 압박과 살육의 강도를 결코 낮추지 않는다. 그러다가 열세에 몰리거나 생포될 경우 바로 투항하는 것은 물론 송강의 의리를 칭송하면서 체천행도의 열렬한 지지자로 변신한다.

관군 장수들의 이러한 기회주의적 행동은 그야말로 비열한 짓이었다. 호연작, 관승(關勝), 단정규(單廷珪), 위정국(魏定國) 등이 이런 부류에 속하지만 동평은 이들과 비교될 수 없을 만큼 더 나빴다.

소설에서는 그 이후 정태수의 딸에 대한 서술이 없다. 그러나 그 여인은 결코 행복할 수 없었을 것이다. 동평은 그 여인의 미색을 탐하며 자신의 욕구 배설 수단으로만 생각했을 것이다. 이는 진정한 풍류남아의 본바탕이라 할 수 없다. 진정으로 그 처녀를 사랑했었다면 지위와 믿음을 배신하며 그 가족을 몰살하는 짓을 해서는 안 된다.

송강은 동평의 투항을 환영한다. 양산의 두령 중 어느 누구도 동평의 행위를 비난하지 않았다. 송강은 그 전날 전서(戰書)를 가지고 동평을 만나러 갔다가 살점이 터지도록 얻어맞고 돌아온 욱보사와 왕정육에게 꼭 분을 풀어주겠다고 날마다 말을 했었다. 그러나 이 두 사람보다 훨씬 무예가 뛰어난 동평이 제 발로 투항해 들어오자 언제 그랬냐는 듯 아무 말도 없었다. 거의 생각하지 않고 느끼는 그대로 말하는 직설적 성격의 이규는 물론 그 전날 김씨 부녀를 구해 주었던 노지심도 그리고 양산박의 두령들 그 누구도 동평의 행위에 대한 비난이 없었다.

오히려 양산에서는 그 이전에도 여색을 탐하며 자기 잇속을 챙기고 비열한 행위를 했더라도 무예가 뛰어나서 양산 사업에 도움이 된다면 여자를 상으로 받는 일은 당연하다는 분위기였었다. 이미 주통이나 왕영 같은 사람들이 그러한 혜택을 누린 사람들이었다. 그렇지만 동평의 비열한 행위는 사나이의 풍류일 수도 또 양산 사업을 위한 영웅적 행위도 결코 아니었다.

■ 미모와 간통, 괴로운 사나이들

소설 23회 이후 반금련과 서문경의 관계설정과 풀어가는 이야기 또한 아주 자연스럽고 흥미가 있다. 정말 뛰어나고 재미있는 구성(plot)이고 소재이기에 『금병매』의 도입 부분으로 다시 창작이 된다. 그 반금련과 서문경, 무대와 무송의 관계에서 무송의 분노 또한 자연스러운 귀결이었다.

소설에서는 반금련과 서문경의 스캔들과 유사한 사건이 45회에서 한 번 더 나온다. 양웅(楊雄)의 아내 반교운(潘巧雲)과 화상(和尙)

배여해(裵如海)의 불륜은 또 다른 돌중(僧)과 몸종인 영아(迎兒) 등이 어울려 진행된다. 여기에 양웅의 의형제인 석수(石秀)가 개입되어 사건의 전모가 밝혀지고 반교운의 죽음으로 귀결된다.

상대적으로 서문경과 배여해는 간통이 드러날 경우 목숨을 잃을 수 있다는 것을 알면서도 관계를 했다. 다시 말해 간통은 그만큼 짜릿한 긴장이 있다는 뜻이다.

‘처는 첩만 못하고(妻不如妾), 첩은 계집종만 못하고(妾不如婢),

무송이 서문경을 창 밖으로 집어던지고 있다

계집종은 기녀만 못하고(婢不如妓), 기녀는 훔쳐 관계하는 여인만 못하다(妓不如偷)’라는 중국인의 속담을 보면 이 상황을 짐작할 수 있다.

반금련과 반교운의 간통사건은 서로 아무런 연관 관계도 없다. 그렇다고 두 사건이 같은 주제이기에 비슷하게 전개되지도 않는다. 전혀 다른 스토리 전개는 독자로 하여금 잠시도 눈을 뗄 수가 없을 정도로 흡인력이 있는데 이런 매력이 바로 『수호전』이 뛰어난 작품임을 말해 주고 있다.

문제는 예쁜 여자는 곧 불륜과 간통의 주체이며 이때문에 남자들은 괴롭고 그 결말은 살인으로 이어질 수밖에 없다는 공식이 성립된다는 점이다.

‘아내가 없이 사는 것은 바퀴 없는 수레와 같다(人生無婦 如車無輪)’는 중국인들의 속담을 보면 결혼이 얼마나 중요한가를 알 수 있다. 또 결혼한 여인의 경우라도 아들을 낳지 못하는 것은 칠거지악에 속해 쫓아버릴 수도 있었다. ‘3가지 불효 중에 아들을 낳지 못하는 것이 가장 크다(不孝有三 無後爲大)’는 말에서도 볼 수 있듯이 여자는 아들을 낳는 생산도구의 하나였다.

사람이 자식을 낳고 귀여워하며 키운다는 것은 본능이기도 하지만 경제적 필요성에서 그럴 수도 있다. 특히 생산력이 낮았던 옛날의 농촌에서 노동력은 곧 재화의 생산수단이었다.

‘가난하더라도 아들이 있다면 가난하지 않고, 부자라도 아들이 없다면 부자가 아니다(貧而有子非貧 富而無子非富)’라는 속담은 농촌에서 아들의 존재가 얼마나 중요한가를 보여준다. 이에 비해 딸은 어떠했는가?

딸을 키우는 데도 아들처럼 한 사람이 매달려야 하고 먹이고 입히는 부담이 똑같이 들어가지만 조금 커서 가사 노동에 도움이 될 만하면 돈을 들여 시집을 보내야만 했다. 때문에 중국인들은 딸을 그저 ‘밑지는 물건(賠錢貨)’ 정도로 생각했다. 그래서 가난한 집에서 원하지 않는 딸을 낳으면 그 자리에서 엎어 놓거나 또는 물에 넣어 죽여 버리는 경우가 많았다고 한다. 이는 결국 남녀 성비의 부조화를 초래했다.

곧 사내아이는 많이 자라나지만 여자 아이가 없기에 많은 사내들이 정상적인 관계로 아내를 맞이할 수가 없었다. 곧 여자의 공급보다 수요가 많은 상황에서 어떤 현상이 일어나겠는가? 그리고 결혼을 하려해도 여자가 없어 결혼할 수 없는 사내들은 어느 계층이겠는가? 그 해답은 자명하다.

또한 중국인들에게 결혼은 일생의 큰 일(人生大事)이었고, 많은 돈이 들어가는 일이었다. 상류층에서는 손님들을 청해 잔치하는데 돈이 들어갔지만 하류층에서는 신부를 사오는데 들어가는 돈이 훨씬 많았다. 중국 하층민들에게 결혼은 곧 매매혼이었다.

'며느리가 마당에서 절할 때, 시어머니는 뒤로 빚낸 이자를 셈한다(媳婦堂前拜 公婆背利債).'라는 속담처럼 며느리를 사온 경우에는 빚 걱정을 하지 않을 수 없었다. 이런 매매혼인이 이루어지다 보니 '장가 못간 남자는 있어도 시집 못간 여자는 없다(只有剩男 沒有剩女)'는 말이 나올 수밖에 없었다.

사실 인간에게 가장 중요한 두 가지 욕구는 식(食)과 색(色)이다. 먹을 것이야 풍년이 들면 해결될 수 있다지만 성인 남녀에게 성생활은 그리 간단하지가 않다. 물론 성적 욕구를 해결하는 가장 이상적인 해결방법으로 결혼제도 특히 일부일처제가 전통처럼 내려왔지만 결혼은 그리 용이한 일이 아니었다.

하층민들에게 흉년이 들거나 먹을 것이 없을 경우, 산에 가서 산적이 되면 굶주림은 해결할 수 있었다. 그러나 아내를 얻지 못할 경우 금욕생활로만 해결할 수 있었겠는가?

도화산의 산적 우두머리 주통은 그가 산적 두목이나 되었기에 도화촌의 유(劉)씨 집에 약간의 돈과 예단을 주고 혼인을 강요할 수 있었다. 이 관계에서 주통은 산적 패거리라는 힘을 이용하여 유씨 집안의 처녀를 요구했다. 그러나 그 처녀의 입장에서 인격과 자유의사가 존중되는 선택을 할 수 있었는가?

반금련의 경우, 그녀는 청하현의 부잣집(大戶) 여종이었다. 주인이 젊고 예쁜 반금련에게 치근덕거렸을 때, 반금련이 거부하자 부자는 반금련을 그냥 공짜로 무대(武大)에게 시집보냈다.

무대에게는 그야말로 '맛있는 양육 한 덩어리가 강아지에게 굴러 떨어진(好一塊羊肉, 倒落在狗口裏)' 행운이었다. 청하현 사람들이 무대와 반금련을 두고 수군거리자 무대는 반금련을 데리고 양곡현으로 이사를 왔고 결국 무송을 만나게 된다. 반금련은 못 생긴 남편보다 힘 좋은 시동생에게 마음이 끌렸고 무송이 거절하자 결국 서문경과 배가 맞았다.

그리고 반교운의 경우, 왕씨라는 압사(押司)에게 출가했다가 남편이 죽자, 다시 양웅(楊雄)과 재혼한 미모가 있는 여인이었다. 반교운은 양웅이 관가 근무 때문에 밤에 집을 자주 비우자 잘 생긴 화상과 간통하기에 이르렀다.

무대와 서문경은 결코 반금련을 사이좋게 나눠 가질 수 없었다. 또 반교운은 남편 양웅과 배여해라는 미남 화상 두 사람에게 똑같이 애정을 나눠 줄 수도 없었다. 왜냐면 남녀의 성욕은 박애(博愛)처럼 골고루 나눠 줄 수 있는 것이 아니기 때문이다.

애정은 독점이다. 때문에 무대는 서문경에게 열세인 줄을 알면서 덤볐고, 배여해는 들통이 나면 목숨이 위태로운 줄을 알면서도 반교운의 가슴을 더듬었다.

반금련과 반교운의 간통 사건은 소설 속에서 '미색을 갖춘 여인은 간통을 하는데, 간통을 할 경우 반드시 들통이 나고, 그럴 경우 남자는 간부(姦夫)와 음부(淫婦)를 죽여 그 원한을 씻는다.' 는 공식을 보여주고 있다.

사실, 반금련은 계집종의 신분이었고 반교운은 전 남편과 사별한 과부였다. 이 여인들에게는 처음부터 자기 뜻에 맞는 배우자를 선택할 자유의사도 경제적 능력도 없었다. 그리고 이 여인들의 자유분방한 애정의 욕구는 처음부터 인정될 수 없었던 시대 상황이었다. 여인과 간부(姦夫)에게 형을 잃은 무송의 분노나 간통 사실을 직접 듣고 여인의 몸에 칼질을 하는 양웅의 격한 감정은 이해할수 있다. 이 사건은 두 여인에게나 또 그와 관계가 있는 사나이 모두에게 불행한 일이었다.

■ 사나이들에게 술이란?

양산의 사나이들은 여자 없이도 잘 지냈지만, 만약 술마저 없었다면 살아갈 수 없었고 양산이란 집단은 아마 존속할 수 없었을 것이다. 노지심이나 무송이 술을 안 마셨다면 과연 진관서나 장문신을 응징하겠다는 정의감이 발동했을까? 한 번쯤은 생각해 볼 필요가 있다. 술은 여자보다 훨씬 좋은 반려자라고 생각하는 사나이들은 지금도 많이 있다.

술과 여색, 돈과 재물은 사람마다 다 좋아한다(酒色錢財人人愛). 여색에 미혹되지 않으면 참된 군자이지만(見色不迷眞君子) 술을 보고도 마시지 않는다면 대장부가 아니다(見酒不飮非丈夫).

중국인들은 차를 많이 마시지만 도수가 낮은 맹물 같은 술이라
도 찻물보다 좋다고 한다. 그리고 술잔에 빠져 죽은 사람은 바다에
빠져 죽은 사람보다 오히려 더 많다. 술이 지기(知己)를 만나면 천
잔도 많지 않다(酒逢知己千杯少).

술을 좋아하는 사람들이 술을 마시는 이유로 제시하는 것 중의
하나가 '한 잔 술로 맺힌 한을 풀고(一飮解百結) 술 두 잔에 온갖 근
심을 잊을 수 있다(再飮破百憂)'라고 하지만 실제로는 그렇지 않다.
온갖 근심을 풀어버린다고 하지만 술이 깨고 나면 근심거리는 더
깊어진다. 진정 마음의 걱정거리가 있다면 술을 마시지 않고 마음
에서 정리해야 하지 않겠는가?

술을 마시면 누구나 영웅호걸이다. 술자리에서는 누구나 정의
의 사나이며 누구나 최고이다. 술자리에서 자기 자랑을 못하게 한
다면 술자리는 훨씬 빨리 끝날 것이다. 이 세상에 '술 취한 군자(君
子)는 없다'고 했으니 술에 취했다면 이미 군자가 아니다. 오죽하
면 '술 취한 사람은 개'라는 막말까지 생겼겠는가?

양산 사나이들의 음주 또한 그들의 개성이었다. 차를 마시는 격
식이나 습성에 강한 개성이 들어 있는 것보다 술을 마시는 데에도
개성이 더 드러난다. 흑선풍 이규는 마구 먹어대는 술 곧 남음(濫
飮)이었다. 술만 있다면 있는 대로 마셨고 술을 마신 뒤에는 아무
짓이나 마구 했다. 말하자면 전혀 통제할 수 없는 술이었다.

마시는 술의 양에 있어서는 아마 노지심을 당할 사람이 없을 것
이다. 노지심의 술은 그야말로 통음(痛飮)이었다. 술고래라는 말은
노지심에게 어울리는 말이었다. 노지심에 비해 무송의 술도 적은

양은 아니었다. 무송의 음주는 호음(豪飮)이었다. 술을 마시면 마실수록 힘이 솟았다.

무송이 시은(施恩)과 함께 장문신을 혼내주러 갈 때, 무송은 맹주성에서 쾌활림까지 가면서 모든 주점에서 석 잔씩 마시지 않으면 가지 않겠다(無三不過望)는 조건을 내세웠다. 쾌활림에 도착할 때까지 10여 군데 주점을 지나면서 30잔 이상의 술을 들이켰으니 경양강을 올라갈 때보다 훨씬 많은 술을 마셨다. 이를 보면 무송은 '고래(鯨) 띠'라고 할 만하다.

술은 사람의 신경 조직에 강한 자극을 준다고 한다. 때문에 술 취하면 잠시 해탈의 경지에 들어갈 수 있고 속세의 티끌 정도야 간단히 날려 버릴 수도 있으며 시인묵객에게는 특별한 영감을 주기도 한다. 이백(李白)의 '말 술(斗酒)에 시 백편'이라는 말도 있는데 이는 술을 마시면 흥취가 생겨 많은 시상(詩想)이 떠오른다는 뜻이지, 술을

🔼 송강이 심양루에서 반시(反詩)를 쓰다

마시고 쓴 시가 수준 이하라는 뜻은 결코 아니다.

송강은 시인이 아닌데도 취중에 시를 썼고, 술이 깬 후에 후회했지만 그 시는 사나이의 큰 뜻을 표출한 그의 진심이었다.

양산의 사나이들은 대부분 술을 좋아했고 양산에서 특별한 사람은 모두 술고래에 가까웠다. 그러나 술을 마실 줄 모르는 양산박의 두령 청안호(靑眼虎) 이운(李雲)의 특별한 공적이 무엇인가? 전직이 기주의 도두였지만 술 마실 줄 모르는 두령으로 이름이 생각날 뿐 아무 것도 아니었다.

사실 양산박에서 술은 양산 사나이들의 개성을 만들어 주었기에 양산 사나이 누구도 술을 홀대하지 않았다. 양산 사나이들은 새로운 두령을 환영하기 위하여 또 원정이나 전투에서 승리한 뒤에, 또는 새로운 다짐과 우의를 돈독히 하기 위하여 술을 마셨다. 술자리가 많아지다 보니 이와 관련한 일을 전담하는 두령이 필요했을 것이다.

양산 108두령의 업무 분담에서 조도귀(操刀鬼) 조정(曹正)은 소나말, 양과 돼지를 잡아 공급하는 정육 책임자였으며, 송강의 친동생인 철선자(鐵扇子) 송청(宋淸)은 양산박의 온갖 연회를 준비하는 책임자로 그 업무량이 엄청났을 것이다. 그리고 가장 중요한 일 ─ 일체의 온갖 술과 음료의 제조와 공급 업무를 담당(監造供應一切酒醋)하는 두령으로 소면호(笑面虎) 주부(朱富)가 있었다.

술은 어떤 일을 이루기도 하지만 망치기도 한다(酒能成事 也敗事). 많은 사람들은 술 때문에 그르친 일은 기억하지만 술 때문에 성사된 것은 별로 기억하지 못한다.

경양강 아래 주점에서 석 잔이면 '문을 나서자마자 쓰러진다(出

門倒’는 술을 열여덟 잔이나 마신 무송이었다. 사실 무송이 술에 취한 상태가 아니었다면 해질녘에 경양강을 올라가지도 않았을 것이며 술기운이 아니었다면 어디서 무슨 힘이 나서 호랑이를 주먹으로 때려죽였겠는가?

무송은 주량뿐만 아니라 밥과 고기도 평소에 남보다 많이 먹었다. 본래 타고난 장사였다고 하지만 그래도 술이 아니었다면 호랑이를 때려잡는 그런 일은 소설 속에서도 벌어지지 않았을 것이다. 이를 본다면 ‘술은 영웅의 담력’ 이라는 말이 사실이다.

술이 없었다면 생신강을 탈취하기 위하여 대추장수로 분장한 조개 일행이 무슨 사기극을 연출했을까? 그 더운 날에 갈증을 풀어 주는 술이 간절히 생각나기에, 오용은 몽한약을 쓸 수 있었다. 술이 없었다면 조개 일당은 양지 일행을 모두 죽이거나 아니면 싸워 강탈할 수밖에 없었다.

그래도 술을 조금 마신 양지였기에 먼저 눈을 떴다. 대추장수는 종적도 없이 사라졌고 한편에 널브러진 짐꾼을 바라보는 양지의 마음이 어떠했겠는가? 술이 없었다면 소설의 재미는 반감되었을 것이다. 아니면 매우 살벌한 소설이 되었을지도 모른다.

술이 없었다면 노지심은 오대산에서 그 소동을 벌리지 않았을 것이고 그러면 노지심은 강호를 떠돌지 않았을 것이다.

술을 사러 가지 않았으면 임충은 초료장에서 불에 타 한 줌의 재로 사라졌을 것이 분명하다. 술은 크고 작은 사건의 고비마다 등장하여 소설의 재미를 더해 주었다. 그래서 많은 사람들이 술을 좋아하는 것이니, 아마 술이 없었다면 양산박은 만들어지지도 운영되지도 않았을 것이다. 아니 그보다 더 먼저, 시내암(施耐庵)은 『수호전」을 창작하지도 못했을 것이다.

▣ 철선자 송청

앞에서도 송강의 친동생 철선자(鐵扇子) 송청(宋淸)을 언급했지만 여기서 송청의 임무에 대하여 다시 상세하게 분석할 필요가 있다.

송청은 송강의 동생이지만, 압사로 근무한다면서 집안일을 돌보지 않는 형을 대신하여 부친을 모시고 집안의 대소사를 꾸려나갔다. 그런 선량하고 건실한 사람에게 왜 철선자라는 조롱의 뜻이 내포되어 있는 작호를 붙였는지 알 수가 없다. 철선자 곧 쇠로 만든 부채는 우선 바람이 잘 나지도 않거니와 무쇠 부채이니 무거울 것이고, 팔이 아파 계속 쓸 수도 없다. 어쩌면 쓸모없는 사람이라는 이미지로 받아들일 수 있다.

그리고 양산 입구에서 술집을 열고 있는 주귀(朱貴)의 역할은 얼마나 중요했는가! 그런 주귀의 별명이 한지홀율(旱地忽律)인데 그 뜻은 '마른 땅의 악어'이니 이 또한 좋지 않은 뜻의 별명이라 할 것이다.

송청은 양산에 들어와 서열 76위로 음식과 잔치 준비 담당 두령이었다.

송청은 송강의 친동생이기에 그만한 자리를 차지한 것이 아니냐고 생각하기 쉬우나 송청의 임무는 아주 막중했고 그런 임무를 잘 수행한 특별한 능력의 소유자였다고 평가해야 한다.

양산은 본래 전투 집단이다. 때문에 전투에서 승리하려면 우선 잘 먹어야 한다. 가령 전성기에 양산에는 4만 이상의 두령과 졸개와 가족이 거주했다고 보아야 한다. 양산 대군이 동평과 동창부를 공격할 때, 1만 명씩 4개 부대로 나누어 공격했다. 물론 양산을 방어해야 하는 자체 병력이 있어야 하고 수군은 별도였다. 그렇다면 4만이란 숫자는 최소한의 숫자였다.

그 4만 명의 병력이 먹고 마시는 음식의 양은 어마어마할 것이다. 취사장 1곳에서 500명의 군사가 취식한다고 가정한다면 적어도 80곳의 취사장이 있어야 한다. 그만한 취사장을 관리한다는 자체가 결코 쉬운 일은 아니었을 것이다. 그 당시에 냉장고도 없고 연료는 나무 장작이나 숯이었을 것이다.

사실 송청의 업무는 두령들의 식사나 잔치를 책임졌을 것이다. 출정한다고 잔치하고 개선했다고 잔치하고, 새로 두령이 늘었다고, 또 단오니 명절이니 하면서 잔치를 했을 터이니 그 업무가 얼마나 번거로웠겠는가?

양산 집단에서는 이런 일이 별로 중요하다고 생각지 않았을지 모르지만, 군 생활을 겪어본 사람이라면 주식과 부식의 공급이 얼마나 중요한가를 이해할 것이다. 송청은 초안 이후에 요나라 원정은 물론 방랍의 난을 평정한 뒤 무혁랑(武奕郎)이라는 낮은 관직을 받았지만 고향에 돌아와 농사를 지으면서 조상의 제사를 받들었다. 송청은 결코 쇠로 만든 부채처럼 쓸모없는 사람이 아니었다.

■ 야만과 잔혹성

옛 이야기나 소설에서는 주인공은 언제나 착하고 또 유능하지만 악인은 처음부터 끝까지 나쁜 짓을 하다가 벌을 받는다는 기본 패턴이 있다. 그러나 『수호전』에 등장하는 사나이들은 선한 사람이 있는가 하면 본받을 수 없는 인물이 골고루 섞여 있다고 볼 수 있다.

그것은 곧 양산 사나이들의 삶이 좋은 면도 있지만 동시에 부족하거나 나쁜 일면도 함께 지니고 있다는 말일 것이다. 삶의 나쁜 모습 중 하나가 바로 거칠고 야만스러우며 너무 잔혹하다는 점이다.

사실 살인하는 데에도 각각의 개성이 드러난다.

노지심의 살인은 대개 남들을 도와주려는 뜻에서 저지르는 살인이었고 정의심의 발로였으며 우발적인 살인은 아니었다. 노지심이 김노인 부녀를 도와줄 때, 김노인의 출행을 가로막는 어린 점원을 그저 혼을 낼 정도였지만 진관서를 패줄 때는 급소를 가격했다. 그만큼 세밀한 배려가 있었다는 뜻이다. 노지심은 도화촌에서 유태공의 딸을 데려가려는 주통을 혼내주며 일을 원만하게 마무리하는 치밀함을 보였다.

이규는 적태공의 딸과 사통하고 있는 젊은 남녀를 모두 박살내어 죽여 버렸다. 이처럼 이규는 거칠고 잔혹했다.

무송은 매우 강렬한 반항 정신의 소유자였다. 무송의 살인은 도덕적인 옳고 그름을 떠나 사적인 은원관계에서 복수를 위한 살인이 주를 이루었다.

한편, 먹고 살기 위한 수단으로 살인하는 경우도 소설에서 자주 나타난다. 채원자 장청과 손이랑 부부가 운영하는 주점에서는 사람을 죽여 인육을 소고기로 속여 팔고 인육으로 만두소를 만들어 파는 이야기가 나온다. 독자들은 정말 그럴 수 있을까 의심하지만 중국인들에게 인육을 먹는 습속은 본래 있었다고 보아야 한다.

그렇다면 양산의 사나이들이 소설 속에서 왜 이렇게 야만과 잔혹행위를 눈 하나 깜짝하지 않고 저지를 수 있었을까? 여기에는 그만한 사회적 역사적 배경이 다 있었을 것이다.

우선 전제 정치하에서 죄인과 그 가족에 대한 형벌 자체가 야만 행위였다. 그런 전제 통치하에서 휴머니즘을 말하며 인도주의적 처분을 해야 한다는 자체가 전혀 어울리지 않았다. 역적행위에 대한 형벌로 구족(九族)을 몰살하고 한 가문 전체를 도륙하던 시대였다. 특히 반란 주동자에 대한 처형 그 자체가 야만의 극에 달했었다.

방랍은 반란을 일으킨 뒤 궁궐에서 곤룡포 입고 신하를 임명하며 행정조직을 운영했다. 송강에 의해 수도와 궁궐이 함락된 뒤 방랍은 변장을 하고 도망가다가 노지심에게 생포된다. 방랍은 수도로 압송되어 능지처참(陵遲處斬) 당한 뒤 3일 동안 그 시신이 공개되었다.

당시의 능지형이란 먼저 사지를 자른 뒤 목을 자르는 형벌이었다. 명·청(明·淸) 시대의 능지형은 칼로 죄수의 몸을 조각조각 떼어내거나 365번을 자르는 형벌이었다니 그 잔인한 정도는 이루

다 말할 수가 없다. 능지형을 당하는 죄수는 죽고 싶어도 죽을 수
없는 상황이었을 것이다.

이런 잔인한 형벌은 백성들에게 감히 저항할 생각을 못하게 공
포심을 주는데 목적이 있었지만, 그런 탄압이 강하면 강할수록 저
항도 강해지는 것이며, 그런 잔혹성은 아래로 흘러 백성들도 그렇
게 따라한다는 사실을 알았어야만 했다.

다음으로 잔인한 살육행위는 곧 극단의 저항수단이었다.

무송은 원앙루에서 순식간에 15명을 죽였다. 이유 없는 원한이
야 없는 것이지만, 시중을 들거나 부엌에서 일하는 여자들까지 닥
치는 대로 죽일 필요가 있었는지? 한 번쯤은 생각해 볼 만하다. 어
찌 보면 그들 역시 장도감에게 핍박을 받는 사람들 아닌가?

그러나 무송의 입장에서 생각해 보면 장도감이나 장문신은 모두
한 패거리였다. 장도감의 아내나 그 시종 또한 장도감의 편이지 무
송의 편이 되어 줄 리는 없다. 문지기나 그 여자들

↑ 무송이 장도감을 죽이다

이 소리를 질러 장도감 일가에게 알린다면 무송의 복수는 그만큼 어려워졌을 것이다. 그들이 억울하게 죽은 사람들이라는 생각이 들지만 그들은 장도감과 한 통속으로 무송에게 저항할 사람들이었다. 무송의 장도감에 대한 저항과 복수에 휩쓸려 희생당할 수밖에 없는 것 또한 그들의 운명이 아니겠는가?

이규의 도끼 만행 역시 잔인의 극치라 할 수 있다. 이규의 살인은 공분(公憤)에서 저지르는 살인이 많았고 어떤 개인감정을 위한 살인은 적었다. 그러나 이규는 그 이유를 설명할 수 없는 살인도 많았다.

양산 대군이 축가장(祝家莊)을 공격할 때, 호가장에서는 축가장을 지원하지 않는다는 약속을 했고 축표(祝彪)를 포박하여 투항하러 오는데, 이규는 호가장의 호성(扈成) 일행을 아무 이유도 없이 잔인하게 도끼를 휘둘러 죽인다. 그야말로 만행이었고 살인귀였다. 이런 만행은 당연히 비난받아야 했지만 이규에게 그런 야만성만 있는 것은 아니었다.

양웅(楊雄)의 아내 반교운(潘巧雲)은 화상과 간통한다. 이를 알게 된 석수(石秀)는 화상을 죽인다. 나중에 양웅은 반교운이 간통을 한 전말을 자세히 파악한 뒤 아내 반교운을 나무에 묶은 뒤 먼저 혀를 잘라 소리를 못 지르게 한 뒤, 심장을 가른다. 이는 매우 잔인한 복수라고 할 수 있다.

『수호전』에서는 사람을 죽여 그 심장을 꺼내 죽은 혼령을 위로하는 장면이 자주 등장한다.

무송은 반금련의 머리를 무대의 제상에 올리고, 송강은 사문공을 죽여 조개의 혼령에 제사를 한다. 송강은 방랍의 반란을 평정하는 과정에서도 이렇게 사람을 죽여 제사를 행한다.

대요(大遼) 정벌에서 왕경(王慶)의 정벌까지 108두령의 인적 손실은 없었다. 그러나 최후 방랍의 원정에서는 많은 두령들이 전사한다. 최초의 격전이었던 윤주(潤州) 공략에서 송강은 적의 추밀사 여사낭을 속이고 성을 점령하지만 격전 중에 3명의 두령이 전사한다. 분노의 극에 달한 송강은 전투 장소에서 성대한 장례식을 치루면서 포로로 잡은 적의 통제관 2명을 참수하고 피를 뿌려 죽은 두령의 원혼을 달랜다.

또 독송관(獨松關)을 공격할 때, 동평(董平) 등 세 두령을 잃는다. 송강은 생포한 적장의 심장을 꺼내 죽은 두령을 위한 제사를 지낸다. 방랍을 격파한 뒤에 이미 죽은 누(婁) 승상의 시신을 꺼내 참수했고, 창기 집에서 생포한 두미(杜微)를 죽여 심장을 꺼내어 죽은 두령들을 위로하는 제사를 지낸다.

이런 기록이 여러 번 나온다는 것은 그런 식의 잔인행위가 실제로 자행되었다는 증거일 것이며, 죽은 사람의 제사에 그 원한이 된 상대방의 심장이 제물로 쓰이는 일은 상당히 보편적이었던 것 같다.

■ 그들의 별명

사람에게는 이름이 있고, 종(鐘)은 소리가, 나무는 그림자가 있다.

사람의 행실이 바르면 바른 명성이 널리 알려진다. 종은 절 안에 있지만 그 종소리는 밖에까지 들린다. 나무의 형체가 곧으면 그 그림자도 곧다.

그러나 돼지는 살찌는 것을 두려워하는데 돼지가 크고 살이 찌면 곧 죽어야 하기 때문일 것이다. 그리고 혹 어떤 사람은 이름이 나는 것을 싫어하는데, 사람의 이름이 알려지는 만큼 성가신 일도 많이 생기기 때문일 것이다.

사실, 사람의 명성이라도 악명을 휘날려 좋을 것은 없으나, 좋은 명성을 얻기는 매우 어렵다. 사람이 자신의 이름 석 자 때문에 나쁜 짓을 못하거나 않는다는 것을 생각할 때, 사람에게 이름은 꼭 필요한 것이다. 날아가는 기러기가 무슨 흔적을 남기느냐고 물을 수 있지만 기러기는 소리를 남기고 간다. 그리고 이 땅에 태어난 사람은 살다가면서 이름을 남긴다.

그러다 보니, 이름은 너무 소중하여 자식은 부친의 이름자를 말할 수 없고(子不言父名) 제자는 스승의 휘(諱, 이름)를 입에 올릴 수 없는(徒不言師諱) 것이 옛날의 법도였다.

옛 사람은 본 이름(正名) 외에 자(字)가 있고 또 여러 개의 호(號)를 사용하는 사람도 있었다. 정명은 부모나 조부가 지어주면서 기대하는 뜻이 담겨 있어 대개가 좋은 의미로 또는 아름답게 지어 부른다. 그러나 자나 호가 없는 보통 사람일지라도 정명 외에 별호(別號), 또는 외호(外號), 또는 작호(綽號)나 화명(花名)이 있는데 우리말로는 모두 별명이라 할 수 있다.

이런 별명을 지어 부르는 것은 정명만으로는 그 사람의 특징을 잘 표현할 수 없기에 별명을 지어 부르면서 더 가까운 친밀감을 느낄 수 있기 때문이라 생각된다. 어렸을 적 나쁜 의미의 별명을 성인이 된 뒤에도 불러준다고 싸우는 사람을 본 적이 있는데, 하여튼 좋은 별명을 얻는 것도 하나의 복(福)일 것이다.

양산의 108두령은 모두 작호(綽號, 별명)를 가지고 있다. 물론 작자의 아이디어로 붙여진 별명이지만 그 별명만으로 그가 어떤 사람인지를 알 수 있다. 양산에서 소비되는 술을 빚어 공급하는 총책 임자인 주부(朱富)의 작호는 소면호(笑面虎)이다. 이 별명만 보아도 그의 모습이 연상된다. 우리나라 탁주나 소주 회사의 사장에게 혹 이런 별명이 있다면 금방 유명인사가 될지도 모른다.

양산 두령들의 작호는 그들의 외모나 습관, 좋아하는 것 또는 사용하는 무기 등에 빗대어 별명을 붙였는데, 별명이 그 인물에게 광채를 더 보태주는 역할을 하는 경우도 있고, 그 별명이 너무 고상하여 오히려 약간의 거부감을 불러오는 경우도 있다.

예를 들어 송강의 급시우(及時雨)는 '때맞춰 내리는 비'이며, 오용의 지다성(智多星)은 '지혜가 많은 별'이며, 노준의의 옥기린(玉麒麟)은 '옥(玉)으로 빚은 기린'이란 뜻이다. 기린은 상상속의 상서로운 동물인데 그것도 옥으로 빚은 기린이라! 노준의의 인물이 출중한 것은 알겠지만 좀 지나친 작호라는 느낌이 든다.

『수호전』의 작가가 두령들의 작호를 붙인 방식을 다음과 같이 몇 가지로 분류할 수 있다.

첫째, 외모나 신체적 특징을 나타낸 작호가 있다. 임충의 표자두(豹子頭)는 임충의 두상이 범의 머리와 같고 눈이 크고 둥근 것을 빗댄 작호이다. 호색한 왕영은 키가 작아 왜각호(矮脚虎, 矮는 倭와 같음. 미야자키 이치시다(宮崎市定)라는 일본인 저서에는 왜각호를 '단 각호(短脚虎)'라고 표기했다)라 했고 추윤(鄒潤)은 목 뒤쪽에 혹이 하 나 있어 독각룡(獨角龍)이라고 지었을 것이다.

둘째, 그 사람의 특기를 강조한 별명이 있다. 하루에 8백 리를 갈 수 있다는 (소설 속의 과장이겠지만) 초능력의 소유자인 대종(戴宗) 은 신행태보(神行太保)이며, 각종 화포를 잘 만드는 능진(凌振)은 '하늘에 울리는 천둥소리'란 뜻으로 굉천뢰(轟天雷)라고 했다. 물 속에서 4, 5십 리를 갈 수 있다는 장순(張順)은 낭리백도(浪裏白跳) 이다.

셋째, 그 인물의 성질에 따라 지은 별명이 있다. 예를 들어 진명 (秦明)은 성질이 급한 데다가 목소리가 천둥소리 같아 그를 벽력화 (霹靂火)라 하였는데 벽력은 벼락을 의미한다.

넷째, 그들이 잘 사용하는 무기로 지은 별명이 있으니, 호연작(呼 延灼)은 쌍 채찍을 잘 써서 쌍편(雙鞭)이고, 서녕(徐寧)은 창을 잘 쓰 기에 금창장(金槍將)으로 지었을 것이다.

다섯째, 옛날의 유명인을 닮았다 하여 그 이름을 따온 별호 등이 있다. 서열 32위인 병관색(病關索) 양웅(楊雄)은 관우의 삼남 관색 (關索)을 의미하는 데 '병'은 '병들었다'는 뜻이 아니라 '보다 더 낫다'는 뜻으로 해석해야 하는 항주(杭州) 지방의 방언이라고 한 다. 병울지(病尉遲, 尉遲는 複姓, 讀音 울지)는 당나라의 장군 '울지 공(尉遲恭)보다 낫다'는 뜻이다. 또 병대충 설영(病大蟲 薛永)도 대 충(호랑이)보다 더 용맹하다는 뜻이다. 소이광(小李廣) 화영(花榮)의 小도 같은 의미인데 이광은 한(漢)나라에서 흉노족을 격퇴한 장군 이다.

여섯째, 여러 동물 이름으로 지은 별호인데 호랑이(虎), 표범(豹),
용(龍)도 자주 사용되었다.

한 사람에게 좋은 별명을 붙여 주는 것은 결코 쉬운 일은 아니
다. 소설 속에서 등장인물에게 붙이는 별명은 모두 작가의 창작이
지만, 그 별명이 주인공의 특성을 생생하게 표현할 수 있기에 감탄
하지 않을 수 없다.

그 가장 적절한 예가 바로 흑선풍 이규이다. 선풍(旋風)은 회오리
바람이다. 서로 다른 방향에서 부는 바람이 합쳐지면서 생긴다. 거
기에 이규의 온몸이 검기에 붙여진 머리글자 흑(黑)이 붙여지면서
쌍도끼를 들고 들이닥치는 이규의 동작과 표정이 자연스레 연상이
된다. 이규의 회오리바람은 권위를 쓸어버리는 바람이며 옳지 못
한 권력을 부정하는 저항과 응징의 상징이었다. 탐관오리들이나
지방의 지주들은 흑선풍이라는 이름 앞에 벌벌 떨었다. 그러니까
이귀(李鬼) 같은 사이비 이규가 나타났고 가짜 이규는 처음에 이규
를 속였지만 결국 거짓말이 들통 나면서 그들 부부는 이규의 도끼
날에 황천객이 되었다.(43회)

고상조(鼓上蚤) 시천(時遷) — 역시 참 잘 지어진 별명이다. 시천
은 절도(竊盜)의 대가이다. 담을 타 넘고 지붕 위를 뛰어다니며 나
무에 올라가 몸을 숨기며 임무를 완성한다. 어렵게 적진에 숨어들
어가 큰 건물에 방화(放火)를 하여 양산군에게 공격 신호를 주면서
상대를 혼란에 빠뜨리기도 한다. 방랍을 평정하는 과정에서도 시
천의 활약은 눈부셨다. 이렇듯 큰 공적을 세운 시천이지만 처음부
터 끝까지 그 이름 앞에 붙여진 별명은 고상조(鼓上蚤, 북(鼓) 위에

서 틔는 벼룩)였다. 이는 시천의 가뿐한 몸과 운동 능력, 소리도 없고 자취도 남기지 않으면서 임무를 훌륭하게 수행하는 모습을 가장 잘 표현했다고 생각된다.

그러나 소설을 읽다보면 작가가 108두령의 작호를 붙이는 과정에서 어느 정도 편견을 갖고 있었다는 느낌을 지울 수 없다. 관군의 장수로 양산박 토벌에 나선 무장이나, 조정의 관리, 대지주나 부호에게는 고상한 뜻을 가진 별호를 붙여 주었다.

예를 들어 백승장(百勝將) 한도(韓滔), 성수장(聖水將) 단정규(單廷珪) 신화장(神火將) 위정국(魏定國) 등이 그런 예이다.

그러나 신분이 미천한 양산의 사나이들에게는 흉악하거나 사람들이 싫어하는 의미의 별호가 붙었다. 예를 들어 사냥꾼이었던 해진(解珍)과 해보(解寶)는 쌍두갈(雙頭蝎)과 쌍미갈(雙尾蝎)로 불렸는데 갈(蝎)은 무서운 독을 가진 전갈을 뜻한다.

그리고 소설속의 큰 영웅이지만 특별한 개성을 나타내지 않는 평범한 별호로 통칭된 경우도 있으니 임충이나 화화상(花和相) 노지심과 행자(行者) 무송이 여기에 해당할 것이다.

▣ 개성이 없는 두령들

양산의 두령들은 자신만의 독특한 개성을 가지고 있다. 두령들의 외모나 형상과 차림새가 다른 것은 기본이었고, 개개인의 성정(性情)이나 기질이 같지 않았으며, 흉금(胸襟)이나 심지(心志) 또한 크게 달랐다. 그러다 보니 소설에서는 108두령의 개성이 모두 다른 것처럼 인식이 되지만, 개성이 없는 몰개성(沒個性)의 인물 또한 상당수 있다는 것도 사실이다.

가령 몰개성의 대표적 인물은 뭐니뭐니 해도 대도 관승(大刀 關勝)이다. 소설 속에 그려진 관승의 모습이나 습성, 청룡언월도와 적토마는 관우의 것이지 관승의 것은 하나도 없다. 후한 말과 삼국시대 관우를 일천여 년 뒤에 복제한 인간으로 환생시켰을 뿐이었다.

관승

관승은 양산 서열 5위이다. 그는 소설 63회에 처음 등장하는데, 나이는 서른두 살에 동경에서 채태사(蔡京)을 처음 만나볼 때의 모습은 '8척이 넘는 당당한 체구에 세 갈래의 수염에 두 눈썹이 구레나룻에 닿았고 봉황의 눈은 위로 향했으며 큰 대추같이 붉은 얼굴에 주사를 바른 듯 붉은 입술'을 갖고 있으며 청룡언월도를 잘 썼기에 사람들이 모두 대도 관승이라고 불렀다.

이 정도 되면 이는 관우의 모습을 그대로 복제한 것이다. 그뿐만 아니라 어려서부터 병법서를 읽고 무예에 두루 통했으며 일만 명의 사내들을 상대할 수 있는 용기의 소유자라고 기록하고 있다.

대종은 '관보살(關菩薩)의 후손인 포동군의 대도 관승'이라고 관승의 출현을 양산 두령들에게 처음 보고하는데 '관우'라는 이름을 말하지 않고 보살이라고 호칭한 자체가 벌써 관우에 대한 존경의 표시라고 할 수 있다.

관승은 능주(凌州) 포동현(蒲東縣)의 순검(巡檢)이라는 아주 낮은 무관직에 있다가 일약 지휘사가 되어 양산을 포위 공격한다. 그러나 임충과 진명을 이기지 못했고 호연작의 사항지계(詐降之計)에 걸려 양산에 들어와 송강의 협의(俠義)에 감동을 받고, 송강의 권유에 조금도 주저하지 않고 양산의 두령이 된다. 관승의 무술과 능력은 임충보다 훨씬 뒤졌지만, 단지 그가 관우의 직계손이라는 그것 하나 때문에 임충보다 높은 서열 5위의 마군오호장으로 좌군대장을 차지했다.

양산 집단은 어찌 보면 기존의 가치와 질서를 부정하고 새로운 시대를 꿈꾸는 혁명적 집단이었지만 이를 이끄는 상층 지도부는 여전히 문벌을 중히 여기고 있었다. 노준의가 제2의 지도적 자리를 차지했고 관승이 임충보다도 윗자리를 차지한 것 자체가 그 증거라 할 수 있다.

소설 속에서 관우와 닮은 행적을 강조하면 할수록 관승의 개성은 사라질 뿐이었고 관승이 차지한 높은 지위에 비해 이후 그의 공헌은 내세울 것이 없었다.

그 밖에도 구문룡 사진(九紋龍 史進)은 아홉 마리의 용 문신 때문에 붙여진 작호이고, 적발귀 유당(赤髮鬼 劉唐)은 붉은 구레나룻과 진한 노랑머리에 흉측한 얼굴 때문에 그런 별호가 붙여졌다. 화항

호(花項虎) 공왕(龔旺) 또한 상반신의 반점과 두툼한 목덜미 때문에 붙여진 별호이다. 그러나 이들에게는 외모만 있지 그들 나름대로의 개성은 하나도 언급이 없다.

또 송왕(宋旺)과 두천(杜遷)은 큰 키 때문에 운리금강(雲裏金鋼, 구름을 뚫고 솟아오른 금강역사)이니 모착천(摸着天, '하늘을 만지다' 는 의미)이라는 멋진 별명을 얻었지만 그들의 성격이나 언행상의 어떤 특징도 나타낸 것은 없다.

다음으로 그들이 즐겨 쓰는 무기 때문에 특별한 별호가 붙었지만 그런 무기가 그들의 개성을 대변해 준다고 볼 수는 없다. 가장 대표적인 예가 돌팔매질을 잘하는 몰우전(沒羽箭) 장청(張淸)이다. 장청이 완씨 삼형제에게 생포되어 양산에 올랐을 때 송강은 장청에게 양산 합류를 권했다. 그러나 그때 장청의 돌팔매에 부상을 당했던 여러 장수들은 물론 수건으로 얼굴을 싸매고 있던 노지심도 화를 참지 못하고 선장을 움켜쥐고 달려가 장청을 후려치려고 했다.

송강의 만류로 장청은 무사했는데, 그때 장청은 투항을 거부한다든지 아니면 이러지도 저러지도 못하는 자신의 심경을 밝혀 자신의 개성을 드러낼 만도 했지만 소설에는 이런저런 설명도 없이 '장청은 송강의 이러한 의기를 보고 머리 숙여 절하면서 투항했다' 며 서술을 종결지었다.

그리고 양산의 두령 중에 인장을 잘 새기는 옥비장(玉臂匠) 김대견(金大堅)이나 글씨를 잘 쓰는 성수서생 소양(聖手書生 蕭讓), 그리고 계산의 대가로 양산 회계 책임자인 신산자(神算子) 장경(蔣敬) 등도 그들의 주특기나 그 역할만 서술되었을 뿐 그들 나름대로 독특한 예술의 세계를 엿볼 수 있는 개성의 표출이나 언행 묘사가 없다는 것도 하나의 아쉬움으로 남는다.

여하튼 양산의 108두령 모두가 나름대로의 개성을 지닌 인물로 묘사된 것은 아니다. 이는 어쩌면 등장인물들이 많다보니 그 개개 인물 모두에게 개성을 부여하기에는 너무 벅찼는지도 모른다.

11. 양산박 사나이들의 분류

'계명구도(鷄鳴狗盜)'는 다양한 인재의 필요성을 강조하면서 리더의 안목을 강조한 고사성어이다. 전국시대 제(齊)나라 맹상군(孟嘗君)은 식객(食客)이 3천 명이었는데 그중에 하찮은 재능을 가진 사람이 있었고 위기에서 그런 사람의 도움으로 탈출할 수 있었다.

식객 3천 명은 과장된 숫자이지만 전국시대는 각국이 부국강병을 추구하면서 다양한 인재가 필요했기에 온 천하의 재주 있는 사람을 등용하고(才用八方), 지모는 온 하천 물을 받아들이듯(智納百川) 널리 구해야 했다.

■ 양산의 인재 분류

양산 두령 송강과 군사 오용은 인재를 알고 그들을 적재적소에 쓰는 곧 지인선임(知人善任)에 탁월했다. 송강과 오용은 문무의 일반적인 인재이든, 기술 분야의 전문가이든 아니면 특수 재능을 가진 모두를 다 등용한다는 용인술의 기본을 잘 지켰다.

실제 이 세상에는 수천 영역의 학문이 있고 수만 가지의 기술이 있다. 중국인의 속담에 '하늘은 쓸모가 없는 사람을 낳지 않고(天不生無用之人) 땅은 쓸모가 없는 풀을 키우지 않는다.(地不長無用之草)'고 했다. 어떤 사람이든 다 쓸모가 있다는 뜻이다.

그리고 인재란 쓰기 나름이다. 길면 긴 대로, 짧으면 짧은 대로 쓸 곳이 있다(尺有尺用 寸有寸用). 또 사람을 쓴다면 그의 장점을 취하고 단점을 버려야 한다(用人者 取人之長 避人之短). 그래서 어떤 인재든 찾아내는 것이 중요하고 등용했다면 그 재능을 발휘할 수 있도록 적당한 임무와 책임을 부여해야 한다. 잘만 쓴다면 호랑이가 되지만 버리면 쥐가 되는 것(用之則爲虎 不用則爲鼠)이 또한 인재이기 때문이다.

양산의 인재와 관련하여 쓰기에 적합하고 꼭 있어야 할 인재를 다음과 같이 세 가지로 분류할 수 있다.

첫째, 지낭(智囊, 지혜 주머니)형의 인재를 우선 꼽아야 한다. 예를 들면 지다성 오용과도 같은 사람이 양산에서 가장 필요했다. 양산 두령 송강도 오용의 건의나 책략을 받아들이지 않을 수 없었다. 그만큼 오용은 양산박에서 독보적인 존재였다. 그렇지만 군사 오용도 엄밀히 따지면 뛰어났다고 후한 점수를 받기가 어려운 수준이었다. 그렇다고 오용을 대신할 만한 인재도 없었던 것이 양산박의 실정이었다.

일반적으로, 중국 역사를 본다면 치세(治世)에는 숭문(崇文)정책을, 난세에는 숭무(崇武)정책을 폈다. 양산 집단은 일종의 사회적 혼란기 난세에 형성된 집단이라고 할 수 있다. 양산 인재에는 문사형 인재가 없었다. 문재가 뛰어나고, 학식이 아주 풍부한(才高八斗 學富五車) 인재가 없었기에 양산의 집단과 능력이 더 이상 확산되지 못했고 결국 실패로 돌아갔다고 평가할 수 있다.

중국인에게 '양산의 군사 — 쓸모가 없다'(梁山的軍師 — 無用)라는 속담이 있다. 이는 오용(吳用 wúyòng)과 무용(無用 wúyòng)의 발음이 같아서 생긴 속담인데 오용(吳用)의 능력을 연상케 한다.

둘째, 무예에 뛰어난 인재들을 들 수 있다. 여기에는 기라성 같은 인재들이 많이 있고 양산 인재 중 가장 중요한 역할을 담당했다. 가령 표자두 임충, 화화상 노지심, 행자 무송, 청면수 양지 등은 이미 앞에서도 많이 언급했다. 이외에도 돌을 날려 백발백중의 재주를 가진 몰우전(沒羽箭) 장청(張淸), 날아가는 기러기의 눈알을 쏘아 맞춘다는 소이광(小李廣) 화영(花榮)과 수군 쪽으로 혼강룡(混江龍) 이준(李俊)이나 낭리백도(浪裏白跳) 장순(張順) 등은 모두 무예형 인재들이다.

셋째, 기술적 전문가에 속하는 인재들이 있다. 신의 안도전(神醫 安道全)은 양산박의 전문의사이다. 굉천뢰 능진(轟天雷 凌振)은 화포 제조 기술자이다. 신산자(神算子) 장경(蔣敬)은 양산박의 재정전문가 겸 이재(理財) 담당 임원이며, 자염백(紫髥伯) 황보단(皇甫端)은 마필을 담당하는 전문가였다.

이들은 각자 자신의 재능을 다해 양산 사업에 참여했다. 요즈음이야 재주가 뛰어나면 틀림없이 광기가 있고(才高必狂), 기예가 높으면 틀림없이 거만할 수 있지만(藝高必傲) 당시의 그런 재능은 사회적으로 높이 평가받지 못했다. 따라서 이들이 자신의 재능을 알아주는 양산에서 최선을 다하는 것은 당연한 귀결이었다.

그러나 양산의 두령으로서 공과(功過)를 따지기가 어려운 스타일도 생각할 수 있다.

양산의 두령 중 흑선풍 이규는 좌충우돌형의 인재이다. 그가 책임감이나 적극성 그리고 신의를 목숨처럼 소중히 여겼다는 점은 인정한다. 그러나 이규는 순리를 따르기보다는, 전후 사정을 돌보지 않고 직선적으로 행동했다. 만약 송강과 같은 수령이 있어 이규를 특별히 배려하지 않았다면 이규는 조직에서 밀려날 수밖에 없는 사람이었다.

그리고 고상조 시천(鼓上蚤 時遷)이나 말 도둑 출신의 금모견(金毛犬) 단경주(段景住) 같은 인품이 너절한 인물도 쓰기가 부담스러운 인재이다. 그럼에도 계명구도의 재능이 언젠가는 필요할 것이라는 인식에서 양산 두령의 107, 108위에 앉혔을 것이다. 실제로 송강과 오용은 이들을 잘 활용하여 나름대로 상당한 공을 세우기도 했다. 이를 본다면 인재는 역시 쓰기 나름으로, 곧 어떻게 활용하느냐의 문제이다.

인재의 등용은 기술적인 문제이기도 하지만 동시에 사람을 알아보는 안목과 소양의 문제라고 생각할 수 있다. 송강은 이규가 아래위턱 없이 마구 대들 때에도 관용을 베풀면서 수용했다. 그리고 최후의 순간에 송강과 이규는 나란히 죽음의 길을 같이 갈만큼 서로를 이해했다고 할 수 있다.

이처럼 『수호전』에 등장하는 108두령의 이야기는 인재등용과 관리란 측면에서도 우리에게 많은 생각을 하게 한다.

■ 큰 공을 세우는 좀도둑

성공적인 양산 사업을 위해서 양산박의 리더는 광범위하게 인재를 받아들인다. 인재 초빙은 어느 조직에서나 당연히 그래야 하지만 실제는 그렇게 쉬운 일은 아니다. '재능과 능력에 따른 활용(隨才器使)'을 모르는 경영자가 어디에 있는가? 알기야 모두 다 잘 알지만 실천이 문제이다.

고상조(鼓上蚤)는 '북(鼓) 위의 튀는 벼룩' 이라는 뜻이다. 벼룩의 주특기는 튀어오르는 것이다. 도둑질이라는 주특기를 가진 시천(時遷)에게 잘 어울리는 별명이라고 생각된다. 시천은 지붕 위를 걷고 벽을 타넘으며, 울타리를 뚫고 말 잔등이에 훌쩍 올라타 도망치는데 뛰어난 능력을 갖고 있었다.

양산 수령 조개(晁蓋)는 온갖 사람들을 가리지 않고 다 포용하면서도 오직 계명구도의 능력을 가진 사람에게는 유독 심한 거부감을 갖고 있었다. 사실, 어찌 보면 조직내에 양상군자(梁上君子)가 많을 필요는 없다. 하지만 그런 능력도 특수 인재로 분류하고 수용할 필요가 있는 것이 조직의 생리일 것이다.

시천이 양산박에 들어오는 과정은 다른 사람과 좀 달랐다. 시천은 양웅(楊雄) 석수(石秀)와 함께 양산박에 들어가기로 결심하고 양산박으로 가는 도중에 운성 축가장(祝家莊)의 객점(客店)에서 하룻밤을 묵는다.

시천은 직업 본색을 발휘하여 객점의 수탉을 몰래 잡아 3인이 잘 먹어치웠으나 객점의 소이(小二, 심부름하는 종업원)에게 발각된다. 이후 마을 사람들과 싸움이 벌어졌고 그 과정에서 시천은 사로잡히고 양웅과 석수는 양산박에 들어가 사실을 이야기하고 구원을 요청하게 되는데 이 사건이 이후 양산박과 축가장의 싸움으로 연결 확대된다.

시천의 양산 합류에는 다음과 같은 점을 생각할 수 있다.

첫째, 시천은 양산박이 보통 산적들의 집단과 다르다는 것을 생각하지 못했다. 시천은 산적들이 모여 이룩한 큰 집단이라면 남의 집을 터는 일은 보통 있는 일이고 그렇다면 거짓말이나 속이기, 훔치기에 뛰어난 자신이 환영받을 것이라 생각했다.

그러나 양산을 장악한 조개는 수령으로서 기율을 엄히 지킬 것, 일반인들에게 폐해를 끼치지 말 것, 그리고 양산박의 명예를 더럽히지 말 것 등 '약법 3장'을 이미 밝힌 바 있었다. 조개는 양웅과 석수가 양산의 명예를 더럽혔다하여 처형하라고 명령했으나 다른 두령들이 극구 만류하였다. 닭을 훔쳐 먹은 좀 도둑질이야 당연히 비난받아야 한다지만, 그것이 과연 양산박의 명예를 더럽혔기에 죽여야 할 정도라고 생각할 수 있는가?

그러나 문제는 송강에서부터 시작이 되었다. 송강은 양웅과 석수의 목숨을 살려야 한다고 조개의 사형집행 명령에 맞섰다. 그러면서 축가장이 양산을 무시했으니 쳐야 한다고 주장했다. 결국 양산과 축가장의 악전고투로 이어지고 양산의 승리로 끝났다지만,

이 사건의 보이지 않는 영향은 매우 심각했다. 이후 양산 두령으로서 조개의 권위는 땅에 떨어졌다. 송강은 제2위였지만 실제로 최고의 의사 결정권자였다. 이후 조개가 죽은 뒤 송강이 수령이 되고 이후 초안으로 이어지면서 양산의 운명은 바뀐다.

둘째, 양산 대군의 기율이 그처럼 엄격했다면 시천은 양산박에 들어온 이후 도둑질이라는 주특기를 완전히 잊어버리고 다른 졸개들처럼 무예를 익히고 두령들의 뒤를 따라 전투에 나서야 했다.

뒷날, 관군을 인솔하고 양산박을 공격하는 쌍편(双鞭) 호연작(呼延灼)은 무예도 뛰어날 뿐만 아니라 당시로서는 최신 전술인 연환마(連環馬) 전술로 공격하며 동시에 굉천뢰(轟天雷) 능진(淩振)의 화포 공격에 양산군은 완전 수세로 몰렸다.(55회)

특히 연환마 공격을 격파하기 위해서는 갈고리 창(구겸창, 鉤鎌槍)을 잘 쓰는 서녕(徐寧)을 유인하여 그 구겸창법을 배워야만 했다. 서녕의 뛰어난 무예는 임충도 잘 알고 있었다. 서녕이 전투 중에 착용하는 '기러기 털로 만들어 가볍고도 따뜻하며 창칼도 뚫을 수 없는 그의 조상 전래의 갑옷'인 안령쇄자갑(雁翎鎖子甲)은 서녕의 가보(家寶)였다. 서녕은 그 갑옷을 침실 대들보에 소중히 간직하고 있다는 것이다.

이에 오용은 시천에게 중요한 임무를 부여한다. 곧 서녕의 안령쇄자갑을 훔쳐오라고 지시한다. 임무를 부여받은 시천이 말한다.

"혹 그 물건이 그 자리에 없을까 걱정이지, 만약 있다면 어찌하든 틀림없이 갖고 오겠습니다."

시천은 자신 특유의 솜씨를 발휘하여 그 갑옷을 훔쳐왔고 서녕은 양산박에 합류하고 관군의 연환마 전술을 격파한다.

셋째, 시천은 양산의 107번째 두령이 되었다. 시천에게 주어진 임무는 군사 기밀을 전달하는 보군 두령이었다. 시천은 자신이 두령의 말석이라도 한 자리 차지한 것만으로도 만족했다. 자신의 소질과 적성에 알맞은 임무에 충실했다.

후에, 양산 대군이 북경 대명부를 공략할 때, 군사 오용은 시천에게 성내에 잠입하여 불을 질러 공격신호를 보내라는 지시를 한다. 시천은 틈을 이용하여 성내에 잠입했고 성내의 취운루에 불을 질러 신호를 대신했다. 대명부를 공략하는데 시천은 아주 큰 공헌을 한 것이다.

이 또한 시천의 도둑질과 연관된 역할이었다. 그렇다면 양산박에는 무술과 관련한 기능 외에도 여러 기능인이 꼭 필요했다는 증거였다. 시천을 처음에 받아들이지 않았다면 이런 일이 가능했겠는가? 말하자면 계명구도의 인재도 꼭 쓸모가 있다는 점을 시천이 증명한 셈이다.

▣ 시천에 대한 낮은 평가

양산 취의에 뜻을 같이 하여 다양한 인재들이 모여든 것은 마치 온 하천의 물이 바다에 모이는 것과 같았다. 어느 정도 인원도 찼고 또 더 이상 수용할 만한 공간도 없는 상황에서 서열을 정하고 역할 분담을 분명히 해야 할 필요성이 있었다. 이는 양산에 모이기 이전의 명성이나 지위도 고려가 되었지만 양산 사업에 어느 정도 공헌했는가에 대한 업적 평가의 성격도 띠고 있었다.

고상조 시천이 107위에 배열된 것은 참으로 기막힌 배정이라 할 수 있다. 108이라는 숫자에 맞추다 보니 제일 마지막으로 시천과 금모견(金毛犬) 단경주(段景住)가 들어갔다는 인상을 짙게 풍기는 배정이라고 할 수 있다. 그러나 시천의 공적으로만 따진다면 너무 낮게 평가되었다는 생각을 안 할 수 없다.

시천

양산 대군이 호연작과 능진 등의 공격으로 완전 수세로 몰렸을 때, 오용은 시천에게 서녕의 가보인 안령쇄자갑을 훔쳐온다. 그로 인해 서녕을 양산에 영입하고 구겸창법을 익혀 연환마 전술로 공격하는 호연작의 관군을 격파하고 양산군은 대승한다.

그렇다면 시천의 공적은 어떻게 평가받아야 하나?

이는 시천의 특별한 공적 중 하나에 불과하였다. 오용이 대명부를 공격할 때, 시천은 성내에 잠입하여 취운루에 방화하여 공격 타이밍을 알려 준다. 66회의 제목 '시천은 취운루를 불태우고, 오용은 지혜로 대명부를 취하다(時遷火燒翠雲樓 吳用智取大名府)'를 보면 시천의 공로가 매우 크다는 것을 알 수 있다. 또 양산 대군이 야간에 증두시(曾頭市)를 공격할 때도 시천은 곳곳에 있는 함정을 찾아 표시를 해두었기에 양산 대군이 성공할 수 있었다.(68회)

시천의 공로가 이런데도 시천의 서열이 107위에 머문 것은 정말 부당한 평가라고 아니할 수 없다. 물건을 훔치는 일은 목숨을 걸고 싸우는 무예보다 매우 낮은 저급의 일이며 도덕적으로 칭송받을 만한 일이 아니라서 그런 평가를 내린 것 같은데 따지고 보면 양산의 집단 자체가 도둑의 무리가 아닌가?

어떤 사업의 성공에 가장 큰 공로가 무엇인가는 성과로 따져야 할 것이다. 시천이 서녕의 갑옷을 훔쳐온 것은 한 사람의 힘으로 양산이 위기에서 벗어날 수 있는 전환점이 되었는데, 양산 전체의 여러 사업 중 한 사람의 공적이 이보다 더 결정적인 것은 없었다. 또 대명부의 취운루 방화 역시 감히 나서는 사람이 없었던 임무였는데 이를 시천이 해냈다. 이 두 가지는 모두 1등 공적으로 평가받아야 마땅할 것이다.

그리고 증두시의 공적 역시 결코 3등급이나 4등급으로 평가될 수 없는 큰 공적이었다. 그렇다면 시천은 적어도 36천강성(天罡星) 반열에 올라야 타당하지 않겠는가?

사실, 노지심이나 임충, 무송, 이규 등의 활약은 『수호전』의 주요하고도 재미있는 이야깃거리이며 또 그런 활약 때문에 그 이름이 독자들의 머리에 강하게 남아 있는 것이다. 그러나 실제로 양산의 두령이 된 뒤로, 양산 두령으로서 명성을 누렸을 뿐 그들이 성취한 특별한 공적이 있는가? 그저 전투에 참여했을 뿐이다.

뿐만 아니라, 양산과 대결하는 집단을 격파할 때 잠시 양산에 이바지했다는 공로로 양산에 올라온 뒤, 별다른 공적도 없이 먹고 놀며 지낸 두령도 꽤나 많다. 가령 소양(蕭讓)은 송강을 구출하기 위해 가짜 편지를 작성한 명필로 별칭이 성수서생(聖手書生)이었다. 소양은 이후 아무런 공적도 없는데 서열은 72지살성(地煞星) 중 10 위의 자리를 차지했다. 결과적으로 소양의 노력은 수포로 돌아갔는데도 높은 자리를 유지한 것은 오용의 실패를 자연스레 덮어버리기 위한 조치였다고 생각할 수 있다.

그리고 서녕의 공적만 해도 그렇다. 관군의 연환마 공격을 무력화시킨 공적은 있지만 그것도 어찌 보면 시천의 공로가 있은 뒤의 일이다. 그 이후는 서녕의 특별한 공적이 없었다. 그런데도 서녕의 자리는 36천강성의 딱 가운데인 18위를 차지하고 있다. 하여튼 시천은 너무 억울한 대접을 받았다.

시천은 산채에 들어온 뒤로 아무런 문제도 일으키지 않았다. 시천이 맡은 일을 실패했기에 양산 사업에 지장을 준 것도 없으며, 시천 때문에 곤경에 처한 사람도 없었다. 그러나 이규와 같은 경우 이렇게 말할 수 있는가? 시천은 자신이 맡은 일은 신속 정확하게 처리했다. 아마 이점에서는 오용도 시천보다 후한 평가를 받을 수 없을 것이다.

시천은 좀도둑 출신이었지만 양산에 큰 공적을 세웠다. 그러나 좀도둑 출신이기에 가장 낮은 평가를 받고 그 자리에 그냥 머물러야 했다.

■ 아부할 줄 아는 누렁이

양산의 사나이들은 그 성격이 어떠하든, 또 그 재능이 뛰어나든 아니든 솔직하게 말하고 생각하는 대로 행동하는 사람들이다. 설령 계략을 꾸며 실행한다 해도 그것은 목적 달성을 위한 방법일 뿐, 일상에서 남을 치켜세우거나 아부하여 이득을 얻는다든지 목적을 달성하려 하지 않았다. 하여튼 양산의 사나이들은 아부에는 능하지 않았다. 오히려 아부할 줄 몰랐기에 핍박을 받아 양산에 오게 된 경우가 많았다.

그런데 양산 108두령 중 서열이 최하위인 금모견 단경주(金毛犬 段景住)는 아부가 무엇이고 아부의 효능이 어떻다는 것을 아는 사람이었다. 사실 아부도 분명 재능의 일부이다. 아부도 그만한 머리가 있어야 할 수 있다.

단경주는 자신의 생김새가 갈색머리카락에 누런 수염이 있어 '금모견(누렁 털의 개)'이라는 별명이 붙었다고 설명하고 있다. 그러나 개에게는 '집을 지키며 충성을 다하다'의 이미지와 함께 '나쁘고 천하다'는 이미지가 붙어 있다. 단경주에 붙은 금모견이라는 별명을 보면 '주인을 향해 꼬리를 흔들어대는 누렁이'라는 이미지가 연상된다.

단경주는 본래 장성 북쪽에서 말(馬) 도둑으로 생계를 유지하던 사람이었다. 때문에 명마를 알아보는 안목을 갖고 있을 것이다. 그가 창간령(槍竿嶺) 아래에서 훔친 조야옥사자(照夜玉獅子)란 명마는 잡털 하나 없이 눈처럼 흰 명마로 금(金)나라 왕자가 타는 말이었다. 그런 말을 훔쳐 남쪽으로 끌고 오던 중 능주(凌州)의 서남방 증두시(曾頭市)를 지나다가 빼앗겨 버렸다.

본래 자기 것이 아닌 것을 빼앗겼기에 서운하지만 이런저런 생각을 하며 양산박 근처까지 찾아온다. 때마침 송강은 망탕산의 산

적 혼세마왕(混世魔王) 번서(樊瑞)를 비롯한 항충(項充)과 이연(李袞)
3인의 투항을 받고 이들을 거느리고 양산박으로 돌아가던 길이었
다. 송강 일행을 본 단경주는 기막힌 아이디어를 생각해 냈고, 갈
대숲에서 툭 튀어나와 송강에게 절을 하며 그간에 있었던 일을 아
뢴다.

"강호(江湖)를 돌아다니면서 급시우(及時雨)의 대명(大名)을 들어
알고 있지만 만나뵐 길이 없었습니다. 그래서 그 말을 두령께 바치
고 찾아뵙는 인사를 대신 하려고 했지만 증두시란 곳에서 증씨(曾
氏) 집안 다섯 아들들에게 빼앗겼습니다. 저는 양산박의 송공명(宋
公明)께서 타실 말이라고 했지만 더러운 욕만 잔뜩 먹었으니 그것
을 다 말씀드릴 수가 없습니다. 저는 겨우 빠져 나와 이렇게 말씀
을 드립니다."(60회)

사실 단경주는 빼앗긴 명마가 정말 아쉬웠을 것이다. 또 어쩌다
보니 양산박과 송강의 이야기를 들을 수도 있었을 것이다. 훔쳐온
명마를 빼앗기면서 양산박 송강의 말이라는 거짓말을 둘러댔고 그
거짓말이 효과가 있을 줄로 생각했지만 허사였다. 겨우 탈출한 뒤
결국 양산박 근처까지 왔고 천시(天時)와 인화(人和)의 행운이 겹쳐
송강을 만났을 것이다.

그가 양산박의 두령 조개가 아닌 송강에게 바치려 했다고 둘러
댄 것은 임기응변의 아부였을 것이다. 만약 단경주가 송강이 아닌
조개를 만났어도 송강에게 바치려고 했다는 말을 했겠는가? 단경
주가 양산에 올라가 산적의 패에 끼겠다는 분명한 의지가 있었을
까?

옛날 우리나라에서도 '미련한 놈이 소 도둑질 한다'고 했다.

사실 말 도둑은 그리 현명한 직업은 아니다. 말은 산 채로 훔쳐야 한다. 소는 모르는 사람에게도 잘 끌려가지만 말은 꼭 그렇지도 않다. 그 과정에서 발굽에 채일 수도 있고 말이 울부짖으며 날뛸 수도 있으며, 힘들여 먼 곳까지 산 채로 끌고 가야 한다. 그리고 훔친 말은 감출 수도 없다. 말은 소보다 확실하게 구분이 된다. 그만큼 훔친 말은 팔기도 어렵다는 뜻이다. 그토록 어렵게 훔쳐낸 명마 중의 명마를 송강에게 바칠 생각은 처음엔 분명 없었을 것이다.

송강은 양산박에 돌아와 조개에게 새로 데려온 사람을 소개시킨다. 그리고 대종을 증두시에 보내 사실 여부를 확인케 한다. 대종이 다녀와 그 명마는 그곳의 무예 교사(敎師) 사문공(史文恭)이 타고 다니며 또 그곳 아이들이 '양산박을 쓸어버리면서 조개를 잡아 동경으로 보내고, 급시우와 지다성을 생포하자'라는 동요를 부른다며 사실대로 보고한다.

이에 조개는 버럭 성질을 내며 증두시를 몸소 정벌하겠다고 나서고 송강은 이를 만류한다.

그 전날 양웅과 석수, 시천이 양산박을 찾아오면서 축가장의 주막에서 닭을 몰래 잡아먹고 양산박의 이름을 팔아 양산박의 명예를 더럽혔다고 조개는 양웅과 석수의 목을 자르라고 펄펄 뛰며 분노했었다. 그런데 이제는 말 도둑이 송공명에게 바치려는 말을 빼앗겼다고 하자 친히 토벌하겠다고 서둘러 나서는 것이다. 그렇다면 조개의 이런 조치를 어떻게 이해를 해야 하는가? 결국 조개는 증두시에서 사문공의 화살에 맞고 병석에 누웠다가 숨을 거둔다.

뒷날 노준의까지 양산에 합세한 뒤, 송강은 양림(楊林) 석용(石勇)

과 단경주 3인으로 북쪽으로 보내 말을 사오게 시킨다. 양림과 석용은 말에 대해 잘 모르고 오직 단경주만이 그 방면 전문가였다. 그들이 200여 필의 말을 사가지고 오다가 욱보사(郁保四)에게 뺏기고 결국 그 말들은 증두시로 흘러가게 된다. 결국 증두시에 대한 토벌이 다시 계획되고 마침내 조개의 원수를 갚게 된다.

이렇게 중요한 사건의 사단은 단경주의 '송공명께 바칠 명마를 빼앗겼다' 는 아부의 발언에서 시작이 되었다. 단경주는 자신의 일에 양산박을 끌어드리는데 성공했으며, 자신은 108석 중 최말단이지만 한 자리를 얻었다.

소설에는 몇 명의 전직 도둑이 등장한다. 시천은 좀도둑이지만 단경주보다 더 영리하고 실제로 큰 공을 많이 세웠다.

서열 105위의 험도신(險道神) 욱보사는 큰 덩치를 자랑하는 청주(靑州)의 강도였다. 양산박의 말을 훔쳐 증두시에 보낸 전과가 있지만 송강이 증두시를 칠 때, 화살을 꺾어 맹세했기에 송강은 지난날의 잘못을 따지지 않고 받아들였다. 욱보사는 그 덩치에 걸맞게 양산박 총두령의 깃발인 수자기(帥字旗)를 들고 다니며 지키는 소임을 맡았다.

12. 양산박 사나이들의 능력

양산의 사나이들은 전투 부대의 지휘관이었고 동시에 구성원들이었다.

양산박에 오르기 전에 80만 금군의 창봉교두였던 임충이나 제할(提轄)이었든 노달은 모두 무예를 익혔다. 또 채원자 장청은 본래 농부였었으나 인육을 팔아 먹고사는 술집 주인이었다가 양산박의 두령으로 신분이 바뀌었기에 기본적으로는 싸워야만 하는 무사(武士)였다.

물론 일본의 무사나 서양의 기사와는 다른 역할이었지만 그 무예는 곧 생존 수단이었다.

■ 하급 군인들의 이야기

양산 108두령은 관군을 쉽게 격파했고 거란족의 요나라를 원정하는 동안 단 한 명의 손실도 없었다. 그러다가 방랍의 반란을 진압하는 과정에서 모두 59명이나 전사한다. 그렇다면 양산군은 무예는 상대적으로 별것 아니었다는 의미도 된다.

『수호전』은 서민들의 문학이다. 이야기꾼이 재미있는 이야기를 하고 서민들은 청중이 되어 이를 들으며 감탄했다. 이를 설화(說話)라고 했는데 설화의 줄거리는 곧 뒷날 장회소설의 대본이 되었다. 설화의 소재로는 이야기꾼이 비교적 쉽게 접근할 수 있는 사람들 곧 하층민에 가까운 하급군인이나 서리(胥吏), 승려, 사냥꾼들이었다.

소설의 전반부에는 하급 군인들이 많이 등장한다. 왕진(王進)과 임충은 교두(敎頭)라는 직위에 있었는데 요즈음 말로 하면 훈련소 교관인 부사관급에 해당한다. 양지는 무과에 급제했다지만 초급 장교를 벗어나지 못했고 노달은 제할 곧 요즈음 말로하면 파출소장에 해당하는 하급 무관직이었다.

송나라의 군사제도는 크게 금군(禁軍)과 상군(廂軍)으로 대별한다.

금군은 본래 황제의 근위군으로 수도 및 수도 주변과 지방 요지에 주둔한 정규 군인이며 평소 훈련을 받는 전투부대였다. 금군은 다시 전전사(殿前司), 시위마군사, 시위보군사의 세 부대로 대별한다. 임충은 전전사 소속이었고, 전전사의 지휘관은 도지휘사인데 보통 태위(太尉)라는 경칭으로 불렸다. 임충은 금군의 창봉교두였고 고태위는 전전사의 총사령관이니 요즈음 4성 장군에 해당하는 무관 최고위직이었다.

상군은 지방 주·부에 배치된 비전투부대로 사실상 지방의 노역을 담당했다. 지주(知州)나 지부(知府)에 있는 500명을 1영(營)이라 했는데 관영(管營)이 그 책임자였다.

지방관은 곧 그 지역에 주둔한 금군이나 상군의 지휘관을 겸하는데 군사 지휘관으로서의 직명은 도총관 또는 경략사(經略使)라고 했다. 경략 상공(相公)은 곧 '경략사 나리'라는 뜻이다.

지방관은 관아에 있으면 백성들의 실질적 지배자였으며 말을 타면 군 지휘관이었기에 실권이 많았고 여러 가지 이권도 따랐을 것이다. 지방 주둔 금군의 경략사 아래에서 지휘와 감독을 맡은 자가 곧 병마도감(兵馬都監)인데 간단히 도감이라 하였다. 도감은 부대 규모에 따라 적정 인원이 있었지만 실무가 거의 없는 자리였다. 무송과 관련된 맹주의 병마도감 장몽(張蒙)은 실무도 없으면서 관직을 달고 돈벌이나 밝히는 무뢰한과 같은 존재였다고 보면 거의 틀림이 없다. 무송은 맹주로 귀양 가서 처음에 뇌성영(牢城營)에 소속된다. 뇌성영은 중죄수들을 수용하며 노역을 시키는 특수한 부대이다.

▣ 18반무예와 도끼

군인들이 사용하는 각종 무기는 이름의 글자만 읽고 구체적인 생김새나 사용법은 잘 모르고 '그럴 것이다' 정도로 넘어가는 경우가 많다. 벽력화(霹靂火) 진명(秦明)이 사용하는 낭아봉(狼牙棒)은 '이리〔狼〕의 이빨이 박혀 있는 몽둥이'로 해석되는데 실물 설명을 보면 자루가 긴 곤봉으로 끝 부분은 도깨비 방망이처럼 뾰쪽뾰쪽한 쇠 칼날을 박았다.

쌍편장(雙鞭將) 호연작(呼延灼)의 쌍편은 대나무 뿌리같이 생긴 쇠 채찍에 날이 있는 모양으로 무게에 탄력이 가해져서 위력을 발휘하는 무기일 것이다. 박도(朴刀)는 가장 일반적인 무기로 등장하는데 평범한 자루에 약간 긴 날이 있는 무기이다.

그런데 정작 유의해야 할 것은 그런 무기의 주인공에 대한 칭찬 일색의 설명이다. 예를 들어 옥기린 노준의에 대한 칭찬은 이렇다.

'그 한 몸 무예에 뛰어났으니 곤봉은 천하무적이었다(一身好武藝棍棒天下無敵).'

대도(大刀) 관승(關勝)에 대한 칭찬은 거의 관우(關羽) 수준이다.

'한 자루 청룡언월도(靑龍偃月刀)를 쓰기에 대도 관승이라 부른다. 이 사람은 젊어 병서를 공부했고 무예에 깊이 통달했으며 만부(萬夫)를 상대할 용기를 지녔다.'

벽력화 진명과 쌍편 호연작에 대한 칭찬 또한 관승과 비슷하다.

'한 자루 낭아봉을 쓰는데 일만 명을 상대할 용기를 가졌다.'

'두 개의 구리 채찍을 휘두르는데 일만 명을 상대할 용기를 가졌다.'

박천조(撲天雕) 이응(李應)은 '혼철점강창을 잘 쓰며, 등에 던지는 칼 5자루를 지녔는데 백 보 안에서 사람을 맞추는 기술이 있는데 거의 신출귀몰했다'고 기록하고 있다.

그외 쌍창(雙槍) 동평(董平)은 두 자루의 창을, 병울지 손립(病蔚遲 孫立)은 '무늬가 있는 창과 함께 팔에 호안죽절강편(虎眼竹節鋼鞭)을 갖고 다녔는데 바닷가 사람들이 바람에 쓸리듯 투항해 왔다'

고 하였으니, 두 사람 모두 창을 쓰는데 뛰어났었다고 볼 수 있다.

그런데 처음 등장하면서 가장 큰 칭찬을 받은 사람은 정목안 학사문(井木犴 郝思文)이다.

학사문은 관승과 의형제를 맺고 고금의 흥망성쇠를 논할 정도였었다. 관승이 천자의 명을 받아 양산 토벌에 나서면서 관승이 학사문을 칙사에게 '이 동생은 18반무예에 두루 다 능하다(這兄弟十八般武藝 無有不能)'고 소개한다.

이리하여 양산 토벌에 참가하지만 관승과 함께 생포되고 양산에 투항한다. 학사문은 72지살성(地煞星)의 4위에 랭킹되었으니 108두령 중 40위라는 비교적 높은 위치였다. 그러나 뒷날 양산을 토벌하러온 관군 위정국(魏定國)과 단정규(單廷珪)에게 생포되어 황도로 호송되던 도중에 흑선풍 이규가 학사문을 구출한다.

이후 방랍의 반란 진압에 참여한 학사문은 반란군에게 생포되어 항주성에 끌려가 능지처참되고 그 목은 효수(梟首)되는데 18반무예에 능한 사람치고는 그 행적이 초라하기만 하다.

소설의 2회에 구문룡 사진(史進)이 왕진(王進)으로부터 배우는 18반무예(十八般武藝)는 모(矛, 자루가 긴 창), 추(鎚, 쇠망치), 궁(弓, 활), 노(弩, 쇠뇌), 총(銃, 火箭으로 추정), 편(鞭, 채찍) 간(簡, 미상?) 검(劍, 칼), 연(鏈, 쇠사슬), 과(撾, 미상?)와 부(斧, 도끼), 월(鉞, 도끼의 한 종류) 그리고 과(戈, 창의 한 종류), 극(戟, 두 갈래의 창), 패(牌, 방패), 봉(棒, 몽둥이), 쟁(鎗, 창의 한 종류), 차(杈, 작살)라고 기록되어 있다.

그런데 이런 여러 무기의 사용법에 두루 능숙했다면 얼마나 배워야 했겠는가? 하여튼 십팔반무예는 무예를 익히는 사람들이 알아야 할 무술의 총칭임에는 틀림이 없다. 그렇지만 18반무예에 두루 다 통했다는 것은 특출나게 잘하는 것은 하나도 없다는 뜻이 되어 버렸다. 그러니 세 번씩이나 생포되었고 지방 반란군에 잡혀가 효수되었다고 보아야 한다.

실제로 대도 관승이나 학사문 또는 송강이나 노준의의 무예 수준은 헛 명성만 높았지 별것 아니었다. 이민족 요나라의 원정에 그렇게도 뛰어난 능력을 발휘했던 양산 대군이 방랍의 반란군에게 그렇게 많은 손실을 입었다는 것은 역설적으로 양산 108두령의 실력도 별것 아니었다는 반증이 된다.

그런데 십팔반무예나 여러 두령들의 이런저런 무기들이 이름만 거창하지 별로 기억에 남지 않는 것은 무슨 이유인가? 오히려 이규의 도끼와 노지심의 선장(禪杖)이 기억에 확실하게 남는다. 또 장순의 잠수 능력과 수영실력 그리고 시천의 담장 타넘기는 십팔반무예에 들어가지도 못하지만 양산군에게 큰 공적을 남겼다. 이처럼 단순한 무기나 기술이 기억에 강하게 남는 이유는 무엇인가?

첫째, 그 표현이 얼마나 구체적이고 신선한가를 우선 생각해야 한다. 18반무예에 두루 통했다느니 천하무적이니 만부부당의 용기(萬夫不當之勇)의 소유자라는 추상적 소개는 많은 사람들에게 그냥 지나가는 말로 들릴 뿐이었다.

무기 또한 그렇다. 이름이 복잡한 무기치고 뛰어난 것 별로 없다는 생각을 많이 하게 된다. 손오공의 금고봉(金箍棒, 여의봉) 같은 능소능대(能小能大)의 무기가 아니라면 차라리 도끼나 쇠몽둥이가 제일 기억에 쉽게 남는 법이다. 그리고 하루에 8백 리를 간다는 신행태보 대종이나 입운룡 공손승처럼 호풍환우(呼風喚雨)를 할 줄 안다는 등의 설명은 현대인들에게 전혀 어필이 되지 않는 이야기 이다.

다음으로, 이미 독자들에게 잘 알려져 있는 인물의 모방 또한 전혀 새로운 감흥이 없다는 점이다.

가령 관우의 청룡언월도와 관우의 용맹, 또 술 한 잔이 식기도 전에 적장 화웅(華雄)의 목을 베어온다는 이야기 등 『삼국연의』를 거의 외우다시피 한 사람들에게 대도 관승은 아무런 특색도 없는 캐릭터일 뿐이다. 대도 관승의 외모나 청룡언월도 등은 관우의 판박이인데 작품속에서 관승의 활약은 사실상 관우의 10분지 1에도 미치지 못했다. 그러하니 대도 관승의 무기와 무예가 독자들에게 어필할 수 있겠는가?

끝으로 무기와 사용자의 개성이 어울릴 때 그 무예와 무기가 빛을 낼 수 있다.

노지심의 그 덩치와 생김새, 그리고 가장 단순한 형태의 선장(禪杖)이 마음속에 선명하게 각인되는 것이 그 예이다. 대장장이에게 선장을 주문할 때, "내가 관운장만 못하단 말인가? 그분도 인간이었어!"라고 노지심은 말한다.

사실 관운장의 청룡언월도 무게가 81근이었다는 것을 누가 증명할 수 있는가? 사람들은 처음 들었을 때 인상에 남는 말은 오래 기억한다. 노지심의 선장은 비록 청룡언월도만큼 무겁지는 않았어도 그 역할을 다 했다.

야저림에서 임충을 구한 것도 그 선장이었지만 양산에 들어간 이후에 선장은 별로 광채를 발하지 못했다.

그 대신 이규의 쌍도끼는 여전히 위력을 발휘했다. 충의당 앞에서 체천행도의 깃대를 부순 것도 그의 도끼였고 황제의 꿈속에서 황제를 놀라게 한 것도 그 도끼였다.

가장 개성이 강한 인물과 그들의 가장 간단한 무기 곧 노지심과 선장, 이규와 쌍도끼는 각각 한 세트가 되어 독자들의 뇌리속에 영원히 그리고 생생하게 살아있는 것이다.

제2부

양산박 인물평론

1. 조개 : 자질이 부족했던 지도자

운성현(鄆城縣) 동계촌의 보정(保正) 탁탑천왕(托塔天王) 조개는 초야의 영웅이다. 조개는 부호(富豪)이면서 평생 장의소재(仗義疏財)하며 천하의 모든 사나이들과 널리 사귀었고, 창봉(槍棒)을 익히고 종일 신체 단련하기를 좋아하는 독신의 사나이였다.

■ 의리의 사나이

조개는 운성현의 압사인 송강과 가까운 사이였다. 동계촌의 지주로서 보정이었는데, 보정은 북송 왕안석(王安石)의 신법(新法) 중 국방력 강화책의 일환인 보갑법(保甲法)이 시행되면서 마을의 촌장을 보정으로 위촉했다. 보정은 국가나 현에서 임명하는 관리가 아니었다.

조개는 본 고향에 살면서 겨우 송강·송청 형제와 서당 훈장 오

⬆ 오용의 꾀로써 생신강을 탈취하다

용, 그리고 주동과 뇌횡 등 다섯 사람과 거의 폐물에 가까운 백승(白勝) 정도를 알고 있었다. 그렇다면 조개는 강호에서 별로 알려지지 않은 인물이었다는 말이 된다.

그런데, 서로 일면식도 없던 공손승(公孫勝)과 유당(劉唐)이 생신강(生辰綱, 생일을 축하하는 예물)을 탈취하겠다는 생각을 가지고 아무런 사전 약속도 없이, 꼭 만나고 싶다면서 거의 비슷한 시기에 조개를 찾아온다.

두 사람은 조개에 대한 확실한 믿음을 가지고 먼 지방에서 찾아와 자신들의 중요한 정보를 주고 조개에게 의지한다.

그리고 공손승은 자신을 소개하면서 도호(道號)는 일청선생(一淸先生)으로 멀리 계주(薊州)에서 창봉술과 여러 무예를 익혔으며 도술(道術)을 익혀 호풍환우(呼風喚雨)하며 안개와 구름을 불러낼 수 있어 자신을 구름속의 용이라는 뜻으로 입운룡(入雲龍)이라 부른다고 소개했다. 그런데 이 사람은 생신강을 탈취할 때도 별로 한 일이 없다. 게다가 자신이 그만한 능력을 갖고 있으면서 먼 곳에 사

는 조개를 찾아와 스스로 그 아래 부하가 된다는 것 또한 앞뒤가
안 맞는 이야기이다.

조개는 불의지재(不義之財)인 생신강 탈취의 주범으로 사안이 발
각되자, 자기 장원에 불을 지르고 무리를 인솔하여 양산으로 들어
갔다. 임충은 조개 일행의 입산을 거부하는 왕륜을 죽이고 조개를
새 두령으로 강력하게 추천한다.

"조형께서는 의로운 일에 재물을 아끼지 않으며 지혜와 용기를
겸비하였기에, 천하의 모든 이들이 명성을 듣고 찾아와 따릅니다.
나는 지금, 무엇보다 의기(義氣)가 중요하다고 생각합니다. 이분을
산채의 수령으로 모시는 것이 좋지 않겠습니까?"

그 자리에 감히 누가 반대할 사람이 있겠는가? 물론 조개는 펄쩍
뛰었다.

"안 됩니다. 예로부터 손님이 아무리 강하다 한들 주인을 누를
수는 없다(强賓不壓主)고 했습니다. 나는 그저 먼데서 찾아온 신참
일 뿐입니다. 어찌 감히 상좌를 바라겠습니까!"

오용과 완씨 삼형제가 조개를 미는 것은 당연한 일이고 … 재삼
재사 안 된다는 조개를 상좌에 앉히고 조천왕(晁天王)으로 모셨다.
계속해서 취의청(聚議廳)으로 자리를 옮겨 임충은 모임을 주도하며
말한다.

"오늘 우리 산채에, 천행으로 여러 호걸들이 모였고 대의를 밝혔
으니, 이제는 구차스러운 옛날의 우리가 아닙니다. 학구(學究, 훈
장) 선생께서 여기 계시는데 이분을 군사(軍師)로 모시어 병권을 장
악하고(執掌兵權) 장교를 지휘하는(調用將校) 두 번째 수령으로 모
셔야 합니다."

이렇게 하여 조개와 오용, 이어 공손승과 임충이 양산박 지도부의 핵심으로 자리했다.(20회)

조개는 왕륜처럼 폐쇄적이 아닌 개방정책을 펴 천하의 영웅들이 양산이라는 이름을 듣고 모여들게 하였으니 양산 사업발전에 획기적인 공적을 이룩하였다. 그러나 불행히도 양산박과 운명을 같이하지 못하고, 증두시(曾頭市)를 공격하다가 사문공(史文恭)이 쏜 화살을 맞고 죽는다.(60회)

조개의 뒤를 이은 송강이 양산의 무리를 이끌면서 초안(招安)을 받아들이고 산채를 허무는 과정에 많은 사람들이 허탈해 한다. 그러면서, '조개야말로 양산 기의군(起義軍)의 진정한 대표'이며 '반 탐관오리, 반 황제의 정확한 노선'을 강력하게 추진했다며 그의 죽음을 아쉬워한다. 그러나 이는 그저 조개를 아끼는 착한 마음일 뿐, 과연 조개 노선이 양산의 진정한 승리를 가져올 수 있었을 것인가는 깊이 생각해 볼 문제이다.

조개의 생신강 탈취는 의롭지 못한 재물이니 탈취해도 좋다는 단순 계산의 결과였다. 조개는 일이 탄로나고 관군이 포위했을 때도 조금도 위축되지 않고 싸웠다. 조개 자신도 자신들이 '하늘에 닿을 만큼 큰 죄(彌天大罪)'를 저질렀다는 것을 알았지만 그 뒷일에 대한 계획은 애당초 없었다. 송강은 조개 일행이 생신강을 탈취하고 관군을 살육하면서 양산에 들어가는 행위를 '구족이 몰살당할 짓(如此之罪,　是滅九族的勾當)'이라고 생각했다.

송강 그 자신은 충의(忠義)만을 행동지침이며 목표로 삼았다. 송강의 충의는 황제가 어리석어도 충성해야 하고 조정을 결코 배반

해서는 안 된다는 식의 충의였다.

물론 조개도 충의를 생각하고 있었으나 송강만큼 철두철미한 충의는 아니었다. 47회에서 시천(時遷)이 주막에서 닭을 훔쳐 잡아먹은 사건이 있고 그런 사실을 양웅과 석수가 양산박에 와 조개 앞에서 자랑 겸 늘어놓자 조개는 크게 화를 내며 양웅과 석수 두 사람을 처형하라며 말한다.

"우리 양산박의 사나이들은 왕륜 이후 언제나 충의를 근본으로 생각하며 모두 사람들에게 인덕을 베풀었다….."

말하자면 양웅·석수 두 사람은 충의와 인덕을 모토로 하는 양산박의 이름을 더럽혔다고 생각한 것이다. 송강 등이 만류해 두 사람은 목숨을 유지했지만, 이는 곧이어 양산박에서 축가장을 공격하는 단서가 되었다.

송강이 초안을 받아들이려는 생각은 일찍부터 갖고 있었지만 조개가 두령으로 있을 때는 표면화되지 않았다. 따라서 조개가 초안이라는 문제를 어떻게 생각했는지는 잘 알 수 없다. 하지만 제1, 제2의 두령으로 양산박의 기본 노선에 대하여 큰 이견은 없었다고 봐야 한다.

그리고 조개 역시 양산군을 이끌고 황제권에 대한 도전이나 정권 탈취는 생각하지 않았다. 조개는 자신의 별호 '탁탑천왕'을 그냥 사용했다. 이 천왕(天王)이란 말 때문에 황제권에 도전하는 야심이 있었다고 말하는 것은 지나친 확대 해석이다.

조개는 자신의 마을에서 도깨비가 들끓자 그 원인이 된 서계촌의 청석탑을 뺏어다 자기 마을로 옮겨왔기에 그런 별호가 생긴 것뿐이었다. 이는 조개가 미신을 믿으면서도, 마을에서 힘 좀 썼다는 의미가 들어있을 뿐 정권창출 같은 문제와는 전혀 상관이 없다. 또 천왕이란 별호 때문에 일찍 하늘로 돌아갔다는 말조차 그냥 지어 낸 말이라고 생각한다.

▣ 약점은 무엇인가?

사실, 조개가 양산 수령으로 이상적인 인물이라고 말하기는 어렵다.

조개가 정의감이 넘치는 강호(江湖)의 진짜 사나이임에는 틀림없다. 조개는 수령으로 양산 사업의 새로운 지평을 열었으나 그 자리는 사실 조개에게도 부담스러운 자리였다고 볼 수 있다. 조개는 최종 의사결정을 내릴 때, 수령이었지만 곳곳에서 자주 피동적이었다.

조개가 수령으로 있는 동안 양산의 규모가 커지면서 형세는 점차 복잡해졌고, 다양한 형세만큼이나 내부의 여러 모순이 돌출하면서 격렬해졌다. 수령 조개에게 요구되는 여러 자질과 조개의 능력간의 차이는 점차 더 벌어졌다. 의리의 사나이로서의 강점을 양산 사업의 새로운 상황에서 능동적 지도적으로 대처하지 못하고 점차 약점을 드러내기 시작했다.

더욱 안타까운 것은 조개 자신이 이런 모순이나 차이를 인식하지 못했다는 데 있었다. 필요한 조치를 타이밍에 맞춰 취하지 못했을 때, 쇠퇴와 몰락이 찾아오는 것은 필연이다.

그렇다면 양산 수령으로서 조개의 약점은 어디에 있었는가?

첫째로, 조개가 의리를 표방하고 재물을 아끼지 않으며, 사귐에 개인 은원(恩怨)을 중히 여긴 것은 강호호한(江湖好漢)으로서 칭송받을 인품이었다. 그러나 양산 수령은 사업을 중히 여겨야 하지 개인 은원을 중시해서는 안 된다.

조개는 처음부터 부자였기에 다른 사람과의 관계에서 은원(恩怨)을 기준으로 일을 처리했다. 그는 양산 수령으로서 관군의 공격에 대한 대비를 우선적으로 생각해야 했지만, 송강이 관군의 체포를 알려 자신을 구해준 은혜에 보답하는 일을 가장 긴급한 일이라고 생각했다.

사실 이런 의리가 나쁜 것은 아니지만 그 우선 순위가 잘못인 것이다. 군사 오용은 조개의 이런 생각을 지적했고 관군의 포위에서 벗어나기 위한 군사적 준비를 재촉했다.

나중에 송강이 양산에 들어오자 조개는 세 번, 네 번 집요하게 수령의 자리를 양보했다. 그렇다면 그가 증두시에서 화살에 맞아 마지막 유언을 할 때, 자신을 대신할 수령으로 송강을 지목하거나 아니면 송강에게 양산을 이끌어 달라는 자신의 뜻을 밝혔어야 했다. 그러나 조개의 유언은 '누구든 나를 쏘아 죽인 자를 잡는다면 그 사람을 양산박의 주인으로 모셔라!' 는 것이었다.

조개의 이 유언은 그야말로 모순 그 자체이다. 왜냐하면 조개를 쏴 죽인 사문공이 잡힐 때까지는 양산에 수령이 없는 공백기이며, 전투에서 사문공을 생포하는 사람이 과연 양산 수령으로 적합한지도 알 수가 없기 때문이다. 또 양산의 사업은 모두의 사업이지 결코 한 사람의 원수를 갚기 위한 조직이 아니며, 공동의 사업은 수령을 비롯한 모든 사람에 의하여 추진되어야 하기 때문이다.

그러나 조개의 유언은 보수적이며 전제적인 보통 가장의 개인적 유언으로 자신에 대한 복수만을 염두에 두었을 뿐이다. 그리고 엄밀히 따진다면 조개에게 그런 식으로 후임자를 지명할 권한도 없는 것이다. 이렇게 볼 때 양산이라는 대조직을 이끌었던 조개가 과연 좋은 지도자라고 생각할 수 있겠는가?

다음으로, 조개는 서사(書史)를 별로 읽지 않은 초야의 호한이었기에 그의 식견이나 시야가 깊거나 넓지는 못했을 것이다. 물론 사서(史書)를 읽지 않았기에 전통 관념의 어

↑ 조개가 화살에 맞아 죽다

떤 제한이나 속박에서 자유로울 수 있다. 그러나 가슴에 원대한 이상과 웅혼(雄渾)한 재략(才略)이 없다면 양산군을 이끌고 승리의 길을 갈 수 있을까? 역사의식이 왜 중요한가는 역대 제왕이나 통치자 그룹이 역사서술과 공부를 강조한 것만으로도 알 수 있다. 사서나 경전에 관한 지식은 물론 요즈음 강조되는 인문학적 바탕은 지

도자에게 절대적으로 필요하다.

닥치면 몸으로 부딪치는 필부의 용기만으로는 곧 지도력의 한계에 부딪치게 된다. 설령 용기나 힘만으로 어떤 노선이나 집단에 반발하고 저항하여 초반에 승리하면 기분이 좋을 것이나 그것은 일시적인 것일 뿐 그 자체가 최후의 승리라고는 할 수 없다.

조개가 오랫동안 양산 수령으로 있었지만, 양산 두령들과 함께 양산사업의 대계(大計)나 방략(方略)을 심각하게 모색하거나 토론하지도 않았다. 그냥 의리나 이야기하며 힘좀 쓰고, 동쪽으로 창 한 번 휘두르고 서쪽으로 포 한 방 쏘면서, 떼지어 몰려가 뺏아오고, 여럿이 큰소리로 떠들면서 술 마시고, 그렇고 그렇게 통쾌한 나날을 보냈다.

이렇게 지내는 동안은 지도력의 부족이나 한계를 느끼지 못한다. 조개가 결정한 큰 군사적 행동들은 그가 전략적 두뇌를 갖고 있지 않다는 사실을 노출시켰고, 식견이 좁은 탓으로 대수롭지 않은 일을 특별한 일로 처리함으로써 그때마다 위기를 초래한 경우가 많았다.

예를 들면, 송강이 노부를 모시러 하산하여 고향에 갔다가 관군에게 쫓겨 위기에 처했을 때, 조개는 40여 명의 두령 중 오용과 공손승, 완씨 3형제 등 겨우 9명의 두령과 소병력만을 본채에 남게 하고 나머지 대군을 다 동원하여 구출작전을 폈다.

그때는 강주(江州)를 친 직후라서 양산박이 관군의 표적이 되어 있었다. 만약 관군이 그토록 무능하고 부패하지 않아, 그 기회에 양산박의 본채를 공격하여 점령했다면 조개가 송강 일행을 구출했어도 어디로 돌아갈 수 있었겠는가? 조개가 그저 소규모 집단의 중간 보스라면 모를까 양산 대처의 지도자로서는 자질이 크게 부족했다고 보아야 한다.

끝으로 양산 수령에게는 돌격대장으로서의 용기가 아니라 온갖 상황을 분석하고 최고의 지혜를 동원하여 세운 작전을 과감하게 추진하는 전략가로서의 용기가 필요했다. 비록 조개의 인물됨이 좀 거칠지만 과감한 공격을 좋아하는 용기있는 사나이였지만 그러했기에 더욱 부족한 면도 많이 있었던 지도자였다.

조개가 처음 수령이 되었을 때는, 군사 오용의 의견을 존중하며 휘하 여러 두목들의 의견을 묻고 또 평등하게 대했었다. 그러나 일련의 승리를 거치면서 모든 것이 자신의 영도력의 결과라 생각하게 되고 그와 동시에 그의 두뇌는 굳어져 버렸다. 그러면서 교만한 마음이 쑥쑥 자라나, 툭하면 화를 내고 일마다 사람들을 훈계하고 가르치려 들었다.

양웅(楊雄)과 석수(石秀)가 양산에 들어와 시천(時遷)이 주막에서 닭을 훔쳐 잡아먹고 축가장에 잡혔다는 이야기를 하자 조개는 양산 사나이의 이름을 더럽혔다고 두 사람을 처형하라 호령했고, 그 시골 동네를 깨끗하게 쓸어버리겠다며 축가장을 공격하기에 이르렀다.

사실 이런 소소한 사건은 아무 것도 아닌 일이지만, 조개는 속이 좁아 제 기분을 스스로 잡친 산적두목처럼 길길이 날뛰었다. 그러자 오용과 대종의 간곡한 만류가 있었지만 조개는 받아들이지 않았다.

또 뒤에 금모견(金毛犬) 단경주(段景柱)가 창간령(槍竿嶺) 북쪽에

서 하루에 천리를 갈 수 있는 천리마인 순백색의 '조야옥사자마(照
夜玉獅子馬)'를 훔쳐, 양산 두령에게 바치려 몰고 오다가 능주(凌
州)의 증두시에서 증가오호(曾家五虎)에게 빼앗겼다는 이야기를 듣
는다. 이에 조개는 즉시 자신이 20여 명의 두령을 이끌고 원정에
나선다. 이때도 물론 송강이 극구 만류했지만 조개는 원정에 나섰
고 결과는 사문공의 활에 맞아 죽게 된다.

사실 하급 졸개도 무모한 용기를 부리다간 코피가 터지고 이마
가 깨진다. 하물며 대군을 거느린 양산 수령이 그런 말 한 마리에
기분이 상해 20여 명의 부하 두목과 5천 병력을 거느리고 직접 나
서는 일 그 자체가 지극히 비정상이다. 양산의 수령쯤 되면 싸움터
를 누비는 용기보다는 지모(智謀)로 삼군을 지휘해야 한다.

조개가 허무하게 일찍 죽은 것은 그의 성격에서 비롯된 비극일
뿐, 운명적으로 겪게 되는 비극은 아니었다. 증두시의 싸움에서 사
문공 화살이 아니었더라도, 조개의 그런 자질과 능력으로는, 양산
사업의 발전에 큰 공적이 있다하더라도, 리더로서 오래 버티지는
못했을 것이다.

결론적으로 조개는 새로운 변화에 적응, 발전하지 못하는 사상
적 한계를 가진 리더였다고 보아도 크게 어긋나지 않을 것이다.

2. 송강 : 비극으로 끝난 충성심

송강은 양산 집단의 핵심이었다. 송강이 없는 양산박은 성장할 수도 또 현상 유지도 어려웠다. 『수호전』에서는 송강을 보통 사람들이 일반적으로 생각하는 그런 모습의 수령으로 그리지 않았다. 또한 송강의 행동과 그가 연출한 배역은 서로 모순이었고 최후의 결말 또한 일반 독자들의 예상을 벗어났다. 하여튼 송강은 여러모로 이해하기 어려운 양산의 주인이었다.

⬆ 호보의 송강(松江)

■ 과대 포장의 허와 실

대명부 양중서가 동경으로 보내는 생신강을 탈취하는 사건은 소설 『수호전』의 개막 부분에 해당하는 큰 사건이다. 이 사건의 시작은 타지역 사람으로 호풍환우 할 수 있다는 도사 공손승과 유당이란 사람이 제각각 동계촌으로 조개를 찾아오면서 시작이 된다.

이들이 조개를 찾아와 생신강 탈취를 의탁한다는 설정이 좀 어설프기만 하고, 먼 곳에서 도사가 찾아올 만큼 조개가 명성이 있었다고 믿을 만한 내용이나 서술도 없다. 소설의 서두 부분을 종합할 때, 조개의 사회적 활동 범위도 넓다고 볼 수 없다. 그리고 송강과 조개는 다같이 운성현 사람인데, 여하튼 공손승과 유당이 조개를 찾아온 것은 조개가 송강보다는 좀더 유명인사였다는 뜻으로 해석할 수 있다.

『수호전』에 처음 소개되는 송강의 모습은 전형적인 칭찬 일색이다. 작자의 서술에 의하면 송강은 과거 중국 영웅과 위인을 종합한 그런 모습이다.

송강은 키는 작지만 봉황의 눈에 누에눈썹(眼如丹鳳, 眉似臥蠶)에 검은 눈동자, 반듯하고 단정한 입술, 평평하고 넓은 이마, 앉아 있을 때는 호랑이의 모습이 연상되고 걸을 때는 늑대의 모양이며, 얼굴이 검어 ‘검둥 송강(黑宋江)’이라 불리는 사람으로 묘사되었다.

송강은 부모에게 효도하고 의리를 지키며 재물을 뿌릴 줄도 알았다. 그리고 송씨 집안의 형제 서열이 셋째이기에 ‘효의흑삼랑(孝義黑三郎)’이라는 별호도 갖고 있었다.

송강과 내연의 관계에 있던 여인 염파석이 죽는 날 새벽에 송강이 염파석을 찾아와 편지를 내놓으라고 하자 염파석은 딴청을 부리면서 송강을 '검둥 셋째(黑三)'라고 부른다. 이런 말은 그야말로 존경의 의미가 눈곱만큼도 없는 호칭이었다.

그러나 겨우 삼십이 된 송강이 아주 웅대한 큰 뜻을 가진 인물로 서술된 것은 더욱 놀랍다. 송강은 '만인을 구제할 만한 도량이 있으면서(有養濟萬人之度量), 가슴속에 사해(四海, 천하)를 쓸어내겠다는 마음을 품고 있으며(懷掃除四海之心機), 품은 뜻과 기세는 드높고 흉금은 수려했다(志氣軒昂, 胸襟秀麗). 비록 운성현의 압사(押司)직에 근무하는 서리이지만 직무에 정통한 것은 기본이며, 한(漢)나라의 상국 소하(蕭何)보다 낫고(刀筆敢欺蕭相國), 명성은 전국시대 제(齊)나라의 맹상군에 지지 않을 정도이다(聲名不讓孟嘗君)'라고 서술하였다.

이 정도의 인물 묘사는 작가의 뛰어난 학식의 표출이지만 과장이 좀 심하다고 할 수 있다. 실제로 이렇게 뛰어난 인물은 중국 역사에 사실상 존재하지 않았다.

그리고 송강의 사회생활은 가장 이상적으로 마치 교과서처럼 서술되어 있다.

송강은 평생 오직 강호호한(江湖好漢)과 두루 알고 지내면서, 찾아오는 사람이 있으면 지위 고하를 묻지도 않고 받아들여 머물게 하며 종일 손님을 접대하더라도 싫증을 내지 않았다. 손님이 떠나갈 때면 여비를 충분히 주는데 마치 흙을 퍼주듯 아까워하지 않았고, 혹 다른 사람이 그에게 돈이나 물건을 얻으려 하면 따지지도 않고 주었다고 설명하고 있다.

또, 다른 사람들의 어려운 일을 적극적으로 나서서 해결해 주고 남의 가난을 구제하며 어려운 사람을 돕는 일을 많이 하여 산동(山東)과 하북(河北)에 널리 이름이 알려졌고 모든 사람이 그를 '때맞춰 내리는 비'란 뜻인 '급시우(及時雨)'라고 불렀다고 한다. 송강의 인품이 과연 이처럼 지고지선(至高至善)했다면 거의 성인(聖人)에 가깝다고 해야 한다.

■ 굴릴수록 커지는 눈사람

『수호전』의 작가가 인물을 소개하는 것을 보면 마치 기초는 잘 다지지도 않고 층층마다 콘크리트를 쏟아 부으면서 높은 건물을 짓는 모습이 연상된다.

송강처럼 그렇게 남을 잘 도왔다면 많은 수입이 있어야 한다. 송강의 기본 재산이나 직책으로 볼 때 그렇게 통 큰 '불우 이웃돕기'는 불가능하다. 송강은 압사라는 직위에서 다른 사람에게 약간의 편의를 봐 주거나 아니면 그 직위에서 부수입을 좀 건졌을 것이라고 생각한다. 조선시대에도 향리에게는 공식적인 급여가 없었다. 향리의 직역은 세습되지만 보수가 없는 제도 — 곧 백성들 위에서 적당히 뜯어 먹고 살아가야 하는 향리 신분이었다.

문무 관리들은 교육을 받고 과거(科擧)시험이라는 선발 과정을 거쳐, 중앙이나 지방의 관직에 임명되어, 각 지역으로 전근도 다니면서 인맥을 형성했다. 또 문장이나 시를 통하여 그 재능을 발휘할 수 있기 때문에 넓은 지방과 전국적으로 명성이나 네트워크를 형성할 수 있었다.

그러나 서리는 그 출신지에서 다른 지방으로 전출하는 제도 자체가 없었다. 고작 그 현이나 주에서 무식한 일반백성 위에 군림하며 잡수입으로 살아가는 존재였다. 때문에 현실적으로 따져 본다면 송강의 명성이 그렇게 산동과 하북 지방에 자자하게 퍼진다는 것은 거의 불가능하다.

송강의 이름을 듣는 순간 '명성을 익히 들어 알고 있었으면서도……', 라고 말하며 땅에 엎드려 절을 하는 모습은 그야말로 소설이니까 쓸 수 있는 일이었다.

운성현은 산동 지방에서도 큰 도시가 아니다. 그곳은 왕래하는 사람이 그리 많지 않은 조그만 나루를 낀 작은 고을이었다. 일만 관(貫)의 돈을 허리에 차고 있다면 부가옹 소리를 들을 만한 그런 좁은 지역이었다. 조개의 인맥을 보아도 그렇고, 하여튼 송강의 이름이 산동과 하북에 널리 알려질 만한 요인이 거의 없으니, 송강에 대한 서술은 사실 좀 심한 과장이다. 그렇게 저명한 송강이었다면 공손승과 유당은 왜 송강을 모르고 조개를 먼저 찾아갔겠는가?

송강이 그렇게 남을 많이 도와주었다지만 막상 송강의 도움을 받은 구체적 사례가 염파석(閻婆惜) 모녀 외에는 없다. 그 염파석을 도운 것도 따지고 보면 정부(情婦)로 만들어 놓고 가끔 재미나 보러 찾아가려고 도왔을 뿐이었다. 그렇다면 송강의 선행을 기록한 앞 페이지를 모두 찢어버린 것과 같지 않은가?

무송이 송강을 처음 만날 때도 송강의 명성이 마치 '우레소리가 귀에 쟁쟁하듯 했다'는 표현은 확실한 과장이다. 그저 인사 예의상 던지는 말인데 독자들은 실제 그런 것으로 느낄 것이다.

실제로, 좋은 일이든 나쁜 일이든 소문은 빨리 전파되고 눈사람처럼 굴릴수록 커지게 마련이다.

송강은 같은 지역에 사는 오용과도 일면식이 없었다. 송강이 구체적으로 남을 도운 사례가 있다면 소문이 날 만도 하지만 그런 것도 거의 없었다. 송강이 청풍산(淸風山)에서 거의 죽게 된 상황에서도 송강이란 이름만으로 위기에서 벗어나는 것 또한 과장된 설정이다.

송강은 생신강 탈취사건이 일어나는지도 모르고 있었다. 이는 송강의 네트워크가 별로 없다는 강력한 반증이다. 그런데 『수호전』의 작자는 많은 사나이들이 송강의 명성을 찾아 스스로 모여들은 식으로 설명하고 있다. 많은 사람들이 송강을 오랫동안 흠모했다고 말하고 또 송강을 한 번이라도 만나본 사람은 모두 마음을 낮춰 경배하고 있다는 서술을 읽다보면, 마치 아무런 기초도 없이 높은 누각을 짓는 것처럼 생각된다. 그리고 그런 명성이란 굴리고 굴려 크게 만든 눈사람이 햇살에 저절로 녹는 것과 같지 않겠는가?

조개가 뒷날 양산의 두령이 될 만한 능력이 있는가도 깊이 생각해 볼 문제라면 송강 역시 그럴 것이다. 하여튼 송강은 자신이 가진 능력 이상 과대포장된 것은 확실하다.

■ 소설속의 송강

『서유기』를 제대로 읽지 않았다 하더라도 손오공과 저팔계를 역사상 실존 인물로 이해할 사람은 거의 없다. 그러나 『서유기』의 고승은 당나라 태종(太宗, 재위 626~649) 때 불경을 구하러 천축국(天竺國, 인도)에 다녀온 현장(玄奘 600~664)이라고 생각하는 사람이 많다.

그러나 현장은 『서유기』의 삼장법사처럼 칠칠한 사람은 아니었다. 현장은 홀로 17년에 걸쳐 인도를 여행하고 돌아온 의지가 굳은 사람이었다.

『삼국연의』의 조조와 제갈량·유비·관우·장비 등은 삼국시대에 실존했던 인물이다. 때문에 소설속의 형상과 내용을 역사적 사실로 생각하는 사람이 많다.

청(淸)나라 사람 장학성(章學誠)은 『병진찰기(丙辰扎記)』에서 '삼국연의는 역사적 사실과 배치되는 허구의 이야기(背馳信史 虛構故事)'이며 '7할은 사실이지만 3할은 허구(七分事實 三分虛構)인데 읽는 사람이 자주 현혹된다.'고 말했다. 그러나 이는 장학성이 『삼국연의』가 역사소설이라는 엄연한 사실을 무시한 것이다.

사실 소설 『삼국연의』에서 3할의 허구는 7할의 사실보다 더 중요하다. 『삼국연의』에서 3할의 허구를 삭제한다면 누가 『삼국연의』를 읽겠는가? 100%의 역사적 사실을 기록한 진수(陳壽)의 정사(正史) 『삼국지』를 역사가가 아닌 일반인이라면 몇 사람이나 읽겠는가? 소설은 '개연성(蓋然性) 있는 허구(虛構)의 세계'이기에 흥미진진하게 읽는 것이다.

『수호전』의 송강(宋江)은 역사상 북송 말년의 실존인물인 송강과 이름이 똑같아 『삼국연의』의 조조나 제갈량보다 더 많은 착각을 불러온다. 그래도 『삼국연의』의 인물들은 7할의 사실이라도 있지만 『수호전』의 송강은 사실과 일치하는 것이 1할도 되지 않는다.

송강은 북송(北宋) 1120년 겨울 36명의 부하를 이끌고 하남(河南)과 산동 일대를 쓸고 다닌 반란의 주동자로 1122년에 관군에 사로잡혔는데 그 후의 행적에 대해서는 알려진 바가 없다. 『송사(宋史)』「휘종본기(徽宗本紀)」의 기록은, '회남의 도둑(淮南盜) 송강(宋江) 등이 회양군(淮陽郡)을 노략질하니 장수를 보내 토벌했다. 그 후 다시 동경(東京)과 강북(江北)의 초주(楚州)와 해주(海州)을 침범하니 지주(知州) 장숙야(張宿夜)에게 토벌을 명하여, (장숙야가) 이들을 불러 투항케 했다.'는 정도로 간단하다.

이처럼 실존 인물로서 송강에 관한 기록은 아주 간략하다고 한다. 그러나 송강에 대한 이야기는 이미 남송(南宋 1127~1279) 초기부터 민간에 널리 퍼졌었다. 송강의 이야기는 가담항어(街談巷語, 유언비어)로 퍼지기 시작하여 서사적 형태를 갖춘 뒤, 잡극으로 공연이 되고 마침내 소설로 발전했다고 한다.

말하자면 송강의 이야기는 중국의 소설 형성의 일반적 형식인

남본(藍本)에서 간본(簡本)으로 다시 번본(繁本)으로 발전하는 단계를 거치면서 부단히 변화하여 마침내 오늘날의 형태로 완성되었다고 한다. 이런 과정에서 역사상 실존 인물인 송강은 소설속에서 전혀 다른 인물로 탄생하였다. 실존 인물과 소설속의 송강은 다음 몇 가지 점에서 크게 다르다.

우선 역사상의 송강은 양산에 들어가지 않았기에 양산을 기의(起義)의 근거지로 삼지 않았다. 송강은 북송 선화(宣和) 연간에 36명의 무리를 이끌고 지금의 산동과 하남 일대를 횡행했다. 그리하여 '산동도(山東盜)', '회남도(淮南盜)' 또는는 '경동도(京東盜)'라고 기록되었으며 주로 태행산(太行山)이 근거지였다. 송강의 양산박에서 활약하는 내용은 송강의 이야기가 널리 유포되면서 원곡(元曲)에 정착되었다고 한다.

다음으로 역사상의 송강 등 36명은 제(齊, 지금의 산동 일대), 위(魏, 하남 북부) 일대를 횡행하며 관군에 대항하였다. 이들은 소규모지만 신속하게 이동하며 신출귀몰하듯 관군을 괴롭혔다. 송강은 그야말로 순수한 반란의 주동자였을 뿐, 나라에 충성하는 것은 아예 생각도 하지 않았다.

『수호전』에서의 송강 역시 관군을 괴롭히며 관군과 싸워 동관에게 두 번이나 승리를 거두었고, 고구의 군대와 싸워 세 번이나 관군을 격퇴했고, 태위 고구를 세 번이나 패퇴시키는 등 혁혁한 승리를 거둔다. 그러나 그때마다 송강의 행동은 사람들에게 많은 실망을 준다. 송강은 매번 관군과 싸우면서 거의 항복한 장수처럼 행동하거나 자신의 죄를 용서해 달라는 말을 빼놓지 않는다.

55회에서는 관군 호연작의 부장 팽왕기(彭玉己)를 포로로 잡았는데, 송강은 군사를 물리치고 친히 포박을 풀어주고 장막으로 모셔 들어와 자리를 잡은 뒤에, "저와 무리들은 몸을 거둘 데가 없어 잠시 수채를 차지하고 임시로 피난했지만 잘못이 많습니다. 이번에 조정에서 우리를 체포하라고 장군을 보내었으니 우리는 목을 길게 빼고 결박을 받아야 마땅합니다. 다만 생명을 보존하려고 이렇듯 싸워 관군의 위엄을 범하는 죄를 짓지만 제발 용서를 빌 뿐입니다."

그리고서도 "저와 형제들은 다만 성주(聖主)께서 우리들의 중죄를 사면해주시고, 우리가 보국할 수 있게 큰 은혜를 베풀어 주신다면 만 번을 죽더라고 사양하지 않겠습니다."라고 말한다.

『수호전』에서 장순(張順)이 고구를 사로잡자 송강은 양산에서 큰 잔치를 벌려 고구를 위로했을 뿐만 아니라, 고구가 산채를 떠날 때 이십여 리나 배웅을 한다. 이 모든 것이 뒷날 초안을 염두에 둔 행동이지만 역사상의 송강과는 달라도 너무 달랐다.

끝으로 역사상의 송강과 『수호전』의 송강은 그 결말이 크게 다르다. 실존했던 송강은 체포 살해되었다는 기록과 투항했지만 그 뒤가 어떻게 되었는지 모르거나, 채거후(蔡居厚)에게 체포되어 살해되었다는 등 그 결말이 확실하지 않다. 그러나 『수호전』의 송강은 고구가 보낸 독약이 든 어주(御酒)를 마시고 죽게 된다.

이처럼 실존했던 송강이 용맹하고 신출귀몰하듯 관군을 괴롭힌 재야의 영웅이었다면 『수호전』의 송강은 충효인의(忠孝仁義)의 사상을 실천하는, 장자(長者)의 모습을 가진 인자한 인물로 그려져 있어 역사적 인물과 일치하는 것이 거의 없다.

■ 수령 자리에 앉기까지

양산의 대군은 여러 차례 관군과의 격렬한 싸움을 치렀지만, 결과적으로 양산의 모든 과업은 실패로 돌아갔다. 『수호전』의 독자들은 양산 사나이들의 운명을 동정하면서 그 실패 원인은 무엇이고 거기서 어떤 교훈을 얻을 수 있는가를 생각한다.

애당초 송강은 양산 수령으로 부적합한 인물이었으며, 양산에 들어간 이후 송강은 조개를 허수아비로 만들면서 음모와 궤계(詭計, 속임수)로 주도권을 장악했기에 양산의 모든 것이 실패로 돌아간 원인이나 책임은 송강에게 있다고 주장하는 사람도 있다.

이런 관점의 옳고 그름을 따지기 전에, 송강이 수령 자리에 앉게 되는 과정을 먼저 살펴볼 필요가 있다.

첫째로, 송강이 양산에 처음 들어왔을 때, 조개와 오용을 비롯한 양산의 두령들은 취의청에 모여 향을 피우고 정식 상견례를 행한다. 그 자리에서 조개는 송강을 양산의 새로운 지도자로 추천한다. 그렇다고 송강이 허락할 리 없다.

"형님께서 틀린 말씀을 하셨습니다. 여러분들이 칼과 도끼의 위협을 무릅쓰고 저의 생명을 구해 주셨습니다. 형님께서 본래 산채의 주인이신데 어찌하여 아무 재주도 없는 저에게 양보하려 하십니까? 만약 형님께서 굳이 양보하신다면 송강은 차라리 죽어버리겠습니다."

"현제(賢弟)는 어찌 그런 말씀을 하시는가? 당초에 아우님이 그렇듯 큰 위험을 감수하면서 우리 일곱 명의 생명을 구해주지 않았

다면, 어떻게 오늘의 우리가 있을 수 있겠는가? 아우님이야말로
산채의 은인이니, 아우님이 아니라면 누가 그 자리에 앉겠소?”

"인형(仁兄)의 연세를 보더라도 저보다 열 살이나 위이십니다.
제가 그 자리에 앉는다면 제 자신 어찌 부끄럽지 않겠습니까?”

그러면서 송강이 두 번 세 번 조개에게 첫째 의자에 앉으라고 권
했다. 결국 송강이 제 2인자의 자리에 앉았다.(41회)

이어서 큰 잔치가 시작된다. 만약 그때 송강이 야심이 있었다면
물에 떠밀리는 배처럼 못 이기는 척 수령의 자리에 앉았을 것이다.

두 번째로, 조개가 증두시(曾頭市)를 공격하다가, 야간에 절에서
기습을 받는다. 조개를 쏜 화살에는 사문공이라는 이름자가 쓰여
있었다.

조개는 죽기 전, 송강에게 "현제는 보중(保重)하시오. 만약 누구
든 나를 쏴 죽게 한 사람을 잡는다면(若那個捉得射死我的), 그 사람
을 양산박의 수령으로 모시오(便敎他做梁山泊主)!"라고 유언을 한
다. 송강은 조개가 죽는 것을 보며, 마치 부모를 잃은 듯 통곡하다
가 혼절한다.(60회)

송강은 오용의 건의를 받아들여 임시로 수령의 자리에 앉아 산
채를 운영하면서 조개의 유언을 실천하겠다고 확약한다. 송강의
공언은 그의 진심이라고 볼 수밖에 없다.

셋째, 노준의(盧俊義)가 양산에 들어왔을 때, 송강·오용 등이 충
의당에서 환영회를 연다. 송강은 명성이 있는 노준의에게 산채의
주인 자리를 양보한다. 이규나 무송 등이 나서며 송강의 뜻에 반대
했지만 오용이 '노준의가 처음 왔으니 우선 빈객으로 대우하다가
뒷날 공을 세우면 수령으로 추대하면 된다'고 원만하게 중재를 한

다. 이것을 보면 송강은 자리를 탐하는 야심이 없는 것으로 생각된
다.

넷째, 양산 대군이 증두시를 공격할 때, 노준의는 조개를 쏜 사문
공을 생포한다. 송강은 조개의 영전에 제사한 뒤 조개의 유언에 따
라 노준의에게 수령 자리를 양보한다. 말하자면 송강은 선임수령
조개의 유언을 충실히 이행하려 한 것이다.

그러나 모든 사람들이 이에 반대했다. 할 수 없이 송강은 노준의
와 자신 중에 동평부(東平府)를 먼저 격파하는 사람을 두령으로 삼으
면 된다는 의견을 내놓는다. 사실 이때 권한은 송강의 손에 있었다.

그런데도 송강은 왜 또 다른 제안을 하면서 수령이 될 기회를 잡
지 않았는가? 송강은 동평부를 공격하면서 동평부의 쌍창장(雙槍
將) 동평(董平)의 함정에 걸려 어려움을 겪는다. 그 외에도 송강은
호연작(呼延灼)이나 관승(關勝)에게도 수령 자리를 양보하려고 한
다.

그렇다면 송강이 수령의 자리를 양보하려 했던 진짜 본심은 무
엇이었나? 그 마음의 진위(眞僞)를 논하지 않는다 하더라도, 송강
은 내심으로는 수령 자리를 놓고 싶지 않으면서도 이리저리 양보
하면서 수령이 되기 위한 명분만을 쌓는 것이 아닌가? 여하간 송
강의 의도가 진심인지 거짓인지는 명확하게 드러나지 않는다.

■ 수령으로서의 자질은?

사실, 송강이 양산두령으로서의 자질을 논한다면, 어진 사람은

송강의 어진 면을 보고 지혜로운 사람은 지혜라는 측면에서 평가할 것이다. 결국 사람에 따라 다를 것이니, 사실을 사실대로 인식하는 실사구시(實事求是)의 입장을 취해야 할 것이다.

여기서는 과연 송강은 수령으로서 어떤 자질을 갖고 있는가에 대하여 분석할 필요가 있다. 그렇다면 송강이 좀 더 수령으로서 적합한 자질이 눈에 띌 수도 있을 것이다.

첫째로 송강은 의기를 중히 여기고 위엄과 명망이 높으며 무리의 신망을 얻고 있다.

송강은 평소 재물보다 의리를 중히 여기고 위기에 처하고 곤경에 빠진 사람을 돕는 등 성심으로 강호의 여러 호걸과 교류하여 급시우(及時雨, 때맞춰 내리는 비)라는 별명과 호보의(呼保義, 의리의 수호자)라는 좋은 명성을 얻었다.

특히 송강은 모든 사람들을 차별 없이 똑같이 대했으며 비록 신분과 지위가 낮더라도 '형제'라 부르면서 진심으로 대했다. 때문에 온갖 종류, 각양각색의 사람들이 진심으로 송강을 따랐다. 그리고 송강 또한 수령이 되었다 하여 허세를 부리거나 오만하지 않았다.

그러하니 송강이 어떤 위기에 처했을 때는 많은 사람들이 자신의 목숨을 돌보지 않고 송강을 위해 싸워주었다. 물론 송강 자신도 양산의 모든 두령을 위하여 친히 앞장서 전투에 참여하고 구호활동을 폈다. 이런저런 이유로 많은 두령들이, 지위가 높거나 낮든, 송강을 수령으로 추대하고 따랐다. 이것이 송강의 가장 든든한 바탕이라는 사실을 누구든 부정하기 어려울 것이다.

둘째, 송강은 능력에 따라 일을 맡겨 누구든 자신의 특기를 충분히 발휘케 하며 무리를 잘 이끌었다. 석수(石秀)에게 정탐을 맡기고, 시천(時遷)에게 갑옷을 훔쳐 오는 임무를 주었으며, 탕륭(湯隆)은 창을 만들고, 장순(張順)은 잠수에 능하기에 배 밑바닥을 뚫게 했다.

즉 송강의 용인(用人)하는 대원칙은 장점을 살리고 단점을 보완케 하며, 타고난 재능을 다 발휘하게 했다. 그리고 늘 군사(軍師) 오용을 존중하여 믿고 일임하면서 그의 계략을 따랐다. 사실 녹림 군자(綠林君子)들이야 본래 거칠고 더러운 성질에 제 멋대로 행동하지만 송강이 이렇듯 개개인을 존중하며 일임함으로써 많은 사람이 송강을 따르고 존중하지 않을 수 없었다.

이렇듯 용인(用人)에 뛰어난 송강이라는 인식은 그가 양산의 수령으로서 충분한 자격을 갖추었다는 확실한 근거가 된다. 사실 송강 그 자신은 별로 특별하거나 뛰어난 능력을 갖고 있지 않았다. 그래서 더욱 사람을 믿고 쓰는 것이 송강한테는 중요한 과제였을 것이다.

셋째, 송강은 가슴이 트인, 활달(豁達)하고 큰 도량을 갖고 있었다. 그 이전의 왕륜이나 조개하고는 또 다른, 송강의 열린 마음바탕은 특별했다.

왕륜이 조금은 비루하여 똑똑한 사람을 시기하고 유능한 사람을 질투했다면 조개는 거칠고 조급했으며 자주 그리고 별 것도 아닌 것을 가지고 성질을 부렸다고 할 수 있다.

그에 비한다면 송강은 가슴이 따뜻하고도 넓었다. 그런 바탕으로, 그 다양한 사람들, 그 출신이 제 각각이고 성질이 딴 판인 모든 이들, 한두 개 이상 결점과 약점을 갖고 있으며, 범죄나 결정적인 실수를 저지른 사람까지도 송강은 모두 다 수용할 수 있었다. 주통(周通)이나 왕영(王英)의 호색, 이충(李忠)의 좁고도 좀스러운 소갈머리, 막돼먹은 이규, 벌컥 하는 진명(秦明) … 그런 사람들을 다 포용하려면 가슴이 바다보다 더 넓어야 한다.

송강이 민간 아녀자를 강탈했다는 말을 그대로 믿은 이규는 살구색 체천행도의 깃발을 찢고 부수며 송강을 죽이겠다고 난동을 부렸다.(73회)

그러나 사실이 판명된 뒤 송강은 이규의 잘못을 용서했다. 아무리 단순무식 거칠고 날뛰는 이규라지만 이규의 행동은 정말 철없고 용서받기 어려운 짓거리였다.

넷째, 송강은 조직을 만들고 운영하는 비범한 재능을 갖고 있었다.

강주(江州)에서 사형장을 습격하여 송강을 구출한 이후 송강을 비롯한 27명의 두령이 줄줄이 양산에 들어왔다. 신구의 두령들을 어떻게 안배하느냐 하는 문제는 그야말로 큰일이며 난처한 과제였다. 그 안배가 조금 잘못되면 틈이 벌어지고 알력이 생기고, 내홍(內訌)이 일어날 일이었다.

그렇지만, 송강은 좌측에 구 두령 우측에 새로 들어온 두령으로 무리를 나눈 다음에, 차후에 공적을 보아가면서 순서를 정하기로 했다. 이에 모두 찬성했고 불만을 가질 수 없었다. 그리고 나중에 요즈음 병과를 나누듯, 마군, 보군, 수군으로 분류하면서 각 군의 수령을 두었다. 또는 주특기에 따라 무기제조(병기), 물자 공급(병참), 염탐과 연락(정보) 상벌 및 인사 등 업무를 나누었다.

이는 지금으로 볼 때 지극히 당연한 것으로 칭찬할 만한 것이 못 된다 하지만 당시로서는 대단한 효율적인 조직체계라고 볼 수 있다. 물론 여기에도 그 개인의 소질에 맞춰 자리를 배치했다.

이상과 같은 송강의 자질과 심성과 능력에 의하여, 양산 대군은 보다 진일보하고 체계적이며 효율성을 가진 조직체로 새로운 발전을 할 수 있었다. 그렇다면 조개를 포함하여 오용이나 임충은 말할 것 없이, 단순무식에 거칠기만 한 이규 등을 아우를 수 있는 송강을 수령으로 추대한 것은 최선의 선택이었다고 할 수 있을 것이다. 실제로 송강 이외의 제2, 제3의 또 다른 사람 말하자면 송강과 경쟁의 반열에 같이 설 만한 사람이 양산에는 없었다.

그러나 한편으로 보면, 양산의 수령으로서 송강은 관군에 저항하면서 그야말로 일반 농민들을 위하여 하늘을 대신하여 정도를 실천하려고 애를 써야 했다. 양산 사업의 방향 탐색, 양산 대군이 나아갈 바를 모색하는 것은 양산 수령으로서 해야 할 또 다른 큰 업무였지만, 그렇지 못했다는 평가는 또 다른 관점의 평가가 필요할 것이다.

말하자면 지도자는 조직의 새로운 비전을 제시할 능력이 있어야 하는데 그런 안목이 없었기에 무척이나 아쉽기만 하다. 솔직히, 송강이 수령으로서 초안(招安) 주장과 실천은 양산 사업의 새로운 활로가 아닌 양산 사업의 기본 목표가 달성되기 전의 방향 전환이었다.

그런 비전 제시까지 고려한 양산수령의 선정이어야 하지만, 아마 당시로서는 『수호전』의 작가에게 그만한 시대정신이 결핍되었다고 봐야 한다. 여하튼 수령으로서 첫 번째 의자에 앉은 송강에 대해 여전히 아쉬움이 남을 수밖에 없다.

▣ 송강의 곤혹

『수호전』을 읽으면서 송강이 등장할 때마다 '정말 알 수 없는 사람이다' 라는 생각이 자주 들었다. 소설이니 그렇다 치더라도 '과연 송강이 이랬을까?' 주인공에 너무 과찬을 쏟아 붓는 것은 아닌지?

송강은 이쪽저쪽을 다 가진 어쩌면 야누스적 인물인지도 모른다. 야누스(Janus)는 양면(兩面) 얼굴을 가지고 있다. 물론 시작과 끝, 끝이면서 시작이라는 의미도 있다. 여하튼 송강은 하나의 얼굴, 하나의 이미지로는 설명이 안 된다.

곧 나라에 충성을 다하려는 송강과 현실에 불만을 품은 송강이 있으니 그 모순이 서로 강하게 드러나고 있다. 송강은 아문(衙門)에 근무하면서도 초야의 생활을 동경하며, 녹림세력의 지도자이면서 조정에 들어가려는 마음을 안고 생활했다. 결국 송강의 일생은 이러한 모순의 충돌과정이었다.

송강의 직분은 운성현에서 법 집행을 담당하는 아전(衙前)들의 우두머리격인 압사(押司)였다. 송강은 강호의 사나이들과 결교(結交)의 일환으로 생신강을 탈취한 조개가 도주할 수 있도록 자신이 직무상 알게 된 정보를 제공했고, 조개는 양산으로 도주할 수 있었다. 조개 일당의 행동이 구족이 몰살당할 일이고 법도상 도저히 용

서될 수 없는 사안이라는 것을 송강은 잘 알면서, 고뇌하면서도 의리상 정보를 제공하지 않을 수 없었다.

조개는 양산에 안착한 뒤, 즉각 유당을 통해 편지와 100냥의 황금을 보내 송강의 구명의 은혜(救命之恩)에 사례했다.(20회)

그러나 송강은 편지만 받고 금괴는 돌려보냈는데, 부주의로 그 서신은 염파석의 손에 들어간다. 염파석이 양산적과 내통하고 있다고 송강을 협박하려 하자, 송강은 염파석을 죽이지 않을 수 없었다.(21회)

이제 사안은 송강과 조개만이 아닌 제3자의 개입과 새로운 전개를 예고하게 된다.

염파석을 죽인 뒤, 송강은 자수냐 아니면 도주하느냐를 선택해야만 했다. 송강은 주동(朱仝)의 도움을 받아 도주하지만 가까운 양산이 아닌, 먼 하북 시진(柴進)의 장원을 택했다. 이는 송강이 현실에 대한 불만은 있지만 그래도 반역까지는 생각하지 않았다고 해석할 수 있다.

송강이 청풍채에 숨어 있을 을 때, 유고(劉高)의 아내를 구해 주었지만 오히려 그 때문에 거의 목숨을 잃을 뻔했다. 결국은 구출되어 양산에 갔지만 송강은 양산박에서 산적이 되기보다는 강주(江州)로 귀양을 택했다.

송강은 거기서 술에 취해 반란의 뜻을 가진 것으로 충분히 오해될 수 있는 시(詩)를 심양루(潯陽樓)의 바람벽에 써 놓았다. 사실, 이는 좋은 풍광을 보고 기분이 좀 격양된 상태에서 혼자 마신 술에 취해, 귀양 온 삼십대 사나이의 울분을 그냥 뱉어 버린 것이라고 해석할 수 있지만, '운성 송강 작(鄆城 宋江 作)'이라는 자필 서명까지 한 것은 확실히 무모한 짓이었다. 그리고 송강의 이 시는 강주 통판 황문병의 모함을 받게 된다.

양산의 사나이들이 강주의 사형장을 겁탈하여 회자수(劊子手, 망나니)의 칼에서 송강을 구해나자 송강도 양산에 들어가지 않을 수 없었다. 그러나 양산에 들어온 뒤로도 송강의 심리적 갈등은 해소되지 않았다.

■ 원했던 초안이었지만……

송강은 그 이전의 수령이었던 왕륜이나 조개와 여러 면에서 비교가 된다. 그가 겪어 온 역경은 남달랐으나 차근차근 자신이 원하는 바를 성취했다. 그러나 그런 성공의 이면에는 실패도 숨겨져 있었다.

송강은 학정에 시달리는 농민을 위하면서, 수탈하는 관리들을 징벌하는 정의의 수호자가 되어 관청을 공격했으며 악행을 일삼는 관리들을 제거하여 혁혁한 전과를 거두었다. 그러면서도 한편으로는 자신과 양산의 모든 사람들이 죄를 짓고 있다는 심정으로 조정의 용서와 사면을 갈망했다.

이러한 송강이었기에, 다른 사람들은 정말 이해할 수 없는 이상한 일을 연출하곤 했다. 양산군이 관군의 공격을 물리치면서 포로로 잡은 관군 장수에게 양산의 수령인 송강이 잘못했다고 빌지를 않나 심지어는 포로 앞에 무릎을 꿇기도 했다.

송강이 이렇게 애걸하는 모습은 거의 추태에 가까웠고 양산 사나이들의 불만을 불러일으켰다. 그러자 일부 양산의 장수들은 관군을 포로로 데려가지 않고 현장에서 죽여 버리기도 했다.

이상의 과정을 종합해보면, 양산에 들어가기 전 송강의 심적 갈등은 '어쩔 수 없이 현실에 적응하느냐 아니면 적극적으로 저항하느냐?' 에 있었다. 그러나 최종적으로, 저항해야만 존재할 수 있는 양산 세력의 지도자가 된 뒤에는 내심의 갈등이 '왕조에 충성을 해야 한다' 는 쪽으로 기울기 시작했고, 최후에는 초안을 받아들이고 나라에 충성하는 일에 적극적 역할을 다했다.

송강이 수령이 되면서 양산 영웅들의 서열을 확정하고, 직무배치를 완료했다. 그리고 중양절에 취의청에 모두 모여 큰 잔치를 벌였다. 산처럼 수북한 고기와 바다만큼이나 많은 술을 준비했으니,

양산 창립 이후 최대의 잔치였다.

해가 저물 무렵, 대취한 송강은 지필을 달라하여 '만강홍(滿江紅)'이라는 노래를 작사하고 기분이 좋아 독창을 했다. 그 사(詞)의 마지막은 '바라건대, 황제께서 초안의 조서를 빨리 내려주신다면 내 마음 흡족하리라(望天王降詔早招安, 心方足)!'로 끝이 났다.

노래가 끝나자 무송이 소리를 질렀다.

"오늘도 초안을 바란다고 하니 내일도 초안 타령을 하여 형제들의 마음을 싸늘하게 얼리렵니까?"

그러자 흑선풍 이규도 "초안, 초안, 무슨 좆같은 초안이야!(招安, 招安, 招甚鳥安!)"면서 한발로 탁자를 차 부수었다.(71회)

양산 무리와 함께 저항의 길을 걷느냐 아니면 조정에 충성을 다해야 하느냐는 노선 결정에서 송강은 주연급 배우로 그 역할을 다했다. 양산의 병권을 장악한 지도자로서 때로는 연약하고 부드럽게, 가끔은 강하게 초안에 저항하는 내부 세력과의 갈등을 해소해 나갔다. 그리하여 초안 이후에 송강의 양산군은 조정을 위해 목숨을 버릴 수 있는 충의의 군대가 되어 호국안민(護國安民)의 정도를 가야 한다는 송강의 염원을 실천했다.

초안은 송강이 오랫동안 바라던 바였다. 송강은 마침내 자신의 뜻대로 '순천(順天)'과 '호국(護國)'의 깃발을 들고 동경으로 행진해 들어갔다. 그러나 그들을 기다린 것은 호국안민(護國安民)이 아니었다.

송강은 송나라를 위해 지방 반란을 진압하였고 요나라 원정에도 참여했다. 100회 이후의 20회는 후인의 첨작으로 알려졌지만 송강은 전호(田虎)나 왕경(王慶)도 토벌하였다.

그렇지만 남쪽에서 '방랍의 난'을 진압하고 돌아온 송강을 환영하는 어주(御酒)에 독이 들어 있을 줄은 그 자신도 몰랐다. 그리하여 송강은 양산수령으로 스스로 허물어지는 길을 걸었다. 왕조에 충성을 다하고자 일생을 노력했던 송강이었지만 끝내 비극적 운명을 벗어나지 못했다.

■ 충신의 비극적 결말

초안을 실현하여 국가에 충성을 다 하겠다는 송강의 염원은 조정에 그대로 통하지 않았다.

조정의 군사 대권을 장악하고 있는 고구(高俅)는 양산군이 과거에 관군에 대항했으며 자신의 체면에 손상을 입힌 '하늘에 닿은 큰 죄, 곧 미천대죄(彌天大罪)를 저질렀고 그 죄과는 양산군의 소멸이라는 생각을 버리지 않고 있었다.

고구는 양산 대군을 남쪽으로 보내 방랍의 반군을 토벌케 하였다. 고구의 입장에서는 두 반항세력을 한꺼번에 제거하는 아주 손쉽고 마음에 드는 방법이었다. 고구에게는 충의군으로 전향한 양산군이나 방랍의 반란군이나 다를 게 하나도 없었다. 나라의 큰 우환덩어리였던 두 세력은 이렇게 자연스럽게 저절로 소멸되었다.

결과는 송강의 비극이었다. 그의 조정에 대한 충의는 조정에 의해 죽임을 당하는 '어리석은 충성(愚忠)'으로 끝이 났다. 송강 비극의 원인은 조정과 송강 양쪽 모두에게서 찾아볼 수 있다.

곧 자신의 충성심이 순수하고 숭고했기에 송강은 자신의 염원이 이루어질 것이라 믿었지만 현실은 절대로 그렇지 않았다. 송강의 충성은 재앙을 초래하고 국가를 패망으로 몰고 가는 간신을 이기지 못한 것이다. 따라서 송강의 구국구민의 큰 뜻은 전혀 이루어지지 않았다.

송강의 나라에 대한 숭고한 일념이 왜 사악한 간신을 이기지 못했는가? 그렇다면 정의는 언제 승리하는가?

과거 중국의 역사에서는 송강과 같은 비극 — 충신이 간신을 이기지 못하고 간신에게 죽임을 당하는 — 은 어느 시대건 계속되었다. 예를 들어 중국에서 충신의 대명사로 불리는 남송(南宋)의 악비(岳飛)와 간신 진회(秦檜)를 살펴보면 그 이유는 자명하다.

악비(1103~1142, 시호 忠武)는 북송을 멸망시킨 여진족의 금(金)나라와 싸워 화려한 승전을 거듭했던 남송 초기의 장군이다. 당시 남송은 군사적인 열세로 금나라에 굴욕적인 화평을 유지했었다. 결국 실지회복을 주장하는 주전파 악비와 금나라와 강화를 주장하는 주화파 진회(1090~1155)가 대립하게 된다. 재상인 진회가 군벌끼리의 불화를 틈타서 악비의 지휘권을 박탈하자 이에 불복한 악비는 무고한 누명을 쓰고 투옥된 뒤 살해되었다.

남송이 망한 후도 악비는 영웅으로 관왕묘에 배향되었지만, 진회는 매국노의 대명사가 되었다. 따라서 중국인들은 지금도 아이들 이름을 지으면서 회(檜)자를 쓰지 않는다고 한다.

그렇다면 왜 충신의 거룩한 뜻은 실패하거나 죽음으로 끝을 맞이해야 하는가? 충신은 간신과의 투쟁에서 이기지 못할 정도로 늘

어리석은가? 이런 질문에 다음과 같은 대답을 생각할 수 있다.

첫째 충신은 언제나 자신의 곧은 마음으로 군주의 마음을 헤아린다. 충신은 어리석은 군주와 간신이 존재한다는 사실을 염두에 두지 않는다. 반면에 간신은 어리석은 군주의 어리석음을 잘 헤아려 대처한다. 따라서 어리석은 군주 아래에서는 언제나 간신이 승리하게 되어 있다.

『수호전』에서 휘종은 도군황제(道君皇帝)로 불리는데 도교의 요체를 잘 터득했다거나 정도(正道)의 황제라는 뜻으로 해석할 수 있다. 그러나 도군황제는 예술과 음락에 빠져 국정을 내팽개친 혼군(昏君)이었다.

휘종은 성격 자체가 향락이나 예술에 쉽게 빠지기도 했지만 황제로서의 어떤 주체성은 없었다. 휘종은 대신들이 의지할 수 있는 황제가 아니라 그가 대신들에게 의지해야 하는 쪽이었다. 휘종은 자신이 어떤 결심을 하더라도 다른 사람을 만나면 언제 그러했느냐는 식으로 까맣게 잊어버리는 특기도 있었다.

휘종은 꿈속에서 송강의 죽음과 의심스러운 사인을 알게 된 뒤, 이사사에게 이를 물어 확인했다. 송강이 독살되었다는 것을 안 휘종은 대노했다. 그리고 다음 날 백관들이 모인 자리에서 고구와 양전을, "패국의 간신들이 짐의 천하를 무너뜨렸다(敗國奸臣 壞寡人天下)"고 호통을 쳤다.

이에 고구와 양전은 엎드려 사죄했다. 그러자 채경과 동관이 나서, "인간의 생사는 다 정해진 것이오며(人之生死,　皆由註定) 송강의 죽음은 어제 보고가 올라와 오늘 아뢰려고 했다"며 둘러대면서 두 사람을 변호했다. 그러자 황제는 더 이상 아무런 추궁도 하지

않았다.(120회)

　도군황제의 바탕이 이런 정도의 혼군이었기에 고구 같은 사람을 중용하고 정권을 일임했다. 고구의 입장에서는 황제가 총명해서 좋을 것이 없고, 송강의 충성심이 조정에 널리 알려져서 득이 될 것이 없었다. 송강은 혼군과 간신의 공생관계를 간과했다. 그런 황제에게라도 충성을 다 받쳐야 한다고 생각한 송강의 충성은 우충(愚忠)이었다.

　둘째, 충신들은 자신의 군자지심(君子之心)으로 간신들을 헤아리고 대하기에 간신들의 음모와 간사한 뜻을 알아차리지 못한다.

　위에 설명한 악비와 진회의 관계에서 당시 남송이 처한 현실적 측면을 고려하면 진회의 주장이나 처사를 이해해야 한다고 옹호하는 사람도 많이 있다. 병자호란 때 강력하게 척화를 주장한 삼학사와 조정의 존속과 후일의 재기와 복수를 주장하는 주화파의 대결을 생각하면 이해가 될 수도 있다.

　당시 승전을 거듭하던 악비는 적의 수도 황룡부(黃龍府, 지금의 만주 吉林省 農安縣에 해당)까지 치고 들어가 잡혀간 두 황제(휘종과 그 아들 흠종)을 구출하자는 주장이었다. 그러나 그런 주장의 실현 여부는 차치하고서라도 남송을 건국한 고종(본명 趙構, 휘종의 아홉째 아들)은 무슨 생각을 했겠는가? 잃은 국토를 회복하고 나라가 망한 '정강의 변(靖康之變)'의 치욕을 씻고, 옛 황제를 구출해오면 고종 자신의 위치는 어떻게 될 것인가?

　악비의 충성심을 누구든 의심하지는 않는다. 그러나 간신적자들은 자신의 생존과 부귀영화를 위하여 수단과 방법을 가리지 않는다는 점을 늘 염두에 두어야 한다. 당시 진회와 고종의 생각은 서

로 일치하지 않았을까? 그러니까 고종도 진회를 믿고 재상으로 삼
지 않았을까?

당시 악비가 진회와 고종의 속내를 헤아리지 못했던 것처럼, 현
재 모든 실권을 장악하고 있는 고구가 어떤 심보로 무슨 짓을 할지
송강은 헤아리지 못했다. 충신이나 군자가 간신의 마음을 헤아리
지 못한다는 데에서 충신의 비극은 시작된다.

그리고 또 한 가지 중요한 것은 간신이나 소인들은 자신의 목적
을 달성하기 위하여, 곧 이(利)를 쟁취하기 위해서는 반드시 무리
를 지어 큰 세력을 형성한다는 것을 간과해서는 안 된다. 고구는
당시 채경(蔡京)이나 동관(童貫) 등과 어울려 큰 세력을 형성하고
있었다. 이들이 송강을 아니면 다른 충신이나 지사를 그 그룹에 포
용하겠는가? 그 대답은 자명하다.

세상은 다 그런 것이다. 비열한 짓이 나쁜 줄은 비열한 사람들도
잘 안다. 그러면서 그들은 비열한 짓으로 세상을 잘 살아간다. 고
상한 언행 그것이야말로 훌륭한 것이지만 고상한 사람은 또한 그
때문에 죽어간다.

3. 노준의 : 조화가 안 되는 2인자

옥기린(玉麒麟) 노준의(盧俊義)를 양산으로 유인하고 그리고 양산 두령의 자리를 양보하려고 한 것은 송강이었다. 송강에게는 먼 뒷날 초안을 생각할 때, 양산의 두령들이 아닌 화북의 명사인 옥기린 노준의 같은 사람이 필요했다.

■ 화북의 명사 노준의

도군황제(道君皇帝)는 전제 왕권을 마음껏 휘둘렀다. 군정대권을 장악할 태위에 밑바닥 건달 고구를 앉힌 것을 보면 무소불위 전제 왕권의 파워를 짐작할 수 있다.

고구에게 도군황제는 자신의 확실한 배경이며 실체였다. 그래서 고구는 무슨 짓이든 할 수 있었다. 그러한 고구에게 양산 대군은 두려운 존재가 될 수 없었다. 고구에게 양산 대군은 빨리 없애고

싶은데 마음대로 할 수 없는 존재일 뿐이었다. 그런 양산 세력이
제 발로 걸어와 초안을 구걸하니 고구의 속마음은 정말 흥거웠을
것이다.

　양산박 대군은 녹림(綠林)의 사나이들, 맨 밑바닥을 기면서 살아
왔던 그들이 스스로 모여들어 형성된 집단이다. 양산 두령은 그 투
쟁과정 중에 무엇인가 공적을 세웠거나 특별한 능력이 있어 앉을
수 있는 자리였다. 그래서 양산두령들의 동료의식이
나 일체감은 관군과는 비교가 되지 않았
다. 때문에 그런 자리에 앉았다는 것
도 녹림의 무리로서는 나쁘지는 않
았을 것이다.

그러나 그런 두령이 다른 양
산 두령과는 근본 태생이 틀린
사람이라면 그런 사람을 왜 끌
어들여야 했는가?를 생각하게
된다. 더군다나 속임수로 끌
어들인 다음에 제1위의 자리
를 양보하려 했다가, 굳이 사양
하니 제2 두령자리에 어떻게 앉
힐 수 있었는가?

옥기린 노준의가 양산에 오게 된
것은 관부의 핍박 때문도 아니고, 호

⬆ 옥기린 노준의

연작(呼延灼, 呼延은 複姓임)처럼 관군으로 출
동했다가 패전하여 양산군에 투항한 것도 아니었다. 노준의는 송

강과 오용이 계교를 써서 끌어들였다. 그렇다면 노준의를 끌어들일 만한 가치나 절박한 필요가 있었는가?

사건은 조개가 죽은 뒤, 애도 기간에 시작된다. 송강은 대명부(大名府) 용화사의 대원(大圓)이라는 승려에게 대명부의 인정과 풍토를 물어보다가 갑자기 대명부에 노준의라는 부자가 있다는 생각을 떠올린다.

그러면서 "아직 늙지도 않았는데 어찌 그것을 잊고 있었을까! 북경 대명부에 성은 노씨이고, 이름은 준의이며 별명은 옥기린이라는 원외(員外, 定員 이외에 추가로 배치한 낭관(郞官) 員外郞의 줄임말. 조기 白話에서는 지방의 세력가. 地主. 土豪의 의미. 여기서는 '큰 부자'를 부르는 칭호)가 사는데, 이분은 하북(河北) 삼절(三絕)의 한 사람이라고 하는데, 조상 대대로 북경에 살면서 무예 수련을 좋아하지! 특히 곤봉에서는 천하에 같이 맞설 사람이 없지! 양산 산채에 이런 사람이 있다면 관군의 추격이나 병마의 내습을 왜 걱정하겠는가?"

송강의 생각은 그렇게 유능한 사람을 데려다 양산박의 전력을 보강하겠다는 뜻이었다. 그러나 그 뜻이 정말 그러한지는 차후에 저절로 밝혀진다.

송강의 결심이 서자 노준의를 데려오기 위한 계략이 시작된다.

노준의는 두 눈에 총기가 넘치며, 9척 신장(약 207cm정도)에 위풍이 늠름하고 천신과 같이 온화하면서도 위엄이 있는 사람이었다.

오용은 점쟁이(算命先生, 八字先生)로 분장하고 북경 대명부로 노

⬆ 오용의 꾀에 넘어가는 노준의

준의 집을 찾아가 점을 치면서, 노준의에게 '백일 이내에 피를 보는 재난이 닥쳐(目下不出百日之內, 必有血光之災), 가산을 지키지도 못하고 칼에 맞아 죽을 것(家私不能保守, 死於刀劍之下)'이라는 끔직한 예언을 한다.

이에 노준의가 그런 재앙을 당할 나쁜 짓을 하지 않았다고 불신하자 오용은 화를 내며 일어선다. 결국 오용의 수에 넘어간 서른두 살의 노준의에게 손지(巽地, 동남방) 일천 리 밖으로 잠시 피난하면 이 재앙을 면할 수 있다고 장담하며 자신이 불러주는 점괘 노래(四句卦歌)를 받아쓰라고 한다.

이렇게, 뜨내기 점쟁이 말을 믿고 노준의는 여행을 준비한다. 25살의 아내가 가지 말라는 만류도 물리치고 기세당당하게 출발한다. 이렇게 단순한 사람이 하북에서도 소문난 삼절(三絕)이라니!

그리고 공교롭게도 양산박 옆을 지나가다니! 소설의 구성이 너무 작위적이다.

하여튼 양산박 무리를 초개(草芥, 하찮은 물건이나 사람)로 보면서 잡아버리겠다고 큰소리치며 10여 량의 수레를 몰고 호기 있게 출발한 노원외는 양산박 근처에서 곤봉 한 번도 제대로 못쓰고 양산박에 끌려갔다. 양산박의 이규나 노지심, 무송 누구 하나가 제대로 붙었다면 노준의는 이 세상 사람이 아니었다. 곧 노준의의 실력은 사실 별거 아니었다. 그의 곤봉으로 관군의 공격을 막아낼 수 있을 거라는 송강의 예측은 터무니없는 기대였다.

그런데 더욱 해괴한 것은 포로로 잡혀온 노준의 앞에 송강이 무릎을 꿇고 말한다.

"저는 오래전부터 원외님의 크신 명성을 익히 들어왔습니다."

"사실 오랫동안 훌륭하신 덕을 흠모하며 애타게 기다린 것이 하루이틀이 아닙니다. 그래서 이곳에 머물러 주신다면, 산채의 수령으로 모시면서 모두 엄명에 따르겠습니다."

송강이 이처럼 겸손하게 받들었지만 노준의는 말끝마다 '살아 있다면 송나라 백성이요 죽어서라면 송나라 귀신이다.' 또 '죽기야 아주 쉬운 일이지만, 그 부탁을 따르기는 매우 어렵다' 면서 결코 자신의 뜻을 바꾸지 않았다.

송강의 기분은 머리에 찬물을 뒤집어 쓴 것 같았으리라! 노준의를 꾀어 양산 두령으로 삼겠다는 그의 계획은 결코 달성할 수 없었다. 노준의는 양산에서 한 자리 잘먹고 북경의 대부호로 자기 자리를 찾아갔다.

그렇다고 송강이 이쯤 일로 그만둘 송강은 아니었다. 송강은 오용에게 반간계(反間計)를 명했다. 마침 노준의가 집을 비운 동안에 노준의의 집사인 이고(李固)가 노준의의 젊은 부인 가씨(賈氏)와 사통(私通)을 했다. 노준의는 그 모함에 걸려 감옥에 갇혔다가 사문도(沙門島)로 유배된다. 유배 도중에 노준의는 그의 또 다른 집사 연청(燕靑)의 도움으로 목숨을 구하지만, 다시 대명부로 잡혀가 사형선고를 받는데 송강은 양산 대군을 보내 대명부를 치고 노준의를 구출해 낸다.

결국 갈 곳 없는 노준의는 양산에 들어가 제2 수령의 자리에 앉는다. 결과적으로 자의든 타의든 노준의는 송강의 계책에 의해 양산에 유인된 셈이다. 그러나 노준의만이 송강의 속임수에 걸려든 것은 아니다.

▣ 명성과 실질의 차이

실제로, 양산의 두령 모두는 송강에게 당했다고 말할 수 있다. 왜냐하면 송강이 노준의를 끌어들인 대외적인 1차 명분은 노준의의 곤봉 실력을 바탕으로 양산의 전력을 증강하고 관군을 방어하는 것이었다. 그러나 송강의 마음속 계산은 그 뿐이 아니었다.

'처음부터 부잣집에 태어나 호걸이라는 명성을 누리면서 살아온 북경 대명부의 큰 부자' 는 하층 밑바닥에서 살아온 양산의 두령들과 처음부터 그 차원이 달랐다. 말하자면 달동네 사람들이 재벌 2세, 3세를 자신의 우두머리로 억지로 끌어 앉히려 했다면 그 이유가 쉽게 이해되겠는가? 또 달동네의 밑바닥 인생과 재벌 2세와는 조화를 이룰 수 있겠는가?

송강은 노준의에게 한두 번이 아니고 두세 번, 서너 번 산채 주인의 자리를 양보하면서 자신의 속마음을 공개한다.

"존형(尊兄)께서는 재덕(才德)을 겸비하셨으니 마땅히 산채의 주인이 되셔야 합니다. 뒷날 조정에 귀순할 때 큰 공적을 쌓아 높은 지위에 오르셔야 우리 형제들에게도 필생의 크나큰 영광이 될 것입니다. 이 송강의 주장은 이미 결정되었으니 자꾸 뿌리치지 마십시오!"

양산의 모든 두령들은 자신들의 모든 역량을 다 동원하여 '양산 사업을 적대시하는 큰 부자'를 영입하였다.

이러한 일이 진행된 것은 송강의 치밀한 계산 곧 차후에 양산 두령들의 본래 의도와는 크게 다른 초안이 이루어졌을 때에 대부호이며 하북의 명사인 노준의를 활용할 수 있을 것이라는 뜻이 들어 있었다. 그렇다면 노준의만 속은 것이 아니라 양산의 두령 모두도 다 당한 것이다.

노준의를 끌어들이려고 머리를 써서 계략을 꾸몄던 오용은 송강의 이런 의도를 알고 있었는가? 물론 오용은 당연히 모르고 있었다. 오용은 '노준의가 양산에 들어온다면 전력이 강화될 것이고 관군의 공격은 걱정하지 않아도 된다'라는 송강의 말을 그대로 믿었을 뿐이다.

송강이 노준의의 곤봉 실력이 아닌 대부호이며 명사라는 사회적 명성과 사회적 평가를 초안에 활용하려한다는 뜻을 오용은 나중에야 간파했을 것이다.

양산 두령들의 합동작전 속에 증두시에서 조개를 쏜 화살의 주인공 사문공을 노준의가 생포했다. 송강은 사문공을 죽여 조개의 영전에 제사를 한 뒤, 조개의 유언을 근거로 또다시 양산 산채의 주인 자리를 노준의에게 넘겨주려 한다.

송강은 자신이 양산 산채의 주인이 될 수 없다는 세 가지 이유를 들며 생각을 바꾸지 않는다. 이에 더 많은 두령들이 송강의 뜻에 반대하는 발언을 하도록 오용은 눈짓 신호를 보냈다. 무송과 유당 등이 분분히 반대했고, 노지심도 송강에게 소리를 질렀다.

"굳이 형께서 다른 사람에게 양보하겠다면 우리 모두 각자 흩어집시다!"(若還兄長推讓別人,灑家們各自撒開)(68회)

결국 송강이 제1 두령, 노준의가 제2 두령으로 귀착되지만, 자격이나 무예, 재덕, 공헌도 등에서 노준의보다 더 나은 사람은 많았다고 생각한다. 사실 노준의는 처음부터 양산의 사나이들을 수용할 수 없는 반대쪽 꼭짓점에 있는 사람이었다.

역사적으로 일반 농민은 관부의 핍박뿐만 아니라 대부호의 직접 간접적 착취에 시달린 것은 사실이다. 노준의의 재산도 그런 농민들의 피와 땀으로 쌓여 이룩된 것은 아닐까? 그런 노준의가 꼭 양산의 제2 두령 자리에 앉아야 하는가? 송강의 생각은 먼 뒷날 초안까지 생각한 양보라 할 수 있지만, 무송이나 이규, 노지심, 완씨 삼형제…… 기타 양산 두령들이 노준의를 받아들이고 모두 다 같이 한 목표로 나아갈 수 있다고 생각했을까?

결과적으로 노준의의 제2 두령 안착은 송강의 주관과 아이디어에 따라 오용이 각본을 쓰고 또 직접 주역으로 연출한 일장의 코미디 같은 연극이었다. 이 한판의 무대에서 송강이나 오용은 물론 노준의도 결코 뛰어난 생각과 연기를 가진 배역은 아니었다.

하여튼 노준의와 관련된 몇 회에 걸친 이야기는 그 이전 임충이나 무송의 이야기에 비해 곳곳에서 허점이 보이고 짜임새가 좀 엉성한 부본이 있어, 아마도 『수호전』의 원작자가 아닌 그 어떤 사람의 글을 적당히 끼워 넣은 것 같다는 평가도 있다.

■ 낭자 연청의 충성심

천교성(天巧星) 낭자(浪子) 연청(燕靑)은 정말 뛰어난 재주꾼이었다. 본디 노준의 집 하인이었지만 양산박의 보군두령(步軍頭領)이 되었다. 활 실력과 곤봉 솜씨는 양산 두령 누구 못지않게 뛰어났을 뿐만 아니라 씨름 선수로도 활약했다.

붉은 입술, 까만 눈동자에 옥같이 훤하게 잘생긴 얼굴, 거기다가 늠름한 기상에 총명한 바탕과 의젓한 풍채 등 어느 하나 흠잡을 데가 없는 젊은이였다.

연청은 언변도 좋고 시와 음률에도 정통했으며 피리 솜씨도 뛰어났다. 휘종황제가 몰래 찾아가는 동경성 제일의 명기 이사사(李師師)와 같이 노래하고 피리를 불 정도의 풍류남아로 예원(藝苑)에서도 우수한 실력을 발휘했고 풍류(風流)에도 제일이었다. 그러기에 그의 별명 낭자(浪子)는 ‘방탕한 사내’라는 본뜻보다는 ‘만능 재주꾼’이라는 뜻으로 받아들여야 할 것이다.

연청은 어려서 부모를 잃고 노준의의 집에서 하인으로 양육되었다.

노준의가 오용(吳用)의 계략에 넘어가 재난을 피하기 위해 동남 방으로 여행한다고 할 때, 연청은 극구 주인을 만류했다. 노준의 집 살림을 맡아보는 이고(李固)는 노준의의 처 가씨(賈氏)와 간통하고, 노준의의 재산을 차지한 뒤 노준의가 양산박과 밀통했다고 북경 대명부에 고발한다.

노준의가 옥에 갇혔을 때, 연청은 밥을 빌어다가 주인의 허기를 채워 준다. 이고가 동초와 설패와 결탁하여 다른 사람을 시켜 노준의를 죽이려 손을 쓰는 순간, 연청은 활을 쏘아 주인을 구출한다. 그리고 연청은 양산박에 연락하여 양산 사나이들이 사형장을 덮쳐 노준의를 빼내고 이어 같이 양산에 들어간다.

양산에 오른 뒤 연청의 활약은 눈부셨다. 연청은 활 솜씨, 곤봉, 씨름 솜씨는 물론 언변과 풍류까지 두루 박통했기에 그 거칠고 거친 이규도 나이 어린 연청에게는 함부로 대하지 못했다.

송강이 동경에 잠입하여 휘종의 사랑을 받고 있는 명기 이사사(李師師)를 만날 때도 연청은 그 중계 역할을 다했다. 뒷날 이사사와 연청은 의남매를 맺는다. 연청은 이사사를 만나러 온 휘종을 직접 만나 양산박의 사정과 송강의 뜻을 직접 전해 송강이 그토록 원하던 초안을 성사시킨다.

연청은 노준의와 함께 양산에 들어와 천정성 36두령 중 제일 마지막이긴 하지만 36위에 랭크된다. 이는 사실상 노준의의 충성에 대한 보상이라고 생각할 수 있다.

양산의 사나이들이 목숨을 걸고 지키려했던 것은 의리였다. 의리는 서로를 인정하고 물질을 베푸는 것이다. 한 고조 유방(劉邦)이 한신(韓信)에게 먼저 베풀었기에 한신은 의리상 고조 유방을 배신할 수 없었다.

송강은 그를 만나러 오는 사람 모두에게, 신분이 높건 낮건 누구에게든, 자신의 모든 것을 다 주는 듯 베풀었다. 송강이 무송을 처음 만났을 때도 송강은 무송에게 물질적으로 베풀면서 같이 술을 마셨고, 무송이 고향을 찾아갈 때 10여 리 길을 같이 걸으면서 배웅했다. 그러니 송강을 버릴 수 없는 것이 무송의 의리였다.

그러나 충성은 의(義)와 개념이 다르다. 충성은 쌍방간에 서로 베푸는 것이 아니라 일방적으로 받쳐야 할 의무였다. 모든 신하는 주군의 인정을 받든 못 받든 충성으로 섬겨야만 했다. 사군이충(事君以忠)은 신하의 의무일 뿐, 충성을 받기 위해 신하에게 무엇인가를 베푸는 것은 아니다.

노준의는 집사인 이고(李固)를 인정했고 모든 살림을 일임했다. 노준의는 연청이 '떠나지 마십시오.' '돌아가지 마십시오.' 라고 만류할 때 연청의 말을 듣지도 않았고 발로 걷어차기까지 했다.

그런데 나중에, 연청은 노준의를 끝까지 지켜주고 노준의의 목숨을 두 번씩이나 구해 주었다. 연청은 그가 가진 그 많은 재능보다도 더 많은 충성을 주인인 노준의에게 바쳤다.

연청의 이러한 충성심은 송강에게도 필요했다. 양산박의 두령으로서 송강은 양산 두령들의 의리보다도 충성이 더 필요했을 것이다. 연청의 충성은 방랍의 난 평정 이후에도 계속되었다.

연청은 주인 노준의에게 벼슬을 사양하고 정결한 곳에 가서서

한가롭게 사는 것이 좋겠다고 간절하게 건의했다. 그렇지만 노준의는 '금의환향을 하는 이 마당에 왜 결과 없는 일을 하느냐!' 며 연청의 말을 듣지 않았다.

물론 노준의의 입장에서는 송나라 황실을 위해 충성을 다 받쳤으니 그 공로는 인정받을 것이라고 믿을 수 있는 상황이었다. 그러나 연청은 주인 노준의보다 한 수를 더 멀리 보았다.

"어른께서 잘못 생각하셨습니다. 제가 떠나는 것이 바른 결과를 얻는 것입니다. 아마 어르신께서 가시는 길이 아무런 결과가 없을 것 같아 걱정일 뿐입니다."

연청은 한 고조와 한신의 옛 일을 들어가면서 노준의를 설득했지만 노준의는 듣지 않았고 연청은 노준의에게 8배(八拜)를 올리고, 또 송강에게는 단지 떠나가겠다는 편지 한 통만 올린 다음 모든 것을 버리고 떠나갔다.(119회)

참고로 혼강룡 이준(李俊)도 벼슬을 마다하고 미리 떠나갔는데 다른 소설에서는 연청과 이준의 또 다른 이야기가 이어진다.

4. 오용 : 제갈량과의 비교

양산의 108두령들 대부분이 하층민들이었기에 학식이 좀 있는 사람은 금방 표가 나고 쉽게 다른 사람들의 인정을 받을 수 있었다. 그런 의미에서 본다면 지다성(智多星) 오용(吳用)은 특별하다고 말할 수 있다. 오용의 깊은 통찰력이나 총명, 또 사건을 잘 파악하고 대책을 강구하는 적응력은 우수했다고 인정해야 한다. 그러나 『수호전』에서 오용의 능력은 전체적으로 많이 과장되었다.

↑ 꾀주머니 지다성 오용(吳用)

■ 생신강 탈취

지다성 오용은 산동 제주(濟州)의 운성현 동계촌에 살면서, 부잣집 문관(門館, 가숙(家塾))에서 학동을 가르치는 훈장(門館教授)이었다. 오용의 자(字) 학구(學究)의 말뜻에는 '어린 아이들의 선생'이라는 뜻도 있으니 오용의 직업과 일치한다.

오용은 이목이 수려하고 얼굴은 희고 긴 수염을 갖고 있었다. 가슴에는 경륜(經綸)이 가득하고 「육도삼략(六韜三略)」에 두루 통했고 지모가 풍부하고 넘쳤다. 또한 두뇌에는 유능한 장수가, 뱃속에는 수만의 병졸과 병장기(兵仗器)가 들어 있었다.

오용은 늘 제갈량과 자신을 비교하면서 도호(道號)는 제갈량보다 한 수 위라는 뜻을 가진 '가량 선생(加亮先生)'이었으며 사람들은 오용을 '지혜가 많은 별'이라는 뜻으로 지다성(智多星)이라 불렀다.

오용은 탁탑천왕 조개와 친교가 있었지만 송강과는 안면이 없었다. 말하자면 오용은 그저 부잣집의 개인 훈장일 뿐 지역인사들과 특별한 교류가 없었다는 증거이다. 그렇다면 그가 어디서 무슨 활약을 했기에 처음부터 별명이 '가량 선생'이고 '지다성'이 되었는지 미루어 생각하기가 쉽지 않다.

하여튼 오용은 조개와 함께 십만 관의 생신강을 탈취하는데 중요한 브레인 역할을 했고 뒷날 양산에 들어가 산채의 기밀과 작전권을 장악한 군사(軍師)로서 맹활약을 한다. 양산에서 이루어진 주요한 계책이나 군사 행동은 모두 오용 선생의 두뇌에서 나왔고, 때로는 현장에서 직접 활약을 했다. 오용은 양산 집단을 이끄는 주요한 인물이었고 존경의 대상이었다.

오용은 초안 이후에는 송강과 부수령 노준의를 도와 거란족의 요나라를 치고, 전호·왕경·방랍의 반란을 진압하는데 큰 공을 세워, 무절장군(武節將軍)을 제수받았다. 그러나 송강이 죽임을 당하는 것을 보고 조정 간신들이 자신에게 어떤 해악을 저지를지 두려워 화영(花榮)과 함께 초주 남문 밖 송강의 묘 앞에서 스스로 목매 죽는다.

오용은 조개로부터 10만 관 생신강 이야기를 듣는 순간 아무 주저도 없이 '사람이 많아도 안 되고, 너무 적어도 곤란하다. 지금 우리 셋을 포함하여 일곱이나 여덟이면 딱 좋을 것'이라고 말했다. 생신강을 보내는 양중서나 호송하는 양지(楊志) 역시 머리를 써서, 대규모로 호송하는 방법이 아닌 15, 6명 정도의 행상(行商) 단체로 꾸며 운송하는 아이디어를 짜낸다.

그 정도의 규모로 운송한다는 기밀이 어떻게 흘러나와 적발귀 유당이 알고 왔는지? 또는 그 규모의 운송 조직이 출발한 일자나 수송단의 구성 등을 어떻게 알았는지 명확하지 않다. 또 그 수송단이 황니강(黃泥岡)을 꼭 지나갈 것이라고 어떻게 확신했는지 소설 구성에 약간 의문점이 있지만 오용의 아이디어 역시 빛났다.

사실 10만 관이라는 어마어마한 재물에 15, 6명 정도의 인원이라면 무력 탈취도 불가능한 것은 아니다. 그러나 오용은 기습 공격이나 무력이 아닌 고도의 심리전을 전개했다.

오용이 전개한 심리전에 수송책임자 양지(楊志)가 걸려들었다는 것이 결국 탈취 성공의 관건이었다. 사실, 양지는 그렇게 호락호락한 인물이거나 우매한 인물도 아니었다. 화석강의 운반을 지휘하는 군관으로서 이런저런 경력을 쌓은 사람이다. 비록 배가 침몰하여 문책을 당해야 했고 가산을 털어 로비 자금을 마련하면서 이런저런 쓰고 단맛도 보았다. 어쨌든 살인죄를 범했고, 죄인의 신분으로 대명부에 왔다. 거기서 양중서의 눈에 들어 중차대한 비밀 사명을 명령받았다는 자체가 서광이 비친 것이다.

때문에 양중서의 생신강을 성공적으로 호송한다면 앞날의 출세를 보장받을 수 있는 중차대하면서도 절호의 기회였다.

그러한 양지이기에 눈을 부릅뜨고 생신강 수송 인부들을 감독하고 독려한 것에 대해서는 굳이 설명할 필요도 없다. 양지도 길에서 파는 술통 속에 수면제인 몽한약(蒙汗藥)이 들어 있을 가능성은 충분히 예견했었다.

그러나 대추장수 하나가 술 한 바가지를 퍼내 도망가고 빼앗는 그 사이에 그런 기지가 숨어 있을 줄 양지가 어찌 알겠는가? 결국 대추장수의 승리였고, 양지는 가물가물하는 의식속에 모든 희망을 날려 보내야만 했다.

생신강 탈취의 이 장면은 『수호전』 독자들에게 아주 깊은 인상을 준다. 때문에 중국의 중고등학교의 교재에도 실려 있다고 한다. 그렇다면 여기서, 오용의 기지는 제갈량 못지않게 빛이 나지 않는가?

■ 주군과 참모

소설 『삼국연의(三國演義)』에 등장하는 제갈량은 중국인 모두가

다 인정하는 지혜의 화신이다. 물론 지다성 오용은 제갈량의 형상을 모방한 캐릭터이다. 때문에 도호(道號)도 가량선생(加亮先生)이 아닌가! 가(加)는 '보태다'라는 뜻 외에도 '많다(多)', '위(上)에 있다', '높다(高)' '뛰어넘다(踰)' 등 다양한 의미를 포함한 글자이다. 량(亮)은 물론 제갈량이란 뜻이다.

『수호전』에 오용이 소개되면서 그의 찬시(讚詩)에도 '…… 모략은 제갈량을 깐볼 수 있고(謀略敢欺諸亮) 진평이라도 어찌 재능을 맞서리!(陳平豈敵才能)'라고 읊었을 정도니 『수호전』에서도 '지혜 제일'이라 하여도 괜찮을 것이다. 진평은 한 고조 유방의 참모로 많은 공을 세운 사람이다.

그렇다면 오용은 제갈량보다 우수한가? 두 사람의 지혜를 자(尺)로 재거나, 말(斗)로 되거나 저울(衡)로 달아 비교할 수 있을까? 지혜는 어떤 물질이 아니기에 양이나 수치로 지혜를 비교할 수 없다. 더군다나 3세기 초 제갈량의 활약과 12세기 초반 양산박의 무대는 900년이라는 시차가 있다.

그러나 가령 유비(劉備)와 제갈량은 누가 더 지혜로운가를 비교할 수는 있다. 유비는 제갈량을 만나러 세 번이나 와룡강을 방문했다. 그런 유비의 정성에 감동한 제갈량은 난세의 형상을 정확하게 분석하여 설명해 주면서 유비가 채택할 수 있는 전략을 정확하게 짚어 주었다. 천시를 차지한 위(魏), 지리를 차지한 오(吳), 그리고 늦었지만 인화를 바탕으로 한 유비 등등 제갈량이 제시한 삼분천하는 그야말로 제갈량의 혜안(慧眼)이었다.

유비는 20세나 연하인 제갈량을 군사(軍師)로 삼아 내치와 외교 군사에 관한 일을 거의 일임하다시피 했다. 그리고 유비는 제갈량을 영입한 이후에야 비로소 자신의 세력을 확장하면서 독자적, 자주적인 노선을 갈 수 있었다. 그렇다면 제갈량은 비록 제2인자이긴 하지만 지혜라는 측면에서는 유비보다 당연히 한 수 위였다.

양산에서 송강과 오용을 유비와 제갈량의 관계처럼 분석할 수 있는가?

송강이 축가장(祝家莊)을 칠 때, 1차 2차 공격은 모두 실패했다. 이에 조개는 오용을 하산시켜 송강을 지원케 했다. 오용은 송강의 1, 2차 실패원인을 분석한 뒤, 적을 분리하여 와해시키는 작전을 채택했다. 그리하여 축씨, 호씨(扈氏) 이씨(李氏)의 세 개 장원(三莊)의 연합과 동맹을 흩어놓으면서 손립(孫立) 등의 내응세력을 만들고 이용하여 결과적으로 승리를 쟁취했다.

송강이 비록 오용보다 상위서열이고 지휘자였지만 오용과의 지혜 비교에서는 오용보다 못했다는 것을 누구나 인정할 것이다. 그렇다면 유비나 송강보다, 제갈량과 오용이 더 지혜로웠다고 결론을 지을 수 있다. 물론 지혜로운 사람이 더 높은 자리를 차지해야 된다는 주장은 아니다.

그렇다면 이제, 제갈량과 오용은 어떻게 비교할 수 있는가?

■ 제갈량과 오용의 비교

사실 제갈량과 오용의 비교한다면 좀 난센스라고 할 수 있다. 비록 제갈량에게도 소설적 요소가 상당히 가미되어 『삼국지』에 묘사되어 있다지만, 제갈량은 역사적 실제 인물이고 오용은 소설 속의 인물이다. 더군다나 두 사람은 거의 천 년 가까운 시차에 각자 처한 상황이 서로 달랐다.

제갈량이 '북송 말기에 살았다면?' 하는 가정 자체가 의미가 없지만 그래도 소설 속에 묘사된 것만으로도 확실하게 지혜의 고저를 충분히 비교할 수는 있다. 제갈량과 오용은 그들의 지혜를 다음과 같이 비교할 수 있다.

첫째 제갈량과 오용은 각각 그 상대방 곧 적수가 달랐다.

제갈량이 상대한 인물들은 상대방 국가의 최고 인재들이었다. 제갈량은 조조나 사마의는 말할 것도 없거니와 동오(東吳)의 주유나 육손 등이 모두 한 나라의 최고 군사권을 장악한 고수 중의 고수였다. 조조나 사마의, 주유와 육손 또한 그 아래 많은 참모들을 거느리고 그 도움을 받는 입장이었다. 모두 최고의 지혜를 뽐내는 당대의 인재들이었다.

그러나 오용이 상대한 사람은 생신강 탈취에서 양지(楊志), 송강을 구할 때 황문병(黃文炳) 정도가 그래도 이름이 있는 사람이었고, 나머지 고구(高俅)나 동관(童貫) 등은 지혜로 말한다면 단 칼에 날려 버릴 만한 논두렁의 허수아비와 같은 존재였다. 물론 오용 그가 갖고 있는 실력을 다 발휘할 기회가 없었다고 한다지만 본래부터 상대방의 수준이 달랐다는 것은 인정해야 한다.

호랑이를 때려잡은 사람이라면 개를 때려잡은 사람의 이야기에는 관심이 없을 것이다. 오용이 지혜를 써야 할 상황이나 오용이 겨뤄야 했던 상대방은 제갈량이 처했던 상황이나 겨뤄야 했던 상대와는 결코 비교할 수 없는 엄청난 수준 차이가 있었다.

　둘째, 맞서야 할 범위 곧 스케일의 차이가 있다.

　제갈량은 그 지혜를 펼치면서 한 나라의 전체, 아니면 당시 중국 내이긴 하지만 국제적인 차원의 지혜 겨룸이었다. 그리고 지혜의 겨룸에서 패한다면 수천수만의 인명과도 직결이 되고 한 나라의 운명과도 관련이 있는 그런 큰 스케일의 지혜 대결이었다. 제갈량은 군사뿐만 아니라 국내 정치, 민생 안정, 행정 관리, 갈등 해소, 민족 정책 등 그 어느 하나 소홀히 할 수 없는 문제들을 다루었다.

　제갈량이 안개를 이용해 화살을 얻고 공성계(空城計)를 펴고, 맹획을 일곱 번이나 잡았다가 놓아주는 등 통쾌한 지략을 펼친 일은 지금까지도 계속 윤색이 되면서 이어져 오고 있다.

　제갈량의 능력이 출중한 것을 강조하다 보니까 너무 신비롭고 불가능한 경지에 해당하는 내용도 많이 있다. 가령 사흘간 동남풍을 불게 했다든지, 축지법을 쓰고, 돌을 쌓아 둔 팔진도에서 돌과 모래가 날고, 칠성단에서 하늘에 목숨 연장을 빌었다는 등 도저히 인간으로서 실행할 수 없는 그야말로 꿈같은 이야기가 있는 것도 사실이다.

　하여튼 이 제갈량의 업적에 비한다면 오용의 지혜는 그 스케일이 좁다. 겨우 몇 천의 무리를 이끌고 기습 작전이나 전개할 정도이다. 그리고 북경 대명부의 노준의 집에 가서 거짓으로 점쟁이 노릇을 하는 것을 신통하다고 할 정도이니 제갈량과는 결코 비교가 되지 않는다.

셋째 그 지혜를 펴면서 앞일을 예측하는 안목의 원근에서도 비교할 수 없는 큰 차이가 있다.

제갈량의 혜안은 정말 놀랍다. 출사하기 전에 와룡강에서 삼분의 천하를 예견했고, 유비의 방문에 대비하여 지도를 내 걸고 브리핑을 했다. 강유를 후계자로 선택하고 강유에게 여러 작전의 비법을 전수한 것 등은 제갈량이 취할 수 있는 미래 준비였다. 또 자신의 죽음과 철수할 때 사마의의 추격까지도 예상했다. 뿐만 아니라 위연의 배반을 염두에 두고 비밀리에 계책을 준비해서 알려 주었다.

물론 제갈량도 예측 못한 많은 것이 있다. 유비가 형주를 바탕으로 일어나지만 그 형주가 바로 유비의 패착점이 되리라는 것이나, 삼국이 결국 사마(司馬)씨의 진(晉, 西晉)에 통일될 것은 제갈량도 예측하지 못했다.

오용의 경우 생신강을 호송하는 양지의 심사와 계모(計謀)를 예상하고 '지취(智取)'에 성공했다. 그러나 일이 어디에서 탄로가 날지 예상을 하지 못했다. 또 관군이 추격해올 것이라 예상했겠지만 대비가 없었고 양산박으로 도주할 경우를 예상한 사전준비도 없었다.

오용의 결정적 패착은 초안 이후를 전혀 예상하지 못했다는 점이다. 결국 송강 이하 자신을 포함한 108두령의 비극으로 양산 무대는 사라졌다.

결국 오용과 제갈량의 지혜의 혜안은 바둑에서 한두 수를 겨우 예상하는 아마추어 수준이 오용이었다면, 제갈량은 적어도 칠팔 수를 내다보는 프로기사의 수준이었다. 비록 소설이지만 그 지혜의 수준차는 아마추어 기사(棋士)와 국수(國手)의 차이만큼이나 뚜렷하다.

결론적으로『수호지』의 지다성 오용은 제갈량을 본뜬 모조품으로 출발했고, 그 능력은 별것이 아니지만 도호나 작호(綽號, 별명) 모두가 너무 과장되었다. 오용은 결코 지다성(智多星)도 아니고 가량(加亮) 선생일 수가 없었다.

물론『삼국지』나『수호전』에는 공통적인 병폐가 있다. 모든 지혜는 제갈량과 오용한테서만 나왔고 두 사람의 지혜는 모든 일을 해결할 수 있는 만능의 열쇠로 인식되었다. 제갈량과 오용 외의 다른 사람들은 그 계책대로 따라가면서 말 타고 달리면서 칼이나 창으로 공격만 하면 되었다.

이 세상에 제갈량과 오용 같은 인물이 많이 나온다면 좋을 것이다. 그러나 그렇게 뛰어난 사람한테서만 좋은 아이디어가 나오라는 법은 없다. 물론 과학이나 기술 분야에서 천재 한 사람이 십만 명, 백만 명을 먹여 살릴 수도 있는 21세기임에는 틀림없다. 때문에 한 사람의 천재도 중요하지만 그런 천재의 존재와 함께 보통사람들의 협력과 노력은 더욱 값진 것이다.

비록, 제갈량만큼 이야기 거리는 안 될지 모르지만, 한 사람의 머리보다 두세 사람이 아이디어를 짜낸다면 제갈량보다 더 나을 수도 있다는 사실을 분명히 인식해야 한다.

중국 사람들에게 제갈량은 아이디어 뱅크라고 할 수 있다. 그래서 어떤 일을 어렵게 겨우겨우 마무리를 해냈는데 좋은 아이디어가 떠올랐다면 '일이 끝난 뒤에 제갈량(事後諸葛亮)'이라는 말을 한다. 또한 비록 제갈량 같은 유능한 인재가 없더라도 보통사람이

힘을 합치면 일을 잘 할 수 있다는 뜻을 가진 속담이 있다. 곧,

　"한 사람의 가죽신 장인은 좋은 신발을 만들어내기 어렵다(一個 皮鞋匠 難出好鞋樣). 가죽신 장인이 두 사람이면 일이 있을 때 잘 의논한다(兩個皮鞋匠 有事好商量). 세 사람이면 제갈량보다 낫다(三個 皮鞋匠 勝過諸葛亮)."

■ 과연 지취(智取) 했는가?

　지다성 오용은 『수호전』에 등장하면서 교묘한 아이디어로 양중서의 생신강을 탈취하는 데에서 큰 역할을 한다. 그 생신강 십만관이 백성들의 고혈(膏血)이기에 그 탈취에 많은 사람들이 공감하면서 오용의 지혜에 감탄한다. 또 이 사건 이후 양산 취의(聚義)가 본격적으로 진행되고 양산무대가 제대로 열리기에 이 사건은 중요한 의미를 갖게 되고 오용의 명성과 지위는 확실해진다.

　그러나 한편으로 자세히 분석해보면 일의 사후처리가 그야말로 엉성하기 그지없는 사건이었다. 결과적으로 생신강 탈취는 실패했다. 곧바로 발각이 되었고, 범인들의 윤곽이 드러났다. 또한 탈취후 대책이 없었기에 조개는 관군에 포위된 상황에서 자기 집에 불을 지르고 양산박으로 피난해야 했다.

　생신강 사건은 그 시작부터 좀 엉성하다. 우선 대명부의 양중서는 그 전 해에도 호송에 실패했는데 이번 비밀 수송계획도 엉성하게 진행된다. 양지의 아이디어대로 비밀리에 객상(客商)처럼 분장

하여 자연스럽게 운송하겠다는 계획도 특별할 수 있다. 그러나 그 운송 작전이나 운송 사실이 알려졌다면 그 10만 관 생신강은 이미 양중서나 양지, 채태사의 것도 아니다. 기밀이 새어 나간 작전이 성공할 수 있는가?

또한 호송단에 칼을 쥐고 싸울 수 있는 사람은 양지 한 사람이고, 운송 무리 속에 있는 2명의 우후(虞侯)와 한 명의 늙은 도관(都官)은 공연히 양지하고 대립각이나 세웠지 아무 역할을 하지도 못했다.

만약, 양중서가 조금이라도 머리가 돌아갔으면 양지의 수송팀 이외에 별도의 호위 분대를 또 다른 상인 집단처럼 분장하여 비밀리에 일정 거리를 두고 따라가거나 앞서게 했을 것이다. 아니면 가는 도중에 수송하는 인부들을 중간 교체라도 하여 수송에 걸리는 기간이라도 줄였을 것이다.

조개나 오용 일행이 사람을 전혀 다치지 않고 생신강을 탈취한 것은 지혜를 바탕으로 한 성공작이었다고 말할 수 있다. 그러나 뺏는 입장에서 볼 때, 박도(朴刀) 한 자루를 들고 있는 양지를 무장해제 시키고 비무장의 짐꾼 10여 명을 제압하는 것은 아주 쉬운 일이었다.

생신강을 탈취하기로 작정한 사람들이 관군 하나둘을 죽이는 것은 아무 일도 아니었다. 나중에 보면 알겠지만 양산 무리는 생명을 존중하는 집단은 아니었다. 생사람을 죽여 인육으로 만두를 빚어 팔던 부부가 두령자리를 차지하는 집단이었다.

그리고 만약 생신강이 황니강을 통과할 때, 날이 그리 덥지 않았다면, 비가 많이 오는 지역은 아니더라도 그날따라 비라도 내렸다면, 또 양지가 끝까지 고집을 세워 술을 사먹지 않았다면 과연 쉽게 탈취할 수 있었을까?

물론 술을 사지 않을 수 없도록 고도의 심리전을 폈다지만 만일의 경우에 대비한 제1, 제2의 대비책은 꼭 있어야만 했는데 조개 일행은 그런 것이 없었다.

그리고 조개의 일행 7명이 황니강까지 가는 모습은 아예 '우리는 강도짓을 하러 갑니다' 라고 광고를 하는 격이었다. 개별 출발도 아니고, 분장도 따로따로 하지도 않았다. 한 주막에 같이 투숙하고, 기세 좋게 왔다가 나란히 분대 행진하듯 출발했다. 그들은 누가 보더라도 한 가족이 아니고 같은 장사패거리도 아니었다.

오용은 '우리들은 이씨이며 호주(濠州)에서 동경(東京)으로 대추를 팔러 갑니다' 라고 말했지만 그 말을 그대로 믿을 사람도 없었고, 심지어 조개를 알아보는 사람도 있었다. 사건 후 금방 범행 전모가 드러나게 행동했으니, 결국 오용의 지혜는 이런 정도의 수준이었다는 이야기이다.

그리고 애당초 백일서(白日鼠) 백승(白勝)은 처음부터 믿을 수가 없는 사람이었다. 그 백승을 황니강 주변에 그냥 남겨 두었다는 자체도 그렇다. 건달 백승이 돈푼이나 생겼으니 술집에서 건들거렸을 것은 당연하고, 관군에 끌려가서는 한두 방 얻어맞고서는 일의 전모를 통째로 불어버렸다.

조개가 백승을 무리의 일원으로 끼워 넣었다지만 오용은 그런 사람까지도 당연히 살폈어야 했고 또 사후에 백승을 데리고 가지 않은 실수도 따지고 보면 오용의 몫이다. 그리고 생신강을 탈취해 한 몫을 챙겼다면 당장 먼 곳 어디엔가 숨어버리거나 이동했어야

오용 245

하는데 오용은 그런 아이디어도 없었다.

그렇다면 오용은 무엇을 가지고 '지혜롭게 취했다(智取)'고 하는가? 그간 수백 년 동안 『수호전』을 읽은 그 많은 사람들은 어떻게 생각했을까?

그러고 보면 그 전 해에 양중서의 생신강을 탈취한 사람들이 조개와 오용의 무리보다 훨씬 뛰어난 사람들이다. 그 사라들은 1년이 지나도록 사건의 전말조차 미궁에 쌓인 채 범인도 안 잡히고 있다니 그야말로 대단하지 않은가!

여하튼 양중서의 10만 관 생신강을 탈취한 것은 분명 통쾌한 일이다. 그런데 그 10만 관의 재물은 그 다음에 어떻게 쓰였는가? 양산 사업의 군자금으로 쓰이고 양산 대군의 무기와 병참 물자 준비에 쓰였을 것이지만 그 10만 관의 주인은 누구이고 그것을 어떻게 활용할 계획조차 없었다. 그렇다면 불의의 재물을 빼앗은 것만으로 의로운 일을 했다고 자부할

⬆ 완씨 삼형제와 만나는 오용

수 있는가?

『수호전』 16회, '양지압송금은담(楊志押送金銀擔) 오용지취생신강(吳用智取生辰綱)'의 제목을 보다시피 생신강 탈취의 주역으로 오용을 꼽은 것은 오용이 낸 아이디어가 빛났기 때문이다.

이후 조개의 일당이 양산박을 접수하고, 오용은 누구보다도 중요한 위치에서 자신의 위신을 세울 수 있었다.

오용은 양산박에서도 학구적인 모습을 잃지 않았다. 그 점은 높이 평가를 해 줘야 한다.

나중에 양산 대군이 송강을 구하러 강주(江州)로 이동할 때, 갖가지 서로 다른 신분과 모습으로 변장을 하고 개별적으로 강주에 모여들어 송강을 사형 집행장에서 빼내었다. 물론 이런 작전에서 오용은 중요한 역할을 성공적으로 잘 수행했다. 이는 생신강 탈취작전에서 미흡했던 부분을 잘 보완했다는 결과라고 볼 수 있다.

양산박에서 오용의 별칭이나 능력은 분명 과장되었지만, 양산 두령 중에 무예에 통한 사나이는 많아도 글줄을 읽은 사람이 거의 없어 오용의 역할을 승계할 사람이 없었다. 때문에 오용은 여전히 제3의 자리를 차지하고 군사(軍師)로서의 소임을 다 할 수 있었다.

■ 오용의 실수 세 번

『삼국지』에 묘사된 제갈량은 지혜의 화신이다.

중국인들은 툭하면 자신들을 '황제(黃帝)의 후손'이라고 지칭한다. '황제의 후손으로 누가 제갈량을 모르겠는가? 제갈량은 그야말로 만고제일(萬古第一)'이라고 추켜세운다. 그러나 『삼국지』의 제갈량은 인간이기보다는 거의 신(神)에 가까운 슈퍼맨이다.

이를 두고 루신(魯迅 1881~1936)은 '제갈량이 지혜가 많다는 것을 강조하다 보니 요(妖, 妖怪)에 가깝다'고 하였다. 중국 고대소설의 인물 묘사는 이상화(理想化)와 신격화(神格化)가 늘 뒤섞이는데 제갈량의 경우는 좀 심한 편이다.

『수호전』의 작가는 지다성(智多星) 오용(吳用)의 지모(智謀)를 특별히 강조하면서도 제갈량과 같은 신비주의적 초능력을 말하지는 않았다. 말하자면 철저히 현실생활과 관련한 지혜를 묘사했다. 또한 인간이기에 지다성 오용의 지혜는 좀 부족한 점도 있고, 착오로 인한 실패도 있었다. 아마도 이런 점이 등장인물의 리얼리티를 살리는데 도움을 주었고, 이 점은 『수호전』의 패필(敗筆, 결점)이 아니라 그 정반대로 성공한 부분이라고 할 수 있다.

그렇다면 오용에게 어떤 실수가 있었는가?

첫째로, 오용은 개인 서신을 잘 위조하였으나 필요 없는 도장(圖章)까지 파고 찍어 보냄으로써 송강과 대종(戴宗)을 거의 죽음으로 내몰았다. 이는 오용이 너무 깊이 생각하고 챙긴 것이 오히려 화근이 된 것이다. 이는 '지혜로운 자의 천 번 생각에도 꼭 실수가 있다(智者千慮 必有一失)'는 중국 속담 그대로다.

송강이 강주로 귀양을 가 생활할 때 술에 취해 심양루(潯陽樓)에 자신의 울분을 토로한 시(詩) 한 수를 써 놓는다. 그러나 송강의 시는 강주통판 황문병의 모함을 받게 된다. 황문병은 강주의 행정 책임자(知府)인 채구(蔡九)에게 이를 보고한다. 채구는 송강을 잡아

문초하고, 관련 문건을 작성한 뒤, 대종(戴宗)에게 동경(東京) 태사부(太師府)로 가서 자신의 부친에게 생신예물과 함께 전하라고 보낸다. 대종은 강주의 아전으로 하루에 8백 리를 달릴 수 있다하여 신행태보(神行太保)라 불리는 사람이었다.

오용은 송강을 구출하기 위하여 동경의 채태사가 아들 채구에게 보내는 가서(家書)를 위조하지만 마치 사족(蛇足)을 달듯 위조한 직인을 찍어 보낸다. 이로 인해 결국 서신이 위조임이 밝혀지고 송강과 대종은 사형장에 서게 된다.

대종이 양산박에서 출발한 이후 실수를 깨닫게 된 오용은 신속하게 후속조치를 취하고, 양산의 사나이들이 강주의 사형장을 겁탈하여 회자수(劊子手, 망나니)의 칼에서 송강과 대종을 구출한다.

이러한 오용의 실수는 너무 꼼꼼하게 챙기다보니 일어난 실수였다.

둘째로, 송강의 주장을 따르느라 군사(軍師)로서의 직책을 제대로 수행하지 못했다.

송강은 108두령의 자리배치를 완료한 다음, 중양절(重陽節, 음력 9월 9일)에 양산박 중흥기념 겸 새로운 다짐을 위하여 국화지회(菊花之會)라고 부르는 육산주해(肉山酒海)의 큰 잔치를 벌인다.

그날 술에 취한 송강은 만강홍(滿江紅)이라는 가락에 맞춰 혼자 노래를 부르는데, 그 노래는 '황제께서 초안의 조서를 빨리 내려주신다면 마음이 흡족하겠노라!(望天王降詔早招安, 心方足)'로 끝난다. 이에 무송이 소리를 지르고 이규가 탁자를 걷어차 부수며 초안에 반대한다.

송강은 술기운도 있지만 제1두령의 직권으로, "저 시커먼 놈이 어찌 이리 무례한가(這黑廝怎敢如此無禮)! 당장 끌고 가 참수한 뒤 보고하라!"고 소리를 지른다.

이 초안 문제는 수령인 송강과 많은 두령간의 의견대립이며 양산의 진로가 걸린 민감한 문제였다. 이런 상황에서 오용은 이쪽저쪽도 아닌 어정쩡한 태도를 취한다.

"이규가 술 취해서 그런 것이니 너무 마음에 두지 마십시오!" 하면서 일단 얼버무린다.

뒷날 진(陳)태위가 황제의 조서를 가지고 양산에 왔을 때, 오용은 완소칠(阮小七) 등을 시켜 어주(御酒)를 바꿔치기 하여 여러 두령들의 초안에 대한 불만을 격발시킨다.

그렇다고 오용이 초안에 대하여 근본적으로 반대를 한 것은 아니었다. 오용은 지금으로서는 초안을 받아들일 여건이 성숙되지 않았다는 생각에서 반대 입장을 어정쩡하게 밝히는, 말하자면 조건부 초안파에 속했다.

송강은 자신의 초안 의지를 실천하기 위해 오용의 책략을 채택한다. 송강은 양산 대군으로 하여금 동관(童貫)의 군사를 격파하고, 고구를 생포하며 관군의 포위작전을 수포로 돌린다.

결국 조정에서도 양산군의 초안을 다시 논의하게 되며 결국 송강은 자기의 초안 주장을 오용의 방책에 의거 마침내 실현하게 된다.

뒷날, 요나라를 원정하고서도 아무런 보상이 없자 이준(李俊)·장횡(張橫)·장순(張順) 등 6명의 수군 두령들이 송강을 제쳐 놓고 오용에게 '무리를 이끌고,' '이곳 장수들을 죽이고,' '다시 양산박으로 돌아가자'고 요구한다. 그러나 오용은 그저 송강의 참모일 뿐 독자적인 깃발을 들지 않았다.

오히려 오용은 그들에게 찬물을 끼얹듯 말한다.

"송공명(宋公明, 송강) 형께서 결코 수긍하지 않을 것이니 자네들은 헛수고 하는 것이네. 화살촉이 나가질 않으면 화살대만 부러지네!(箭頭不發, 努折箭桿). 자고로 뱀은 대가리가 없으면 나가질 못하는 법(自古蛇無頭而不行), 내가 어찌 내 주장을 하겠는가?(我如何敢自主張) 그런 일은 형님이 인정할 때만 가능한 일이야!"(110회)

오용은 군사로서 초안의 결과가 아주 나쁘다는 것을 알면서도 막지를 않았고, 초안을 추진한 지난날의 과오를 바로잡을 생각을 하지 못했다. 후에 송강이 죽은 뒤, 오용은 송강의 무덤 앞에서 목매어 생을 마감한다. 결국 송강의 참모로서 충성을 다했지만 양산 대군의 방향 조절의 한 부분을 책임진 군사(軍師)로서의 직무는 실패한 셈이다.

오용의 이런 실수는 결국 그의 연약한 성격 탓이라 생각된다. 결국 어떤 사업이나 목적을 추진하는 과정에서 리더의 자질과 참모의 자질은 사람에 따라 다를 것이다.

셋째로, 오용은 송나라를 버리고 거란족의 요(遼)나라로 가자는 의견을 제시한다. 비록 송강의 뜻에 따라 실행되지는 않았지만 조국을 버리려 했다는 비난을 받아야만 할 것이다.

요나라를 원정하는 과정에서 양산 대군은 불리한 상황에 처할 때가 많았다. 요나라에서는 구양(歐陽) 시랑의 '항복을 유도하는 계책(誘降計)'을 채용하여 송강에게 금은 비단과 명마 108필을 보내면서 입장을 바꿔 설명하듯 송강을 설득했다.

그 요점은 이러했다.

"지금 송나라는 썩을 대로 썩었고, 매관매직과 뇌물에 따라 벼슬자리가 왔다갔다 한다. 강남이나 산동, 하북 지역에서 도적떼가 설쳐대고 민생은 도탄에 빠져 있다. 지금 송 장군께서 십만 대군을 거느리고 오직 충성심으로 선봉에 서서 싸우지만 아직 아무런 벼슬도 없을 뿐더러, 여러 두령 또한 이 황량한 사막에서 고생을 하지만 모두 아무런 직위도 없다. 조정에서는 채경·동관·양진·고구 등 적신(賊臣)이 국정을 요리한다. 설령 나중에 큰 공을 세워 돌아가도 결국 범죄자일 뿐이다."

그러면서 구양은, "요나라에서는 장군에게 대장군을 제수할 것이며 병마 지휘권을 부여할 것"이라며 송강을 설득한다. 송강은 즉석에서 확답을 하지 않고 구양을 돌려보낸다.

송강이 오용을 불러 이런 내용을 상의하자 오용은, "구양 시랑이 말한 모두가 일리 있는 이야기"라며 송강에게, "송을 버리고 요에 가기(棄宋從遼)"를 주장한다.

비록 소설이긴 하지만 오용의 주장은 중국 사람들에게 크게 비난받을 만한 일이다.

북송 이전에도 중국은 북방 유목민족 때문에 많은 시달림을 받아왔다. 한(漢)나라 때 흉노족이 그러했고, 5호16국의 혼란 시대, 또 송나라에서는 거란족, 남송에서는 여진족의 금(金), 이후 몽고족의 원(元), 그리고 여진족인 청(淸)의 지배를 받아왔다.

문화적인 자부심과 자존심 곧 중화사상(中華思想)을 갖고 있는 중국인들에게 '조국을 버리고 북방 민족에 귀순한다'는 것은 생각도 못할 일이었다. 오용의 그런 주장은 현실적으로는 그럴 수도 있다고 인정하더라도 온갖 비난을 받아야 할 언행임에 틀림없다.

오용이 볼 때, 송나라의 정치 현실은 썩을 만큼 충분히 썩은 상태이며 자체적으로 그러한 간신적자(奸臣賊子)들을 제거할 능력도 없고 그런 것을 기대할 수도 없는 상황이었다. 설령 송강의 순수한 충성심으로 원정을 성공적으로 끝낸다 하여도 아무런 희망을 가질 수 없는 것은 사실이었다.

그 이전 이규 등이 조정의 간신적자들을 제거하고 백성의 울분을 풀어주자고 할 때 오용은 아무 주장이나 의견도 없이 송강을 따라왔다. 오용은 전후좌우 어느 쪽으로도 나가질 못하는 진퇴유곡의 상황에서 망설이고 주춤거렸다.

송강처럼 초지일관 충의(忠義)만을 고집하지도 못하고, 그렇다고 주먹을 불끈 쥐고 뛰쳐나오지도 못하고, 고생 속에 우물쭈물하면서 자기 모순에서 헤어나질 못했다.

그런 상황에서 송강이 '송나라를 절대 버릴 수가 없다'고 방침을 정하자 오용은 순순히 따른다. 오용의 '송을 버리고 요에 가기(棄宋從遼)' 주장은 기회주의자나 결단력이 없는, 우유부단한 지식분자가 범할 수 있는 오류이며 실수라고 할 수 있다.

'수재의 반란은 3년이 되어도 성공 못한다(秀才造反 三年不成).'라는 중국인의 속담은 바로 이런 경우에 적합한 말이다. 문사(文士)는 참모로서는 적합하지만 그 자신 패거리의 우두머리가 될 수 없는 천성이 있는 모양이다.

한 고조 유방의 참모 소하(蕭何)가 그러했고, 유비의 참모 제갈량은 끝까지 충성된 신하의 길만을 생각했다. 명나라 태조 주원장의

오용 253

제일 참모 유기(劉基)도 주원장 아래에서 참모로 만족하고 주원장
이 천하를 차지할 수 있도록 참모로서의 소임을 다했을 뿐 그 이상
의 행동은 없었다.

5. 공손승 : 정체 불명의 도사

공손승(公孫勝)은 8척 신장의 당당한 체구에 팔자(八字) 모양의
눈썹과 살구(杏子) 같은 눈을 가진
도사로 도호는 일청 선생(一淸先生)
이며 나진인(羅眞人)의 제자로 비바
람을 불러올 수 있고 안개와 구름을
만들어낼 수 있기에 입운룡(入雲龍)
이라는 별명이 붙었다.

■ 억지로 만든 도사

이런 초능력을 가진 공손승이 어
디서 얻은 정보인지는 모르지만 북
경 대명부의 양중서가 십만 관 생신

↑ 도사 공손승

강을 동경으로 보낼 것이니 이를 탈취하자는 제의를 하러 운성현으로 조개를 찾아온다.

⬆ 공손승이 조개를 찾아오다

사실 그런 귀한 정보를 얻었다면, 또 그런 재물을 강탈해도 된다는 신념을 가졌다면 자신의 능력으로 탈취하면 될 것을 굳이 일면식도 없는 조개를 찾아온다는 구도 설정을 쉽게 이해할 수 없다. 공손승은 "당연히 취할 것을 취하지 않고서 나중에 후회하지 말라(當取不取 過後莫悔)"는 속담을 인용하면서 탈취해야 한다는 뜻을 강력히 주장한다.(15회)

그러나, 공손승은 막상 생신강을 탈취하는데 아무런 역할도 하지 못한다. 아마 적발귀 유당(劉唐)과 함께 그냥 수레를 끌고 밀며 갔을 것이다. 그렇다면 공손승은 부정한 재물을 강탈하는 것이 정의라는 생각에서 취한 행동일까? 아니면 그만한 재물을 탈취한 뒤 자신의 몫을 받아 챙길 의도가 있었는가? 애매모호하기 짝이 없다.

또 생신강을 탈취한 뒤 다른 곳으로 피신하지도 않고 그렇다고 관군이 조개의 집을 포위했을 때도 아무런 액션을 취하지 않았으며 일행이 양산에 들어갈 때도 행동을 같이 했다.

양산 사나이들이 강주의 사형장을 급습하여 송강을 구출한 뒤, 공손승은 모친을 모셔야 하고 스승인 나진인한테 도술을 더 배워야 한다며 양산을 떠난다. 공손승은 양산을 떠날 때 자기 몫의 재물을 갖고 가지도 않았다. 말하자면 재물에는 초연한 도사였다. 공손승이 양산을 떠난 뒤 기일이 되어도 돌아오지 않은 것은 그런 일면을 입증한다.

그 뒤 송강이 사진을 보내 망탕산(芒碭山)을 공격할 때 혼세마왕(混世魔王) 번서(樊瑞)의 요사한 술법에 걸려 애를 먹었지만 공손승이 송강 진영에 와서 팔진도로 격파하고 번서를 항복시키기도 한다.

이후 70회까지는 별다른 활동이 없다. 작가는 아마도 양산 대군의 결집이나 관군 격파까지는 양산의 순수자체 능력으로 해결이 가능하므로 공손승을 내세우지 않았겠지만, 이민족 요(遼)나라 원정에서는 공손승이 없이는 양산 대군의 승리는 불가능하다는 구도를 상정하고 있는 것 같다.

북송 때에 거란족은 몽골 지방을 중심으로 대제국 요(遼)을 건설하였는데 남쪽으로는 현재의 북경지방(연운 16주) 일부를 차지하고 송나라와 상호 대등한 조약을 체결했다. 이에 송과 요는 상대국을 각각 대송(大宋) 대요(大遼)라고 공식적으로 호칭했다. 이런 요나라를 송강이 격파하고 — 물론 108두령의 손실도 없이 — 항복을 받아내는 조약을 체결하고 귀환한다는 기분 좋은 내용으로 소설이

엮어진다.

이 대요 정벌에서 입운룡 공손승의 활약은 아주 눈부시다. 도술로 비를 뿌리고 천지를 어둠으로 감싸기도 하는데 이런 도술은 결코 사악한 마법이 아니며, 득도한 도사에 의한 최고의 초능력으로 인식되었다.

대요의 군사 기지인 유주(幽州, 지금의 북경)를 공격하는데 대요국의 부통군(副統軍) 하중보(賀重寶)가 마법을 시행한다. 이에 공손승도 마법의 주문을 외며 "빨리!(疾 jí)"라고 외치자 상대방의 마법이 무너졌다. 그러나 상황을 점검해보니 노준의 등 13명 장수와 5,000명 부대가 사라졌는데 이들은 출구가 없다시피한 골짜기에 갇혀 있었다. 그런데 사냥꾼 출신인 해진 해보 형제가 이들의 소재를 파악함으로써 공손승이 구출하기도 한다.

대요의 하중보가 송강군에 의해 전사하자 다시 정통군 올안광(兀顔光)과 그 아들 올안연수(兀顔延壽)가 송군과 격돌한다. 개전 초기에는 송강군이 대패하지만 송강은 구천현녀로부터 적진을 격파할 비법을 배우고 이어 공손승의 도술로 대승을 거둔다. 공손승은 송강군이 위기에 처할 때마다 아주 적절한 신통력을 발휘하여 송강군의 승리를 이끌었다.

초안 이후의 이야기는 양산 대군이 대요 정벌에 이어 하북의 전호(田虎)의 반란과 왕경(王慶)의 난 평정, 그리고 방랍의 난을 평정하는 등 4차례의 전쟁 구도로 짜였는데, 공손승은 전호의 반란 평정 과정에서 파문당한 사형(師兄) 교도청(喬道淸)을 만나 대결하게 되고, 처음에는 연패하다가 나중에 스승 나진인의 도움으로 겨우 성공할 수 있었다.

나중에 공손승은 스승 나진인 밑에서 도를 닦고 노모를 모시고 살고 싶어 다시 산속으로 가야 한다면서 송강과 헤어진다. 공손승은 이후 방랍의 반란 평정에도 참여하지 않는데 이 때문에 많은 두령들이 방랍의 반란군과 싸우는 과정에서 무더기로 전사하거나 병사한다. 결국 양산 두령의 다수가 전사하는 쪽으로 구성하기 위해서는 공손승의 퇴장이 꼭 필요했을 것이다.

그리고 송강군의 세 번째 상대인 왕경의 군대에는 마령(馬靈)이라는 도술사가 있고, 방랍의 군대에는 포도을(包道乙)과 정마군(鄭魔君)과 같은 술사가 있어 송강군을 괴롭혔다.

사실 이런 내용이 성인의 소설인 수호전에 들어 있다는 사실이 작품의 현실성을 떨어뜨리는 것이지만, 그 시대에는 그런 내용에 많은 사람들이 공감하고 있었다는 반증이기도 한다.

실제로 휘종 다음 흠종 때 곽경(郭京)이라는 사람은 자신이 육갑병(六甲兵)의 도술로 금(金)나라의 군대를 격퇴시키겠다면서 군대를 지휘하다가 대패했다는 역사적 기록도 있다.

6. 임충 : 비극의 극한에 서다

임충(林沖)은 양산박 서열 6위의 마군(馬軍) 오호장(五虎將)의 한 사람으로 양산 두령 중에서도 유명하다. 양산에 들어가기 전, 그는 수도 동경의 팔십만 금군(禁軍)의 창봉교두(槍棒敎頭)였다. 여기서 80만은 임충이 가르쳐야 할 인원이 아닌 금군의 총인원수이고 교두는 요즈음으로 치면 부사관급에 해당하는 낮은 직위였다.

임충은 아름답고 온유한 아내 장씨와 행복했지만, 어느

날 아내가 건달에게 희롱을 당하면서 모든 행복은 깨어지고 그의
비극은 시작된다.

▣ 인고의 가운데에 서다

임충은 처음 아내가 희롱당한다는 말을 듣고 상대를 박살내려고
달려갔지만, 상대가 태위 고구의 양아들 고아내(高衙內)인 사실을
아는 순간 팔에 힘이 빠졌다. 고구의 양아들(원문은 高太尉의 螟蛉之
子 高衙內로 나온다. 명령螟蛉은 애벌레란 뜻, 양자를 乾兒子라고도 부
른다) 고아내는 7회에 처음으로 등장하여 임충 아내의 길을 막고
희롱하려 했다.

여기까지는 보통 귀족 자제들의 일반적 행태와 별로 다르지 않
다. 밝은 대낮에 부녀를 희롱하려 했으나 실패하면 슬며시 그만두
면 되는 일이었다.

귀족관료 자제들을 특별히 아내(衙內)라 호칭했는데, 이들은 열
심히 공부를 할 필요도 없었고 생산 활동에도 종사하지 않았다. 오
직 먹고 마시며 놀면서 여인이나 밝히고 희롱하는 일에만 전념했
다. 아내를 화화태세(花花太歲)라고도 불렀는데 태세는 '흉악한 귀
신'을 뜻한다.

임충은 자신이 팔십만 금군의 교두라는 자존심을 지켜 고아내와
육겸(陸謙)을 처치하고 아내와 함께 먼 곳으로 숨는다는 것을 생각
할 수 없었다. 그저 재수가 없어 그런 일을 당했다 생각하며 다시

는 그런 불운이 없기를 바라는 현실적인 생각의 소유자였다.

『수호전』의 작자는 소설 속 인물들의 외모나 언행은 물론 내심의 미묘한 작용까지도 섬세하게 들여다보았다. 임충은 노지심과 달랐다. 노지심이야 어딜 가든 툭툭 털고 일어서면 그뿐이었다. 그러나 임충은 아름다운 아내, 행복한 가정, 다른 사람들의 존경을 받는 사회적 지위와 명망 — 이런 모든 것을 하루아침에 버릴 수 없었다. 고태위와의 불화나 충돌보다는 차라리 자신의 분노를 가라앉히고 스스로 참는 인내를 택했다.

노지심이 임충을 도우려 달려왔을 때, 임충은 분노를 가라앉히며 말한다.

"자고로 벼슬이 무서운 것이 아니라 그 권력이 무서운 것이다(不怕官 只怕管)."

그러나 노지심은 달랐다.

"자네야 그가 본관 태위라고 겁내지만(你却怕他本官太尉), 나야 그 좆 같은 놈을 두려워하겠나(酒家怕他甚鳥)?"

이렇듯 임충은 스스로 참고 또 참으며 물러났지만 고아내는 그렇지 않았다. 고아내는 상대가 팔십만 금군의 창봉교두 임충의 부인인 줄을 알고서도 단념을 하지 않았다.

세상에 여자는 많지만 한번 마음이 동했던 여인을 왜 못 차지하는가만 생각했다. 아무리 무예가 뛰어난 교두라 할지라도 '일단 빼앗은 다음에 그가 어찌 복수할 수 있겠는가?' 라고 생각했을 것이다. 그러니 고아내는 아첨꾼 소인배인 부안(富安)의 말대로 임충의 친우인 육겸(陸謙)을 매수한다. 육겸이 임충을 찾아가 불러냈고, 고아내는 육겸의 집으로 임충의 부인을 유인하여 다시 한 번

추행을 시도하지만 실패한다. 임충은 아내를 구출한 뒤 칼을 품고
육겸을 찾아 헤매지만 육겸을 찾아 복수하지는 못했다.

임충은 왜 주범인 고아내를 찾아 복수할 생각을 못했는가? 그것
은 바로 임충이 처한 현실이었다. 고아내를 손보는 것은 곧 밥줄을
잃는 것이다. 임충은 될 수 있으면 태위와의 충돌을 피하려 했다.

고태위는 양아들이 임충의 아내를 차지하지 못해 병이 난 사실
을 알았다. 상식적으로 생각할 때 이런 경우, 고태위는 아들을 엄
히 꾸짖어 바른 길로 가르쳐야 했다. 그것은 인간으로서 당연한 도
리이다. 아니면 아들을 결혼시키는 것도 하나의 해결 방법이었을
것이다.

그러나 천하의 병권을 장악한 고태위는 생각이 달랐다. 제 아들
이 이루지 못한 추잡한 욕망을 채워주기 위하여 고태위는 더 비열
한 음모를 꾸몄다. 심복을 시켜 좋은 칼을 임충에게 팔게 하고, 모
르는 척 임충에게 새로 산 좋은 칼을 보여달라며 태위부로 임충을
유인한다.

임충이 명을 받고 칼을 지닌 채 하인의 안내를 받아 백호당(白虎
堂)에 들어섰다. 임충이 아차하고 몸을 돌렸을 때는 이미 함정에
빠진 뒤였다. 임충은 '상관을 척살하려 도모했다(謀刺本官)'는 죄
명으로 개봉부에 이송되었다. 임충은 태위 고구에게 아무런 저항
도 할 수 없었다.

개봉부윤도 임충이 억울한 누명을 뒤집어썼다는 것을 알았지만
고태위의 '처벌을 바란다(仰定罪)'는 뜻을 알고 있기에 어쩔 수 없
었다. 이에 임충의 억울함을 풀어주려던 개봉부의 하급관리 손정
(孫定)은 하늘을 보며 "이 개봉부는 조정의 것이 아니라 고태위의

소유가 되었다(不是朝廷的 是高太尉家的)."며 장탄식을 한다.

손정은 개봉부윤에게 항변했지만 죄를 지은 사람은 고아내가 아닌 임충이었다. 개봉부윤은 임충을 사형에 처하지는 않고 장 20대를 때려 먼 곳에 유배형으로 결정을 내렸다.

고태위는 자신의 지위와 권세를 이용하여 양아들의 파렴치한 행위를 더욱 권장했고 성실한 임충의 단란한 가정을 깨뜨렸다. 고아내는 양아버지의 권세아래 자신의 욕망은 무엇이든 아버지가 채워줄 수 있다는 믿음이 있었기에 인륜에 어긋나는 짓을 저지르고도 아무런 가책도 없었다.

그리고 개봉부는 태위의 관할에 있기에 개봉부윤도 태위의 뜻을 어길 수 없다는 현실을 고아내는 알고 있었을 것이다. 또한 임충이 무예가 출중하고 또 아무리 억울하더라도 권력도 세력도 없기에 태위에게 대항할 수 없다는 것도 또한 잘 알고 있었다.

개봉부의 모두가 고구 부자가 천리(天理)를 손상케 했고 임충은 억울하다는 것을 다 알지만 법은 그대로 집행되었다. 고아내는 법위에서 자유로웠고, 임충은 창주의 뇌성이란 곳으로 떠나야 했다. 임충은 떠나면서 아내에게 이혼 서류(休書)를 써주고 이별한다.

임충이 장인 장교두와 아내에게 합의이혼 서류를 써 준 것은 '자신의 생사가 어찌 될지 알 수 없기에' 또 '아내의 청춘을 그르칠 수 없다' 는 이유 때문이었지만, 이는 아내 장씨의 보호막을 임충 스스로 없애 버린 것이다. 아내 장씨는 고아내의 음험한 마수에 저항할 유일한 보호막 — 남편이 있는 아내 — 도 없이 수절해야만 했다. 임충의 양보와 인내는 결국 장씨에게는 새로운 비극과 고통의 시작일 뿐이었다.

그렇다고 장씨에 대한 마수를 거둘 고아내는 아니었다. 고아내의 핍박을 받은 장씨는 자살할 수밖에 없었다. 뒷날 양산박에 정착한 임충은 이 사실을 알고 비오듯 눈물을 흘렸고 단란한 가정을 그리던 마음을 정리했다. 그리고 임충은 양산박에서 평생을 독신으로 지낸다.

태위 고구와 고아내의 박해 음모는 여기서 끝나지 않았다. 임충을 호

🔼 아내와 이별하는 임충

송하는 동초와 설패는 고태위의 당부 그대로 임충을 학대한다. 그러나 야저림(野猪林)에서 흉수를 뻗쳐올 때까지도, 노지심이 나타나지 않았더라면 목숨을 잃었을 그 상황에서도 임충은 애써 참고 참아 언젠가는 돌아간다는 막연한 기대를 버리지 않았다. 그 자리에서 호송인을 죽여 버리고 노지심과 함께 어디론가 숨는 것이 정답이었지만, 임충은 두 사람을 살려 주고 창주에 도착하여 죄수 생활을 다 수용한다. 그렇다고 임충의 시련이 거기서 끝난 것은 아니었다.

창주의 초료장에서도 임충은 복수를 꿈꾸지 않는다. 착하고 선

량하게 죄수로서의 임무를 수행하며, 언젠가 다시 누릴 수 있는 행복한 날이 오리라면서 인내하고 또 인내한다.

임충은 동경에서 온 이상한 사람들이 있다는 말을 듣고 직감으로 육겸을 의심하지만 아직은 아니었다. 백설이 휘날리는 한밤 — 초료장이 불길에 휩싸이고, 다행히 낡은 사당 안에 피신했던 임충은 밖에서 들리는 육겸과 두 사람의 이야기에 그때서야 모든 음모의 내막을 파악하게 된다. 임충은 더 이상 인내할 수 없었다. 그리하여 임충이 참고 참아온 인내의 끝은 결국 그들을 죽이고 양산행으로 귀결되었다.

■ 쌓이는 분노와 복수

양산의 사나이들은 산에 오르기 전에 나름대로 온갖 풍상과 시험을 거친다.

그들은 사회 곳곳에 널려 있는 온갖 올가미에 걸려 상처를 입었고 더 이상 어쩔 수 없는 극한 상황에 처했었기에 정직하고 선량한 사람도 압제에 항거하여 분기(奮起)했다. 그러다 보니 소설에는 복수와 살인에 관한 이야기가 많다. 주인공들이 처한 상황 제시와 함께 살인을 할 수밖에 없었던 상황 설명과 복수 과정에 대한 상세한 서술이 이어진다.

임충이 복수해야 할 인물은 당연히 고태위 부자였다. 그러나 고태위나 고아내에 관한 복수 시도가 없었다. 대신 임충의 분노는 육겸(陸謙)에 대한 복수로 끝이 난다.

고구가 태위의 직분으로 대군을 거느리고 양산박을 평정하러 왔다가 생포되어 양산박 충의당에 오른다. 고태위는 상좌에 앉고 송강 이하 모든 두령들이 그 앞에 엎드려 인사를 올린다.

이 장면에서 임충에 대한 언급이 없다. 곧 임충도 다른 두령들과 함께 그 앞에 꿇어 엎드렸다는 뜻이다. 고태위의 배경에는 황제권이라는 어마어마한 실체가 있고 고태위의 권세는 임충도 도저히 어떻게 건드릴 수 없었다는 뜻일 것이다.

육겸은 우후(虞侯, 수행원)라는 하급 무관으로 임충의 친구였다. 그러나 육겸은 우정을 배신하고 한 걸음 더 나아가 고아내의 앞잡이가 되어 임충의 가정을 파탄내고 친구를 죽이려 임충의 뒤를 밟았다. 육겸이 어떻게 고아내의 앞잡이가 되었는지 상세한 설명은 없지만, 육겸은 호랑이를 위하여 호랑이를 안내한다는 귀신 곧 창귀(倀鬼)가 되었다. 이를 위호작창(爲虎作倀)이라고 한다. 곧 호랑이에 잡혀 먹은 사람의 영혼이 창귀가 되어 호랑이의 앞잡이가 되어 나쁜 짓을 한다는 뜻이다.

친구를 팔아 영화를 얻으려 하는 매우구영(賣友求榮)의 비열한 행위를 한 육겸에게 임충의 분노가 옮겨가는 것은 당연한 결과였다. 임충은 육겸을 죽이려 칼을 품고 육겸을 찾아다녔지만 고태위 집에 숨어 있는 육겸을 찾아낼 수가 없었다. 그리고 창주(滄州)로 귀양을 온 뒤에 음식점 점원으로부터 동경에서 온 이상한 사람들이 돌아다닌다는 이야기를 듣고서 닷새 동안 찾아다녔지만 허사였다.

그리고 마지막으로 눈이 내리는 추운 겨울날 밤, 육겸과 부안(富安)과 또 한 사람이 초료장에 불을 지른다. 그들은 낡은 사당 안에 임충이 있는 줄도 모르고 불타는 초료장을 바라보며 이야기를 나눈다. '이제 임충을 죽였으니 동경에 가서 보고를 하면 상금을 받고 승진할 것'이라는 이야기를 임충은 모두 듣는다. 당연히 임충의 분노가 폭발하고 활극은 세 사람의 죽음으로 끝난다.

임충의 이야기는 소설의 특별한 구성에 의해 점점 심도가 깊어간다.

평온한 임충의 가정이 파탄에 이르고, 이야기의 전개와 함께 임충의 울분은 차곡차곡 쌓여간다. 임충이 겪는 역경은 동경에서 창주로 다시 초료장으로 이어진다. 임충은 참고 참지만 다름 아닌 옛날의 친구가 자신을 죽이려 적극적인 비행을 계속하자 그의 인내는 한계에 이르고 그 분노의 끝은 살인과 양산박을 찾아가는 길로 이어진다.

이런 상황에서 임충의 살인은 단순한 살인이 아니다. 울분 — 쌓이고 쌓인 분노는 마침내 화산처럼 폭발하며 독자들은 시원한 카타르시스(catharsis)를 느낀다. 독자들은 임충과 똑같은 분노를 겪다가 임충이 육겸을 죽이는 순간, 분노도 함께 발산이 되면서 임충과 똑같은 마음으로 양산박을 향할 수밖에 없었다. 이점에서 임충은 소설 속에서 비극의 주인공이었다.

임충이 당한 핍박은 매우 사실적이며 특별했고 한 사나이로서 겪을 수 있는 최대의 핍박이었다. 그러면서 임충의 생각은 조금씩, 사람들의 생각과 정리에 맞게 변화한다. 그리하여 뒷날 양산박에서 임충은 동경에서의 임충과 완전히 다른 사람이 된다.

고태위의 음모와 핍박은 아주 집요하게 임충에게 밀려온다. 임충은 그때마다 물러서고 인내하지만 결국은 인내의 한계점에서 저항할 수밖에 없다는 필연적 논리를 전개하게 해준다. 실제 역사책이나 소설에서 박해를 받는 충신이나 지사는 많았지만 그들은 현실적으로 제대로 저항 한 번 하지 못하고 인내하며 구차스럽게 생을 마치는 경우가 많았다.

임충도 처음에는 스스로 참으면서 더 이상의 충돌이 없기를 원했었다. 그러나 그런 인내가 최선은 아니며 적극적인 저항도 필요하다는 인식을 실제로 체득한 임충이었다.

7. 양지 : 날아가 버린 꿈

『수호전』은 정상 생활의 궤도에서 이탈한 사람들의 이야기이다.
고기를 잡을 수 없는 어부, 뛰어난 무예를 가지고도 교관에서 쫓
겨난 사람, 학문이 깊어도 가르칠 수 없는 사람들의 이야기, 그리
고 유능하면서도 그 뜻을 펴지 못하고 핍박받는 사람, 음흉한 술수
로 선량한 사람을 괴롭히는 무리들 ─ 각양각색의 사람들이 나름
대로의 삶을 살아가는 이야기가 전개된다. 그렇지만, 사람을 죽여
그 고기로 만두를 빚어 팔아먹고 사는 사람, 너무나 과격한 성격의
소유자라서 정상적인 사회생활이 어려운 사람에 대한 이야기는 사
실적인 관점에서 과연 그랬을까 하는 의문이 들기도 한다.

■ 정통 무관의 불운

청면수(青面獸) 양지(楊志)의 출신과 사람됨은 강호의 보통 사나

이들과는 많이 달랐다.

양지는 삼대에 걸친 장수 가문의 후예로, 오후(五侯) 양령공(楊
令公)의 손자였다. 양지는 젊어 무과에 합격하여, 전사제사관(殿司
制使官)을 역임했었다. 말하자면 마땅히 국가에 충성을 다할 신분
의 사람이었다.

당시 송나라는 북쪽에 있는 거란족의 요(遼)와 대립하고 있었다.
군사적으로 허약한 송나라는 해마다 요나라에 많은 금은 비단을
제공하면서 굴욕적인 평화를 유지하고 있었다. 이런 시기에 장수
집안 출신으로 무과에 급제한 인재라면 당연히 변경에 나가 군사
를 지휘해야만 했다.

그러나 도군황제(휘종)가 인공의 만세산(萬歲山, 壽岳)을 조성할
때, 열 명의 제사(制使)를 차출하여 항주 태호(太湖)의 화석강(花石
綱)을 운반케 하였다. 양지는 그 중 한 사람이었는데 나중에 양지
의 배는 황하에서 돌풍에 침몰하였다.

이는 고의적 사고는 아니었지만 양지의 불운이었다. 그러나 양
지는 국가 재물의 손해를 끼쳤다 하여 죄를 피해 숨어 있다가, 집
에서 재물을 준비하였고, 동경에 가서 '윗사람에게 뇌물을 쓰고
아랫사람에게 부탁(買上告下)' 하여 원직에 복귀하려고 동경으로 가
는 길이었다.

그러나 하필 양산박 근처에서 임충을 만났고 임충과 싸워 결판
을 내려할 때, 왕륜 등 두령이 나타나 산채로 초빙한다. 그러나 양
지는 양산에서의 생활을 당당히 사양하고 동경으로 향한다.

동경에 온 양지는 이 사람 저 사람을 찾아 연줄을 대었을 것이
다. 어렵게 기회를 만들었지만 '일찍 와서 사실대로 고하지 않고

숨었다가 다시 나타났다' 는 이유로 면접에서 고구에게 퇴짜를 받
는다. 그간 재심을 받기 위한 서류를 준비하고, 맨입으로는 아무
것도 되질 않는 그 세계에서 사람을 찾아 부탁을 하는 동안에 양지
가 준비했던 재물은 모두 사라진다.

관(官)과 재(財) 모두를 잃은 빈털터리가 되어 전수부(殿帥府)를
나온 양지는 막막했다. 자신의 능력을 바쳐 국가에 충성을 하고 싶
어도 충성을 바칠 길이 없었다.

여비는 떨어지고……, 할 수 없이 가보로 내려오던 보검을 팔아
야만 했다. 양지는 보검에 풀(草)을 묶어
매물이라는 표시를 하고 사람 왕래가
많은 천한주교라는 다리에서 기
다렸다.

『수호전』에 실린 '양지매도
(楊志賣刀)' 의 장면은 낙담한
영웅의 모습을 너무나 생생하게
그렸다. 우두커니 서서 칼을 사겠
다는 사람을 기다리는 그 심정이
어떠했겠는가? 그런데 사람들이 다
투어 "빨리 피하라, 호랑이가 온
다!(快躲了, 大蟲來也)"라는 소리를 듣고
의아했다. 대충(大蟲)은 중국어로 호
랑이를 뜻한다.

동경에서 제일가는 무뢰한 '털 없는 호

랑이(沒毛大蟲) 우이(牛二)’가 술이 취해 비틀거리면서 양지 앞에
선다. 우이는 애당초 칼을 살 의사도 없고 돈도 없었다.

우이는 양지 앞에서 시비를 건다.

“무슨 좆 같은 칼이 그렇게 많은 돈을 달라는 거야! 내가 삼십 문
(文)을 주고 산 칼은 고기도 잘 썰고 두부도 자르는데! 네 좆 같은
칼은 어디가 좋다고 보검이라고 하는 거야!”

그래도 양지는 우이의 치근덕거리는 꼬락서니를 끝까지 참으면
서 대꾸한다.

양지는 보검의 장점 세 가지를 설명하며 두 가지 시범을 보인다.
그런데 우이는 보검의 세 번째 장점인 ‘사람을 죽여도 칼에 피가
묻지 않는다’ 는 것을 시범을 보이라고 떼거지를 쓴다. 그러면서
‘내가 저 칼을 갖고 싶다’ 며 몸싸움이 벌어지고 ‘네가 사내라면 나
를 찔러 봐라!’ 면서 억지를 부린다.

중국인에게 ‘억지를 부리는 사람은 도리에 맞는 말을 하는 사람
이 두렵다. 그러나 도리에 맞는 말도 떼거지는 못 당한다.’ 라는
속담이 있다.

양지는 순간 우이를 찔러 죽인다. 결국, 떼거지 한 번에 우이는
제 목숨을 잃고 양지는 살인범으로 전락한다. 양지는 죄수가 되어
북경 대명부로 갔고, 거기서 양중서를 만나 제할(提割)에 임명된다.

▣ 한 번 더 뒤집어지다

양지는 절망의 끝에서 희망을 찾았다. 다시 보국할 수 있는 길,

지금은 좁은 길이지만 — 양지는 흥분되었을 것이다. 그러나 얼마 지나지 않아 양중서의 부름을 받고 생신강을 동경까지 호송하는 특수 임무를 맡게 된다.

양중서도 양지가 결코 녹녹하지 않은, 나름대로 줏대가 있는 사람이라는 사실을 알았겠지만 그가 화석강을 경험했기에 생신강 호송의 적임자라고 평가했을 것이다.

양지의 입장에서는 화석강에 실패하여 꼬이고 꼬인 인생인데 다시 생신강 호송을 책임져야 하는 얄궂은 운명을 받아들일 수밖에 없었다. 양지의 번뇌나 고민, 유예는 짧은 시간에 사라졌다. 자신을 발탁하는 은혜를 베푼 상관에게 충성을 해야 하고, 이런 기회가 아니면 언제 어떤 기회를 잡을지 모르는 현실이었다.

청면수 양지 — 국가의 동량인 큰 재목이 혼군(昏君)을 위하여 화석강을 호송했으며, 전수부 태위에 쫓겨나고 이름조차 입에 담기 싫은 무뢰배 하나를 죽일 수밖에 없었는데, 이제는 다시 탐관을 위하여 마치 가노(家奴)의 신세가 되어 십만 관의 금은보화를 운반하는 운반책이 될 수밖에 없었다.

양지는 동경에 가야만 했다. 언젠가는 동경의 중앙무대에서 충성하고 보국해야 한다. 그러나 지금은 유월 염천에 짐을 진 군인들을 재촉하며 그 멀고 험한 길을 가야 한다.

양지는 황니강(黃泥崗)에서 일곱 사람이 자신의 운명을 털어가는 것을 몽롱한 눈으로 바라봐야만 했다. 그러면서 양지의 꿈 — 무신 가문의 전통을 이어 국가에 충성하는 장수가 되어 공명을 이루겠다는 꿈도 영영 사라졌다.

동행했던 우후(虞侯)는 양중서에게 돌아가 '양지가 강도들과 한

패가 되어 자신들에게 몽한약(蒙汗藥)을 탄 술을 먹이고 금은보화를 탈취했다'고 보고를 했다. 이제 양지는 잡히면 '시신을 천만 갈래로 찢겨 죽일 죄인'이 되어버렸다.

　양지는 노지심을 따라 이룡산(二龍山)에 들어갔다가 양산으로 갈 수밖에 없었다. 그 전날 그토록 왕륜이 머물라고 권했지만 자신의 꿈을 버릴 수 없었기에 만류를 뿌리쳤었는데 양지는 다시 양산에서 '오늘 이처럼 의사들과 장엄한 산채를 다시 보니(今日幸得義士莊嚴山寨), 이는 천하에 제일 좋은 일(此是天下第一好事)'이라고 감탄하며 되뇌지 않을 수 없는 신세가 되었다.

8. 왕륜 : 억울한 창업주

북송(北宋 960~1127)에서 일어난 크고 작은 농민 봉기가 있었지만, 그 중에서 송강 등 삼십여 명의 작은 그룹이 반란을 일으켰던 사건은 그 뒤에 민간에 널리 전파되었고 계속 흥미롭게 각색되어 『수호전』으로 발전한 것이다.

그렇다면 『수호전』이 지금도 많은 독자들을 끌어드릴 수 있는 흡인력은 무엇인가? 그것은 『수호전』의 작자가 자신만의 창작 의도나 문학적 구성 능력과 사회 문제를 탐색하는 나름대로의 문제 의식을 갖고 있었기에 가능했다고 보아야 한다.

■ 양산 수령들의 비극적 종말

양산박의 수령(首領)은 세 사람이 교대했다. 이처럼 양산박의 수령을 교체해야 할 만한 작가의 의도가 무엇인가에 대하여 다음과 같은 점을 상정할 수 있다.

우선 『수호전』 창작의 바탕은 북송 말기 송강 등 36인의 봉기 사건 외에도, 원(元)·명(明)대에 널리 전파되어 분량이 크게 늘어난 양산박 이야기가 합해져서 만들어진 것이다.

그러므로 처음부터 한 사람의 동일인물을 양산박의 수령으로 활동하게 하는 것은 부분적인 이야기들의 시대적 배경이나 상황의 변화 등을 고려할 때 전체 이야기의 자연스런 흐름을 불가능하게 할 수 있을 것이다.

다음으로 『수호전』의 송강은 조정에 반기를 드는 송강이 아니라 왕조에 충성을 다 하려는 송강으로 묘사할 필요가 있었다.

역사에서 봉기한 주동인물을 소설에서는 피동적 수령으로 바뀌면서 송강의 양산박 출현도 늦춰졌으며 양산박에 들어가기 이전과 이후가 다른 모습으로 그려졌다.

세 번째로 송강을 대의대충(大義大忠)의 수령으로 강조하기 위해 불충불의(不忠不義)의 초기 수령 왕륜(王倫)과 산적의 우두머리 격으로서의 수령 조개(晁蓋)를 송강과 대비시켜 놓았다.

마지막으로 왕륜 — 조개 — 송강으로 이어지는 양산 수령의 교체는 시간의 흐름에 따른 양산취의(梁山聚義)의 발전적 변화를 강조하려는 작가의 특별한 의도가 들어있다고 볼 수 있다.

그런데 왕륜과 조개, 송강 세 수령은 모두 비극으로 결말을 짓는데 이는 고대소설의 일반적 결말과는 다른 특이한 점이라 생각된다.

■ 억울한 욕을 먹다

『수호전』을 읽는 많은 사람들이 양산 최초의 수령인 백의수사(白衣秀士) 왕륜에 대하여 나쁜 인식을 가지고 있다. 그것은 양산박 초기에 그가 보여준 포용력의 부족과 옹졸함이 그 원인일 것이다.

물론 왕륜도 인간이기에 결점이 있다는 것을 인정한다. 처음부터 결점이 없는 완벽한 인물로 등장하고 행동하기를 바라지는 않지만, 그의 결점은 너무 커서 좋은 점을 찾아볼 수 없는 인물이라고 평가된다는 것이다. 그러나 이는 왕륜에게 너무 억울한 일방적인 매도(罵倒)라고 할 수 있다.

왕륜이 양산이라는 사업장을 처음 세운, 창업의 수령이라면 조개는 이를 계승했고 송강은 더욱 크게 확장 발전시켰다. 조개와 송강의 발전적 공헌이야 쉽게 이해하면서도 왕륜은 양산의 대국적 발전을 저해하고 공헌한 것이 없는 실패한 수령이라고 매도하는 것은 좀 지나치다고 할 수 있다.

사실 왕륜과 송강의 문재(文才)나 무공(武功)면에서 모두 특별한 것이 없다. 임충은 왕륜이 '과거 시험에 낙방한 궁색한 선비로 가슴속에 문장과 학문도 없는 사람(落第窮儒, 胸中又沒文學)'이기에 산채의 주인이 될 수 없는 인물이라고 비난한다. 그러면서 임충은 왕륜이 조개와 오용 등 일곱 사람을 받아들이지 않는 것은 '마음이 좁고 인재를 꺼려 포용력이 없는 것'이라 비난하며 칼로 찌른다.(19회)

그 결과로 조개가 제1 두령의 자리에 앉게 된다. 아마 『수호전』의 많은 독자들이 임충의 말에 공감함으로써 왕륜은 심보가 좁은 인물이기에 양산 산채의 주인이 될 수 없는 그릇으로 낙인을 찍었을 것이다.

『수호전』에 등장하는 일반 산적들의 산채는 대개 두목 세 사람의 지도체제를 택하고 있으며, 산채의 규모에 따라 다르지만, 대체로 수용 가능한 최대 인원을 보유하고 있는 상황이었다. 그러나 양산박은 전연 달랐다. 그 둘레가 8백 리라 하니 규모도 크거니와 외부인은 그 규모와 지리, 그리고 깊이를 알 수 없는 물이 천연 방호벽 역할을 다 해주는 좋은 입지를 차지하고 있었다.

왕륜 이전의 다른 산적들은 산을 차지하는 것만 생각했지, 양산의 이러한 호조건을 왜 알지 못했는가? 그렇다면 왕륜은 그런 입지를 알고 웅거할 수 있는 인물로서, 창업의 두령 자격을 갖추었다고 보아야 하지 않을까? 만약 왕륜이 양산을 점유하고 근거를 마련하지 않았다면 갑자기 쫓기게 된 조개와 오용 일행은 어디에 몸을 숨길 수 있었는가?

완씨 삼형제는 양산 주위에서 고기잡이로 생계를 꾸리고 있었기에 누구보다도 양산을 잘 알고 있었고, 조개 또한 이미 완씨 형제들을 통해 양산 산채를 알고 있었다. 그렇다고 조개와 오용 일당이 생신강을 털 때, 여차하면 양산에 숨어든다는 계획이라도 세웠었는가? 전혀 생각지도 못했던 사람들 — 왕륜만큼 식견도 없는 사람들이 어찌 왕륜을 매도할 수 있는가? 이렇게 보면 왕륜의 업적은 오히려 조개 일행에 의해 칭송받아야만 옳았다.

왕륜이 아직 뜻을 얻지 못했을 때, 두천(杜遷)과 함께 시진(柴進)

에게 의탁한 적이 있었다. 왕륜은 곧 천혜의 양산 수채를 답사하고 근거를 마련한다. 이때 두천은 물론, 뒤에 합세한 송만(宋萬)과 주귀(朱貴)의 지혜나 능력은 어느 누구도 왕륜보다 나은 것이 없었다. 때문에 왕륜이 양산 수채의 두령으로 군림하는 것은 당연했다.

후에 임충이 양산 수채에 들어갈 무렵, 양산은 나름대로 연락과 방어 체제를 갖추고 7~8백 명의 졸개가 있었다. 그 무렵 소화산(小華山)은 3명의 두목에 5~6백의 무리가 있었고, 도화산(桃花山)은 2명 두목에 4~5백 명의 졸개가 있었다. 노지심과 양지가 장악하기 전의 이룡산(二龍山)은 두목 한 사람에 4~5백여 명, 청풍산(淸風山)에는 3명의 두목과 3백여 무리가 있었고, 대영산(對影山)의 여방과 곽성은 각각 1백여 명의 부하를 거느리고 있었다.

그런데 이런 산채의 두목들은 시쳇말로 직업적 전문 산적이었고, 왕륜은 아마추어 산적으로 시작했지만 가장 큰 세력을 형성하고 있었다.

산채를 만드는 창업이 결코 쉬운 일이 아니다. 방어와 공격, 통솔과 지휘, 전망과 피난을 위한 요지를 찾아야 한다. 그리고 외곽 방어선을 구축하는 것 역시 아무나 할 수 있는 일은 아니다. 임충이 궁지에 몰린 다급한 사정에서 양산에 몸을 의탁할 때, 양산의 산채는 이미 완전한 운영 시스템을 갖추고 있었다. 이때는 조개와 오용 등이 들어오기 불과 4, 5개월 전이었다. 이런 사실을 보더라도 왕륜은 산채의 두목으로 충분한 능력을 갖춘 CEO였다.

그런데 어느 날, 양산박의 창업과 발전에 아무런 공헌도 없던 사람들이 무더기로 몰려 들어왔다. 그리고 그 이전에 무리에 들어오는 절차상 좀 엄격한 신고식을 치른 일로 아직도 앙금이 남아 있는 임충이, 충의당(忠義堂, 그때는 이런 이름이 없었지만)이라는 중앙무대에서 그간의 졸개들이 둘러보는 가운데 수령인 왕륜을 죽인다. 그야말로 굴러온 돌이 박힌 돌을 빼낸 꼴이다.

또한 『수호전』의 어디에도 왕륜이 양산의 수채를 세울 때의 어려움은 서술되어 있지 않다. 그렇다 하여 양산 수채가 저절로 이루어진 것은 아닐 것이다. 왕륜은 그 나름대로 고생을 하면서 이룩한 산채에서 이제 한숨 돌리며 산채의 안정을 보는가 했더니 죽임을 당했다.

왕륜이 죽은 이후 지금까지 '속이 좁은 사람이기에 죽어 마땅한 두목'으로 욕을 먹고 있다.

그렇다면 왕륜은 너무 억울하지 않은가!

▣ 지위 보전을 위한 계략

세상의 인간사는 가끔 엉뚱한 결과를 낳는다.

과거 시험에 실패한 왕륜은 '대왕두령(大王頭領)'이라고 불리면서 양산의 두령이 되었다. 과거에서 낙방하면 대개 사숙(私塾)에서 아이들 글이나 가르치면서 살아가는데 왕륜의 경우는 산채의 두목이 되었으니 정상궤도에서 벗어났으며, 일반인의 예상 밖이라 할 수 있다.

왕륜이 산채의 두목이면 산채의 세력 확장을 위해서, 또 앞으로 예상되는 관군의 토벌에 대비하기 위해서라도 무예의 고수들을 초빙을 못할망정 찾아온 임충에게 '사람을 죽여 투명장(投命狀)을 바치라'는 요구까지 해야 하는가? 임충이 그토록 쓰디쓴 인생의 어려움을 겪고, 시진(柴進)의 추천장까지 가지고 왔다면 당연히 환영해야 하는데 어찌하여 냉대하며 어려운 조건을 제시하며 거절의 뜻을 표했는가?

임충이 투명장을 준비하려 이틀을 기다리고 3일째 만난 양지(楊志)와 승부를 가리지 못하는 대결을 하는데 왕륜이 나타나 싸움을 중지시킨다.

이후 왕륜은 양지를 환대하면서, '전에 동경에 갔을 때 성함을 익히 들어 알고 있었다'면서 '고구가 병권을 장악하고 있는데 당신을 받아들이지 않을 것'이라는 합리적 이유와, 산채에서는 '금이나 은을 똑같이 나누어 갖고, 큰 사발로 술과 고기를 먹는다(大秤分金銀, 大碗喫酒肉)'며 양산 생활의 장점을 강조하면서 산채에 머물러 '같은 패거리가 되어 달라'(同做好漢)고 간청한다.

이는 임충을 박대한 것과 전혀 다른 태도인데 아마도 왕륜이 자신의 지위 보전을 위해 내놓은 고도의 계산된 제언일 것이다. 곧 '임충을 끝까지 거부할 수 없다. 그렇다면 또 다른 무예의 고수인 양지를 머물게 해서 두 사람을 경쟁시킨다'라는 계산이었을 것이다. 강자에 필적할 강자를 만들어 놓기 — 이는 곧 이이제이(以夷制夷)의 한 방법이다.

그러나 결과는 정반대였다. 내보내려 했던 임충은 머물게 되었고, 만류했던 양지는 떠나갔다.

이 뒤에 다시 조개 일행 일곱 명이 한꺼번에 들어왔다. 돼지와 양을 잡아 큰 잔치를 벌려 환영하였다. 그러나 오용은 왕륜의 환영 행위의 또 다른 속마음을 읽고 있었다.

왕륜이 큰 쟁반에 은덩어리를 내오면서 하는 말은 '산채가 좁다'는 궁색한 변명을 했지만 사실은 조개 일행 뒤에 따라올 관군의 토벌을 예상한 것이고, 결국에는 자신의 '대왕' 자리를 내놓을 수밖에 없는 비극을 예견한 우회적 거절이었을 것이다.

■ 독서인의 한계

본래, 과거란 '독서를 통해 귀가 뜨이고(聰) 눈이 밝은(明) 인재를 뽑기 위한 제도'이다. 그러나 과거제도의 실상은 그렇지 않았다. 과거에 급제한 사람은 어느 날 갑자기 '사람 아래에 있던 사람(人下人)'에서 '사람 위의 사람(人上人)'으로 변한다.

독서인은 쓸쓸히 창문 아래에서 힘들게 독서를 하면서 아름다운 꿈을 꾼다. 독서하여 관리가 된다. 관리가 되어 승진하고 재물은 저절로 굴러 들어오며 사람을 내려다보고 팔을 휘저으며 호령한다. ― 곧 권(權), 세(勢), 재(財), 이(利), 저택과 미인과 수레가 다 책 속에 있다. ― 이런 생각을 거듭하면 귀가 막히고 눈이 멀어 성현의 말씀이 점점 흐릿하게 보이기 시작한다.

독서인이 과거에 급제를 하지 못하면 모든 것은 사라진다. 농사를 지을 수도 없고, 장사를 할 줄도 모른다지만 그보다는 정말로 하고 싶지 않을 것이다. 존경과 위엄은 물론 청복(淸福)과 아취(雅趣)도 없어지고 호구(糊口) 자체가 막막해진다.

왕륜은 그 쓴맛을 보았다. 비록 산채의 두목이지만, 왕륜에게는 그 어느 자리보다 만족스러웠다. 대왕의 자리에서 얻는 권력(權)과 이득(利)을 충분히 누리고 있다. 수하에는 수백 명의 졸개가 있다. 산채의 생활이 정도(正道)는 아니지만 이곳에서는 작은 황제이다. 과거에 낙방한 설움을 잊을 수 있는 이곳의 여유를 누구한테 내줘야 하는가? 무예가 나보다 뛰어나다하여 내가 그 아래에서 허리를 굽혀야 하는가? 왕륜이 임충에게 한 말을 조개 일행에게 똑같이 말하자 드디어 임충이 폭발한 것이다. 이러한 왕륜의 죽음을 오용은 임충의 언행을 통해 예상하고 있었다.

하여튼, 왕륜이 깨닫지 못한 것이 있었다.
본래 천하(天下)란 모두의 천하이지 한 사람만의 천하는 아니다. 사업이란 모두 같이 하고, 같이 나누는 것이지 한 사람만의 사업은 없는 것이다. 성현의 말씀에는 이런 뜻이 분명히 있지만 왕륜은 그걸 읽지 못했다. 여럿이 함께 앞으로 나아가기! ― 그래서 함께 행복해야 하는데!

조개 일행이 들어온 다음에 임충에게 죽임을 당한 것은 결국

⬆ 임충이 양산박에서 분란을 일으키다

내부의 모순을 발전적으로 처리하지 못한 왕륜 자신의 자업자득이며 취의영웅(聚義英雄)을 거부한 좁은 아량 때문에 희생당했다고 볼 수 있다.

그러나 왕륜이 어떻게 죽었든, 또 그 시신이 어떻게 처리되었든 왕륜의 식견과 창업의 공로는 인정되어야 한다. 왕륜이 죽은 뒤, 양산에서 왕륜의 덕을 본 사람들은 왕륜을 욕해서는 안 된다. 왕륜이 조개 일행을 수용하려 하지 않은 것은 어쩌면 인지상정이다. 그렇다고 조개 일행이 왕륜의 공을 인정하지 않는다면 조개 또한 좀팽이일 뿐이다.

지나간 일에 대하여 '만약' 이란 말만큼 의미 없는 일은 없다. 하지만 만약 그때 임충이 중립을 지켰다면? 그리하여 기득권 세력과 신규 세력이 공생할 수 있었다면 아마 왕륜은 양산의 CEO로서 더 큰 능력을 발휘했을지 모른다.

그러나 이 『수호전』에서도 그러하지만 역사는 승리자의 것이다. 왕륜은 그동안 그러했던 것처럼, 어쩌면 앞으로도 일반 독자들의 욕과 비난을 감수해야 할 것이다.

뒷날 송강이 양산의 두령이 되지만, 송강은 본디 현의 아전이었으니 글공부로는 왕륜만 못한 인물이었다. 또 송강의 무예 실력 역시 특별히 언급할 만한 것도 없다. 그러나 송강은 왕륜에게 없는 그 무엇이 있었기에 양산 최고 두령의 지위를 누릴 수 있었다.

9. 노지심 : 파계승의 참모습

『수호전』의 중요인물인 노지심(魯智深)의 본명은 노달(魯達)이고 지심은 그의 법명(法名)이다. 노지심은 항주 육화사(六花寺)에서 입적하기 전 게송을 남긴다.

"평생 선과(善果)를 닦지 않았고(平生不修善果)
오직 살인 방화를 좋아했네(只愛殺人放火)
갑자기 쇠줄을 풀고(忽地頓開金繩)
여기서 옥 사슬을 끊으리라(這裡扯斷玉鎖)
아(咦)! 전당강에 시간 맞춰 조수가 밀려오니(錢塘江上潮信來)
오늘에야 내가 나인 줄 알겠노라(今日方知我是我)!"

■ 화화상의 일생

노지심의 별호는 화화상(花和尙)이다. 화화상은 파계승(破戒僧)이라는 뜻이지만, 화(花)가 갖는 의미에는 부정적인 이미지도 있다.

화(花)는 '알록달록하다'는 뜻에서 시작하여 '겉만 번지르르하다'는 뜻이 있다. 노지심은 어차피 돌중이니까 그렇다 치더라도 花에는 비정상적인 애정이나 기생과 관련되는 것이라는 의미가 있다.

화안(花案)은 남녀 사이 간통사건을 뜻하고, 화관사(花官司)는 남녀의 치정사건에 얽힌 고발고소 사건을 의미한다. 또 화고랑(花姑娘)은 기생이며, 화류병(花柳病)은 성병을 지칭한다. 화화공자(花花公子)는 난봉꾼, 화화태세(花花太歲)는 난봉꾼들의 우두머리를 말한다.

노지심은 남녀 관계에서는 정도를 지키는 도덕군자였다. 노지심 자신이 음란한 마음을 갖지도 않았고 부녀자를 멸시하거나 강제추행을 하지도 않았다. 노지심에게 화(花)자가 붙은 것은 그의 등 뒤에 꽃 같은 무늬가 있었기 때문이라고 한다.

그는 위주(渭州)의 경략부(經略府) 제할(提轄)로 근무했는데, 사기를 당해 인질처럼 잡혀 있는 김취련(金翠蓮) 부녀를 구해주려고 진관서(鎭關西)라 불리는 정도(鄭屠)를 주먹으로 때리다 보니 그가 죽어버리는 바람에 도망을 쳐야만 했다.

노달은 오대산 문수원에서 머리를 깎고 중이 되는데 지심(智深)은 법명이며, 사람들은 화화상(花和尙 파계승)이라 불렀다. 그는 버드나무를 뽑을 정도로 괴력의 소유자였다. 노지심의 계도(戒刀)와 62근 무게의 선장(禪杖)은 정의를 위해 쓰였지만, 불경을 읽지 않고 술과 고기를 즐겼으니 파계승은 확실했다.

노지심은 일생 동안 응징해야 할 사람이라면 살인도 서슴지 않았고, 구해야 할 사람은 끝까지 지켜주고 구원했다. 살인을 했다는 점에서는 분명 부처님의 계율을 어겼지만, 어려운 사람을 끝까지 돌봐주는 것은 불가의 구고구난(救苦救難)의 정신을 철저히 지킨 것이었다.

오대산의 지진장노(智眞長老)는 소란을 피운 노지심을 동경에 있는 대상국사(大相國寺)의 지청선사(智淸禪師)에게 보내면서, 떠나는 지심에게 게송을 말해 주었다.(5회)

"숲을 만나면 일어나고(遇林而起)
산을 만나면 부유하다(遇山而富)
물을 만나면 홍하고(遇水而興)
강을 만나면 멈추리라(遇江而止)."

이는 어쩌면 노지심의 일생을 예견한 게송이라고 생각이 된다.

노지심은 임충(林冲)을 우연히 만나 형제의(兄弟義)를 맺었다. 임충이 귀양을 갈 때 야저림에서 임충을 지켜 주었고, 양지(楊志) 등과 함께 이룡산(二龍山)에서 산적 대장을 했고 나중에 양산(梁山)의 수채에 들어가 서열 13위의 두령이 되었다. 그러나 내심으로는 송강(宋江)의 초안을 반대하면서도 양산의 두령들과 행동을 같이 했고, 원정에 참여하지만 거기서 멈추었다.

초안 이후 노지심은 오대산에 들어가 지진장로를 예방한다. 그때 사부가 말했다.

"도제가 떠난 지 수년이 되었지만 살인하고 방화하는 짓은 아직도 안 바뀌었구나!"

지진장로는 떠나는 노지심에게 4구절의 게언(偈言)을 준다.

노지심은 방랍을 생포하는 큰 공을 세우지만 송강을 따라 속세로 돌아가는 것을 거부한다. 송강이 '정 속세가 싫다면 동경 근처 명산대찰의 주지를 하면서 종풍(宗風)을 높이고 부모님 은혜에 보답하는 것이 어떠냐?' 고 권유하지만 노지심은 단호하게 거절한다.

송강 일행과 헤어진 뒤, 노지심은 항주(杭州) 육화사(六和寺)에서 잠을 자다가 정확하게 시간 맞춰 들어오는 조수의 파도소리에 놀라 잠을 깬다. 조수간만과 그 시간에 대한 설명을 들은 노지심은 문득 마지막으로 지진장로를 떠나올 때 받은 게송을 생각한다.

"봉하이금(逢夏而擒)은 만송림에서 하후성(夏侯成)을 생포한 것이고 우랍이집(遇臘而執)은 내가 방랍을 사로잡은 것이요, 그런데 '조수 소리를 듣고 깨달으며(聽潮而圓)', '조수 시간이 일정한 것을 보고 평온하리라(見信而寂)'를 오늘 겪었소. 그러면 원적(圓寂)이 되는데, 여러 스님에게 묻겠습니다만 어떻게 하는 것이 원적입니까?"

노지심은 원적이 '스님의 죽음' 이라는 말을 듣는다.

노지심은 "그렇다면 내가 여기서 원적을 얻으리라!" 하면서 목

욕재계한 뒤 승의를 갈아입고 법당에 들어가 향을 피우고 결가부좌한 뒤 그대로 앉아서 입적했는데 이를 좌화(坐化, 入寂)라고 한다.

■ 노지심의 의협심

고대 중국인들에게 어떤 자유가 있었는가? 인간은 자유로운 존재이며 자유는 인간의 기본 권리라는 말을 들어보았을까? 우리나라에서도 그러했겠지만, 중국 역대 왕조의 통치방법은 비슷했다. 말하자면 송나라 황제의 통치나 청대(淸代)의 통치가 기본적으로 달라지지 않았다.

황제나 그 아래 권력층에서는 안정적 통치를 위해서 복종의 미덕을 계속 주입하고 교육했다. 백성들은 관리의 말에 복종해야 하고, 자식은 부모에게, 아이는 어른에게, 아내는 남편의 말에 순종하는 것이 가장 좋은 미덕이었다. 백성들은 오직 복종의 미덕만을 알고 따르는 종(奴才)과 같은 생활을 하면서 온갖 불평등과 억울한 일들을 그냥 참고 견뎌야 했다.

그런 체제에서 하층민들이 당하고 감내해야 할 울분은 누가 풀어주고 씻어줄 수 있는가? 현실에서 그런 사람은 거의 없었지만, 억울한 일을 당하는 사람을 보고 칼을 빼어들고 도와주는 사람 곧 협객은 가끔 실제로 존재했다. 그런 협객의 이야기는 금방 여러 사람에게 전파된다.

그러다 보니 혼탁하고 어지러운 세상 희망의 빛이 안 보이는 어

두운 사회일수록 협의(俠義)소설은 더욱더 많이 창작되고 유행한
다. 협의소설 속의 협객은 대개 지붕 위를 날아다니고, 높은 벽을
평지를 가듯 걸어가는 초능력의 모습으로 창조된다.

『수호전』의 기초가 된 영웅들의 이야기 역시 세월이 가면서 더
욱 윤색되었을 것이다. 그리하여 『수호전』이 거의 완전한 내용을
갖춘 소설로 등장하면서 금서(禁書)로 묶이고, 그럴수록 더 많은
사람들이 『수호전』을 읽으려 했을 것이다.

『수호전』은 협객들의 이야기를 바탕으로 한 소설이다. 『수호전』
의 협객들은 특별하지만 보통 사람들의 실제 모습과 크게 다르지
않다. 말하자면 『수호전』의 협객들은 초능력을 가진 그런 검객들
이 아니다. 물론 소설의 재미를 위하여 하루에 8백 리를 갈 수 있
다는 신행태보(神行太保) 대종(戴宗)이란 특이한 존재도 있긴 있다.
이는 당시 빠른 정보를 얻고 빨리 소식을 전하기를 열망하던 상인
들의 열망을 대변한 것이다.

『수호전』의 노지심(여기서는 법명을 받기 전이니 노달(魯達)로 써야
한다.)은 대표적인 협객 — 정의의 사나이다. 그렇지만 노달의 이
야기는 그 묘사가 사실적이어서 다른 의협소설의 스타일과 크게
다르다. 노달이 진관서를 때려 약자를 도와주는 이야기는 협객이
어떠해야 하는가를 보여주는 마치 무협소설의 교과서 같은 내용이
다.

이야기의 시작은 극히 평범하고 자연스럽다.

노달은 위주의 경략상공부에 근무하는 하급 무관 제할(提轄)이
다. 노달은 우연히 구문룡 사진(史進)과 만나고 또 사진의 무예 사

범이었던 이충(李忠)과도 만난다. 세 사람이 술을 마시는데 옆방에서 슬피 흐느껴 우는 소리가 들린다. 이런 일이야 흔히 있는 일이고 다른 사람이 상관할 일도 아니다.

그러나 노달은 들을수록 신경이 거슬려 주보를 불러 시끄럽다고 나무란다. 그리고 무슨 일인지 물었을 것이다. 세 사람은 김씨 노인의 이야기를 듣고 진관서라고 불리는 백정 정도(鄭屠)가 아주 고약한 사람이며 천리(天理)를 해치는 나쁜 짓을 했다는 것을 알게 된다.

이에 노달이 진관서를 손봐 주겠다면서 당장이라도 뛰어나가려는 것을 사진과 이충이 극력 제지한다. 노달은 화를 가라앉히면서 김노인을 도울 현실적인 방법을 생각한다. 노달은 자기 돈과 사진에게 돈을 빌려 김노인을 도와준다.

사실 백정인 진관서가 연안부에서 이렇듯 행세를 할 수 있는가? 김노인이 말한 '유전유세(有錢有勢)'는 사실이었다. 그렇다면 진관서가 돼지고기만을 팔아 큰돈을 벌었다는 말인가? 아니면 돼지고기를 경략부 상공에게 많이 바치고 그 배경으로 돈을 만들었다는 뜻인가?

정관서가 큰돈을 번 것은 그가 고리대업에 손을 대었다는 뜻이다. 그리고 그 고리대업의 배후에는 분명 경략부의 상공이 뒤를 봐주고 있었음을 쉽게 알 수 있다. 관리가 직접 고리대금업에 손댈 수 없기에 정도를 이용했을 것이다. 그런 밀착관계가 아니라면 어찌 진관서가 큰소리를 칠 수 있겠는가? 틀림없이 노달도 그런 배경을 짐작했을 것이고 그러다 보니 정의감에서 나서지 않을 수 없었을 것이다.

다음 날 새벽, 노달은 김노인의 거처에 가서 객점의 점원 소이(小二)가 방해를 못하게 막아주면서 부녀가 무사히 출발하는 것을 확인한다. 그리고 천천히 장원교로 가서 진관서 정도(鄭屠)를 큰소리로 부른다. 노달은 정도에게 다짜고짜 주먹을 날리지도 않는다.

노달은 생각이 깊은 협객이다. 진관서에게 이런저런 주문을 내고 진관서는 자기가 희롱당하고 있다는 것을 눈치 챘다. 그래도 진관서는 웃는 얼굴로 "일부러 나를 갖고 노는 것은 아니시지요?"라고 말한다. 이때서야 노달은 눈을 부릅뜨고 소리를 지른다.

"내가 특별히 심심풀이로 너를 골랐다."

이는 네가 힘없는 사람을 희롱했으니 오늘은 나한테 좀 당해보라는 뜻이었다. 그러면서 미리 받아 놓은 고기 꾸러미를 진관서의 낯짝에 뿌린다.

비록 도살업에 종사하지만, 그동안 위세를 부렸던 진관서로는 평생 처음 당하는 모욕이었다. 일장 활극은 금방 끝이 난다. 노달의 주먹 세 방에 진관서는 나오는 숨은 있어도 들어가는 숨은 없었다. 이후 노달은 성의 남문으로 달려나가 연기처럼 사라졌다.(3회)

너무 리얼하게 묘사된 협의소설이고 생생한 일막극을 본 셈이다. 노달의 주먹이야말로 정의의 주먹이었고 독자에게는 속이 후련해지는 장면이었다.

■ 다른 두령과의 비교

『수호전』 108두령들의 서열이 꼭 그 사람의 능력이나 자질을 적확하게 평가한 결과라고는 생각되지 않는다. 사실 노지심의 강폭한 자를 징벌하고 약자를 도우며 끝까지 실질을 추구하려는 행동 원칙은 다른 어느 두령보다도 높이 평가되어야 한다. 그런 점을 본다면 노지심은 상(上)의 상에 해당하는 두령이라고 생각한다. 노지심을 다른 두령들과 다음과 같이 비교할 수 있다.

첫째, 노지심의 마음 씀씀이는 무송(武松)보다도 더 넓고 깊었다.

무송은 반금련과 서문경을 죽였고, 맹주 원앙루에서 장몽방(張蒙方) 일가를 몰살한 뒤, 채원자 장청(張靑)의 소개로 노지심과 함께 이룡산(二龍山)에 들어가 산적이 된다.

노지심과 무송은 비슷한 점이 매우 많다. 두 사람 모두 하급 군관이었으나 정상적인 길을 가지 못했다. 우선 두 사람 모두 힘이 장사로 무송이 천근 맷돌을 들면서도 숨조차 가빠하지 않았고 노지심은 아름드리 버드나무를 뽑을 정도였다. 특히 무송이 호랑이를 때려잡는 이야기는 『수호전』에서도 백미로 꼽히는 장면으로 오래도록 독자의 뇌리에 남아 있다.

노지심은 화상이었고 무송은 행자(行者, 행각승)였지만 모두 진짜 화상이나 행자는 아니었다. 노지심의 선장(禪杖)이나 무송의 계도(戒刀)는 불가(佛家)의 용품이지만 두 사람 모두 이를 가지고 패악한 사람을 제거하는 정의 수호용 무기로 활용했다.

노지심이나 무송 모두 부도덕하며 사악한 무리를 제거했는데 누가 더 나은지 우열을 분별하기가 좀 어렵지만 노지심이 좀 더 후한 점수를 받을 것이다.

왜냐하면 노지심은 자신과 이해관계가 없는 사람을 도와주는 과정에서 살인을 하게 되지만, 무송의 살인은 자신과 관련 있는 사람들과의 문제였다. '천하에 부도덕한 사람을 골라 때려잡는' 무송이 서문경·장문신·장도감을 죽이는데 이들은 모두 무송과 개인적 원한이 있는 사람들이었다.

노지심은 진관서를 때려죽였으며, 도화산에서 싸우고 와관사에서 최도성을 퇴치한 뒤 불을 질렀으며 야저림에서 임충을 구한 모든 것이 노지심 자신의 이해와는 별로 관계가 없었다.

노지심은 평소에 알지 못했던, 아니면 특별히 오래 사귀지도 않은 사람들을 돕는데 최선의 노력을 다했다. 김씨 모녀가 완전하게 탈출할 때까지 직접 지켜본 뒤에, 진관서를 혼내준 것은 그가 얼마나 철두철미한가를 보여주는 대표적 사례이다.

또 임충이 창주로 귀양을 갈 때, 모든 것이 걱정이 되었기에 몸을 숨기면서 칠십 리를 뒤따라가 결정적인 순간에 나타나 임충의 생명을 구했다. 이처럼 철두철미하게 남을 돕는다는 점에서 무송보다는 노지심이 한 수 위였다.

둘째, 노지심의 반항 정신은 임충보다도 훨씬 강했다. 『수호전』에는 노지심의 이야기 다음에 임충의 이야기가 나온다.

임충은 대상국사에서 노달이 무예 연습을 하는 것을 보고 연신 감탄한다. 이어 두 사람은 인사를 나누고 다같이 무예를 숭상하기에 서로 의기투합하여 의형제를 맺는다. 두 사람이 형제처럼 서로를 위했지만 두 사람의 인생관은 매우 달랐다.

임충은 권력자의 부당한 박해에도 참고 또 참았으며 복수의 결단을 미루고 또 미뤘다. 그러나 노지심은 악행을 저지르는 자를 마치 원수처럼 증오했고 목에 걸린 가시처럼 생각했다.

임충의 아내가 악묘(嶽廟)에 향을 피우러 갔다가 고아내의 희롱을 당한다. 이 소식을 들은 노지심이 선장을 들고 달려가 임충을 대신하여 고아내 버릇을 고쳐주려 했지만 임충은 극구 만류한다. '태위의 얼굴을 보기가 곤란해서' 일단 이번만은 참기로 한다. 그러나 노지심은 달랐다.

"아우야 본관 태위가 두렵겠지만 내야 그 놈을 무서워하겠나! 내가 그 좆 같은 놈을 만나면 나의 이 선장(禪杖)맛을 보여줄 거다."

임충이 창주로 귀양갈 때, 야저림(野豬林)에서 위기에 처한다. 아마도 임충의 뒤를 걱정하며 일정 거리를 두고 따라온 노지심이 없었다면 목에 칼을 쓴 임충은 죽음을 피할 수 없었을 것이다. 노지심은 동초와 설패 두 호송인을 죽이고 임충의 칼을 벗기고 멀리 도망가려 했다.

사실 동초와 설패 두 사람은 어쩔 수 없는 하수인이라지만 분명 임충의 목숨을 노린 현행범이었다. 그런데도 임충은 노지심에게 두 사람의 목숨을 애원한다. 말하자면 그때까지도 임충은 동경으로 돌아가 그 옛날의 달콤한 가정을 되찾을 꿈을 버리지 못하고 있었다.

화가 치민 노지심은 선장으로 나무들을 후려쳐 부러뜨리며 두 아전들에게 호통을 친다.

"너희 좆 같은 두 놈! 만약 나쁜 마음을 먹으면 대갈통을 다 이렇게 만들어 줄 거다!"

임충은 귀양지에서도 참으면서 복역하지만 노지심은 절대로 그렇게 안 했을 것이다. 이런 점을 보아도 노지심은 임충과도 크게 달랐다.

셋째, 노지심의 상황에 대한 적응능력은 이규보다도 뛰어났다.

노지심의 성격도 온건 차분하지는 않았으니 어찌 보면 이규만큼 열화(烈火)와 같았다. 두 사람 다 속마음을 드러낼 때 말보다는 주먹이나 행동이 빨랐던 사람들이었다. 그러나 노지심은 거칠지만 이규보다는 지혜롭게 상황에 잘 적응했다. 이규처럼 무슨 일이 닥치면 '먼저 치고 다음에 생각하기(先打後商量)' 는 아니었다.

이규가 고당주에서 시진(柴進)을 도와주러 갔을 때, 이규는 시황성의 화원을 강점한 은천석(殷天錫)을 보자마자 화가 치밀었다. 이규는 시진이 말리는 것도 뿌리치고, 순식간에 은천석을 말에서 끌어내려 두들겨 패며 짓밟아서 죽여 버렸다. 그리고서는 양산으로 되돌아갔고, 이 때문에 시진은 창주의 감옥에 갇혀 고생을 해야만 했다. 만약 노지심이었다면 그렇게 하지는 않았을 것이다.

노지심이 의분에 못 이겨 진관서를 혼낼 때도 처음에는 고기를 주문하며 진관서의 성질을 돋워 그가 싸움을 걸어오게 만들었다. 다음에 힘대로 세 번 때리니 진관서는 숨소리가 가늘어지면서 안색이 변하며 서서히 죽어갔다. 그 순간에 노지심은 조금도 당황하지 않고 의젓하게 말한다.

"네가 죽은 체하지만, 너와 나중에 따질 일이 있어!"

하고 욕을 하며 성큼성큼 걸어 나갔다. 이는 노지심이 세상을 살아가며 많은 경험을 겪었기에 이런 임기응변이 가능했을 것이다.

넷째, 노지심의 세상 물정에 대한 통찰 능력은 양산의 어느 두령보다도 심오했다.

　양산에 공부를 좀 했다는 두령은 적었고, 대개는 몸으로 부대끼며 힘들게 세상을 살아오는 동안에 이런저런 지혜를 터득한 사람들이었다. 그 두령들의 마음속에는 한두 가닥의 깊고 깊은 원한이 맺혀 있었다. 때문에 토호(土豪)를 미워하고, 탐관오리들을 증오했으며, 하층민들을 힘들게 하는 세상의 온갖 제도나 질서에 염증을 갖고 있었다.

　노지심 역시 다른 두령들하고 크게 다를 바 없었다. 노지심은 공부를 한 사람은 아니지만 그렇다고 세상 풍파에 시달리며 힘들게 살아온 경력은 아니었다. 그러나 노지심은 세상의 이치를 다른 사람보다도 깊이 꿰뚫어 보는 통찰력이 있었다.

　양산의 체제가 갖추어지고 서열 배정이 끝난 다음, 중양절에 열린 국화회의 대잔치에서 송강이 초안의 뜻을 노래하자 많은 사람들이 반대했고 특히 이규는 탁자를 걷어차며 강력하게 반대했다.

　무송은 송강이 초안 문제를 꺼내 '형제들의 마음에 찬물을 끼얹는다' 고 반대했지만 송강의 설명과 이론에 더 이상 대꾸하지 못했다. 이처럼 양산 두령들의 반대란 사실상 감정적이었고 직각(直覺)에 의한 것이었지 어떤 논리에 바탕을 둔 것이 아니었다.

　그러나 노지심은 논리 정연한 반대이론을 제시했다.

　"지금 조정의 문무백관들은 모두 간사(奸邪)하여 황제의 총명을 가로막고 있습니다. 이는 우리 도포자락을 한번 검게 물들인 뒤, 빨아서 다시 희게 할 수 없는 것과 같습니다. 초안은 우리에게 쓸모없는 일이니 우리 모두 각자 살길을 찾아 떠나면 됩니다."

　이에 다시 송강은 '황제는 본디 총명하지만 일시 총명이 가려진 것이고 우리는 충성을 다해 아름다운 이름을 청사에 길이 남겨야 한다'라고 초안을 설득했다. 그러나 그날의 술자리는 기분좋게 끝나지 않았다.(71회)

뒷날, 초안의 결과는 노지심의 예견과 한 치도 어긋나지 않았다. '방랍의 난'을 진압한 뒤 송강과 노준의가 벼슬길에 들어가는 아름다운 꿈을 꾸고 있을 때, 노지심은 송강과의 동행을 거절했다. 속세가 싫다면 동경 근처의 명산대찰의 주지라도 하는 것이 좋을 것이라는 송강의 권유도 단호히 거부했다. 반면 동경에 되돌아간 송강은 간신적자의 음모에 걸려 죽어갔다. 노지심의 통찰력은 그래서 더욱 우리에게 감동으로 다가온다.

노지심은 가장 이상적인 정의의 수호자로 그는 남을 도우면서 조금도 자신의 명예나 이해관계를 염두에 두지 않았다. 이는 그야말로 약자를 돕는 순수한 정의감이었다. 『수호전』에는 개성이 강한 많은 캐릭터들이 등장한다. 그러나 남을 돕는데 한 평생을 보낸 노지심은 우리의 실생활과 조금도 떨어져 있지 않았다.

노지심만큼 힘이 센 사람도 없었고, 노지심처럼 정의로운 사람도 없었다. 그러면서도 노지심은 자기 자신을 조금도 보살피려 하지 않았다. 이런 점에서 노지심은 진짜 사나이 중의 사나이였다.

노지심은 남의 어려움을 구원하기 위해 자신의 살길을 망치는 것도 두려워하지 않았다. 아무런 안면도 없는 김씨 모녀를 위해 진관서를 혼내주다 보니 자신의 밥줄인 제할이라는 직책을 버려야 했다. 임충을 구하다 보니 노지심은 고구에게 눈의 가시가 되어야만 했다.

노지심은 하(賀)태수가 양가의 부녀자를 겁탈하는 것을 구하려다가 시진과 함께 모두 잡혀 감옥에 갇힌다.(59회) 다행히 송강이 양산군을 보내 구출하지만 이는 노지심의 정의감이 돋보이는 사건이었다.

대개 힘 좀 쓰고 세상 풍파를 겪은 사람은 말년에 어느 정도 부귀영화를 동경할 수 있지만, 노지심은 그 모든 세속 욕망을 버렸다. 항주의 육화사에서 조용히 앉아 입적한 노지심의 지혜나 인생은 그래서 더욱 빛이 난다.

■ 오대산 소동의 의의

『수호전』에서 노지심은 초반에 등장하는 주인공이다. 3회부터 8회까지 노지심의 이야기가 나오는데 가히 노지심의 전기(傳記)라고 할 만하다.

여기서 노지심은 모두 다섯 차례 큰일을 저지른다. 그 첫 번째는 위주(渭州)에서 진관서를 두들겨 패서 죽게 하고, 두 번째는 오대산에서 술에 취해 금강역사(金剛力士)상을 부수는 소동을 일으킨다. 세 번째 도화촌에서 소패왕 주통(小覇王 周通)을 두들겨 패고, 다음으로 와관사에서 악한 도사(道士)를 죽이고 부녀자를 구출한다. 그리고 마지막으로 야저림에서 임충을 구해낸다.

이 사건들은 모두 뛰어난 필치로 묘사되어 영화를 보는 것보다 더 생생하게 머릿속에 남아 있다. 여기서 4개의 사건은 노지심이 약자를 돕는 의협의 사나이로 활동하는 내용이지만 오대산의 소동

은 그야말로 술 취한 노지심의 행패에 불과하다. 『수호전』의 작가
는 오대산에서 술에 취한 노지심의 행패를 이야기해야 할 특별한
이유라도 있는 것일까?

노달을 불문(佛門)으로 인도한 사람은 대주 안문현(代州 雁門縣)
의 큰 부자인 조원외(趙員外)였다. 조원외는 노지심이 위주에서 진
관서를 죽이면서 구해 준 김씨 딸을 아내로 맞이했다. 노달은 환대
를 받았지만 안전한 도피를 위하여 오대산 문수암에서 머리를 깎
아야 했다.

여기서 조원외가 머리 깎고 중이 되는 체도(剃度)를 권한 것이 단
순한 안신피난(安身避難)만을 위한 방편일 수도 있지만, 노달의 사
나운 기질을 꺾고 성격을 바꿔야 할 필요성을 절실히 느껴서 권한
것인지도 모른다.

조원외와 노달은 승려 신분증인 도첩(度牒)을 가지고 오대산 문
수원(文殊院)에 올라가 지진장로를 만난다. 노달의 인상이 무섭고
골통으로 보였기에 다른 사람들은 산문(山門)에 누가 될 거라고 거
부하려 했으나, 지진장로는 조원외의 체면을 보아 완전 삭발하는
조건으로 도제로 받아들인다.

노달은 머리만 깎고 수염은 깎지 않으려 했지만 그렇게는 되지
않았다. 비록 어쩔 수 없이 머리와 수염까지 모두 밀었지만 노달의
육근(六根: 眼 · 耳 · 鼻 · 舌 · 身 · 意)은 청청해지지 않았다.

노달은 비록 법명을 받고 가사를 걸쳤지만 마음 어느 구석에도
화상이 되겠다는 마음이나 또 되어야겠다는 생각은 없었다. 때문
에 지진장로가 '불문의 삼귀(三歸)와 오계(五戒)를 지킬 수 있느

냐?' 고 물었을 때, 노지심은 '그리 하겠습니다' 또는 '못 하겠습니다' 라고도 말할 수 없었다. 이에 노지심의 입에서 기막히고 아주 절묘한 대답이 나온다.

"제가 기억하겠습니다(灑家記得)."

이에 여러 화상들이 모두 웃었다.(4회)

속담에 '중노릇 하루면 하루의 종을 쳐야 한다' (做一天和尙當一天鐘)는 말이 있다. 말하자면 중이 되었으면 중노릇을 해야 한다는 뜻이다. 그러나 노지심은 불경을 외우기도 싫었고 종을 치지도 않았다. 문수암에 5, 6백 명의 화상이 참선을 할 때, 노지심은 큰 대자로 누워 자면서 사방을 돌아다니는 꿈을 꾸었다.

노지심의 그 열화와 같은 성질에 어떻게 염불을 하고 어떻게 목어(木魚)를 칠 수 있겠는가? 향불 연기가 새파랗고 가느다랗게 피어오르는 문수원에 전혀 길들여지지 않았으며 야수와도 같은 그가 갇혀 있다는 그 자체만으로도 기가 막힐 일이었다. 결국 그 폭발은 어쩌면 당연하지 않은가? 사자처럼 포효하고 산을 뒤엎을 듯 몸부림을 칠 수밖에 없는 노지심이었다.

그러나 노지심은 쫓기는 몸이었다. 그는 냉정해야만 했고 마음의 열화를 스스로 진정시켜야만 했다. 어쩌면 조원외가 자신에게 가장 좋은 피난과 도피의 장소와 방법을 일러 준 것일지도 모른다. 가사(袈裟)는 노지심에게도 가장 좋은 보호막이 될 수 있다.

문제는, 노지심의 인내가 얼마나 지속되느냐에 있었다. 어차피 관부의 수색은 갈수록 물러질 것이고 노지심의 자기 통제력도 약화될 것이다. 노지심의 순화될 수 없는 야성과 불문의 청규(淸規)는 서로 달라도 너무 다르다. 결국 첨예한 대립과 갈등이 일어날 것이다.

　매운 것도 먹을 수 없는 불문의 소식(素食)을 어떻게 견뎌야 하는가? 하물며 큰 사발로 들이키는 술의 유혹, 큰 덩어리로 썰어 입안에 가득 넣고 씹어대는 고기, 특히 개고기가 좋은데! 하지만 불성(佛性)을 믿는 일반 사람들조차 개고기를 먹지 않는데 가사를 걸친 노지심은?

　마침내 초겨울로 접어드는 어느 날, 노지심은 술을 마음껏 취하도록 마시고, 개고기로 배를 가득 채우고 그러고서도 뒷다리 한 짝을 품에 넣고 문수암으로 돌아온다. 노지심의 머릿속에는 계율(戒律)이라는 두 글자가 완전하게 지워져 있었다.

　노지심은 하도 어이가 없어 멍청한 듯 바라다보는 화상 하나를 붙들고 개고기 뒷다리를 입에 쑤셔 넣기도 했다. 노지심의 마음에는 산문의 규율이나 속세 권력자의 권세나 모두가 인간의 자유분방하고도 참된 삶을 억누르는 쓸데없는 규제이기에 타파해야 할 억압의 또 다른 형태라고 생각되었을 것이다.

　술 취한 노지심, 멍청히 바라보다가 놀라 달아나는 화상들, 이제 문수원은 활극의 장으로 변했다. 만약 하늘에서 또는 아무 상관도 없는 제3자가 바라보았다면 아주 재미있었을 것이다. 술과 개고기와 산문의 규율이 한데 뒤섞여 갈팡질팡하는 코미디 같은 활극에서 노지심은 단연 주인공의 역할을 충실히 다 했다.

　술은 안 되는 일도 되게 하지만 때로는 되는 일도 안 되게 한다. 하여튼 노지심은 지진장로의 엄한 질책을 받아들였다. '다시는 안 그러겠습니다'라고 맹세했다. 그리고 겨울을 지나고 따뜻한 봄날 노지심은 절 아래 마을에 내려가 선장(禪杖)과 계도(戒刀)를 주문한다. 이어 술과 고기를 엄청 먹어댔다. 술집 주인이 놀랄 정도였으니!

노지심은 올라오다가 '오랫동안 힘을 안 썼더니 몸이 근질근질하다' 면서 정자를 때려 부순다. 다시 산문(山門)의 금강역사를 보고, '문도 열어 주지 않고 주먹만 쥐고 서서 사람을 놀라게 한다'며 때려 부순다. 그리고서 노지심은 큰소리로 웃어댄다.

노지심이 금강역사를 때려 부수는 장면은 코미디 같지 않았다. 노지심은 자신이 싫어하는 어떤 권위의 틀을 때려 부술 때 느끼는, 말로 다 표현할 수 없는 통쾌한 기분을 느꼈을 것이다.

노지심에게는 부처든 금강역사나 아무런 차이도 없거니와 그다지 경배해야 할 대상도 아니었다. 그저 하나의 우상, 타파해야 할 권위의 허상이었을 것이다. 노지심의 발길과 주먹에 부서진 금강역사는 나무와 진흙 조각뿐이었다. 노지심은 대문을 부수고, 법당에 들어가 공양을 올리는 탁자도 부순다. 그리고 화상들을 두들겨 패고 … 문수원은 완전히 뒤집어졌다. 이 날은 노지심의 일방적 승리였다. 노지심의 통쾌한 파괴, 권위에 대한 철저한 부정이었다.

'자고로 천자도 아예 취한 사내를 피한다(自古天子尙且避醉漢)'고 했다. 지진장로와 다른 화상들 누가 감히 노지심을 말릴 수 있으랴!

문수원에서 소동이 끝나면서 지진장로는 노지심을 동경에 있는 대상국사로 보낸다. 노지심은 하산하며 주문했던 1백 근 선장과 계도를 찾아 몸에 지닌다. 노지심은 선장을 지녔지만 참선하지 않았고, 계도를 차고 다녔지만 계율을 따르지 않았다.

관운장의 청룡언월도만큼이나 무거운 선장은 말할 것도 없지만 계도도 제폭안량(除暴安良)의 무기가 되었는데 이는 노지심의 행적에서 확실하게 드러난다. 노지심은 이 선장으로 도화촌에서 부녀자를 겁탈하는 소패왕 주통(周通)을 혼내주었다. (5회) 또 와관사(瓦官寺)의 극악무도한 화상과 도사를 죽였다.(6회)

그리고 또한 야저림에서 임충의 목숨을 노리고 흉악한 짓을 하려던 2명의 호송인을 정신 차리게 해주었다. 노지심의 선장은 앞으로 겪을 험로를 개척하는 데 긴요했고 계도는 사악한 짓을 하는 사람들을 혼내주는 역할을 다했다.

결국 오대산에서의 한바탕 소동은 권위를 부정하고 타파하려는 반항정신의 표출이었으며, 동시에 노지심이 양산으로 들어가는 길목에서 입산을 재촉하는 계기가 되었다고 볼 수 있다.

10. 무송 : 술과 호랑이 때려잡기

행자 무송(行者 武松)은 산동 동평부(지금의 태안시 동평현) 출신으로 『수호전』의 영웅이면서 소설 『금병매(金甁梅)』에도 등장한다. 『금병매(金甁梅)』에서는 반금련(潘金蓮)과 서문경(西門慶)이 무대랑(武大郎)을 독살한 뒤, 무송은 그 원수 서문경을 죽이려 했으나 다른 사람을 죽여 맹주(孟州)로 유배된다. 그 뒤 다시 돌아왔으나 이미 서문경은 병사했기에 반금련을 죽이고 이룡산에 들어가 산적이 되는 것으로 그려진다.

■ 너무나 다른 형제

『수호전』의 영웅이면서 『금병매(金甁梅)』에서도 빼놓을 수 없는 무송이기에 많은 사람들이 무송은 허구의 인물로 생각한다. 그렇지만 무송은 역사상 실존인물이며 그의 묘지도 항주(杭州) 서호(西

湖) 부근에 있다고 한다.

중국의 『임안현지(臨安縣誌)』나 『절강통지(浙江通志)』 등에 무송에 관한 기록이 있다고 한다. 사료에 의하면 북송 시대에 무송은 도적이 아닌, 각지를 떠돌며 무예를 팔아먹고 사는 떠돌이 매예인(賣藝人)이었는데 특히 신체가 장대했다고 한다. 항주지부 고권(高權)은 무송의 출중한 인물과 뛰어난 무예를 보고 항주의 도두(都頭)로 삼았고 무송은 곧 제할로 승진했으며 고권의 심복이었다. 그 뒤에 고권은 중앙 권력자의 미움을 사 파면되었고 무송은 고권과 연관되었다하여 해임을 당했다. 후임으로 온 지부는 태사 채경(蔡京)의 아들 채륜으로 유명한 간신이었다. 채륜은 아비의 권세를 믿고 항주에서 학정(虐政)으로 백성들을 괴롭혔다. 백성들의 원성은 길에 가득 찼고, 사람들은 채륜을 채호(蔡虎)라고 부르며 무서워했다.

채륜에 대한 증오가 뼈에 사무친 무송은 채륜을 죽이기로 결심한다. 어느 날 무송은 칼을 품고 채륜의 거소에 잠입한다. 무송은 삼엄한 호위를 뚫고 칼을 휘둘러 채륜을 죽인다. 그러나 관군에 포위된 무송은 혼자였으니 결국 체포되고 사형에 처해졌다. 당시 백성들은 그 은덕에 감격하여 항주 서냉교라는 다리 근처에 그의 무덤을 쓰고 '송의사무송지묘(宋義士武松之墓)'라는 비석을 세웠다고 한다.

무송은 어려서 일찍 부모를 여의고 형 무대(武大)의 손에 자랐다. 무송은 둘째이기에 무이(武二) 또는 무이랑(武二郎)이라고도 불렀고 수호전에서의 별명은 행각승(行脚僧)이란 뜻의 '행자(行者)'이다.

『수호전』 23회에 시진의 저택에서 송강과 상면하면서 처음 등장하는데, 그때 무송은 청하현 출신으로 죄를 짓고 도망을 나와 시진의 집에 일 년 정도 머문 것으로 자신을 소개한다.

무송은 특별한 직업이 없었으나 양곡현 경양강(景陽崗)에서 호랑이를 때려잡은 뒤에 양곡현 지현이 무송을 보병 도두(都頭)에 임용한다. 도두의 역할은 요즈음으로 말하면 경찰관이다.

그 뒤 반금련과 서문경을 죽인 뒤, 맹주로 귀양을 간다. 맹주에서 장문신을 때려죽이고, 다시 원앙루에서 장도감을 죽이는 대활극을 벌린 뒤, 도망치는 도중에 장청(張靑)과 손이랑(孫二娘) 부부에 걸려 죽을 뻔했다가, 결국 행자로 분장하고 이룡산에 들어간다. 그리고 양산에 들어가 14위 두령이 되었다가 초안 이후 송강을 따라 공을 세운다.

그러나 무송은 '방랍의 난'을 평정한 뒤, 동경으로 가기를 거부하고 항주 육화사에서 정식으로 출가했고 81세로 선종(善終)했다. 이상이 무송의 일생에 대한 간략한 내용이다.

무송은 소설에 나온 그대로 맨손으로 호랑이를 때려잡을 정도의 뛰어난 대장부였으나 그의 형 무대(武大)는 덩치가 작을 뿐만 아니라 못생겨서 무능한 사람의 대표자로 중국 속담에 등장한다. 무대와 관련된 속담 몇 가지를 읽어보더라도 무대의 모습이 눈에 선하게 떠오른다.

◈ 무대랑이 차린 가게(武大郎開店) : 작고 볼품이 없다는 뜻.
◈ 무대랑의 좆 — 더 커지지 않는다.(武大郎的鷄巴 — 長不了) : 좋아질 가망이 없다는 뜻.

❖ 무대랑이 부엉이하고 놀다.(武大郎玩夜猫子) : 사람마다 좋아
하는 것이 다르다는 뜻.

❖ 무대랑이 두부를 파는데, 사람이나 물건 모두 물렁하다.(武大
郎賣豆腐 人鬆貨也軟) : 가게 주인이나 물건이나 다 별 볼일 없
다는 뜻.

❖ 무대를 모신 사당에서 일하는 종놈 ― 무슨 좋은 계책이 있겠
는가?(武大廟裏的奴才 ― 有甚高計) : 모신 사람이나 그런 사당
에서 일하는 종놈이나 다 볼 것이 없다는 뜻.

❖ 무대가 호랑이를 잡다 ― 그럴 만한 주먹이 없다.(武大郎打虎
― 沒長下那個拳) : 믿을 수 없다는 뜻.

❖ 무대랑이 독약을 마셨는데, 마셔도 죽고 안 마셨어도 죽었을
것이다.(武大郎服毒 喝也是死 不喝也是死) : 이래저래 결과는 마
찬가지라는 뜻.

❖ 무대랑이 철봉에 매달리다. ― 올라가기도 내려가기도 어렵
다.(武大郎攀杠子 ― 上下夠不着) : 능력이 없어 이러지도 저러
지도 못한다는 뜻.

이를 종합한다면, 무대는 중국의 대표적인 못난이 이다. 삼국지
에 나오는 아두(阿斗, 유비의 아들. 後主)는 부잣집이나 귀한집의 못
난 아들을 상징하고 무대는 보통사람들 중에서 무능력하기에 이래
저래 놀림을 당하는 사람이다.

이에 비하여 무송은 '꼭 필요한 사람' 또는 아주 어려운 일을 훌
륭하게 할 수 있는 사람으로 속담에 나온다.

◈ 호랑이를 잡을 무예가 없다면 감히 산 언덕에 오를 수 없다.(沒有打虎藝 不敢上山岡) : 능력이 있어야 무슨 일이든 할 수 있다는 뜻.

◈ 호랑이를 때려잡을 장수가 없으면 경양강을 지날 수 없다.(沒有打虎將 過不得景陽崗) : 해당 분야의 전문 능력을 가진 사람이 있어야 일을 추진할 수 있다는 뜻.

■ 너무 우직한 무송

무송은 당당한 사나이였다. 자신에게 오는 모든 역경을 있는 그대로 받아들이면서 극복하기에 『수호전』의 독자라면 누구나 행자 무송에 대하여 외경심(畏敬心)과도 같은 존경심을 갖는다.

무송이 등장하여 이룡산에 들어갈 때까지는 말하자면 한 개인에서 집단 구성원의 한 사람으로 바뀌는 과정이었고, 소설 같은 어려움이 하나씩 차례차례 다가온다. 이 동안 겪은 어려움은 임충이 겪은 난관만큼이나 힘든 것이었다.

그러나 임충이 겪은 역경이 임충 본인의 뜻과는 전혀 상관없이 외부에서 닥쳐 들어온 것이라면, 무송이 겪고 이겨낸 역경은 너무나 우직하고 강직하여 융통성이 없는 성격에서 유발된 것이라고 생각할 수도 있다.

우직한 사람들은 주위에서 일어나는 사건에 대하여 평정심을 가지고 생각하거나 분석한다든지 또는 그 결과가 어떨 것인가를 예측하려는 노력이 부족한 일면이 있다.

『수호전』에서 무송이 처음 등장하는 것은 22회 시진(柴進)의 집에서였다. 그때 무송은 학질에 걸려 화로 곁에 불을 쪼이고 있었고 시진의 환대를 받는 송강은 술이 거나하게 취해 화장실에 가던 중이었다. 송강이 부주의로 화로를 건드리고 화로의 불이 무송에게 쏟아지자 무송이 일어나 송강의 멱살을 잡으면서 소리를 지른다.

"넌 뭐하는 좆 같은 놈이야(爾是甚麼鳥人)? 감히 나를 놀리냐(敢來消遣我)!"

무송은 벌써부터 주인이 자신을 홀대한다고 생각하여 속이 부글부글 끓던 참이었다. 송강을 안내하던 사람이 무송을 만류해도 무송은 자신의 성질을 누그러뜨리지 않았다. 무송은 송강의 멱살을 잡으면서 그동안 참았던 주인에 대한 불만도 함께 터뜨린다.

그런데 시진과 무송도 본래 아는 사이가 아니었다. 시진이 하도 사람을 좋아하기에 병에 걸려 고생하는 무송을 빈객으로 받아 주었고 무송은 신세를 지는 입장이었다.

무송이 크게 화를 낸 것은 부주의한 송강에 대한 불만과 함께 주인에 대한 불만이 쌓여 있었기 때문이었다. 이는 자신의 우직함이 지나쳐 다른 사람의 입장을 수용하지 못한 것이다. 무송이 정말로 자기가 차별대우를 받고 있다고 생각했다면 슬그머니 떠나면 그뿐이었다. 자신에게 은혜를 베푼 주인을 욕할 필요는 없는 일이었다.

부잣집의 여종이었던 반금련이 원하지도 않던 무대와 결혼을 했고 또 결혼 생활에 불만이 있어도 참고 살아야 했던 그런 상황에서 남편과 함께 들어온 시동생 무송은 정말 뜻밖의 손님이었다. 못난 남편한테 이렇듯 훤칠하고 매력적인 대장부 시동생이 있었다니!

건장한 시동생에게 마음이 끌리는 것은 어쩌면 당연했을 것이다.

그러나 시동생한테 잘 대해주는 형수의 속셈을 간파한 무송은 '형이 자신에게 얼마나 소중한 분인가'를 또 '형을 부모처럼 존경하고 있다'는 사실을 그 형수에게 엄중히 말했어야 했다. 그리고 자신은 여자에 대하여 아무런 호감도 느끼지 못하는 괴팍한 성격이라는 점도 강조하면서 바람기가 있는 형수를 단속했어야 했다.

물론 무뚝뚝한 무송, 너무나 우직한 무송에게 그런 세심한 정도까지 신경 써 주기를 바랄 수는 없다고 생각할 수도 있다. 무송은 출장을 가면서 형에게 장사를 좀 못해도 좋으니 일찍 들어와 집단속만 잘 하라고 말한다. 그렇다면 출장기간 동안에 반금련이 서문경과 바람을 피우고 무대를 죽인 사건에 무송의 우직함은 조금도 상관이 없는 것일까?

무송이 장문신을 내쫓고 나중에 죽이는 일련의 대살인 사건도 단순히 무송의 분노로만 생각할 수 있는가? 본래 시은(施恩)이나 장문신이나 똑같이 나쁜 패거리였다. 요즈음으로 치면 지방 중소도시에서 뿌리를 내리고 부정한 방법으로 생활을 영위하는 토착세력과 무엇이 다른가? 시은은 무송이 호랑이를 때려죽일 수 있는 힘센 영웅이라는 것을 알고 먼저 이용한 것뿐이었다.

무송은 '시은이 왜 자신에게 은혜를 베푸는가?'를 한 번이라도 생각해 보았거나 또 그런 시은에게 자신의 능력을 제공하는 것이 정당한가를 한 번쯤은 생각해 보았어야 했다. 나에게 은혜를 베풀어 준 시은에게 내 성의를 다해 도와야 하는 것이 바로 의리라는 생각만 했다. 그러나 그는 또 나중에 장도감이 베푸는 호의도 순수한 마음으로 받아들였다. 그러나 아무런 의심도 하지 않던 무송이 장도감과 그 배후의 진실을 알았을 때 그의 분노는 폭발했다.

이런 분노의 대폭발은 그의 너무나 단순한 우직한 성격과도 분명히 상관이 있다.

⬆ 무송 – 장문신과 싸우다

무송은 물론 맺고 끊는 것이 명쾌했다. 의리를 높이 숭상하고 의리 있는 사람을 따르고, 원수일지라도 잊어야 한다면 깨끗하게 잊었다. 또한 관청의 관리들과 법의 바른 집행을 믿었던 무송이었다. 때문에 서문경을 죽이고서도 관청에 가서 자수하는 무송이었다.

결론적으로 무송이 겪으면서 이겨낸 삶의 비극은 그의 우직한 성격과 깊은 연관이 있다고 생각된다.

■ 무송의 각성 (1)

힘을 좀 쓴다는 사람이라도 산 중의 대왕인 호랑이를 맨주먹으로 때려잡았다면 정말 대단한 것이다.

『수호전』에 묘사된 무송의 그 장면은 너무나 사실적이기에 무송은 '하늘을 받치고 땅위에 우뚝 선,' 그야말로 정천입지(頂天立地)의 영웅이며 하늘이 낸 사람이라고 말할 수 있다.

그렇지만 무송은 보통사람과 똑같은 약점을 가지고 똑같은 과오를 저질렀던 사람이다. 다만 무송의 용기와 힘이 너무 강렬하게 서술되었기에 무송이 저지른 실수에 대해서는 생각하지 못할 따름이다. 무송은 보통의 겁쟁이(狗雄)하고는 달랐다. 만약 힘은 좀 있으나 꼭 있어야 할 용기나 정의감이 없다면 보통 겁쟁이들보다 더 나쁠 수도 있다.

무송은 자신의 약점을 스스로의 자각을 통해 극복했다. 호랑이를 때려잡은 영웅이 꼭 사회생활에서의 영웅은 아니다. 무송뿐만 아니라 양산의 영웅들은 대개 사회의 거친 시련을 이겨내면서 진정한 사나이로 태어났다. 무송 역시 특별한 직업도 없이 그저 힘 좀 쓰는 사나이에서 맵고 시며, 달고 쓴 삶의 맛을 다 보며 강해지는 사나이로 세상을 살아갔다.

무송한테 맞아 죽은 호랑이는 두 눈이 찢어져 하늘을 향했고 이마에는 하얀 털이 있으며(弔睛白額), 그간 많은 사람들을 해쳤기에 관청에서도 포수를 배치해 죽이려던 호랑이었다. 술 주막 주인도 술을 석 잔 이상 마시고는 고개를 넘을 수 없다고(三碗不過岡) 만류했었고 호랑이의 두려움에 대하여 충분히 설명해 주었다.

무송은 그런 호랑이의 존재를 알고, 사람을 해친다면 때려잡아야 한다는 의지를 가지고 경양강을 올라간 것은 아니었다. 나중에 산신각에 붙어 있는 공고문을 읽고서야 호랑이의 무서움을 알았다. 이미 늦은 시간이었기에 돌아가고 싶은 마음도 있었지만 그렇게 되면 주막 사람들한테 웃음을 살 것 같아 그냥 넘어가기로 했다. 다시 말해, 의지가 강한 무송이 아니라 그냥 술김에 '설마 그렇게 무서운 호랑이가 있으랴!' 하면서 내친걸음이었다.

무송이 호랑이를 죽인 뒤, 사실을 안 포수들은 그를 마을로 데려갔고, 다시 무송은 양곡현에 가서 지현(知縣)을 만났다. 지현은 놀라면서 상금을 내렸지만 무송은 그 상금을 포수들에게 나누어 주었다. 양곡지현이 무송을 도두에 임명했을 때, 무송은 감격해 무릎을 꿇고 말한다.

"이처럼 각하의 천거를 받으니(若蒙恩相擡擧) 소인은 죽을 때까지 은혜를 잊지 않겠습니다.(小人終身受賜)"

이후 무송에게 동경까지 뇌물을 수송하는 임무가 주어질 때도 무송은 거절하지 않는다.

"소인이 각하의 보살핌을 입었는데 어찌 남에게 미룰 수 있겠습니까? 시켜만 주신다면 곧 다녀오겠습니다."

무송은 도두의 직책으로 상관을 위해 충성을 다 받쳤다. 그 뇌물이 백성들의 고혈을 짜낸 것인 줄 모르는 무송이 아니었다. 무송은 그저 충성스러운 주구(走狗)였다. 천하의 무송도 이때는 이랬었다.

무송이 동경에서 돌아왔을 때, 형 무대는 죽고 없었다. 무송은 여러 가지 정황 증거로 형수 반금련과 서문경의 간통을 확인했다.

무송은 검시관 하구숙(何九叔)에게서 독살당했다는 증거로 검게 변한 뼈 두 조각을 증거물로 받고 이를 근거로 양곡지현에게 고발한다.

그러나 양곡지현은 처음부터 서문경과 한 패였다. 처음에는 증거가 없다고, 나중에도 '눈으로 보았다 해도 믿을 수 없는 일도 있는데 다른 이의 말만을 어찌 믿겠느냐?' 하면서 확실한 증거가 있어야 일을 처리하겠다고 미룬다. 말하자면 서문경의 백설 같은 은(銀, 돈)의 위력에 무송은 그냥 당한 것이다. 그토록 충성을 다 바친 상관이 자신의 고발 사건을 덮어버리려 했고, 증거를 들이밀었는데도 가해자인 서문경 편을 들었다.

결국 무송은 반금련과 서문경을 죽였고, 왕 노파의 증언을 받아 적은 뒤, 이웃 사람들의 증언을 첨부해야만 했다. 무송은 서문경의 권세, 금전의 위력이 어느 정도인가를 확실하게 보았다. 서문경의 죽음 곧 금전의 위력이 없어진 다음에야 양곡지현은 사건을 제대로 종결한다.

무송이 반금련과 서문경을 직접 죽이는 과감한 행동은 정당한 사리가 통하지 않을 때, 사나이는 행동으로 보여 줘야 한다는 진리를 실천했다고 생각할 수도 있다. 양곡지현에게 그토록 충성을 다한 무송이었지만 서문경을 죽이지 않았다면 무송은 자신의 억울함을 해소할 길이 없었을 것이다.

아마 양곡지현이 아니더라도 당시의 지방관은 누구라도 그랬을 것이다. 서문경과 같은 토호의 권력 ― 금전의 힘을 거부할 만한 정의로운 지방관이 어디에 있었겠는가?

노지심은 진관서를 죽이고, 이규는 은천석을 죽인 뒤, 두 사람은 도주했다. 그러나 무송은 이때까지도 관리들을 믿었다. 자신이 정당하다면 굽힐 것이 없다고 생각했다. 그만큼 무송은 세상 물정에 어두었다. 때문에 재판의 결과에 승복하고 맹주로 유배를 간다.

그렇다면 결과적으로 무송은 양곡지현에게 이용만 당한 것이 아닌가?

▣ 무송의 각성 (2)

무송은 맹주 안평채에 도착한다. 감옥의 선배들이 무송에게 무시무시한 살위봉(殺威棒)을 설명하면서 겁을 준다. 그리고 그보다도 더 무서운 토포대(土布袋) 등 잔인하기 그지없는 고문 방법에 관한 이야기를 들었어도 무송은 전혀 겁먹지 않았다.

무송은 다른 사람들이 '살고 싶어도 살아날 수 없고 죽고 싶어도 죽지도 못한다' 는 그런 고문을 담담하게 기다렸지만 무송에게는 좋은 술과 고기와 물고깃국이 연일 공급되었다. 무송이 아무 거리낌 없이 실컷 먹었고 원기를 회복했을 때, 시은(施恩)이 웃는 얼굴로 나타나 무송을 추켜세운다.

그곳 감옥을 관리하는 사람 관영(管營)의 아들인 시은은 무송에게 특별한 의도로 접근했고 은혜를 베풀었다. 살위봉으로 맞지도 않았고, 고문도 안 당했고, 노역에 동원되지도 않았다. 좋은 술과 고기를 먹으면서 그늘에서 빈둥댈 수 있는 특혜를 누렸다.

이에 무송은 큰 바위를 들어올리며 힘을 과시했고, '당신을 위해서라면 어떤 일이라도 하겠다' 며 시은에게 약속한다. 이는 시은에

게 아첨의 뜻으로 하는 말이 아니라 무송의 진심이었다.(28회)

시은은 쾌활림에서 주막을 열고 장사를 하며 노름을 붙이고 그 구전을 뜯어먹고 있었다. 그러나 그 주점의 이권을 장문신(蔣門神)에게 빼앗겼다. 시은이 그 쾌활림의 주점을 빼앗긴 설명을 할 때, 무송이 물었다.

"그 장문신이란 사람은 머리가 몇 개고 팔이 몇 개인가?"

무송은 그 장문신이 다른 사람과 똑같다면 무엇을 겁내겠는가? 무슨 준비가 필요한가? 당장 내일 해치우겠다고 말했다. 그러자 시은의 아버지가 나타나 무송에게 정식 부탁을 했고 무송은 시은과 의형제를 맺었다.

무송은 쾌활림에 가면서 보이는 주점마다 세 사발씩 술을 마셨고 장문신을 간단하게 두들겨 패 내쫓았다. 시은은 쾌활림 주점의 이권을 되찾았다.

이때 무송은 단순했다. 자신에게 은혜를 베푼 사람의 원수는 무송에게도 원수였다. 은혜를 입었다면 은혜를 갚아야 하고 원수가 있다면 복수하면 되었다.

그러나 따지고 보면 장문신과 시은은 무슨 구별과 차이가 있는가? 시은은 제 아버지를 배경으로 감옥 내에서 행세를 하며 잇속을 챙겼다. 시은의 아버지 또한 자식의 감정과 이권을 위하여 공무를 공무대로 처리하지 않았다. 장문신은 어떤가? 장문신도 지방 권력자를 배경으로 쾌활림의 주점을 빼앗고 이권을 누리고 있었다.

그렇다면 무송이 시은을 위하여 장문신을 두들겨 패 내쫓은 일은 과연 정의인가? 그러나 무송은 굳이 시비(是非)와 정사(正邪)를 따지지 않았다. 장문신 뒤에 좀 더 큰 권력이 있으니 장문신이 그르고, 시은은 옳다는 생각도 아니었다. 만약 장문신이 먼저 무송에게 접근하여 은혜를 먼저 베풀었다면 무송은 아마도 장문신을 위하여 시은을 패 주었을 것이다.

이런 시절에 올바르고 인자한 방법으로 돈을 모은 사람이 있겠는가?

'부자가 되려면 인을 행할 수 없고(爲富不仁) 인을 행하면 부자가 될 수 없다(爲仁不富)'는 말은 아주 실질적인 교훈이다. 권력의 비호나 주먹의 힘이 아니면 자본의 축적 내지 자산을 모을 수 없는 상황이었기에 사실 장문신이나 시은이나 나쁜 것은 모두 마찬가지였다.

쫓겨난 장문신인들 가만히 당하기만 했는가? 장문신은 의형제인 장단련(張團練)을 통해 맹주의 수어병마 장도감(張都監)을 매수하여 무송을 함정에 쳐 넣는다.

장도감은 교활하고 그 방면에서는 능란한 수완을 가진 사람이었다. 전혀 내색도 하지 않고 무송을 칭송하고 추켜올렸다. '대장부,' '사나이,' '영웅무적'이라면서 자신의 가장 가까운 심복으로 대우했다. 또 자신이 마음으로 아끼면서 딸처럼 키운 옥란(玉蘭)이라는 가수를 무송과 짝을 지어주기도 했다. 이에 무송은 눈물을 흘리며 감격했고 그의 품안에 들어갔다.

그러나 무송이 장도감의 가면을 벗겼을 때, 장도감은 사람을 잡아먹는 흉포한 본색을 여지없이 드러냈다. 무송의 분노는 하늘을 찔렀고 장도감은 원앙루(鴛鴦樓)에서 피를 뿌리며 죽어야만 했다.

무송은 이래저래 쓴맛을 보아야만 했고 장도감의 진면목을 알게 되었다. 무송의 면전에서 무송을 치켜세우는 그 하나하나가 곧 무송을 지옥으로 떨어뜨리기 위한 준비였었다.

무송이 장도감·장단련·장문신을 죽인 뒤, 시신의 옷자락을 찢어 붉은 피에 적신 뒤 흰 벽에 큼직하게 여덟 자를 써 내려갔다.

'살인자는 호랑이를 때려잡은 무송이다(殺人者打虎武松也).'

무송은 하나를 죽이나 열을 죽이나 어차피 살인자인데! 집안의 시녀들은 물론 옥란까지 죽였다. '그 집에서 일하던 하녀들이 무슨 죄가 있어 죽어야 했는가? 무송이 너무 잔인하다'고 말할 수도 있다. 그만큼 무송의 분노는 하늘을 찔렀다.

무송은 결코 다시는 관청에 나가 자수하지 않았다. 관가의 그들이 어떤 사람인지 이제는 확실하게 깨달랐기에 무송은 이룡산을 찾아갔다.

물론 무송도 언젠가는 다시금 관가로 돌아가고 싶은 생각이 아주 없지는 않았다. 그러나 양산에 들어간 이후 무송의 생각은 완전히 바뀌었다. 송강이 중양절 날에 국화회에서 초안을 처음 노래했을 때, 노랫가락이 끝나자마자 맨 먼저 일어나 반대한 사람은 무송이었다.

"오늘도 초안, 내일도 초안하면서 형제들 마음을 싸늘하게 만들 것입니까?"

송강은 무송과 그 전날에 공가장(孔家莊)에서 초안을 이야기 했었는데 무송이 맨 먼저 반대를 할 줄 생각도 못했다.

무송은 양산의 진짜 영웅이었다. 해야 할 일이 있다면 두려워하지 않고 완수했다. 원한이 있다면 틀림없이 복수를 했다. 그리고 갖가지 험한 도전 앞에 용감했던 사나이, 자신의 결점을 스스로 깨닫고 극복하면서 자신을 이겨낸 의지의 사나이였다.

■ 호랑이 때려잡기

필자가 중국어를 배울 때, 유명 작가들의 현대 백화문을 읽었다. 그리고 고급 중국어 강좌에서 무송이 호랑이를 때려잡은 이야기를 배웠는데 지금도 이 부분을 읽으면 그때의 기쁨이 새롭게 생각난다. 중국인들은 호랑이를 대충(大蟲 dàchóng) 또는 노호(老虎 lǎohu)라고 한다.

중국인들은 늙을 노(老 lǎo)자를 좋아한다. 우리는 老를 '늙은이'라는 뜻으로만 사용하지만 중국어에서는 우리말과는 전혀 다르게 '老'의 용법이 아주 다양하다.

노친(老親 lǎoqīn)은 늙은 부모이고 노공(老公 lǎogōng)은 늙은이란 뜻이며 노대(老大 lǎoda)는 맏이란 뜻이기에 우리말과 거의 같다. 그러나 노형제(老兄弟 lǎoxiōngdi)는 막내아우이고 노제(老弟 lǎodi)는 자네란 뜻으로 쓰이니 '老'의 의미가 헷갈리기 시작한다. 이런 경우 老는 '호칭에 쓰이는 접두사' 이다. 이런 예는 아주 많은데 그 중 재미있는 몇 개를 들어보면 다음과 같은 것이 있다.

중국인들이 이십대의 젊은 선생님도 꼭 노사(老師 lǎoshī)라고 부르는 것은 우리도 본받을 만한 일이다. 반면에 노장인(老丈人 lǎ o zhàngrén)은 장인의 뜻도 있지만 멍청이나 바보란 뜻으로도 쓰이니 말하는 사람이 무슨 뜻으로 쓰는지는 앞뒤 문장으로 판단해야 한다.

그리고 멍청이는 노태(老呆 lǎodāi), 촌뜨기는 노토(老土 lǎotǔ), 뺀질이는 노유자(老油子 lǎo yóuzi)인데 우리 입장에서는 왜 老자를 붙여야 하는지 의문이 생긴다.

그리고 조심할 것은 노호(老虎 lǎohǔ)는 늙은 호랑이가 아니라 그냥 호랑이이다. 마찬가지로 노서(老鼠 lǎo shǔ)도 늙은 쥐가 아니라 그냥 쥐이다. 쥐한테도 老자를 붙여주는 중국인들이라고 생각하면 된다.

호랑이의 기세나 포효는 백수의 왕으로 조금도 손색이 없으며 무서운 존재임을 나타낸다. 경양강에서 무송 앞에 나타난 호랑이는 '눈이 찢겨 올라가고 이마에 흰털이 난' 적정백액(弔睛白額)의 호랑이로 그야말로 산중 대왕이었다. 이 호랑이는 이미 2, 30명 사나이의 목숨을 앗아갔기에 양곡현에서는 부득불 오전 9시부터 오후 3시까지만 무리를 지어 고개를 넘어가라는 공고문을 내걸었다. 2, 30명의 사람이 목숨을 잃었다면 그야말로 호환(虎患)치고서는 큰 호환이었을 것이다.

『수호전』에서 무송과 호랑이가 한데 엉키어 싸우는 묘사는 매우 사실적이다.

호랑이가 나타나기 전 찬바람이 휙 불어온다.

그야말로 바람을 몰고 다니는 호랑이다. 호랑이가 무송을 한 번 내려찍듯이 치고(一撲), 다시 솟구치면서(一掀) 공격하더니 이어 옆으로 후려친다(一剪).

처음 호랑이의 출현을 예감했을 때 무송은 놀라 '아야!(呵呀)'라고 소리치면서 바위에서 뛰어내린다. 그 순간 무송이 마셨던 술이 모두 식은땀이 되어 흘렀다(酒都做冷汗出了). 호랑이가 내려찍듯 공격할 때, 무송은 잽싸게 피하면서 호랑이의 뒤쪽에 섰다.

무송은 호랑이의 세 차례 공격을 모두 피한다. 사람이 호랑이의 공격을 피할 만큼 민첩할 수 있는가하는 의문을 가질 수도 있지만 하여튼 무송은 피했다.

다시 공격해오는 호랑이를 향해 호신용 곤봉(哨棒)으로 힘껏 내리쳤으나 곤봉은 나무에 맞고 두 동강이 난다. 이어 무송과 호랑이는 그야말로 육박전을 벌린다. 무송은 호랑이의 목덜미를 두 팔로 감아 혼신의 힘을 다해 누르기를 시도한다. 호랑이는 뒷발로 커다란 웅덩이를 파가면서 버둥댄다. 무송은 호랑이가 파논 웅덩이에 호랑이 대가리를 처박는데 성공하면서 오른팔을 빼내 호랑의의 머리통을 쥐어박는다. 온 힘을 다해 50번이나 70번쯤 주먹질을 하자 호랑이의 입, 코, 눈에서 붉은 피가 흘러나온다. 호랑이가 쭉 뻗었을 때, 무송은 몸을 빼내 부러진 곤봉을 찾아 다시 호랑이의 이마를 가격한다.

사실 중국 소설에서 호랑이를 죽였다는 이야기는 많이 볼 수 있다. 하루에 호랑이 다섯 마리를 잡았다면 그런 이야기를 누가 사실로 믿을 수 있겠는가?

그러나 『수호전』에서는 달랐다. 우선 호랑이를 만나기 전 무송이 경양강 아래 주점에서 술을 마시는 장면부터가 아주 리얼하다.

주인이 무송을 말리는 장면, 무송이 술김에 산으로 가는 장면 그리고 낡은 산신각에서 공고문을 보면서 내려가고도 싶지만 주점 주인의 만류를 뿌리치고 올라왔는데 내려가면 분명 비웃음을 살 것같아 내려가지 않고 산을 더 올라간다.

그리고 호랑이의 출현 과정과 생김새나 그 동작이 마치 비디오를 보는 것처럼 생생하게 묘사되었다. 일진광풍이 휙 스쳐갈 때, 그리고 공격해 올 때, 무송은 마신 술이 깨면서 식은땀이 되어 흘렀다는 묘사는 마치 실제의 장면을 옆에서 지켜보는 듯하다.

호랑이를 때려잡은 뒤 호랑이를 끌고 가겠다는 생각도 했지만 무슨 힘이 남아있겠는가? 무송이 이런저런 생각하는 과정이나 내려오면서 사냥꾼을 만나는 대목 역시 매우 사실적이다. 무송이 고개를 내려오는데 갑자기 호랑이 두 마리가 마른 풀숲에서 뛰어나온다. 이를 본 무송은 소리를 지른다.

"아이쿠! 난 이젠 끝장이구나(呵呀! 我今番罷了!)!"

↑ 호랑이를 때려잡는 무송

그러나 그 호랑이가 벌떡 일어서는 것이었다. 무송이 보니 호랑이 가죽을 뒤집어 쓴 사람이었다.

무송이 이어 마을에 들어가고 다시 양곡현으로 가는 과정을 매우 생생하게 묘사하였기에 독자들은 무송이 호랑이를 때려잡았다는 사실을 아무도 부정할 수가 없다.

■ 또 다른 호랑이 때려잡기

『수호전』의 또 다른 이름은 청(淸)나라의 김성탄이 붙인 『제5재자서(第五才子書)』이다. 중국 역사상 그 많은 저술 중에서 '재자(才子)의 글'로 뽑혔다는 사실은 '뛰어난 소설'이라는 확실한 반증이다. 그 뛰어난 점을 조리 있게 체계적으로 설명하기는 어렵지만 읽다보면 저절로 그러한 느낌이 온다. 요즈음 표현대로 '필(feel)이 꽂히는' 소설이다.

이 소설에서는 등장인물들의 행적에 대한 묘사가 압권이다. 임충·무송·노지심·송강·이규 등의 형상은 마치 밤하늘에 빛나는 별처럼 뚜렷하다. 이들은 소설 속에서 빛나는 점(點)으로 곳곳에 박혀서 광채를 더해 준다.

그리고 이런 영웅들이 양산박으로 모여들어 커다란 면(面)을 형성한다. 두 개의 점이 이어지면 선(線)이 되고 최소 세 개의 점이 이어지면 면(面)이 형성되는데 양산박은 108개의 점이 모여 면을 이루고 더 나아가 입체(立體)를 만들었다. 그 입체는 조화를 이루면서 하나의 독특한 세계를 창조하여 독자들을 빨아들인다.

소설에서 무송이 호랑이를 때려잡는 장면은 정말 뛰어난 묘사이고 감동적이다. 그런데 소설에서는 흑선풍 이규도 기령(沂嶺)에서 호랑이를 때려잡는다.(43회)

그것도 호랑이 굴에 들어가 새끼와 어미 격인 암놈과 또 그 수컷을 때려잡는다. 이규의 늙은 어머니를 잡아먹은 호랑이에 대한 복수였다. 이규의 분노가 어느 정도였겠는가는 읽다보면 느낌이 온다. 이규의 그 복수가 또한 새로운 감동을 준다. 호랑이를 때려잡은 이야기는 서로 비슷하지만 두 장면은 전혀 새로운 재미를 느끼도록 창작되었다.

소설 93회에서 이규는 또 한 번 호랑이와 만난다. 신년 축하 술자리에서 이규는 기분좋게 술에 취한다. 이규는 꿈속이지만 채경(蔡京), 동관(童貫) 양전(楊戩), 고구(高俅)를 차례로 찍어 박살낸다. 그리고 천지령(天池嶺)의 숲속 바위 위에 우두커니 앉아 있는 어머니를 만난다. 이규는 어머니를 불렀고 이제는 관리가 되었으니 어머니를 편히 모시겠다고 말한다.

그때, 큰 호랑이가 이규를 덮쳐온다. 이규는 도끼로 힘껏 내리쳤다. 그리고 어머니에게 말한다.

"어머니 이제 호랑이는 없습니다."

이규는 꿈에서 깨어난다. 그렇지만 기분이 좋았다. 이규의 꿈 이야기를 들은 무송과 석수(石秀) 등 여러 사람이 모두 박수를 치며 좋아한다.

호랑이 잡는 이야기는 처음에 무송의 호랑이 때려잡기에서, 다음에는 이규의 호랑이 때려잡기, 그리고 꿈속에서 이규가 4명의 적신(賊臣)을 죽이고 다시 호랑이를 죽이고 어머니를 만나는 식으로 이어진다. 그만큼 무송과 이규 모두에게 호랑이 때려잡기는 오래오래 기억에 남을 일이었다.

아무리 소설이라지만, 사람이 호랑이때려잡는 부분을 실감나게 묘사하기란 결코 쉬운 일이 아니다. 소설속에서 호랑이를 때려잡은 이야기가 성공한 것은 무송이 머뭇거리고, 놀라며, 두려움 속에서도 침착하고 대담하게 맞서면서 죽을힘을 다 쓰는 그 과정의 묘사에 있다고 할 수 있다. 그리고 또 다른 사건에서도 볼 수 있는 아주 생생한 장면 묘사 — 아마도 바로 이 점이 『수호전』이 뛰어난 소설로 끊임없이 독자들을 끌어당기는 요소일 것이다.

11. 이규 : 양산의 검은 돌풍

양산 서열 22위의 흑선풍(黑旋風) 이규(李逵)는 『수호전』 38회에 처음 등장한다.

이규는 살인하고 강주(江州)로 도망을 나와 대종(戴宗) 수하에서 옥졸로 일하고 있다가 송강을 만난다. 후에 송강과 대종이 처형당할 순간에 송강을 구출하고 양산박 두령의 한 사람으로 맹활약을 하게 된다. 『수호전』에서 이규의 형상은 특별히 두드러진 바가 있기에 그의 언행과 성격은 꼭 한 번 분석해 볼 필요가 있다.

■ 흑선풍 이규의 모습

독자들은 소설속의 5호(五虎)장군이 누구인지 잘 몰라도 이규는, 그를 좋아하거나 싫어하거나 상관없이 모두가 확실하게 기억한다.

이규는 검은 피부와 검은 얼굴에 소처럼 힘이 세어 고향 기주(沂

州)에서는 철우(鐵牛)라고도 불렀다. 술과 노름을 좋아하는 이규는 사납고 거칠며 겁이 없는 성격에 제멋대로 살인을 자행하여 그야 말로 '검은 회오리바람' 같은 사나이였다.

『수호전』에서 송강과 이규는 불가분의 특별한 관계이며 송강과 분리해서 이규를 생각할 수 없다. 송강과 이규는 때로 수족(手足) 처럼 마치 의형제처럼 가깝지만, 가끔은 대립적인 관계로 서로 맞 서기도 했다. 『수호전』을 통해 볼 수 있는 모순과 대립은 송강과 이규의 관계에서도 그대로 볼 수 있다.

양산의 무리에서 송강을 정말로 존경했던 사람을 꼽으라면 아마 이규를 꼽아야 할 것이다. 동시에, 양산의 진로와 직결되는 송강의 초안 주장에, 또 황제의 권위에 가장 극렬하게 반대하며 주장을 굽 히지 않았던 사람도 이규였다.

송강은 이규의 단순무식과 잔꾀를 생각지 않는 순수한 충성을 좋아했다. 그러면서도 이규가 자신에게 대들고 맞설 때, 마치 불공 대천지수(不共戴天之讎)처럼 죽여 버리겠다는 생각도 했다.

조개나 오용이 무리와 함께 강주 사형장의 송강을 구하러 왔을 때, 양산박과 아무런 관계도 없던 이규는 가장 극적인 순간에 쌍도 끼를 휘두르며 망나니 손에서 송강을 구했다. 그러나 초안 이후 송 강의 충성이 모두 수포로 돌아갔을 때, 송강은 독이 든 어주(御酒) 로 죽어가면서 이규에게도 독주를 마시게 했다. 송강으로서는 이 규의 앞날을 진정으로 걱정했기에, 살아서는 물론 죽어서도 동반 자로서의 길을 같이 가기를 바랐던 것 같다.

이규의 생각은 언제나 단순했다. 송강처럼 복잡하게 생각할 것이 없었다. 그렇다고 단순히 거칠고 경솔한 덜렁이는 아니었다. 나름대로 깊은 생각이 있었지만 그런 생각을 실천에 옮기는 과정에서 자주 실패가 뒤따라 문제가 되었을 뿐이다.

강주에서 대종이 이규를 불러 송강과 처음 만나게 했을 때, 이규는 송강에게 술대접을 하고 싶었다. 이규는 돈이 한 푼도 없어 송강에게 적당히 둘러대고, 송강이 주는 은자 열 냥을 가지고 도박판에 낀다. 이규의 생각은 돈을 좀 따서 열 냥을 송강에게 돌려주고 한턱 낼 계산을 했지만 깨끗하게 날려 버리고 말았다. 마음이 황급해진 이규는 판돈을 쓸어갖고 나오면서 쫓아오는 사람을 두들겨 팼다.

이규는 그런 사나이였다.

뒤에, 대종과 이규가 공손승(公孫勝)을 찾으러 갔을 때, 음식점에서 주문한 음식이 늦게 나온다고 탁자를 두드려 뜨거운 국물을 노인의 얼굴에 끼얹고, 노인이 따지자 오히려 노인을 두들겨 패는 이규였다.(53회) 이러한 모습을 보면 이규는 분명 무뢰한이며 건달이었다.

이규가 강주의 형장에서 송강을 구출할 때, 이규는 관병(官兵)이건 구경나온 백성이건 닥치는 대로 도끼를 휘둘러 무고한 사람을 많이 죽였다. 군사 오용이 북경대명부로 노준의 유치 공작을 펴려고 출발할 때, 이규가 같이 가겠다고 나섰다.

이때 송강은 "만약 불을 지르고 사람을 죽여야 할 때, 그리고 남의 집을 털고 관청을 공격해야 한다면 네가 제일 적합하다. 그러나 이번 일은 네가 아니다"라고 말할 정도였다.(61회) 이를 본다면 이규는 결코 순화할 수 없는 야성을 가진 사내와 다름이 없다.

이규는 용맹한 사나이로 양산 군사들이 벌이는 모든 전투에 참
가한다. 이규는 죽인다는 데에 이유를 묻지도 않았다. 그저 죽인다
는 자체가 즐거워 살인하는 것 같았다. 축가장(祝家莊)을 칠 때, 소
를 잡고 술통을 메고 항복하러 오는 호성장(扈成莊) 사람들을 몰살
해서, 양산군이 계획한 분리 와해 작전을 실패하게 만들기도 했다.
  이규가 양산 사업에 충성을 다한 것은 틀림없지만, 이처럼 너무
거칠고 덜렁대어 성취한 것은 별로 없고 망쳐 놓은 일이 많았다.
이런 점을 본다면 이규는 꺾을 수 없는 성질을 가진 거친 사나이였
다.

  양산에 들어온 이후, 송강이 부친을 모셔와 단란하게 지내는 것
을 부러워한 이규는 고향 기수현에 사는 노모를 모시러 갔다. 가는
길에 이규를 사칭하며 길에서 재물을 갈취하는 이귀(李鬼)라는 사
내를 잡는다. 가짜 이규가 진짜 이규한테 제대로 걸린 셈이다. 그
러니 아마 평소의 성질대로 하면 당장 도끼날로 찍었을 것이다. 이
귀가 '나를 죽이면 두 사람을 죽이는 셈' 이라고 하며, 90세 노모와
먹고 살 길이 없어 이런 짓을 한다고 말을 한다.
  이에 이규는 자신의 처지와 같다고 생각하여 살려 주면서, 전대
에서 열 냥의 은자까지 꺼내 이귀에게 준다. 이를 본다면 이규는
어머니를 끔찍하게 생각하는 여린 마음의 효자이다. 그러나 곧 이
귀의 거짓말이 탄로나 이규의 손에 죽는다.
  그러나 이규는 눈먼 어머니를 모시고 돌아오는 길에 큰 고개에
서 물을 뜨러 갔다가 어머니가 호랑이에게 물려 죽는 기막힌 일을
당한다. 이규는 성질이 나서 호랑이와 그 새끼까지 모두 죽인

다.(43회)

이규가 동경에서 한 바탕 싸움을 겪은 뒤, 연청과 함께 사류촌을 지날 때, 적태공(狄太公)이 밤에 출몰하는 귀신을 잡아달라고 하자, 이규는 그 딸과 간부(姦夫) 왕소이(王小二)를 모두 죽인다.(73회)

이런 때 이규는 마치 미풍양속의 수호자와 같은 모습으로 나타난다.

비록 이규가 이런저런 큰 결점도 많고 큰 실수도 많이 저질렀지만 이규의 이름을 들은 탐관오리나 고약한 토호들은 모두 등에 식은땀을 흘려야 했다.

■ 투철한 반항정신

그렇지만 이규에게서 찾을 수 있는 가장 큰 특성은 이규의 강한 반항심 내지 반역정신이라고 할 수 있다. 이규의 반항은 순수하며 양산 사업에 충성을 다하기에 두려움을 모르는 반항이며 반역이었다. 흑선풍 이규의 반역은 정당한 체제나 가치에 대한 반역이 아니었다.

이는 당시 무능하고 우매한 송나라에 대한 반역이며, 하층민의 안정된 삶을 파괴하는 썩어빠진 탐관오리들에 대한 대항이면서 새로운 정의를 구현하기 위한 반항, 반역이었다. 어찌 보면 이규는 양산 두령 그 누구보다도 정의감에 불타는 단순 무식한 반항의 상징이었다.

이규의 반항정신은 다음과 같이 나누어 생각할 수 있다.

첫째, 이규는 언제나 황제나 황제와 직결된 부패관료 집단에 대항했다.

이규는 의를 위해서는 제 한 몸의 살을 도려내도 아까워하지 않으며, 감히 황제라도 말에서 끌어 내리려 할 정도로 두려움을 모르는 반항정신을 지녔다.

강주에서 그는 쌍도끼를 들고 찻집(茶樓) 2층에서 뛰어내려 망나니를 죽이고 혼자 송강을 구출했다. 만일 이규가 자신의 몸을 생각했다면 그런 식의 단독행동은 하지 않았을 것이다.

양산에 들어와서 송강이 강주에서 황문병의 일을 여러 두령들에게 설명하자, 듣고 있던 이규가 큰소리로 말했다.

"정 그렇다면, 우리가 반역을 한다해서 뭐가 겁이 납니까? 조개 형님은 대황제가 되고, 송강 형님은 작은 황제, 오 선생은 승상을 하고 공손 도사는 국사(國師), 우리 모두 장군이 되어(我們都做個將軍) 동경으로 쳐들어가 그 좆 같은 자리 뺏어가지고(殺去東京, 奪了鳥位) 거기서 즐겁게 산다면 안 좋겠습니까?"(41회)

뒷날 양산군이 동관의 관군을 격파하고 세 번이나 고구를 패퇴시킬 그 무렵에 곧 양산 대군이 중앙정부의 관군을 이길 그 상황에서 이규가 이런 말을 했다면 어느 정도 수긍이 갈지 모르지만, 그 당시 양산의 무리는 불과 수천에 지나지 않았다. 이규의 생각은 그만큼 단순했고 이것저것 아무 것도 모르고 지껄이는 소리라고 치지도외 할 수도 있다.

그러나 이규가 양산군의 실력과 관군을 비교 분석한 다음에 결론으로 뱉은 말은 아니라고 하더라도 '동경으로 쳐들어가자' 는 절규는 부패하고 백성을 탄압하는 지배 체제에 대한 강한 저항의지를 내 보인 것이었다.

이후 양산의 규모와 세력이 커질수록 이규의 염원은 더욱 강렬해졌다. 그러나 송강의 제재와 만류로 부패한 왕조를 뒤엎어야 한다는 이규의 염원과 의지는 영영 펴지 못하고 소멸되었다.

이규한테는 황제라는 존재는 아무 의미도 없었다. 이규는 말끝마다 툭하면 '좆(鳥, diāo)'이란 수식어를 붙여 말했다. 무시하는 상대방에게는 당연하지만 그 말고도 '鳥氣(좆 같은 기분)', '鳥師父', '鳥官', '鳥皇位' 등 모두에게 鳥라는 수식어를 붙였다.

백성들에게 황제란 더 이상 높을 수 없는 최고의 권위적 존재였고, 그 앞에서는 누구나 당연히 복종하고 최대의 존경을 표시해야 했지만 이규에게는 그저 뺏어버려도 괜찮은 그런 자리였다.

그러다 보니 '반역하는 것(造反)'도 이규에게는 특별한 의미가 없었다. 나쁘다면 고치면 되는 것이고, 그렇게 해서 기분좋게 살 수 있다면 좋은 것이었다. 이런 말을 거침없이 할 수 있는 이규의 단순 무식은 이규의 특별한 사유방식이었고 동시에 남다른 반항정신의 표현이었다.

둘째, 이규는 양산 사업을 자신의 생명처럼 생각했다.

이규는 양산 사업의 승리를 위해서라면 칼산이나 불바다에도 뛰어들었을 것이며 그런 일을 수행하는 것을 즐거워했다. 양산군이 관청이나 성을 공격할 때, 이규는 늘 선두에 나섰고, 양산 형제들이 위기에 처하거나 그들을 구해야 한다면 이규는 늘 제일 먼저 앞장섰다.

『수호전』 63회에 양산군이 북경대명부를 공격할 때의 모습이 아마 이규의 참모습일 것이다.

〈동쪽 부대에 딱 한 사나이가 달려 나오니 바로 흑선풍 이규였다. 손에 쌍도끼를 들고 큰 눈을 부릅뜨고, 이를 부드득 갈면서 큰 소리를 질렀다.

"양산박의 사나이 흑선풍 이규를 아는가(認得梁山泊好漢黑旋風 麼)?〉"

이는 싸움터에서 늘 보는 이규의 모습이었다. 이규가 나타나는 곳에서는 어디서든 천지를 흔들 것 같은 회오리바람이 일었다.

이규의 양산 사업에 대한 충성은 특별했다. 이는 송강의 조정에 대한 변함없는 충성심과 선명하게 대조되었다. 초안 이후에도 이규는 단 한시도 양산을 잊은 적이 없었다. 이규는 언제나 '다시 한번 양산으로 돌아가자' 는 생각뿐이었다.

이규가 죽는 마지막 모습은 더욱 감동적이다. 고구가 보낸 독약이 든 어주를 마신 송강이 특별히 이규를 불러 독주를 마시게 한 뒤, 이규에게 말한다.

"아우님은 모르겠지만, 조정의 차인이 약주를 보내와 마셨는데. 만약 내가 죽는다면 어떻게 하겠는가?"

이에 이규는 큰소리로 대답한다.

"형님! 우리가 돌아가면 됩니다."

이에 송강은 군마도 모두 없어졌고 형제 또는 흩어졌는데 어떻게 돌아가느냐고 묻는다. 이규는 진강(鎭江)에 있는 3천 군사와 이곳 초주(楚州)의 군마와 백성들과 함께 양산으로 돌아가 즐겁게 사는 것이 이곳에서 간신들에게 눌려 사는 것보다 낫다고 한다. 이규는 끝까지 양산에 돌아가고자 했다. 이는 마지막까지 꺾이지 않는 이규의 저항정신의 표현이다.

송강은 밤새워 이규와 술잔을 나누었다. 다음 날 송강은 이규를 전송하며 사실을 말한다.

전날 조정에서 독약이 든 술을 보내와 마셨고 어제 아우까지 술을 마셨으니 이제 곧 죽게 될 것이다. 자신은 평생 오직 충의만을 생각했고 반점 거짓도 없었다. 조정에서 무고한 사람을 죽이지만 조정에서 자신을 버릴지라도 자신은 조정을 배반하지 않는다. 송강 자신이 죽고 나면 이규가 배반하여 자신이 양산박에서 실천하려 했던 체천행도의 충의지명(忠義之名)을 배신할 것 같아 오라 하여 술을 같이 나누었다. 이제 곧 이규도 죽게 될 것이다.

그러면서 송강은 자신이 죽거든 초주(楚州) 남문 밖, 요아와(蓼兒窪, 물웅덩이 와)란 곳의 풍경이 양산박과 비슷하니 거기에 묻어달라. 그리고 아우가 윤주(潤州)에 돌아가면 죽게 될 것이니 죽으면 나 죽은 곳으로 오기 바란다.

송강은 말을 마치고 눈물을 줄줄 흘렸다. 이규도 눈물을 흘리며 말한다.

"그만! 그만! 그만 하세요! 살아서도 형님을 모셨으니(生時伏侍哥哥) 죽더라도 오로지 형님을 따르는 귀신입니다!(死了也只是哥哥部下一個小鬼!)"

이규 또한 죽으면서 송강과 같이 묻어달라고 유언했고 그렇게 묻혔다.(120회)

셋째, 양산 사업을 위해, 이규는 언제나 원칙을 견지하면서 잘못

된 주장이나 명령에 온몸으로 반대하며 저항하였다.

사실 그 당시 가정이나 관청사회에서, 또 산적집단에서도 윗사람의 명령이나 분부에 반대하거나 맞선다는 것은 누구도 생각하지 못하는 그런 시절이었다. 양산 내부에서 송강의 영도력에 틀렸다며 아니라고 소리를 지르며 대들 수 있었던 사람은 이규가 유일했다.

송강이 태공의 딸을 겁탈했다고 오해를 해서 양산 충의당 앞 행황기(杏黃旗)를 찢어버리는 소동(73회)을 벌린 외에는 이규의 판단이나 생각은 틀리지 않았다.

이규가 충의당의 행황 깃대를 부수고 깃발을 찢어 버리는 소동은 그럴 만한 개연성이 있었다. 이규는 송강을 따라 동경에 가서 명기(名妓) 이사사(李師師)를 만나는 것을 보았고, 태공 부부로부터 딸을 겁탈한 사람은 분명히 양산박 송강이라는 말을 연청과 함께 들었다. 때문에 이규는 송강이 양산박의 명예를 더럽혔다고 생각했었다. 그래서 그는 직접 송강을 죽이기보다는 행황기로 상징되는 송강의 충의가 거짓이라는 것을 여러 사람들에게 알리기 위해 그런 소동을 벌렸을 것이라고 분석할 수도 있다.

송강과 시진이 이규의 생각이 틀렸다는 것을 증명했을 때, 이규는 두려움 없이 목을 내밀었다.

나중에 송강이 노준의에게 산채의 수령자리를 넘겨주려고 할 때, 송강이 초안을 받아들여 조정에 투항하려 할 때, 그리고 송강이 조정의 간신들 앞에 몸을 굽힐 때 누가 안 된다고 했고 누가 반대했는가? 오직 이규뿐이었다. 그렇다고 이규의 반대가 잘못된 반대였는가?

이를 본다면 이규가 단순무식하고 거친 사나이만은 아니었다. 송강이 아무리 이규를 억제해도 오직 정의와 양산박을 생각하는 이규의 입을 막을 수 없었고 이규의 천성적인 반항정신을 누를 수가 없었다.

■ 양산에 떠도는 이규의 혼

공수부대는 공수부대로, 해군 수중폭파대는 수중폭파대로서 나름대로 전통이나 혼을 가지고 있다. 양산의 사나이들은 그들 나름대로의 혼이 있었는가? 혼이 있었다면 누가 대표적인 인물이었는가?

이치를 따진다면 양산군의 수령이 양산 사나이들의 의지와 역량을 대표한다고 보아야 한다. 그러나 수령으로서 조개나 송강이 과연 그러한가는 의문이다. 조개는 양산의 기초를 확실하게 다졌다고 볼 수 있지만, 조개의 영상은 날이 갈수록 흐려졌고, 송강이 자연스럽게 클로즈업이 되었다.

송강은 양산 사업의 발전을 위하여 중대한 공헌을 했다. 다만 그가 초안을 생각하고 그 길로 갔기에 완전한 비극적 실패로 종결되었다. 송강의 영혼은 일찍이 양산을 떠나 조정에 머물고자 했다.

부수령 노준의는 어떠했는가? 노준의의 이미지는 송강보다도 더 많이 양산에서 떨어져 있었다. 노준의는 대도회적이고 대부호인데다가 양산 사업에 대한 이해나 의지는 처음부터 갖고 있지 않았다. 노준의의 마음은 양산 두령과 같이 양산의 보군이나 수군의 졸개와 함께 뛰지 않았다.

군사 오용은 양산 사업의 발전을 위하여 중요한 고비마다 좋은 아이디어로 큰 공헌을 하면서 지다성(智多星)이라는 별호에 근접했었다. 그러나 오용은 가장 중요한 순간에 송강을 추종했다. 초안 이후에 양산 두령들은 결국 조정의 초안에 속았다는 현실을 피부로 느꼈다. 이준·장순·완씨 3형제 등이 송강을 제쳐놓고 오용에게 새로운 깃발을 들고 양산으로 돌아가자고 했다. 그러나 오용은 송강의 작전참모로 만족했지 새부대 창설자로서 깃발을 휘날릴 생각은 없었다. 어쩌면 용기가 없었고, 결국은 송강의 묘지 앞에서 목을 매면서 송강에 대한 변함없는 충성심을 내보였다.

그 외에 임충이나 무송 같은 양산 스타도 있지만 결국 흑선풍 이규를 떠올리지 않을 수 없다. 이규는 지도자로서는 처음부터 부적절했고, 양산 두령의 한 사람으로서도 결점이나 실패도 많았다. 그런데도 이규는 밑바탕에 갖고 있는 사상이나 의지, 역량과 행동에서 조개나 송강, 노준의나 오용과는 달랐다.

흑선풍 이규는 다음과 같은 관점에서 앞의 사람들과 달랐고, 그 때문에 양산을 대표한다고 말할 수 있다.

첫째 이규의 강렬한 반항정신을 꼽아야 한다.

송강의 기본 노선은 탐관오리에게는 끝까지 저항하지만 황제에 대한 반기는 결코 생각할 수 없었다. 그러나 초안 이후에는 중앙정부의 권력자는 물론 부패한 하급 관리에게도 설설 기어야만 했다.

『수호전』 83회 '진교역적루참소졸(陳橋驛滴淚斬小卒)'에서는 요나라 원정차 출정중인 양산군에게 내린 어주와 고기를 절반이나 착복한 하급관리를 양산군의 장교가 말다툼 끝에 죽여 버렸다.

송강은 오용과 협의하여 휘하의 장교를 죽여 사태를 수습해야만 했다. 국가 재물을 착복한 관리일망정, 또 양산군을 말끝마다 반도(叛徒)라고 무시했지만 '그가 조정에서 임명한 관리'(他是朝廷命官)이기 때문에 그 시신을 목관에 넣어 보내 보고하고 휘하의 장교는 눈물을 뿌리며 참수하는 지경이 되었다.

반항정신으로 따지자면 노지심이나 임충·무송·완씨 3형제도 특별하지만 그들의 저항은 어디까지나 탐관오리들에 대한 반항이었고, 양산에 모이기 전후와 별 차이가 없었다.

그러나 이규의 저항은 동경에 쳐들어가 황제의 자리를 뺏어 버리자고 주장하는 그러한 저항이고 반항이었다. 이규는 죽은 뒤에도 휘종의 꿈에 나타나 '황제! 황제여? 당신은 왜 4적신(賊臣)의 말만 듣고 우리들 목숨을 앗아갔는가! 오늘 이렇게 만났으니 원수를 갚아야겠다!' 하며 휘종을 향하여 도끼를 휘둘렀다. 비록 꿈속이었지만 황제는 등줄기에 땀을 흘렸을 것이다.

이처럼 이규의 반항정신은 죽은 뒤에도 사라지지 않았다. 이규의 반항정신은 전제 왕권과 그 아래 기생하는 탐관오리들에 대한 하층민들의 분노를 대변하는 것이다. 이규의 겁도 없고 또 결코 식을 줄 모르는 반항정신은 곧 양산군의 진정한 혼이었고 그 대표가 바로 흑선풍 이규였다.

둘째, 이규는 초안에 반대하는 의지를 끝까지 지켰다.

『수호전』 71회 국화회(菊花會)에서 송강이 초안을 노래했고 노지심과 이규 등이 반대했다. 이규가 특히 거세게 반발하자 송강은 그를 죽이려다가 여러 두령의 청을 못 이겨 감옥에 집어넣는다.

노지심은 조정의 문무백관은 모두 간사(奸邪)하여 황제의 총명을 차단하고 있는데 이는 검은 물이 한 번 들면 빨아도 하얗게 되지 않는 것과 같다. 그러면서 초안은 이루어질 것 같지 않으니 모두 제각각 흩어지면 된다고 말했다.

그러나 송강의 생각은 달랐으니 초안에 대한 그의 뜻은 이러했다.

곧 초안은 사도(邪道)가 아닌 정도(正道)를 가는 신민(臣民)이 되자는 것이다. 지금의 황제는 본바탕이 총명한 분이다. 다만 간신들에게 둘러싸여 잠시 혼미할 따름이다. 마치 구름이 걷히면 해를 보듯이 우리가 체천행도를 실천하며 양민을 괴롭히지 않는다면 황제가 우리의 죄를 용서하고 초안을 베풀어 주실 것이며, 우리는 동심보국(同心報國)하여 청사(靑史)에 이름을 남길 수 있으니 그 아니 아름다운가? 그래서 빨리 초안이 이루어지는 날을 바란 것뿐이지 형제들의 마음을 모르거나 틀렸다는 것은 아니다.

그러나 이규나 노지심, 무송, 완씨 삼형제들은 초안이 이루어지면 곧 부잣집의 소나 말이 되고 높은 벼슬아치들의 종이 될 것이니 어찌 사람 노릇을 제대로 할 수 있겠는가? 다시는 무릎을 꿇기 싫다는 생각이었다.

나중에 초안이 송강의 뜻대로 추진되어 조정에서 조서가 내려왔고, 태위 진종선(陳宗善)이 양산박에 도착했다. 모든 두령들이 충의당에 모였고, 황제의 조서가 읽혀지자 송강만 빼고 모든 사람들이 불쾌한 표정이 역력했다. 이때, 이규는 대들보에서 뛰어내려 와 이말저말 할 것 없이 조서를 뺏어 찢어 버리고 태위와 수행원을 두들겨 패며 송강의 꿈을 산산조각 내버린다.

이규는 화가 나 수행원에게 소리 지른다.

"그 조서에 쓰여 있는 게 누가 하는 말인가?"

"이는 황제 폐하의 말씀이시다."

"너의 그 황제는 나나 여기에 있는 사나이들을 알지도 못하는데다가, 여기 우리들을 부른다고 하면서 도리어 왜 큰소리를 치는가? 너의 황제도 송씨이고 우리 형님도 송씨인데 너희들이 황제라면 우리 형님은 왜 황제를 할 수 없는가……?"(75회)

이규의 생각은 단순했다. 송나라의 황제는 송씨인 줄 생각했고 형님인 송강도 황제가 될 수 있다는 생각이었다. 그런데 초안한다면서 꼴 보기 싫게 왜 으스대느냐는 뜻이고, 황제건 뭐건 결코 굽힐 수 없다는 강렬한 반항심의 표출이었다.

결국 3차의 진통 끝에 초안은 성사된다. 그러나 이규의 반심(叛心)은 조금도 식지 않았다. 요나라 원정이 끝나고 송강과 노준의는 관복을 입고 황제를 배알하려 했지만 까마득하게 멀리 앉아 있는 황제가 내린다는 어주 한 모금을 얻어 마시고 돌아왔을 뿐이었다.

모든 것이 실패로 돌아가 송강의 얼굴에는 수심뿐이었다. 송강이 크게 탄식하며 말한다.

"내 본디 팔자가 천박하고 관운도 없다는 것을 알고 있었다. 요나라를 격파하고 도적떼를 평정하며 동서로 원정하면서 온갖 고생을 다했고, 많은 형제들에게 아무런 공도 없이 폐만 끼쳤다."

오용이 옆에서 좋은 말로 송강을 위로할 때, 이규가 큰소리로 말한다.

"형님은 이런저런 생각할 것 없습니다. 애당초 양산박에서부터 눌리는 것이 아니었습니다. 그런데 오늘도 초안 내일도 초안 하면서 초안을 바라다가 초안을 얻었는데 무슨 걱정을 합니까? 여기 있는 우리 형제들 다 풀어줘서 다시 양산박으로 가면 그 아니 좋습니까!"(110회)

이규는 전제 황권에 과감히 그리고 끝까지 맞서려 했다. 비록 송강이라는 넘지 못할 벽이 있었지만 이규의 마음만은 양산박에서의 자유와 정의 오직 그 마음뿐이었다. 그렇다면 이규는 양산박의 혼을 대신할 수 있는 사람이 아닌가?

마지막으로 이규는 양산 사업에 자신의 온몸을 바쳤다.

양산의 많은 두령들이 양산 사업에 헌신했다. 관군과 맞서 용감하게 싸웠고, 역경을 이기며 노력했기에 많은 사람들을 감동시킬 수 있었다. 그렇지만 이규의 헌신은 역시 돋보인다. 이규가 오해 때문에 '체천행도' 행황기를 찢어버리는 소동은 그만큼 이규의 믿음과 열정이 순수했다는 것을 의미한다.

송강은 억울하게 죽어가면서도 조정에 대한 충성만을 생각했다. 그러나 이규는 양산의 정의만을 생각하고 양산으로 돌아가려는 마음을 버리지 않았다. 그 때문에 송강이 이규에게 독이 든 술을 먹여 같이 데리고 갔지만 이규의 양산혼을 빼앗지는 못했다. 그렇다면 이규의 혼령은 지금도 양산에 떠돌고 있을 것이다.

■ 이규의 주먹과 도끼

이규는 우선 때려 놓고 그 다음에 생각하는 스타일이다. 이모저

모 생각한 다음 행동하기보다는 주먹이나 도끼로 후려치는 것이
자신의 뜻을 훨씬 빠르고 확실하게 전달하는 방법이었다.

은천석(殷天錫)이라는 고렴(高廉, 高唐州의 知府. 동경 태위 고구의
사촌)의 처남은 고태위의 권세를 배경으로 시황성(柴皇城)의 화원
(花園)을 강점하려 한다. 시황성은 늙고 병들고 직계 후손도 없다.
시황성의 조카인 시진(柴進)은 처음에 그 조상이 후주의 건국자로
부터 받은 단서철권(丹書鐵券)으로 문제를 해결하려 했다. 그러나
이미 효력을 상실한 단서철권이고, 권력의 힘으로 빼앗겠다는데
사리나 이치를 따져 될 일이 아니었다.

시진을 따라 고황성의 집에 간 이규는 펄쩍 뛰며 말한다.

"이놈은 정말 싸가지가 없군! 여기 내 도끼가 있으니 도끼로 몇
대 쥐어박은 다음에 생각해야지!"

"사리(事理)! 사리하지만, 사리대로 했다면 왜 혼란한 세상이 되
었나! 우선 때려놓고 생각해!"

은천석이 졸개들을 데리고 와 시황성의 화원을 점유하고 시진에
게 행패를 부리자 참다못한 이규가 뛰어나와 은천석을 말에서 끌
어내리고 주먹으로 몇 대 후려갈긴다. 은천석은 곧 죽고 만다.(52
회)

이규의 행동 방식은 대개 이런 스타일이었다. 그러나『수호전』
을 상세히 읽다보면 이규가 거칠고 조급한 것은 사실이지만 전혀
머리를 쓰지 않는 것은 아니었다. 그런데 이규의 사유방식은 확실
히 남과 달랐다.

송강이 강주의 형장에서 사형을 당하게 되었을 때, 양산의 두령
조개가 거느린 백여 명의 사나이들은 나름대로 분장을 하고 강주

로 모여들었다. 다른 한패는 장순(張順)을 필두로 한 사나이들이 심양강(瀋陽江)에 50여 명이 있었다. 이규는 아직 양산에 가담하지도 않았고 이렇게 두 팀이 구하러 온다는 사실도 모르고 있었다.

이규는 강주 감옥의 가장 밑바닥 졸개로 근무하면서 송강의 인품에 감복하여 송강을 구하러 나섰다. 그 삼엄한 경비를 뚫고 이규가 할 수 있는 일은 거의 없었다. 또 잘못 시도했다가는 오히려 결정적인 사태를 불러올 수도 있었다. 그렇다 하더라도 이규는 자신의 방식대로 행동했다.

오후 3시 감독관이 큰소리로 외쳤다.

"사형을 집행하고 보고하라!"

두 망나니들이 손을 움직이려 할 때, 양산의 사나이들도 작은 징을 치며 행동을 개시했다.

그때 갑자기 "십자로 입구의 찻집(茶樓)에서 호랑이처럼 무서운 기세로 검고 큰 사내가, 웃통을 벗어부친 채, 양손에는 도끼를 들고 소리를 지르면서 뛰어내렸다. 사내는 두 망나니를 박살내고 이어 감독관의 말 앞으로 돌진했다…."

이규는 가짜 편지 사건이 들통 나 송강과 대종의 목숨이 경각에 달렸을 때, 혼자서 결행할 수 있는, 의외의 방법으로, 큰 용기와 아무런 두려움이나 망설임 없이 행동을 개시했다. 사실 이규의 기습적 돌발행동이 아니었다면, 송강의 사형은 그대로 집행이 되었을지도 모른다. 이규의 단순한 행동은 복잡한 일을 쉽게 처리할 수 있는 계기를 만들었다.

또한 이규가 양산 충의당 앞의 깃발을 부수고 찢어버린 사건은 이규의 단순 조급한 면을 그대로 나타내는 행동이었다. 이규가 한 번이라도 다시 생각했다면 또 간단한 확인만 했어도 그런 소동은 일어나지 않았을 것이다. 그러나 이규는 이규대로 심증이 있었다.

말하자면 송강도 그럴 수 있을 것이라는 개연성을 믿으면서 송강에게 직접 대어드는 것이 아닌 깃발 훼손의 방법을 취한 것이다. 체천행도 깃발이 지닌 의미를 알면서 이 깃발을 찢는 이규의 행동은 깊은 사려의 결과라고 말할 수 있다. 나중에 이규는 자신의 과오를 솔직하게 인정하면서 부형(負荊)하고 벌을 받겠다고 자원했다. 그리고 뒷날 송강을 사칭한 산적을 잡아 자신의 과오를 상쇄했다.

양산의 많은 두령들은 이규의 행동을 이규가 마신 술 때문에, 술김에 저지르는 짓이라고 생각했다. 그러나 이규는 양산의 어느 두령보다도 양산의 명예를 지키려 노력했으며 자신의 행동에 한 점의 부끄럼이 없었다.

조정에서 진 태위를 파견하여 초안의 조서를 보내왔다. 모든 두령이 엎드려 조서를 들을 때도 이규는 그 자리에 있지 않았다. 황제의 조서 앞에 모두 꿇어 엎드리는 것은 당연한 일이고 예외를 인정할 수 없는 상황이었다.

그렇다고 이규가 다른 두령들처럼 줄지어 섰다가 꿇어앉을 수 있었겠는가? 이규는 대들보에서 뛰어 내려와 황제의 조서를 찢고 태위와 수행원을 패주었다. 이규는 초안 조서가 무슨 뜻인지 알고 싶지 않았다. 다만 그 초안이 싫었고, 싫었기 때문에 평소에 하던 방식 그대로 이규답게 행동했다. 초안은 양산의 앞날의 운명이 걸린 문제였다. 그런 초안에 대하여 이규가 아니라면 누가 그처럼 확실한 불만을 표현할 수 있었겠는가?

『수호전』에 등장하는 여러 인물 중, 이규만큼 개성이 강하면서 깊은 인상을 남겨준 사람은 없었다. 이규는 단순 무식한 활극배우와 같을 수 있지만, 그 나름대로 충분한 생각을 거친 다음에 주먹과 도끼를 휘두른다는 것을 모두가 인정해야 할 것이다. 하여튼 흑선풍 이규의 주먹과 도끼는 이규의 독특한 행동과 함께 누구에나 기억이 될, 이규만의 트레이드 마크였다.

12. 양산박의 여인들

『삼국지』나 『수호전』은 다같이 4대 기서(奇書)에 들어가는 대작이지만, 등장하는 여성이 많지 않다는 공통점이 있다. 『삼국지』에 등장하는 초선(貂禪)을 실존인물로 보기는 어렵지만 소설속의 초선의 이미지는 너무 뚜렷하다. 그러나 『수호전』에는 여성이 제법 많이 등장하며 그 캐릭터도 아주 또렷하다.

반금련 외 여러 여인들이 감초역할을 하며 소설에 등장하지만 양산의 108두령 중 여성 두령이 3명이나 있다는 것은 정말 대단한 발전이다. 말하자면 두 소설의 시대적 배경이 대략 1,000년 가까운 차이가 있기에 일어난 변화라고 할 수 있다.

⬆ 모야차 손이랑

■ 담소하며 살인하는 모야차

108두령 중에 59위 일장청(一丈靑) 호삼랑(扈三娘)은 무예가 뛰어난 걸출한 여성 두령이며, 101위 모대충(母大蟲) 고대수(顧大嫂) 역시 커다란 신체와 막강한 힘을 가진 여걸이었다. 그러나 103위 모야차(母夜叉) 손이랑(孫二娘)은 정말 무시무시한 여인이었다. 오죽했으면 별명이 모야차(母夜叉)일까! 야차는 불교의 신장(神將)이지만 중국인에게는 용모가 추하고 지극히 악독한 귀신이다. 모야차는 일반적으로 성질이 포악한 여자를 지칭한다.

손이랑의 출신과 경력은 다른 부녀자들과 달랐다.

손이랑의 부친은 전문 노상강도였는데 나이가 들자 채원자(菜園子) 장청(張靑)을 제자로 받아들여 다양한 기술을 전수하며 딸 손이랑과 짝을 지어 준다. 채원자라는 별명을 보면 장청은 나름대로 착실한 농부였다고 짐작할 수 있다. 물론 손이랑 역시 아버지로부터 노상강도가 필요로 하는 기본 무예를 배우고 익혔다.

부친이 죽자 부부는 생계가 막연해져서 십자파(十字坡)에 초가집을 짓고 주점의 깃발을 내걸었다. 장청과 손이랑의 주점은 재물 탈취를 주목적으로 한 악인(惡人)의 주점인 흑점(黑店)이었다. 부부는 지나가다 들리는 행인에게 수면제인 몽한약을 탄 술을 먹인 뒤 재물을 털고, 허벅지 등 큰 부위의 고기는 쇠고기로, 수척한 사람의 고기는 물소(水牛)고기로 팔았으며 인체의 작은 부분 고기는 다져서 만두소를 만들어 팔았다니 그들의 잔혹성에는 머리를 돌려야 한다.

사실 이규와 무송의 살인도 잔인하다는 측면에서 문제가 된다. 이규는 살인을 아이들 장난정도로 생각하며 특히 살인을 해야 할 뚜렷한 이유를 확실히 알지도 못하면서 쌍도끼를 휘둘렀다는 인상을 준다.

무송은 특히 원앙루에서 자신과 직접 관련이 없는 하인들까지 일가 15명을 오이채 썰듯 죽인 사건에서 그 잔인성을 드러냈지만, 그것은 그의 분노가 그만큼 컸다는 반증일 수 있다. 이규와 무송은 살인으로 끝냈지 그 시신을 더 이상 어떻게 하지는 않았으며 살인을 통한 어떤 이득도 추구하지 않았다. 그러나 손이랑의 살인은 이규나 무송과 너무 다른 측면에서 진행이 되었다.

소설 27회에서 맹주로 유배 가는 무송이 십자파에서 손이랑을 처음 보았을 때, 손이랑은 문에 기대어 일행을 맞이하며 말한다.

"나리들(客官)께서 잠간 쉬었다가 가시지요. 우리 집에 좋은 술과 고기가 있지요. 또 점심식사로는 크고 맛있는 만두가 있습니다."

만두를 먹으려던 무송이 "이 만두는 인육입니까 아니면 개고기 만두입니까"라고 묻는다.

손이랑은 "나리는 웃기지 마세요! 밝고 태평한 세상, 이 넓은 천지에 인육이나 개고기 만두가 어디에 있습니까? 우리 집 만두는 조상 때부터 누렁 소(黃牛)만 씁니다." 라고 둘러댄다.

그러나 무송은 손이랑의 수작을 보고 눈치를 챘기에 몽한약이 든 술을 마시지 않고 구석에 쏟아 버린다. 이후 손이랑과 그 남편 장청(張靑)을 만난다.

손이랑에게 살인은 직업이었다. 원한에 찬 분노로 저지르는 살인도 아니고 남이 시켜서 하는 일도 아니었으며 재물을 모아 어려운 사람을 돕기 위한 살인도 아니었다.

손이랑·장청 부부의 살인에도 예외는 있었다. 곧 '삼불가살(三不可殺)'을 지켰다고 하는데 그 세 가지 경우란, 세상을 떠돌아다녀야만 하는 팔자가 기구한 승려나, 기녀(妓女), 유배를 가는 죄수는 죽이지 않았다. 그렇다면 부자나 관리들, 대상인만을 골라 죽였다는 뜻인데, 사실 그런 주막에 고관이나 부자들 또는 대상인이 1년에 몇 명이나 들리겠는가?

손이랑 부부가 '삼불가살'의 원칙을 지켰다고 하지만, 사실은 이것조차도 믿을 수가 없다. 왜냐면 무송이 관가의 추격을 피해 이룡산으로 들어가려고 행자로 위장할 때 사용했던 승복이나 염주 등은 지나가는 화상을 죽인 뒤에 보관했던 물건이었다. 뿐만 아니라 보통 상인이나 여행하는 농부, 일반인 등은 죽여도 괜찮다는 합당한 이유라도 있는가? 그런 사람들이 죽음을 당했을 때, 그 가족은 아무런 고통도 없는가? 말하자면 손이랑에게 죽음을 당하는 그들이야말로 손이랑과 별 차이 없는 하층민이었을 것이다.

손이랑 부부는 그런 사람들을 죽인 다음에 큰 도마 위에 올려놓고 시신을 토막내었을 것이다. 만두소로 만들려면 큰 칼로 햄버거 고기를 다지듯 다질 때 피가 튈 것이고……, 살인이라는 측면만을 볼 때 손이랑의 잔혹성은 타의 추종을 불허한다.

본래 '사람은 남자가 흉악하고 귀신은 여자가 더 악독하다(人是男的凶 鬼是女的屬).'라고 하는데 이 말은 살아있는 손이랑에게는 맞지 않았다. 손이랑의 이러한 잔혹성은 정의의 이름으로도 결코 미화될 수는 없다. 그러나 장청과 손이랑 부부는 양산에 들어갔고, '정보 수집'이라는 미명하에 주점을 열어 놓고 살인과 인육장사를 계속했다.

⬆ 장청과 손이랑

양산박은 정의의 이름으로 형성된 집단이었다. '하늘을 대신한 정도(正道)의 실천(替天行道)'은 얼마나 고상한 구호인가! 포악한 강자나 백성을 괴롭히는 탐관오리를 제거하여 약자를 돕고 빈민을 위한다는 양산 집단에서 장청과 손이랑 같은 살인 강도를 받아들이고 두령으로 인정한 것은 모순이 아닌가? 거기에는 그럴 만한 합리적이고 타당한 이유가 있었는가?

우선 손이랑 부부가 살인 주점을 열게 된 것은 그들 역시 핍박을 받는 계층, 곧 양산의 사나이들과 비슷한 운명의 사람이었기에 살인은 삶의 수단이었다고 생각할 수 있다.

말하자면, 살인의 세계에서는 부처나 보살이라도 살인을 해야 하고, 인육을 먹는 사회라면 채식하는 스님조차도 인육을 먹을 수 밖에 없다. 이는 어떤 범죄의 원인을 그 범인이 성장한 사회나 환경 탓으로 돌리는 것과 같은 주장이다.

만약, 평화롭고 정의가 실현되는 시대나 합리적인 사회에서 장청과 손이랑 부부가 살았다면, 그 부부가 힘써 농사를 짓거나 아니면 열심히 장사를 하면서 평범한 일생을 보냈을 것이다. 천성이 아무리 악한 사람도 사람을 죽이고 인육으로 만두소를 넣는 그런 사람은 없다.

십자파에서의 살인을 단순히 살인의 측면에서만 보지 말고, 당시의 사회 현실을 고려해야 한다고 주장할 수 있다.

실제로, 장청과 손이랑 부부와 똑같은 시대를 살았던 무예가 뛰어난 임충이나 노달, 무송 누구도 정상적으로 그 시대를 살아갈 수 없어 살인을 하고 양산에 들어왔다. 그러니 노상강도의 딸이나 사위가 살아갈 방도가 그 밖에 또 다른 방법이 있었겠는가? 아마도 이런 논리가 양산에 통했을 것이다.

두 번째로, 장청 손이랑 부부가 보는 사람마다 죽이고 재물만 보면 모두 턴 것은 아니었다. 그들도 나름대로 '죽이지 않는 세 가지의 경우(三不可殺)' 라는 원칙을 지켰다. 말하자면 이런 세 가지 부류의 사람들에 대한 동정심 말고도 그런 사람들 중에는 사나이다운 사나이가 많이 있기에 죽이지 않는다는 나름대로의 핑계를 양산박에서도 인정해 주었다는 뜻이다.

세 번째로, 손이랑이 웃으면서 살인을 하더라도 위기에 처한 사나이가 있다면 적극 도와주었을 것이다. 무송은 원앙루에서 대대적으로 피를 뿌린 뒤, 다행히도 장청의 주막에 당분간 피신할 수

있었다. 뒤에 청주(靑州) 관군의 추격이 다급해지자, 장청은 무송에게 이룡산(二龍山)으로 숨을 것을 권하면서 소개 편지를 써주고, 손이랑은 무송을 행자(行者)로 위장시켜 무사히 탈출하게 도왔다.

이상의 몇 가지 예를 보면 장청과 손이랑이 양산에 들어갈 수 있고 또 양산에서 환영받을 만했다.

■ 여장부 고대수

옛날 중국에서는 여자가 세상사에 관련한 능력 발휘를 한다는 것은 생각할 수도 없는 일이었다. '여자는 남자를 집으로 삼는다(女以男爲家)'는 중국 속담은 여자에게는 남자가 집이란 뜻이다. 여인은 남편의 지위나 능력, 자식의 출세 여부에 따라 그 존재나 신분이 인정될 뿐이다.

따라서 사회적 지위가 있는 여인이라도 여자의 이름은 역사에 거의 기록되지 않았다. 『삼국연의』에서도 유비가 정식 아내로 맞이한 손부인(孫夫人)의 이름이 없으며 심지어는 성도 기록되지 않고 '유안의 처(劉安妻)'로 등장한다. 또한 동탁을 제거하는데 이용한 초선(貂禪)도 성이 없고 이름만 등장한다.

그러나 『수호전』에서는 많이 달라졌다. 101위를 차지한 모대충 고대수(母大蟲 顧大嫂)는 본래 등주(登州)의 주점 여주인이었다. 남편 소울지 손신(小尉遲 孫新)과 함께 양산 직속의 동산주점(東山酒店)의 관리 책임자가 되었다.

모대충은 '암 호랑이'란 뜻인데 고(顧)는 성이고 대수(大嫂)는 '아주머니'나 '부인'을 지칭하는데 '큰형수'라는 뜻으로도 사용된다.

고대수는 손신(孫新)의 아내로 본디 등주(登州) 성 밖에서 주점을 열고 있었다. 장사를 하다보니 때로는 소를 잡기도 하고 도박장을 운영하기도 했다. 고대수의 내사촌인 해진(解珍)과 해보(解宝)가 모태공(毛太公)의 모함으로 옥에 갇히자 남편 손신과 시숙인 손립(孫立) 등과 함께 감옥을 공격해 탈옥을 계획한다. 이때 고대수가 외친다.

"좋아! 못 가겠다는 사람이 있다면 내가 박살을 내주겠다!"

고대수가 '못 가겠다는 사람은 박살을 내겠다'는 외침은 이규의 고함소리와 똑 같았다. 송강이 황문병을 잡아 죽인 뒤 양산으로 가려 할 때, 이규가 "모두 가! 모두 가자! 만약 안 간다는 사람은 내 도끼 맛을 좀 봐야지! 그냥 두 토막을 내 줄 거야(都去, 都去, 但有不去的, 喫我一鳥斧, 砍做兩截便罷)!"라고 외친다.(41회)

감옥을 습격한 이후 양산박에 오르는 과정에서 그녀는 조직의 리더였으며 공격을 지휘하였는데 많은 남자들은 그저 고대수의 명령대로 움직였다.

고대수는 양산군이 축가장을 3차 공격할 때 공을 세웠고, 양산에 들어간 이후 동산주점을 운영하면서 정보 수집과 외빈 접대를 담당하는 두령 노릇을 했다.

고대수는 생김새부터 보통 아녀자와는 달랐다. 커다란 얼굴에 부리부리한 눈망울과 거친 눈썹, 그리고 뚱뚱한 허리를 가진 여장부였다. 고대수는 용맹했고 거칠면서 굳세었으며 막강한 파워의 소유자로 애당초 바느질 같은 것을 모르는 그야말로 산 중의 암호랑이였다. 이런 고대수에게 여인적인 맛이나 멋을 찾을 수도 없었다.

여자다움이란 결국 남편의 말에 고분고분 하는 태도나 마음가짐을 의미할 것이다. 그러나 고대수와 남편 손신(孫新)의 관계는 강호무림들 간의 의형제 사이라고 할 만큼 여자다운 맛은 전혀 없었다.

해진이 억울한 누명을 쓰고 감옥에 갇혔을 때 고대수와 손신 부부가 나눈 대화에는 남편을 존중하는 말투조차 하나도 없다.

"너는 무슨 수로 내 두 형제를 구해내려 하나?"

하면서 남편을 너(你)라고 부른다. 손신이 감옥을 공격하는 계획을 말하자 고대수가 바로 대답한다.

"나하고 너하고 오늘 밤에 바로 가자!"

그러자 손신이 웃으며 말을 받는다.

"너는 어찌 이리 덤벙대나! 나하고 너는 꼭 한 가지 감옥을 부순 뒤 어디로 갈 것인가를 생각해야 한다."(49회)

손신과 고대수 부부는 사나이나 형제들처럼 의견을 교환했고 일은 성사되었다. 고대수는 봉건 전제하의 여인들이 당연히 감당해야 할 차별이나 고통을 수용하지 않았다. 고대수는 여걸로 당당하게 또 양산의 사나이들과 대등하게 행동했다. 어쩌면 고대수는 『수호전』의 작가가 생각해낸 시대를 앞서가는 여인이었는지도 모른다.

■일장청 호삼랑의 결혼

양산의 세계는 남자들의 세상이었고 남자들의 사업이었다. 남자들의 세계에서는 '의리를 저버린 사내는 진짜 개돼지이다'(負義男兒眞狗彘, 狗 개 구, 彘 돼지 체)라는 말이 그대로 통한다. 물론 '은혜를 아는 여자는 영웅보다 낫다(知恩女子勝英雄)'는 말도 있다.

비록 양산박이 남자들의 세상이지만, 여자가 절반을 차지한 양산박 밖의 세상과 연관이 되어 양산박은 운영이 되었다. 중국어에 '半邊天(bànbiāntiān)'은 '하늘의 반쪽' 곧 여성을 뜻한다. 그래서 '여성이 하늘의 반쪽을 지탱한다'는 속언도 있다. 인구의 절반을 차지하는 여성이기에 여성 중에도 뛰어난 인재도 많았다. 그러나 소설 속에서는 여성이 뛰어난 능력을 발휘하기 보다는 남성들과 연관되어 많은 사단을 일으키는 경우가 더 많았다.

어떤 사나이는 여성을 도와주려다가 살인을 하여 도망을 쳤고, 어떤 사람은 여자가 저지른 범죄를 처단한 뒤 양산으로 들어왔으며, 송강은 여자의 심술에 당하다가 분을 못 참아 죽인 뒤 고향을 떠나야만 했고 평생을 독신으로 살다 죽었다.

앞에서도 말했지만, 양산 108두령 중 세 명의 여성 두령이 있다는 것은 굉장한 광채를 발휘하고 있다. 이 세 명의 여자 두령의 언행에 문제가 있는 경우도 있지만 그 중 제일 모범적인 여성두령은 59위를 차지한 일장청(一丈靑) 호삼랑(扈三娘)이었다.

⬆ 왕영과 호삼랑

호삼랑은 본래 호가장(扈家莊) 호태공(扈太公)의 딸이면서 여자 장수로 뛰어난 무예의 소유자였다. 호삼랑은 쌍칼(日月双刀)과 창을 잘 썼고, 긴 밧줄을 던져 사람을 낚아채는 특기가 있어 일장청이라는 별명을 얻었다고 한다. 송강이 축가장을 공격할 때, 가장인 축조봉(祝朝奉)의 삼남 축표(祝彪)와 정혼한 호삼랑은 축가장을 도우러 온 원군이었다.

호삼랑의 해당화 같은 젊은 미모와 용맹은 당연히 양산군의 주목을 받았다. 이에 양산군에서 제일가는 호색가(好色家)인 왜각호(倭脚虎) 왕영(王英)은 송강에게 출전하겠다고 간청한다. 그러나 왕영은 호삼랑의 적수가 되지 못했다. 말머리를 돌려 도주하던 왕영은 호삼랑에게 간단히 사로잡히고 말았다.

이후 호삼랑은 전장을 누비며 그 용맹을 과시한다. 한 번은 호삼랑이 송강을 추격했는데, 송강이 거의 잡힐 뻔한 순간에 임충이 나타난다. 임충은 호삼랑과 10여 합을 싸우다가 거짓 패하여 도망치는 듯 호삼랑을 유인하여 쌍칼을 제압하고 호삼랑을 생포한다. 생포된 호삼랑은 양산박에 머물고 있는 송강의 아버지 송태공에게 보내져 그의 보호를 받는다.(48회)

이런 저런 이야기는 다 생략하고…… 축가장을 완전 격파한 뒤, 축하 술판은 당연한 일이었다.

다음 날 송강은 왕영을 불러 말한다.

"내가 그 전날 청풍산(淸風山)에서 중매를 선다고 했었는데 그간 늘 마음에 걸렸었다."

이어 송강은 아버지 송태공이 딸처럼 보호하고 있던 일장청 호삼랑을 불러놓고 말한다.

"내 형제와 같은 왕영은 비록 무예가 자네(송강은 賢妹라고 불렀다)만 못하지만 내가 이전에 혼사를 약속을 했었는데 아직 주선을 못했었네……."

그러면서 송강은 많은 두령들이 다 중매인이라면서 오늘 왕영과 부부가 되라고 말한다. 이에 전쟁 포로로 잡혀온 호삼랑이 무슨 말을 하겠는가?

소설에서는 일장청이 송강이 의기가 심중한 줄을 알기에 사양하질 못하고, 한두 마디 '고맙다라며 사례하였다' 라고 서술하였다. 그리고 조개 등 모두가 기뻐하였고 송강을 진짜 유덕유의의 선비

(有德有義之士)라고 칭송하였다.(50회)

　세상에 이런 말도 안 되는 일이 또 어디에 있겠는가?

　우선 송강이 중매쟁이(月老) 노릇이야 할 수 있다 하더라도, 호삼랑의 의사를 물어보지도 않고 호삼랑의 운명을 결정할 수 있는가?

　오래 전에, 청풍산에서 산채의 두목 왕영이 청풍채(행정기관 이름임)의 지채(知寨) 유고(劉高)의 아내를 잡아와 겁간하려는 것을 송강이 못하게 제지하고 유고의 아내를 돌려보낸다. 그러나 뒷날 유고의 아내가 송강을 산적의 한패라고 무고하고 송강은 위기에 처한다. 송강은 화영의 도움으로 위기에서 벗어나고 이후 청풍채를 평정한다. 그때 왕영은 유고의 아내를 다시 잡아다가 자신의 방에 두고 재미 좀 보려고 했지만, 분노를 참지 못한 다른 두령이 유고의 아내를 죽인다. 이에 왕영이 화를 내자 송강은 다음에 좋은 혼사를 주선해 주겠다고 말한다.

　그때 왕영을 달래려고 한 말 때문에 호삼랑을 왕영에게 주다니! 포로로 잡혀온 호삼랑이 송강의 명령과도 같은 말을 거부할 수 있는가? 그러자 그 옆에서 기뻐하는 조개는 도대체 뭐하는 사람인가? 그것도 덕행이고 의리인가?

　그리고 인물로 본다면 기울어도 한참 기우는 혼사이다. 왕영은 호삼랑에게 무예나 인물, 품행 모든 면에서 엇비슷하지도 못했다. 본래 마부 출신인 왕영이 재물을 탐하고 여색을 밝히는 사람이라는 것을 송강도 잘 알고 있었다. 또 그 외모가 오죽했으면 별명이 '다리 짧은 호랑이(矮脚虎)' 였겠는가?

　송강의 이런 결정에 왕영은 뛸 듯이 기뻤지만 호삼랑은 어떠했겠는가? 호삼랑의 마음속은? 그녀의 청춘과 인생에서 모든 희망이 사라지는 순간이었을 것이다.

송강이 혼사를 주선한다면, 또 적어도 호삼랑을 자신의 친여동생처럼 생각했다면 호삼랑과 임충과의 혼사를 주선했어야 한다. 임충이 겪은 역경 그리고 임충의 인품이나 무예와 양산에 대한 공헌도, 그리고 임충의 아내 장씨가 고아내의 핍박을 견디다 못해 이미 오래전에 자결했다는 사실도 송강은 알고 있었을 것이다.

물론 세상 혼사가 다 균형이 잡히고, 당사자들의 의견을 존중해서 이루어지는 것은 아니다. 미모나 바느질 솜씨가 뛰어난 반금련이 못난이의 대명사 무대(武大)와 짝이 된 것은 반금련의 신분과 소행 때문에 그렇게 결정된 것이다. 결국 무대나 반금련의 잘못된 결혼은 모두에게 불행으로 종결되지 않았는가? 송강이 주선한 왕영과 호삼랑과의 중매는 너무 터무니가 없다.

또 송강은 화영(花榮)의 누이를 아내가 죽은 지 이틀 밖에 안 된 진명(秦明)에게 중매로 시집보낸다. 결국 송강의 두 번 중매는 여자를 물건처럼 취급하는 송강의 의식이 표출된 것이다. 하기야 그러니까 송강은 평생을 홀로 살았겠지만 홀로 사는 인생도 의리나 덕행이라고 둘러댈 수 있는가?

58위 두령 왕영과 함께 59위 호삼랑은 부부로 '양산 삼군내의 여러 일(梁山三軍內諸事)'을 담당했다고 한다. 그러나 호삼랑은 이후 모든 말을 잊었다.

그녀가 무슨 말을 하고 싶었겠는가? 소설 속에서 호삼랑은 한마디도 입을 열지 않는다. 때문에 다른 사람들에게 '벙어리 미인(啞

美人'이라고 불리었다.

송강과 이하 여러 장수들이 전호(田虎)를 원정할 때 적진에서는 경영(瓊英)이란 미모의 처녀장수, 뛰어난 무예를 가진 여장(女將)이 출전한다. 이를 보고 호색한인 왕영이 나가 맞서 싸우나 경영의 창이 왕영의 허벅지를 찔렀고, 왕영은 말에서 떨어진다.

이에 호삼랑이 말을 달려 남편을 구하러 나가면서 딱 한 번 입을 열어 말한다.

"저 어리고 못된 더러운 년이 어찌 저리 발칙한가!"(98회)

그 뒤, 왕영은 방랍 원정에서 전사하는데 호삼랑은 남편을 구하려 나섰다가 정표(鄭豹)에게 피살당한다.

■송강 주변의 여인들

송강은 청주 청풍채의 부지채(副知寨)로 재직중인 소이광(小李廣) 화영(花榮)에게 몸을 의탁하려고 찾아가던 도중에 청풍산에서 그곳 산적 금모호(金毛虎) 연순(燕順), 왜각호(倭脚虎) 왕영(王英), 백면낭군(白面郎君) 정천수(鄭天壽) 등에 잡힌다. 나중에 송강이라는 사실이 밝혀지자 송강은 그들의 존경을 받으며 얼마간 머무른다.

그때 왕영은 산 아래를 지나가던 청풍채의 지채(知寨)인 유고(劉高)의 부인을 잡아다가 재미를 보려 한다. 송강은 그 부인이 송강이 찾아가려는 화영의 직속상관의 처라는 사실을 알았고 왕영을 겨우 설득하여 부인을 그냥 돌려보낸다.

송강이 나중에 화영을 찾아가고 환대를 받으며 청풍채에서 머무는데, 정월 보름에 유고의 처는 거리에서 송강을 알아보고 송강이 자신을 억류했던 산적이라고 남편에게 말한다. 이에 송강은 유고에게 생포된다.

유고의 처는 자신을 사지에서 구출한 은인을 오히려 원수로 갚으려고 했다. 아마도 유고의 처는 자신의 청풍산에서 생포되었던 것을 수치로 여기었기에 송강을 산적으로 동일시하여 죽이고 싶었을 것이다. 그것이 아니라면 유고의 처는 자신이 산적에게 잡혀갔지만 남편의 벼슬에 놀란 산적들이 풀어주었고, 그래서 무사히 돌아왔다고 남편에게 그 과정을 설명했을지도 모른다. 또 그때 그 사건은 이미 지나간 일이고 지금 여기서 저런 산적을 그냥 둘 수 없다고 생각했는지도 모른다.

하여튼 유고의 처는 이해하기 어려운 짓을 저질렀다. 이 일은 뒷날 여러 사건을 유발한다. 송강의 구출 과정에서 화영은 관직을 버릴 수밖에 없었다. 이 사건을 유발한 유고의 처와 유고 모두 죽음으로 끝장이 난다. 유고 처의 괘씸한 한마디는 일가의 패가망신을 불러왔다.

『수호전』에 등장하는 여인들 중에 그래도 행복했던 여인은 노달의 도움을 받은 김노인의 딸이다. 그녀는 조원외(趙員外, 원외는 벼슬이름이 아니라 富者라는 뜻)의 아내로 유복한 생활을 하며 노달을 도와주었다.

그 외 여러 여인들이 등장하지만 대개 불행한 종말을 고한다. 그 중에서도 가장 가련한 여자는 성도 이름도 없는 진명(秦明)의 본처이다.

진명은 청주지휘사통제(靑州指揮司統制)라는 직책을 갖고 있었는데, 화가 나면 두 눈이 사발만큼 컸다고 한다. 또 별명이 '벼락불'이라는 의미의 벽력화(霹靂火)인 것을 보면 성질이 꽤나 급한 사람이었을 것이다. 그런 사람이 아내에게 무슨 자상한 애정을 보여주었겠는가?

진명은 화영(花榮)이 모반하자 휘하 500명의 병력을 인솔하고 화영을 잡으러 나가서 싸우지만 승부를 내지 못한다. 진명은 용기와 무예만 있었고 지모가 없었는지 화영의 꾀에 넘어가 함정에 빠져 생포된다.

송강에게 끌려간 진명은 송강의 접대 술을 많이 마시고 취해 아무 것도 모른다. 송강은 청풍산 졸개들을 시켜 진명으로 분장하고 촌락에 불을 질러 많은 사람들을 죽인다. 그러자 청주부의 지부(知府) 모용언달은 진명의 아내를 잡아 죽인다. 진명의 아내는 왜 죽어야 하는지도 모르고 죽어야만 했다.

이 날이 1월 21일, 다음 날 술이 깬 진명은 성으로 돌아가려 하지만 닫힌 성문 위에서는 죽인 아내의 머리를 흔들어 보이며 진명을 거부한다. 진명은 할 수 없이 송강에게 투항한다.

그리고 곧바로 진명은 송강의 중매로 화영의 누이와 새 장가를 든다.

진명과 새로 결혼한 화영의 누이는 그렇다 치더라도 진명 — 이 사람은 좀 지나치지 않은가?

송강의 입장에서는 진명을 자기편으로 끌어들이기 위해 그런 반인륜적인 계략을 써서 진명을 옴짝달싹 못하게 만들었다. 그렇게 해서 진명의 본처를 죽게 했는데, 그녀의 죽음은 그냥 아무 것도 아닌, 지나간 일로 만들어 버리면서, 진명에게 새 장가를 들게 했다.

자기 때문에 아내가 죽었는데, 죽은 지 며칠 되지도 않아, 태연하게 새 장가를 들 수 있는가? 진명 이 사람은 아내 맞이하는 결혼을 아침이나 저녁으로 새 밥상을 받는 것처럼 생각했는가? 그 사람이 아내나 자식에게 무슨 애정이 있었겠는가? 108두령 중 7위라는 높은 의자를 차지한 진명이지만, 인간의 도리를 지켜야 한다는 점에서는 밑바닥 인격의 소유자라 할 것이다.

양산박 9위 두령 소이광(小李廣) 화영(花榮)은 본래 청주의 교통 요지에 설치한 거점기지 청풍채의 군관인 무지채(武知寨)였고 송강과는 잘 아는 사이였다. 화영은 사냥매 해동청(海東靑)을 아끼는 장수로 활쏘기에 뛰어난 명사수였다. 화영의 별명인 소이광의 이광(李廣)은 전한(前漢)의 장군으로, 흉노 정벌에 여러 번 공을 세웠으나 인정을 받지 못했으며, 비장군(飛將軍)이라는 별명을 가진 활의 명수였다.

송강은 화영(花榮)의 누이를 자신의 목적 달성을 위해 써 먹을 수 있는 물건쯤으로 생각한 것 같다. 송강은 진명의 투항을 받아내기 위해 화영의 누이와의 결혼을 중매하겠다고 약속했고 혼사가 이루어졌다.(35회) 사실, 송강과 화영은 오래 전부터 잘 아는 사이였다. 그렇다고 송강이 화영의 여동생을 자기 마음대로 중매하고 결혼을 명령할 권리가 있는가?

또 화영이 송강의 제의를 수락한 것은 양산의 발전을 위해 자신의 여동생을 희생물로 바친 것인가? 그리고 화영의 누이를 새 아내로 맞이한 진명은 자신의 본처가 희생당했으니까, 새 아내를 당연히 받아야 된다고 생각한 것인가?

하여튼 진명과 화영 여동생의 결혼을 둘러싼 세 사람의 행태는 여성의 인권을 무시하는 또다른 핍박이란 점에서 비난받아 마땅할 것 같다. 그러나 그 당시 그 세계에서 '그 정도야 있을 수 있는 일'이라고 생각하는 독자도 많이 있을 것이라고 생각한다.

■ 오명을 뒤집어 쓴 염파석

송강과 연관된 또 한 사람의 여인을 기억해야 한다. 송강이 죽여 버린 염파석(閻婆惜)은 좀 억울한 누명을 쓴 채 읽혀지고 있다.

송강은 염파석 모녀를 도와주었다. 그렇지만 그 결과는 송강의 살인으로 결말이 났고 송강은 집과 고향을 버려야 했다.

사나이의 도움을 받은 여인이라면 은혜를 베푼 사나이에게 어떤 보답이 있어야 정상일 것이다. 노달은 우연히 김씨 부녀를 만나 그 사연을 들은 뒤에 마치 자신의 일인 것처럼 철저하게 도와주었다. 때문에 뒷날 김씨 부녀와 남편 조원외로부터 정성과 진심어린 감사를 받았다.

그러나 송강의 도움을 받은 염파석은 은혜를 모르는 여인이며 음탕한 요부로 다른 사람에게 재앙을 불러오는 화근이었고 그녀의 죽음은 자초한 죽음이라고 많은 독자들이 생각할 것이다.

그러나 다른 면을 생각할 때, 송강이 염파석을 도와준 것은 정말 순수한 의리와 인정 때문이었는가? 도움을 계속 주면서 송강은 염파석에게 끝까지 당당했는가? 말하자면 염파석의 배신에 송강은 잘못이나 책임이 없는가?

그리고 독자들은 염파석에게 얼마만큼의 도덕관념을 바랄 수 있는가를 따져서 염파석을 음란한 요부이며 사나이를 망친 계집이라고 결론을 내려도 늦지 않을 것이다.

송강과 염파석 모녀의 만남은 소설의 20회에서 시작한다.

송강이 알고 있던 왕노파가 염파석 어머니를 소개하면서 염파석 아버지가 죽었는데 관을 살 돈도 없으니 도와달라는 부탁을 한다. 송강은 물론 흔쾌히 이 가련한 모녀를 도와준다. 본래 '잘난 사내는 여색을 탐하지 않고(好漢不貪色), 영웅은 재물을 탐하지 않는 법이다(英雄不貪財).'

염파석은 아버지로부터 각종 창법을 배운 열여덟 살 처녀였다. 염파석은 예쁘게 자랐다. 염파석이 부모와 함께 동경 개봉부에 있을 때, 모든 행원(行院, 기생집)에서 염파석을 원했고 그 행수(行首)들이 염파석을 손님방에 들여보내기(過房)를 원했지만 염파석의 부모는 이를 거부했다고 한다. 그런데 산동(山東) 지방까지 흘러들어와 지금은 생계가 막연한 처지였다.

염파석의 어머니가 송강에게 감사 인사를 하러 갔는데 송강의 집에 가족이 없는 것을 알고 괜찮다면 염파석을 송강에게 보내고 싶다는 뜻을 밝혔다. 이에 왕노파가 송강에게 말하고 주선하여, 이후 송강은 염파석의 집에 출입하게 된다.

동경에서 살 때, 기루에서 다른 손님을 받지 않았다면 처녀일 것이고, 또 염파석 어머니의 입장에서는 '내 딸이 처녀인데 이왕이

면 도움을 준 그분한테……’ 라는 생각이었기에, 왕노파가 중매를
섰을 것이다.

  물론 이 과정에서 염파석 어머니 역시 송강의 도움에 순수한 감
사의 뜻을 갖고 있었다. 그런데 은인이 서른이 넘은 나이에도 아내
가 없다니 ‘그 얼마나 생활이 불편하겠는가?’ 라는 생각을 가졌을
것이다. 게다가 그 모녀 역시 객지에서 생계수단이 없었다. 가난은
이들 모녀에게 가장 큰 약점이었고 송강도 이 점을 알고 있었을 것
이다.

  문제는 송강의 어정쩡한 태도였다. 당시로서는 굉장한 나이 차
이였다. 그때까지 송강이 결혼을 하지 않은 연유를 소설에서도 명
확히 밝히지 않고 있다. 그렇다고 송강이 늦게나마 정식 아내로 맞
이할 생각은 처음부터 없었던 것 같다.

  어쨌든 송강이 처음에는 순수하게 염파석 모녀를 도왔지만, 아
내로 맞이할 생각도 없으면서 그 집에 출입했다면 염파석을 정부
로 만들었다는 결론이다. 그렇다면 송강의 행실은 의인이 아닌 평
범한 남자의 행실과 다름이 없다. 어쩌면 생계가 막연하다는 약점
을 이용한 것이니 순수한 도움이나 구제는 분명 아니었다.

  결과적으로 송강은 염파석을 정식 결혼이 아닌 현지처(現地妻)
정도, 그도 아니면 가끔 즐길 수 있는 숨겨놓은 정부(情婦)로 만든
것에 불과했다.

  그렇지만, 송강의 직업이나 위치를 볼 때, 송강이 어린 정부를
두고 몰래 밤에만 출입한다면 그 좁은 고을에서 나쁜 소문이 퍼지
는 것은 당연한 귀결이었다. 새가 앉았다가 날아간 자리에도 흔적
은 남고, 물이 흘러간 곳에 도랑이 생기는 것은 당연하다.

송강은 처음부터 당당하게 염파석을 맞이했거나 아니면 순수한 선행으로 끝을 냈어야 했다. 송강이 은혜를 베풀었다면 그 다음의 보답은 처음부터 생각하지 말았어야 한다.

재정적인 도움을 준 뒤, 처녀와 잠을 잤다면 어찌 오해가 없겠는가? 염파석 모녀는 물이 들어오는 시간에 맞춰 열심히 노를 저었을 뿐이다. 곧 도움을 받았으니 감사해야 한다. 그 감사의 방법으로는 젊음과 미모를 바치는 것이며 잘만 되면 정식으로 결혼을 해줄 것이라 기대했을 것이다.

그러나 송강은 염파석의 잠자리 봉사만을 받아들였다. 그리고 염파석은 송강이 찾아오면 거절하지 못했다. 가끔 생계를 지원해 주는 것으로 그 모녀는 생활을 영위했다. 그 다음에 또 송강이 찾아오는 밤에 봉사를 하면 되었을 뿐이다.

사실 남녀간의 사랑이란 무엇인가? 진실한 사랑이라면 돈을 주고받을 수는 없기에 결혼을 하고 가정을 꾸리는 것이다. 사랑이 거래관계라고 생각한다면 한 냥을 주고 열 번을 찾아가든, 열 냥을 받고 한 번만 봉사하든 그것은 남녀간 수완과 능력에 따른 문제이다.

남녀가 알고 지나면서 은자 열 냥을 주고받았다고 하자. 남자가 여자를 정녕 사랑한다면 그 사랑을 은자 열 냥으로 표현할 수는 없다. 은자 열 냥은 너무 적은 것이다. 남자는 자신의 전 재산이라도 아니면 가능한 최대의 액수를 주어야 한다.

반대로 여자가 남자를 진정으로 사랑한다면 단 한 푼이라도 받을 수는 없을 것이다. 다시 말해 여자가 돈을 얼마라도 받았다면 그것은 사랑하는 사람에게 자신의 몸을 판 것과 다름이 없다.

송강과 염파석의 경우는 어떤 경우인가? 결과적으로 송강은 도움을 주면서 그 도움으로 염파석의 몸을 샀고 염파석은 감사하면서 자신의 몸을 팔고 있었다. 진정한 사랑이 바닥에 깔려 있지 않은 그런 남녀 관계는 오래 지속될 수 없다. 송강이나 염파석 모두에게 좋은 일은 아니었다.

송강은 얼굴이 거무칙칙하고 뚱뚱한 몸에 키도 작았다. 말하자면 젊은 여인의 관심을 끌만큼 매력적이지 못했으며 여자를 기쁘게 해줄 부드러운 테크닉도 별로 갖추지 못했던 것 같았다.

남자가 여자를 즐겁게 해주는 것도 일종의 재능이고 그런 방면에 관심을 갖고 수완을 발휘하는 사람도 분명히 많이 있다. 송강이 나중에 염파석에게 소개해 준 장문원(張文遠)이 바로 그런 사람이다.

세월이 지나면서 송강은 염파석을 자주 찾아가지도 않았다. 그런 이유를 소설에서는 '송강은 본래 사나이로서 창봉술(槍棒術) 배우기를 좋아했고 여색에 푹 빠지지 않았기 때문' 이라고 하였다. 그러나 이것이야말로 뻔뻔한 거짓말이며 허튼 소리였다. 삼십이 넘도록 결혼하지 않았다면 남자의 욕정을 어디엔가 발산해야 하는데 열여덟 미색의 처녀와 즐길 수 있는데도 창봉술을 배우느라 관심을 갖지 않았다면 누가 그런 말을 믿겠는가? 그간 송강의 행동을 볼 때 송강도 남녀관계에서 도덕군자는 못되었다.

사실, 솔직하게 말한다면, 송강은 염파석을 만족시키지 못했고 그러다 보니 염파석은 점점 싫은 내색을 했을 것이 눈에 보일 정도이다. 때문에 송강은 진심으로 환영하지도 않는 염파석을 자주 찾아가기가 어려웠을 것이다.

그런데 여기에 송강은 염파석에게 결정적인 실수 곧 스스로 오쟁이를 지는 — 중국인들은 '푸른 두건을 쓴다(戴綠頭巾)고 표현한다. — 어리석은 행동을 한다.

송강이 자신의 직장동료이면서 훨씬 젊은 장문원을 데리고 염파석을 찾아간 것이다. 장문원은 젊고 잘 생겼으며 여자를 잘 다루는 풍류기질을 갖고 있었다. 염파석이 장문원에게 마음이 쏠리는 것은 당연했다. 두 사람은 곧 온몸을 불태우는 사랑 놀음에 푹 빠진다.

송강은 그런 줄을 아는지 모르는지? 아니면 알면서 그것이 의리라고 생각했는지 모른다. 송강은, 염파석에게 생활비를 계속 지원한다. 그러니 돈은 송강이 지불하고 장문원은 아무런 경제적 부담 없이 염파석과 즐기게 된다.

그렇다면 염파석이 송강을 어려워하고 더 감사하며 더욱 존경하겠는가? 염파석의 머리에서 송강의 존재는 점점 희미해져 가고 있었다. 염파석은 한창 물이 오른 지경인데 송강은 스스로 오쟁이를 지고 밭두둑에 서서 구경이나 하고 있는 꼴이었다.

이런 상황, 이런 관계에서 염파석에게 도덕적 의리를 기대할 수 있는가? 염파석을 나쁘다고 할 사람이 누구인가? 여자 백만 명에게 길을 막고 물어 본다면, 멍청한 송강이 바보일 뿐! 송강은 도덕적으로 옳고 염파석은 사악한 여자라고 돌을 던질 사람이 누구인가?

소설에서는 염파석이 주색창기(酒色娼妓)였기에 송강에게 무리한 요구를 했고 그때문에 죽어야 했다지만 그건 아닐 것이다. 여인이 사랑을 얻지 못한다면 돈이라도 챙기려 하는 것은 어쩌면 본능일 것이다.

그리고 송강이 염파석을 죽이는 과정도 그렇다. 참으로 이해 못할 송강이었다. 여자 앞에서 송강의 멍청한 짓을 어떻게 이해할 수 있겠는가?

양산에서 편지와 황금을 갖고 왔던 유당을 돌려보내고 자신의 처소로 갈 때, 송강은 염파석 어머니를 만난다. 그 어머니가 잡아끌기에 따라서 염파석의 방에까지 갔다.

그런데 문제는 그 다음이었다. 처음부터 모르는 사이도 아니고, 요즈음이야 오래 안 보았지만 살을 비비면서 한 이불 속에서 뒹굴기도 했는데! 한두 마디 말을 던져 보면 아는 것이고, 염파석이 하는 짓을 보면 뻔한데! 그저 서로 인사나 하고 차 한 잔을 마셨으면 적당한 핑계를 대고 단호하게 나왔어야 한다.

노파가 만류한다고 또 억지로 한두 잔 마신 술이 취한다며 스스로 합리화시키면서 그 여자 방에서 잠을 자겠다고 멈칫멈칫한 것을 본다면, 그것은 송강이 아직도 염파석이라는 젊은 여인의 몸뚱이를 그리워한 것이다. '혹시나? 잘하면 한 번 더 더듬을 수 있을 것' 이라는 기대를 갖고 있었을 것이다.

그러나 염파석의 입장에서 보면 정 떨어진 지 오래된 늙고 무능력한 사내가 치근덕거린다고 생각할 뿐이었다. 참 어이가 없다! 아무리 소설속의 멍청한 사내라지만 여자와 한 침상에서 옷도 안 벗고 서로 등지고 잠을 잔다?

그날 밤 서로 잠을 못 이루는 시간이 흐르면서, 염파석은 송강이 얼마나 미웠겠는가? 미운 정도가 아니라 치를 떨었을 것이다. 그

런 밤을 보낼 때, 염파석의 어머니는 '내 딸과 사위는 오랜만에 흐
뭇한 밤을 보내고 있구나!' 라고 생각했을 것이다.

송강은 새벽에 방을 나오면서 서류 주머니(文袋)를 놓고 나온다.
모텔에서 불륜의 밤을 보내고 나오는 사내가 긴요한 소지품을 놓고
나오는 것처럼 남자들의 실수는 옛날이나 지금이나 마찬가지이다.

염파석은 각종 창(唱)을 배운 여자였다. 창을 배우는 과정에서 문
자를 해독했을 것이고 … 양산박에서 보내온 편지 — 염파석에게
이보다 더 좋은 미끼가 어디에 있겠는가?

두레박이 우물에 떨어지는 낭패를 본 것이 아니라 우물이 통째
로 두레박에 저절로 떨어지니 이보다 더 좋을 수는 없다. 저절로
굴러온 호재에 여자 특유의 기민한 머리 회전! 어설픈 사내들은 절
대로 못 따라간다.

염파석이 내세운 조건 — 장문원과의 결합을 승인할 것, 가재도
구 및 기타 지원해준 모든 것에 대한 권리 포기, 그리고 양산박에
서 보내온 황금 일백 냥을 달라는 세 가지 조건에서 두 가지를 흔
쾌히 승낙했지만 황금은 이미 돌려보냈기에 줄 수 없다고 말했다.
그러나 이런 송강의 말이 염파석에게 통할 리가 없다.

영웅은 재물을 아까워하지 않는다(英雄不愛財). 재물을 아낀다면
영웅이 아니다(愛財不英雄). 아마 이 정도는 염파석도 알고 있었을
것이다. 그러나 염파석은 송강이 황금을 주기 싫어서 돌려보냈다
고 거짓말을 한다고 생각했을 것이다.

여자가 한을 품고 억지를 부리면 그것을 이길 사내는 이 세상에
없다. 송강은 손발을 다 들고 항복할 수밖에 없었다. 그는 그 상황
에서 정 떨어진 여인이 심술부리듯 그 정도는 요구할 것이라고 예

상했어야 한다.

더구나 그런 상황을 만들어 준 것은 송강 자신이 아닌가! 칼자루는 염파석이 쥐고 있는데, 칼날을 잡은 송강이 무슨 힘을 쓸 수 있나? 모든 것이 자신의 우둔하고 멍청한 소행의 결과인데!

송강의 격분한 감정을 충분히 이해할 수 있다. 그 순간 그 상황에서의 해결 방법은 염파석을 죽이는 일 외에 또 무엇이 있겠는가! 물론 염파석도 송강의 말을 믿지 않고 악에 바친 말을 해댔다는 잘못이 있다. 그러나 염파석 아닌 어떤 여자도 그 상황에서는 그랬을 것이다.

송강이 한 여자의 마음을 얻지도 못한 상태에서 염파석의 주변을 떠나지 못한 것은 그 자신의 책임이다. 의리로 도와주었다면 도와준 것으로 끝났어야 했다. 도움을 받았으면서 송강을 배신했다고 염파석을 탓할 일이 아니다. 염파석이 배신할 그런 막바지 상황까지 몰고 간 것은 송강 자신이었다. 송강은 사내였고 여자보다 우월한 위치에서 주도권을 쥐고 있었다.

그렇지만 염파석은 열세였지만 그 '자신이 여자'라는 바탕이 있었다. 하여튼 의리의 사나이라고 자처하는 송강과 맨 밑바닥에서 살았던 여인 염파석을 같은 높이에서 같은 잣대로 평가하고 비교할 수는 없다.

'여자란 요물이 이럴 줄 몰랐다'라고 생각하는 송강이라면? 그런 것도 모르면서 젊은 여자 주변을 맴돌았던 송강의 처신은 무엇이란 말인가? 송강과 노지심 — 모두 여자를 도와주었지만 그 결과는 하늘과 땅 차이였다.

—끝

수호전평설
水滸傳 評說

초판 | 인쇄일 2010년 12월 20일
초판 | 발행일 2010년 12월 23일

지은이 | 陳起煥
펴낸이 | 金東求
펴낸데 | 明文堂(창립 1923. 10. 1.)
주　소 | 서울특별시 종로구 안국동 17-8
우체국 | 010579-01-000682
전　화 | (영업) 733-3039, 734-4798 FAX 734-9209
　　　　 (편집) 741-3237
등　록 | 1977. 11. 19. 제 1-148
ISBN 978-89-7270-975-6 03820
ⓒ 2010 명문당
잘못된 책은 구입한 곳에서 바꿔드립니다.

정가 12,000원